南无袈裟理科佛 著

金蚕往事 ⑤

上海社会科学院出版社

本故事纯属虚构。

目录

第十六卷　矮骡子的逆袭　　　　　　　　**001**

第十七章　灵犀一动　　　　　　　　001

第十八章　封门与封神　　　　　　　005

第十九章　囚徒困境　　　　　　　　009

第二十章　铁剑刺眼，天落巨石　　　013

第二十一章　肥母鸡传音，密室得脱困　017

第二十二章　无名小鱼，断桥残血　　021

第二十三章　你若安好，便是晴天　　025

第二十四章　耶朗苗裔　　　　　　　029

第二十五章　照片鬼影　　　　　　　033

第二十六章　矮骡子粉墨登场　　　　036

第二十七章　耶朗古尸　　　　　　　040

第二十八章　黑暗沉沦　　　　　　　044

第二十九章　我是谁？　　　　　　　048

第三十章　自由飞翔　　　　　　　　052

第十七卷　一线天　　　　　　　　　　**056**

第一章　黑血鱼虫　　　　　　　　　056

第二章　天崩地裂，断垣残骸　　　　060

第三章　癸水槐木，天地如法阵　　　064

第四章　夜半歌声，寨前新坟　　　　068

第五章　沉寂的苗寨　　　　　　　　072

第六章　论持久战	076
第七章　危机潜伏	080
第八章　盘枝错节，小周中招	084
第九章　僵尸蛊虫，群尸围攻	088
第十章　战意熊熊	092
第十一章　火离七截阵	096
第十二章　洞穴来客	100
第十三章　奇怪目光	104
第十四章　左手毁灭，右手希望	107
第十五章　肥虫子的第一次	111
第十六章　最幸福的吃货	115
第十七章　深陷重围	119
第十八章　生死危机	123
第十九章　杨操失手，狗血淋鼎	127
第二十章　石头蛊，双头犬	131
第二十一章　离阵，红云遮天	135
第二十二章　穴居人老巢	139
第二十三章　苗女悠悠	143
第二十四章　鬼叫	147
第二十五章　贾微？鬼王？	151
第二十六章　小黑神秘消失，大人适时醒来	155
第二十七章　大人指路	159
第二十八章　空间错觉	163

第十八卷　红色印记　　　　　　　　　　167

第一章　病房　　　　　　　　　　167
第二章　闹腾的追悼会　　　　　　171
第三章　祖宅　　　　　　　　　　175
第四章　老江　　　　　　　　　　179
第五章　臭屁和红色印记　　　　　182
第六章　救童　　　　　　　　　　185
第七章　所谓立场　　　　　　　　189
第八章　左道监狱聚首　　　　　　193
第九章　双蛊相斗，金蚕为王　　　197
第十章　群体事件　　　　　　　　201
第十一章　中仰白僵事件　　　　　205
第十二章　病变　　　　　　　　　209

第十九卷　巴东叙事　　　　　　　　　　213

第一章　野三关，小屁股　　　　　213
第二章　竹林东，现蛇蛊　　　　　217
第三章　王麻子，碧油蛇　　　　　221
第四章　万三爷，粉红肉块四处蹦　225
第五章　同镇压，恶魔巫手显渊源　229
第六章　腌酸菜，一行七人进群山　233
第七章　掉深坑，骨头骷髅一面墙　236
第八章　李汤成，荒郊野岭遇故人　240
第九章　神逻辑，救人不成反被咬　244
第十章　封洞口，三爷确认系雪胆　248

第十一章	雷击木，掌柜的河中捞尸	252
第十二章	似故人，河面浮现第二尸	255
第十三章	母枭阳，手中紧握红布条	259
第十四章	猴孩儿，三爷也有一个鬼	262
第十五章	鬼影密，阴兵借道遭唆使	266
第十六章	好兄弟，携手同闯阴兵阵	270
第十七章	万三爷，太阳正生灭阴灵	274
第十八章	乖朵朵，好东西想好姐妹	278
第十九章	施绝技，燃阳问神查踪迹	282
第二十章	人救出，迷雾森林迷失路	286
第二十一章	正能量，人逢困境需希望	290
第二十二章	倒吊男，恐怖木屋脚步声	294
第二十三章	斗黄牛，西坡乍现老熟人	298
第二十四章	狗东西，忘恩负义化身魔	302

第十六卷　矮骡子的逆袭

第十七章　灵犀一动

　　跌落就在一瞬间，当我的手感觉到被利齿猛力咬到的时候，头昏脑涨的我立刻明白了，我掉入的是怎样的一个地方。去年春节的时候有一个战士也是跌入了一个吊脚坑中，结果在被救上来的时候，腰部以下被啃食一光，大腿骨棒子上面都是累累的血痕。

　　那个年轻的战士叫胡油然，而吊脚坑中的东西叫尸鼱。

　　什么是尸鼱？简单说就是吃过死人肉的老鼠，因为吸收了人肉的怨气，眼睛变得滴血一般的红，体形也产生了变化。然而当时我一直有一个疑问，这个深山窝子里，一堆肥得如同小猫的尸鼱，哪里来的人肉吃？

　　不过此刻我已经顾不得思考这些问题了，赶紧站立起来，将双手举到头上的灯光前，上面盘踞着三头油光铮亮的尸鼱，黑黢黢的毛，眼睛里面的那一抹红色让人心寒。众所周知，老鼠的牙齿锋利得很，而且会不停地生长。我感到手和裸露的胳膊上面，像被锋利的匕首扎了几道口子，疼得要命。

　　与此同时，我的脚下也传来了一阵厮咬的动静。

　　虽然我因为要保持身手的灵活而没有穿防护服，但是全身却也是包裹得紧紧实实，裤子是特制的硬帆布裤，高帮的牛皮鞋，扎得不留一丝缝隙。在头顶灯光的照耀下，奋力将手上肥硕尸鼱甩开，我终于看清楚了这个吊脚洞的情形：不大，几十个平方，尽头是苍白的山壁，然而在山壁上有很多曲曲折折的小洞，是水滴石穿的那种，有碗口大的，也有脸盆大的。

　　我正好掉到了一处窝点，刚才压死了一窝拇指大的小老鼠，而这房间里的尸鼱并不多，十几个，全部都在我脚下转悠攻击。我也不怯，像跳舞一样，全身一阵乱抖，手脚并用，将附体而来的尸鼱全部赶走。这些吃过死人肉的家伙也凶悍，即使被我踩死了好几个，也悍不畏死地前赴后继而来。

　　所幸这个时候，朵朵已经从洞口飘了下来。

这个小丫头打架并不厉害，跟小妖朵朵差的不是一星半点，但是对付小猫小狗，却还是有些法子的。只见她气愤地娇喝一声，一种古怪的频率震动就在洞中回荡。这是《鬼道真解》中的"鬼泣"，通过某种高频率的音波摩擦，达到吓阻敌手的效果。鬼或者幽灵，杀人通常都不擅长，但是在吓人和迷惑人心方面却有着无与伦比的天赋。这声音一出现，所有狂躁的尸鬣都顾不得报仇雪恨，转身就朝着那些孔洞跑去，像见到鬼一样。

哦，朵朵确实就是个小鬼。

小丫头飘到我面前，看着我流血的双手，一下子就流出了眼泪来，自责不已："都怪我，是朵朵太笨了，没有跟上陆左哥哥，要不然你也不会受伤了……"她捧着我的手，呜呜地哭。这时候肥虫子从我的伤口里钻了出来，冲朵朵直眨眼。尸鬣嘴中有毒，肥虫子这是在帮我吸毒以及愈合伤口。

我摸着小丫头顺滑的头发，安慰她说，没事的。朵朵抬起头，睁着眼睛看着我说，陆左哥哥，我真没用！要是小妖姐姐在的话，就会没事的，对吗？

我心中一酸，明白了朵朵的意思。

一直以来，我都十分地宠爱朵朵，并不是因为朵朵能够帮我做家务，或者能够让我获得什么别的东西，而纯粹是父亲对女儿的感情。然而小妖朵朵的出现，却让朵朵有了一个榜样，就是要做一个对我有用的宝贝儿。然而即使她不断地努力，却还是比不上小妖朵朵，这让她心理压力很大，没有存在感，有些自卑。

这些情绪压抑了很久，在我受伤的这一刻，终于爆发出来了。

这个时候我也不好宽慰她什么，简单讲了几句，听到上面传来了呼喊声，是吴刚。他的声音十分惊慌，有一种失控的情绪。他上次救小胡的时候，拉上来的是一具尸体，而此刻，定然是陷入了那痛苦的回忆中去。他不是一个镇定的指挥员，但却是一个重感情的好朋友。

我在下面回了两句，将我现在的情况介绍清楚，让他将绳子扔下来。

趁着他们准备绳子的间隙，我从背包里拿出了医用绷带将手缠绕住，然后捏了捏朵朵那婴儿肥的精致小脸，说小鬼头，哭个屁啊。你们每一个，对我来说，都是不可取代的亲人，所以，不可以有这种想法哦，不然我会很伤心的。朵朵睁着一双水汪汪的大眼睛，抽噎着说是吗？我坚定地托住她的小脸儿，在她额头上轻轻吻了一下，说放心，永远是。

小丫头欢呼雀跃了，在空中转了几个圈，然后飞下来羞涩地亲了一下我的脸颊，说，陆左哥哥你真好。

因为双手都受了伤，所以我让朵朵帮我把扔下来的绳子捆在腰上，上面的人喊着号子拉，没多久，我便被人拽了上去。好几个人七手八脚地拉住我，马海波拿着电筒照，发现我手上裹着白色的绷带，说怎么了？我说下面有上次我们见过的尸鬣，掉下去的时候，翻滚一圈，正好压在窝上面，结果就被啃了几口。

听我这么说，刘警官等人立刻脸色一变，往后缩了去。马海波的眉头也直跳，关切地问没事吧？

我耸了耸肩，说没事，这点小毒还难不倒我。我转过头，看到胡文飞等人从远处走回来，问捉到矮骡子了没？我刚刚好像听到有枪声？胡文飞摇了摇头，说没有，那东西警觉得很，而且这里路弯坡陡，三两下就闪没踪影了。他走到我的旁边，蹲下身来，看我掉下去的洞口，疑惑地问："这个洞子，我们刚才来的时候怎么没有？"

这洞口直径不过半米，呈圆形，开口平滑，是很常见的吊脚坑，一看就是由于数万年的水文运动所致。但我敢确定我们过来的时候，并没有在这个螺丝形的通道中见过，然而在我追赶矮骡子的时候，却陡然出现了。

情形有些怪异，仿佛这溶洞是在不断变化的一样。

没有人能够解释这种现象。吴刚沉着脸下命令，说所有人都不要轻举妄动，小心潜藏在暗处的矮骡子将我们一一蚕食。显然，这些矮骡子都是些聪明的物种，在它们的主场里，它们学会了如何利用地势和本身的优势，将这些通通转化为杀戮以及敌人的恐惧。

正面作战，矮骡子显然不是我们这一伙全副武装之后人类的对手。

然而此时此刻，我却能够感受到队伍中普通成员心中那种忐忑不安和对黑暗的恐惧。这是一次为了解除被矮骡子诅咒的人而采取的行动，然而当我们进溶洞之前，不仅受诅咒的人已经有一半死去，同行的其他人，也真实地面临着死亡的威胁。美国大片《拯救大兵瑞恩》当初播映的时候，引发了大讨论，用八个人的性命去换一个人的性命，值得吗？

我现在也在想，若我们这些人全军覆灭了，这次行动值得吗？

在这黑暗的山腹中，矮骡子的迷宫里，如何找到那个刻有壁画的大厅，将我们身上的诅咒消除呢？我陷入了沉思。过了一会儿，我突然决定给自己卜一卦。

是的，我没有开玩笑，"十二法门"中便有占卜一术。我读书的时候数学不好，向来对这种务虚领悟的东西头疼，所以一直不得法门，但是此刻我心底里却有一个声音在跟我说，算一卦吧。卜卦，用各种方法来获得尘世间事物的信息、预卜凶吉祸福的活动，手段有很多，鸟卜、鸟占、水占、星占、纸牌占卜、周易、文王圣卦……"十二法门"中也有很多，最常见的是烧龟甲，也有掐指一算。

所谓算命卜卦，大多都是从复杂的线索中，找到其中的联系，这里面，也有灵犀一动。

具体过程自不必言，很快，我就找到了方向。

我很坚定地对这些人说，跟我走吧，然后我往前方走去。

大部分人都在犹豫地看着我，只有杂毛小道紧紧跟随。虎皮猫大人展翅飞过来，落在我的肩头。这肥母鸡嘎嘎叫，说小毒物，刚刚你那突然的一下沉默，我怎么感觉好像是我的一个老朋友呢？我说是哪个？它摇摇头，说现在不好说，不能说。

很快,吴刚和马海波等人跟了上来,脚步声逐渐又响起来,他们对我保持了充分的信任。

终于,在又行走了二十几分钟,路过了五个岔道后,我带着所有人来到了一个有风呼呼吹来的过道,岩壁上面有一条缝,刚好可以容一人前行。我蹲下身来,地下铺着一层厚厚的颗粒状尘土,椭圆形颗粒,两端微尖,表面略粗糙,深棕褐色,没有什么气味。这东西叫夜明砂,是一味中药材。

其实就是蝙蝠的粪便。

我踩着这层松软的沙土,沿着缝隙往前走,没几米,便来到一个空旷之地,灯光照耀处,正是黑白相间的壁画群。

我们到了。

第十八章　封门与封神

因为是从另外一个途径进来的，所以我特意四周打量，确认了一番。

我惊异地发现，正中央的石台不见了。

以前我们进来的那个通道，也不见了。

地下铺着一层厚厚的蝙蝠粪，踩在上面沙沙作响，头顶上面的岩壁冷冷清清，并没有蝙蝠，一只都没有。然而当我把注意力放在墙壁上面时，这些斑驳的岩壁上描绘的三只眼小人儿，却与我记忆中的，没有一点儿出入。这样的图案，我曾经在三个地方见过。梦幻或者现实，这并不重要，有很长的一段时间里，我都会梦到这些古怪的三眼小人，梦见他们跳入火堆里面去，达到灵魂的升华。

毫无疑问，这个地方，就是一年前我们曾经到过的那个大厅。

这件事情很快就得到了吴刚、刘警官和那个陈姓战士的确认。我站在大厅中间，看着那铺着厚厚蝙蝠屎的地面，奋力将这些碎沙子给刨开，下面果然有岩石桌台的痕迹。得知了我说的这个情况，杨操的脸色变得有些难堪，说这种古怪的事情，让人真的琢磨不透。

他们三个人在大厅的四周都点燃了火把，松油的气味在蔓延，有一个战士专门打开了一个高压电的电灯，然后贾微拿着照相机给墙壁上的图案拍照。胡文飞在拿着布拓片，而杨操，则从他的背包以及旁边那个战士的行囊中，掏出好多香烛、材料和仪盘来，准备要查探一番。

去年冬天，初次过来的我并没有领会到"炁"之场域，不明了万物皆有联系的道理，所以对此地并没有太多的感觉。然而此回身处于这么个大厅里，却能够感觉到这里有源源不断的力量在挤压，有看不见的风，有感觉不到的气。

随着他们的忙碌，大厅里渐渐地亮了起来，杂毛小道负手而立，仰头看着天花板上面的画。我凑过去，见是一幅小人儿祭祀天神的壁画，它们在祭台上跳舞，天空中有一只眼睛在俯瞰着它们，有人跳进了篝火中，然后有虚无的线条在上空勾勒。我问杂毛小道看出了一点什么没有？

他转过头来问我，你觉得这个世界上有没有神，或者仙？

我摇摇头说，不知道。

理智告诉我，这个世界都是由原子和电子构成的一切，世界是物质的，之间的一切都是由宇宙四种作用力"万有引力、电磁力、强力、弱力"所联系在一起，在法则之内运转，由小概率事件演化成宏观宇宙。然而随着经历的增长，在看到了那么多现有科学无法解释的东西之后，我开始相信，冥冥之中真的有一种所谓"道"的法则在运行。基督教说物质是由能力产生出来的，而能力是由一位有位格、有自由意志的神而来的。这个神，就是他们的上帝。

而佛教则是说万物有缘，色即是空。

我问他，你觉得呢？他摇头笑了笑，说不知道，他还没有到达知晓神仙、明了万物的境界，怎么可能断定这些？

在旁边用骨头棒子、符文、香烛灰布阵的杨操听到我们的谈话，虽然没有停下手中的活计，但还是扭过头来问杂毛小道："萧先生能够从这壁画中看出什么门道来吗？"

杂毛小道耸了耸肩，拿桃木剑去挑动地上的沙粒，说多的看不出，就是感觉这三眼小人，似乎也是曾经生活在这一片天地的智慧生物，而为什么史料上却一点记载都没有呢？这，就不得而知了。

杨操捻着一些金砂往兽骨上倾倒，思索了几秒钟，语气缓慢地说道："其实也不是没有记载，只是……怎么说呢？我们早在今年一月，老胡从晋平县接收了三具矮骡子尸体的时候，就已经开始关注起它们来。据我们内部文档记载，这东西曾经辉煌过，甚至古夜郎国的覆灭，都有这种东西的身影。有一个消息，可以跟你们两个私下透露一下：在过来这边之前，梵净山西麓也出现了矮骡子和人脚獾的踪影。去年一年，我们就剿灭了五处深渊生物的作乱——我们内部认为这些毁灭夜郎文明的所有生物，都是来自深渊的……"

"深渊在哪里？"我扬眉问道。

"杨操！"在一旁拍照的贾微厉声喊道，一副凶神恶煞的模样。杨操表情有点不爽，不过他倒也是个圆滑的人，很快就调节过来，嘿嘿地笑，没有再继续爆料，而是说陆左你要想了解，自己回南方局去问一下，应该都能够知道的。或者，你调过来，跟我们做同事，我天天跟你说八卦。

我摇摇头，下巴指向了那个女人的后脑勺，说得了，天天跟这样的女人待在一起，我可受不了。

想到这个一脸严肃的女人旁若无人地跟那只食蚁兽肥美多汁的长舌接吻，我心中就寒气直冒。

这个实在是太重口味了，三观全毁。

很快，杨操的布置就已经结束了，在我们面前的是一个用灰白色骨头搭架子、以浸过桐油的红线勾连的法阵，东南西北四方皆插有两根红色蜡烛，三根线香。这阵中有几个平方米的空间，可容几人进入。杨操指着我们头上的顶壁。那里有一个天然形成的岩石瞳孔，黑白色，外边斑驳，中间却是一圈又一圈的圆轮，糊满了尘垢，当我仔细去打量它的时候，却有一种不寒而栗的感觉。

仿佛一盆凉水从头浇到脚底，我全身的寒毛都竖了起来，感觉在这一瞬间被看个通透。

他说也许有人感觉出来了,这个东西,就是给你们下咒的布置。它是一种未知的强放射性元素,可以用来定位,引发噩运。叫什么呢?古埃及把它叫做"法老阿蒙的俯视",欧洲叫做"恶魔之眼",日本把它叫做"高天原的噩梦",而在我们这里,有一个很有意思的名字:"封神榜。"当初一见到你们,我就知道是这玩意儿在作怪。

我一脸冷汗:"这名字……咋封神?"

杂毛小道笑了笑,说封神没希望,做鬼倒是妥妥的。赶紧吧!咦,你这么说,是不是我们也要进来超度一番?

杨操说不用,上次是有人专门给他们标记了,连没有进洞子的人都受到了感染。这次不一样,我进来的时候特意查了一下,没有人监视。他举手点名,我、马海波、罗福安、刘警官、向导老金、吴刚、战士小陈、小张。当初满满一队人,意气风发,将近一年时间之后,竟然就只剩下了这么几个。

我们站进这阵眼中间来,杨操往后一跳,手中突然多出一根招魂幡,一个软布袋。

他将那黑色的招魂幡舞动起来,如一杆大龙,东西跳跃,行走如风。

我感觉从他的那招魂幡中,有一股蚕食之力游走而来,身上有一种黏稠感被慢慢抽离出来,而我旁边这些人的脸上,都露出了如释重负的微笑。

我抬起手,将双掌立于眼前,心中有些遗憾:这陪伴了我近一年的诅咒之手,对我而言十分重要,此时此刻,我要放弃它了吗?

这一双结有茧子的大手开始变得灼热,它曾经被矮骡子恶毒地诅咒过,所以我在这些人里面,是最严重的一个,身上被烙下的印记,比这些人总和在一起的还要多上数倍。它蓝莹莹的,有着发烫的温度,这是怨力所凝结而成,每一个死在我手下的邪物,都会有怨力凝结于此。它既是诅咒,是吸引邪物攻击的"拉怪器",又是我天然的荣誉勋章。

一时间,我竟然痴了,有一种莫名其妙的惆怅。

如同我准备放弃黄菲一样的心情。

杨操舞动了一根烟的工夫,突然长喝一声"收……"我旁边的所有人都吐了一口黑痰出来。接着,也不知道他在跳着哪门子大神,头也摇晃,身也摇晃,口中经文没念十几秒钟,右手的那个软布袋子便往天空一抛,口中又大喝一声:"破——"那袋子应声而破,一大片鲜血就溅了出来,从天而降。

因为事先有过交代,我们都稳定不动,嘴巴紧闭不语。这鲜血还含带着些毛发的痕迹,是黑色的,只是不知道是黑狗、黑驴还是别的什么破邪之物。

如此手段,倒是也简单。

正当我身边的这些人都满面欣喜,以为可以解脱的时候,那被泼了鲜血的石眼——好吧,"封神榜"这个名字实在是太让人想吐槽了,我还是说石眼吧——居然开始缓慢转动起来。这东西居然如同活物一样，离奇转动，就像一颗眼球，蠕动着，最中心的瞳孔定住，直勾勾地盯住了泼血的杨操。

　　虎皮猫大人突然一声大叫："快跑……"它竟然不顾一切地朝着那道石缝飞去，如同一只捕猎的苍鹰。

　　杨操长吐了一口热血，仰天倒下去。

　　在所有人的惊诧中，那道唯一的石缝出口竟然缓缓合拢起来。我们这才知道肥母鸡为何如此惊慌，没人愿意待在这里闷死。在石缝边缘的人立刻就冲了出去，而其他人则奋力跑过去。那石缝合拢得甚快，轰隆隆、轰隆隆，我跟着前面的人奔跑，然而到了口子处，我倏然停下了脚步。

　　一大泼的热血飘射到了我的脸上，马海波手下的那个刘警官，被石缝夹住了，没两秒钟，就被碾压成了肉泥。

　　门封住了！

第十九章　囚徒困境

　　喷射的鲜血溅到了我的脑门顶上，让我激荡的心情瞬间陷入了冰点。
　　我一屁股跌坐在地，看着刘警官一条左腿还露在闭合的山体之外，虽然人因为巨力挤压已成肉泥，但是筋骨相连，这腿瞬间变得肿大之后，不断颤抖，形如筛糠，挑动着细小石缝边缘的肉泥和脏器，过了一会儿，不再动弹。血液混合着汗水，从我的额头上流了下来。倘若我再快个一秒钟，恐怕此刻也成了这般模样。
　　世间本来只有幽府，而无地狱；后佛教东来，将十八层地狱的概念传入东土，诸般酷刑，吓得凡夫俗子一心念佛。此十八层地狱，各有名目，而第十七层，名曰石磨地狱，相传糟踏五谷、贼人小偷、贪官污吏、欺压百姓之人，死后将被打入石磨地狱，磨成肉酱，周而复始。
　　这乃佛家传道之法，不得偏信，但是刘警官此番所遭的罪，不亚于那石磨地狱的痛苦。
　　马海波在我旁边哇啦哇啦地吐，他离得也近，差一点就跟了出去。此刻回想起来，也是一脑门子的冷汗。我也顾不得去看旁人，连滚带爬地往后面退了几米，然后双手反撑在地上，回想起关于这个刘警官的片断：这是一个让人记忆深刻的人，因为像他这般胖胖的刑警并不多见。但是我脑袋一片混乱，就是想不起来更多的事情，只记得某年某日，金蚕蛊在罗二妹家外面大展神威的时候，某个胖警察惊诧地说："好可爱哟……"
　　物是人非。
　　马海波在我旁边喃喃自语，说老刘这种死法，全尸都没有留下，我可怎么跟他家人交待啊？他老娘现在还躺在病床上呢，要是知道了，那不得又办一场丧事啊？
　　他的眼泪簌簌流落，一半因为刘警官，一半因为自身的恐惧。旁边的贾微镇定自若地收起相机，冷冷地说不要想得太远了，你还是想一想，自己能不能够出得了这个大厅吧。绝境关头，她这冷言冷语立刻引起了大家的激愤，立刻有一个小战士不乐意了，正在扶着墙呕吐的他剑眉一竖，反驳道："这位领导，你是不是更年期了，说话忒难听了点。是吗？是病就得治……"
　　这话出自杂毛小道之口，我倒不觉得什么，这战士的话语一出口，倒是让我觉得稀奇。
　　普通战士，哪里敢得罪上头的？
　　贾微立刻抬起头，用冷厉的目光注视着他，小战士毫不客气地回瞪过来。那条食蚁兽爬过来，嗞嗞地吐出舌头威胁，而战士手中的枪口，则若有若无地抬了起来。陷入这般绝境，所有人的心思都开始发生变化。吴刚这个时候跑过来，对那个战士厉声斥责，而杨操也过来拉贾微，好言相劝，这才休止。经过这么一闹，诡异的气氛倒是消淡了一些，而这个时候我们才发现，房间里面，有几个人不见了。

胡文飞，还有好几个战士、向导老金，都没有踪影。

他们是在石缝合拢之前，逃出去了。

这里面还包括虎皮猫大人。这些人，或许就是我们脱困的希望。

吴刚把我们召集在一起，说了稳定场面的话之后，我们开始勘查起这个大厅来，想找到其中的奥秘，然后得脱出去。四处找了一圈，发现整个空间是一个倒扣着的碗形，四周严丝合缝，并没有什么机关。而十分钟之后，当我再次来到那道石缝旁边的时候，发现刘警官的那条腿已经掉落在地上，刚刚还有一丝空隙的山体，现如今竟然和周边的山壁一般，根本看不出刚才这里还有一道可容一人行走的缝隙。

我转过头来，发现杂毛小道的脸色发白。

我们都发现了一个问题，就是这山洞好像是活的一般，里面的通道会随意改动。难怪我们以前过来会迷路，难怪我这次同样会迷路，不是因为我记忆出错，不是矮骡子的幻觉，而是山体在不停地转变：这是什么？是阵法吗？

杂毛小道摇摇头，说不是，阵法不过是算术结合地形、天时、气势的变化，哪有这般神奇。

这合拢的岩壁上潮湿泛亮，我伸手去摸了一下，有液体，黏嗒嗒的，一股膻腥气味。杂毛小道也凑过来闻了下，脸色有些怪异，也不说话，眉头却紧紧锁起。

又过了十分钟，所有人又聚集在一起。为了节省空气和能源，场中所有的篝火和燃烧物都已经被扑灭，电筒也只保持了一盏，在这孤单的光亮中，大家集中在东北角的方向，或蹲或站，面色都十分凝重。杨操咳嗽了一下，清了清嗓子，然后指着不远处那只被泼了血的石眼叹气，说万万没有想到，那个东西居然是这大厅的枢纽，一旦被破掉，竟然自动收缩防御，将所有的通道都给封锁住了。

贾微的脸色也不好看，皱着眉头说能不能将那眼睛再戳弄一下，让它再次开启？

那个十分个性的小战士用看白痴一样的眼神盯着她，笑了："贾首长，你也不仔细打量一下，人家的眼睛早就闭合上了好不好？"确实，刚才我第一时间打量了那个所谓的"封神榜"，在我们没有注意的情况下，上面居然出现了很多厚厚的岩石，将那炯炯有神的瞳孔给遮挡住了。

杨操叹了一口气，说，最好还是不要再惹那东西，不然恐怕连命都没有了。

吴刚见那个小战士有些怨气，拍着他的肩膀说，小周，不要胡来，我们一定会有办法出去的，外面的战友也会来救我们的。小周抬起头，想辩驳，但是希望终究还是将绝望给压倒，点了点头，没有再吱声。

所谓权威，就是要给人以威吓，然后再给人以希望。

当众人的情绪平息了一些，杨操再次缓缓说起："昨天下午到达这里的时候，我和洪老大就对这里的山势望过气了。总觉得过了陡峭的后亭崖子这道屏障之后，山势平缓，从东往西，如同一女子侧卧，五官分明，双峰如乳，而千年古榕树后面的那道仅能容一人行进的溶洞子，就仿佛人体五谷轮回之地一般。当时我便与洪老大说，此地为天生的聚阴幽鬼阵型，凶险异常，此时再一见，果不其然。"

杂毛小道这人倒是个不温不火的性子，他大剌剌地盘腿端坐在地，掏出那未完工的双刃人脚獾骨刀，开始用刻刀赶起工来。此刻的他倒比往日进步了许多，在众目睽睽之下，也能够心无旁骛地制符。非但如此，他还接话说道："既然如此，那你们还要进来？"

杨操苦笑说，我们进来，帮诸位解除封神榜的标记是一件事情。还有一件，是因为最近两年，世界各地频频发生许多难以解释的事情——很多，已经威胁到了人类的生存。而这些，都与深渊来客有关，所以我们过来，更多的是为了调查矮骡子这一物种的离奇出现。不可否认，我们也有将这颗石眼纳为己有的想法……

贾微刚刚和战士小周吵了一架，此刻气鼓鼓的，也不拦着杨操坦言相告。

"之所以会跟大家说这些，其实也是打一个预防针。我们现在已经是一条绳上的蚂蚱了，就要同舟共济，不要因为其他的事情平白耗费气力。现如今我们的目标是一致的，就是逃出生天。老马他们在外面，会想办法营救我们的，而我们现在最重要的，是平心静气下来，不要内讧，也不要浪费体力。我有感觉，真正的危险，还在暗处潜藏着呢……"

杨操三十来岁，是个精干的青年，特勤局五人，除了洪安国之外，就数他最有领导气质。一番中规中矩、中正平和的话语说出来，大家惶恐的心情终于得到了舒缓，将自己背包里面的给养拿出来集中，由杨操、吴刚和马海波共同看守，静静待援。

因为并没有长期作战的准备，所以大家随身携带的给养并不多，大部分都是些战斗用的物资，倒是我这里有些压缩饼干、能量棒、巧克力和运动饮料，占了大头。

我们各自找了地方歇息，吴刚在调试无线电对讲机，也许是山体封闭的缘故，联系不了外面。

我也尝试着让朵朵或者金蚕蛊渗出去，也没有成功。

这是一个没有解法的局，我们所有人都被当作囚徒，困在这么一个闷热的洞子里，没有敌人、没有活力、没有风……有的只是每个人沉重的呼吸。通过那束单薄的灯光，我观察着留在这里的每一个人，他们的脸上，或多或少都有着一丝绝望。

在这一刻，我突然想到了每年报纸上那些死于矿难的苍白数字，在那些数字背后，是否都是和我们一般有血肉、有思想的人，是否也在绝望的边缘挣扎，最后无奈地死去呢？

他们，是不是会和我一般，在思念着自己的亲人，和心中最柔软的那个她呢？

杂毛小道一刀一刀地刻着骨刀符咒，朵朵依偎在我的身边，肥虫子在夜明砂中钻来钻去，我们谁都没有说话，然而能够呼进胸腔的空气，随着时间的缓慢流走，越来越少了。

我们，会就这样死去吗？

第二十章　铁剑刺眼，天落巨石

两个小时过去了，山壁中没有一丁点儿动静。

时间拖得越久，我们生存的希望就越渺茫，这一点，大家达成了共识。短短的两个小时，我们仿佛过了一个世纪，或许也是因为这种心理，每个人的呼吸都开始沉重起来，感觉那空气都变得稀薄了，肺也越来越辣，干燥得令人难受。我的思想已经开始完全地放空了，盘腿趺坐，把自己的心放在一个不可预估的地方，让它静静地停留，去感受那让人难以捉摸的道。

这玩意儿跟泥鳅一样滑溜得很，而且你越是刻意，它越飘忽。

大厅里只剩下杂毛小道的刻刀在坚硬骨头上雕刻的声音，杨操蹲在旁边一直看，时不时地跟杂毛小道交流几句。刚开始杂毛小道还吹嘘，说自己师承茅山宗近代符王李道子，惹得杨操啧啧生叹，连贾微都掀开眼皮子，高看了这个猥琐道人一番。而后杨操的问题越发多了，惹得专心雕刻的杂毛小道一阵厌烦：红尘炼心，也不是这么个折腾法啊？于是将他一通骂，杨操郁闷地在旁边坐着，不敢说话。

杂毛小道平日里就是个笑嘻嘻的二皮脸，然而一旦进入篆刻制符的状态，就变成了一点就炸的土地雷。

这是他的执着，也是他的道。不疯魔，不成活。

若不是如此脾气，也制不出精妙神奇的符篆来。

虽然他给我做的，没有几个精品。

我的思想正处于飘忽无定的状态，突然听到扑通一声，感觉有人倒在了地上。我睁开眼睛，发现昨天夜里一枪崩掉快如鬼影的人脚獕的小张，正在地上翻滚，而旁边的吴刚等人则抓着他，担忧地喊着他的名字："小张，小张你怎么了？"

我霍然而起，快步走过去，只见被死死按住的小张全身僵硬，四肢有节律地抖动着，他面色青紫，呼吸暂停，口吐白沫，黄的黑的呕吐物也跟着喷出来，洒落在他旁边人的身上。他眼睛直勾勾地往左上方看，口中的污秽物终于吐完了，于是大着舌头，结结巴巴地喊道："有鬼、有鬼……不要看我，不要……我有罪……我有罪！"他一声大叫，似乎要喘不过气来。

杨操眼疾手快，一把揪住了小张的头，右手上立刻多了五根银针，快疾如闪电，呼吸之间，便全数插在了小张的后脑勺上。

我看到这银针就是一阵心慌，须知人的头颅是百穴聚集之地，稍有差池，便是关乎性命，要不然三叔中的那锁魂针就不会那么恐怖了。

显然杨操是个厉害的针灸高手,第五根针扎入了小张的耳后,这仿佛羊角风似的症状立刻得以缓解。小张睁开了眼睛,一脸迷茫地看着制住他的战友,问怎么回事?吴刚等人看到了小张眼睛中的清明,放开他,说你没事吧?小张坐直身子,说没事啊,怎么了?他感到后脑有些别扭,想去摸,结果被杨操给拦住了,杨操神情严肃地问他在刚才那一瞬间,看到了什么?

小张原本迷茫的神情立刻变了,有一种说不出来的诡异:"眼睛,巨大的眼睛在俯瞰着我们……"

他这么一说,我立刻扭头往上方看去,发现那本来消失了的石眼,突然又睁开了一条缝隙,露出一种让人心寒的目光。我与那目光对上,心中立刻沉甸甸的,浑身冰冷,在那一刻,竟然连呼吸都不能。

看到这情形,贾微一下子就怒了,从兜中抽出那把锈红的铁剑,一声厉喝,甩手就朝那石眼扎去。

这石厅均高约四米,石眼位于正中央,足有六米多高,贾微的铁剑一出手,倏然朝那道石缝射去,转瞬即至。这剑是把好剑,力道也大,并没有弹飞,扎在了石眼之中。与此同时,轰隆一声响,竟然掉落下几滴液体来。

贾微得意地大笑,心中畅然无比,然而就在这个时候,整个洞穴居然摇晃起来,山体震动,原本固若金汤的山壁开始瑟瑟发抖,那颜色正常的墙壁上,突然浮现出许多如同蚯蚓一般的纹路来,让人在感觉怪异的时候,心中的寒气从菊花一直上升到了嗓子眼。

我们纷纷往后退,一直到背靠着山壁、退无可退的时候,恐惧感才低了几分。

地下在摇动,岩壁在摇动,头顶上的穹壁也在摇动,世间所有的一切都在晃动之中。这一切足足持续了好几分钟,除了我、杂毛小道、贾微和杨操,其他所有人都趴在地上,四肢着地,浑身颤若筛糠,恐惧地看着这一切。杨操将小张脑后的银针一把收回,气愤地大声喊道:"不是说别去惹它吗?现在怎么办?"贾微不服气地回应:"说不定过会儿就裂出一道通道出来了呢?"

她的话音刚落,大块大块的石头就从天而降,落雨一般,重重地砸在了地上,溅起一地的灰土。我的脸色一变,就感觉朵朵拉着我往左边走,没有半点思考时间,我大吼说快往左边走,有石头掉下来了!

大家听到我的喊叫声,一窝蜂地朝着左边闪去,我跑得晚,刚走两步,轰隆一声,一块两米多高的石头就砸落在身后,溅起的碎石将我砸得生疼。

如此的情形又发生了三次,全部都凭着朵朵的预知,躲避过去。第三次的时候大家惊慌到了极点,也变得慌乱,于是有一个战士在躲避的时候绊倒了,被几吨重的石头重重地砸到了双腿,一瞬间,血肉四溅,惨叫连连。而奇怪的是所有动荡,都在这惨叫声中结束了。

大厅又恢复了最开始的平静,只是原本空荡荡的房间里到处都是两三米高的乱

石，错落有致地分布。

战士在几声惨叫之后，变得奄奄一息。当所有的一切变得稳定，我们走过去，只见他大腿膝盖以下被巨石压住，而散乱的碎石则铺满了他的全身，他的脸是一片酱紫色，眼球瞪得几乎要突了出来，血丝密布，想说话，然而似乎有一股气压在挤压着他，整个人的脸变得十分恐怖，如同魔鬼。

杂毛小道用刻刀在他的肩头凿了两个口子，血水射出来后，他的脸色才变得不那么吓人。

吴刚跪下来，紧紧握着这个战士的手，想安慰，但是不知道如何说起。战士眨了眨眼睛，幽幽叹了一口气，说出了临死前的两句话："队长，我要死了吗？啊……能照顾一下我小妹吗？她才读小学……"接着，他放开了吴刚的手，阖目而眠。吴刚喃喃地说好，好，我一定会的……

我的手紧紧抓着旁边一块齐人高的石头，指甲深陷其中。

见惯了死亡，所以更加憎恨它。

我突然无比地仇恨起这一切的始作俑者，矮骡子、石眼甚至杨操他们后面的特勤局。为什么会这样？这些年轻的面孔，他们本应该享受温暖的阳光，而不是成为一具具死尸，在这阴森潮湿的洞子里待着。那个叫小周的年轻战士突然发起了疯，拿着手中的微冲，对着刚才甩剑的贾维咆哮，说是她害死了他的战友，让这个可恶的女人偿命。

因为绝望，小周的情绪处于崩溃的边缘，而贾微却是寸步不让，梗着脖子说自己没有错。

当我看到小周扣扳机的手指准备弯曲的时候，立刻冲过去一拍他的肩，金蚕蛊难得一用的昏迷功能瞬间奏效，小周软软地倒了下来。见到我一招便制服小周，而且手法还如此诡异，除了杂毛小道，所有人看向我的目光，都又是惊奇又是恐惧，气氛顿时就和缓下来。

立威，果然是要些硬手段的。

我黑着脸看着每一个脸上有怨气的人，淡淡地说："我们不会死的，放心，诸位。坐下来，我们吃点东西吧，内斗而死的人是最可耻的，希望各位不要逼我。"说完，我将怀中的小周递给了吴刚，也感慨这小子竟然会如此暴躁，做事一点后路都不留。

也许是真的绝望了吧？

这一次惊魂之后，所有人都放弃了胡乱寻找出口的努力，将这大厅查探了一番之后，回到刚才的地方，各自找了位置坐下，将分配的东西小心地吃着。因给养不多，大家也只是稍微吃了一点，平复一下情绪，喝水的时候，几乎是每个人一瓶盖。

我还特意去看了一下那颗石眼，却没找到。

落下来的大石将它给掩盖住了，下面的石头堆积得如同山高。

接着又是漫长的等待，我和杂毛小道靠墙而坐，因为身上尽是别人的鲜血，干枯之后皮肤结痂，特别难受，我一边跟他说话，一边挠。我问他若是我们死在这里，后悔不？

他说当然后悔，这次真的冤得很，凭空找麻烦。我点头，说我也是，其实我并不在意身上的诅咒，只是推辞不过别人的邀请。杂毛小道便笑我是个滥好人，一直都在为别人的事情而奔波。说完，他又讲，不过这样的陆左，当真是个值得一交的汉子。

我们说了一会儿话，感觉精神有些疲倦了，开始闭目休息。

不知道过了多久，我听到有一种从喉咙里发出的沉闷嘶吼，接着有搏斗的声音从左边不远处传来。睁开眼，只见马海波被一个人死死压在下面，脖子被卡住了，无力地挣扎着。

第二十一章　肥母鸡传音，密室得脱困

死死掐住马海波的这个人，是罗福安。

他几乎是在瞬间暴起，想致马海波于死地，旁边几个没有睡着的人立刻就反应过来，第一时间跑去拦截罗福安的举动。然而让人恐怖的是，吴刚一上去拉住罗福安的手臂，就被随手一甩，扔开了好远——如此大的力道？眼看吴刚就要撞上一块尖锐的大石，杂毛小道赫然出手，运用柔劲，将吴刚一拉一带，缓和下来。

这个时候，我已经冲上前去，紧紧抱住了罗福安。

我双手一用劲，将罗福安掐在马海波脖子上的劲道减轻了几分，而旁边的贾微断然出手，几指点在了罗福安手上的麻筋处，迫使他松开了马海波的脖子，立刻有一个战士过来将马海波给拉到了一边去。我紧紧箍住罗福安，不让他动弹，然而这家伙凭空多出的力道相当巨大，奋力一挣扎，便将我给一把甩开。

我往后跌退几步，赫然发现转身过来的罗福安，眼睛呈现出血海一般的红色。

我的第一反应是他被附体了。

曾几何时，他也是被一个死去的矮骡子附体成功，然后朝我下了一段诅咒，撂完狠话之后被我几巴掌扇醒过来。不承想这个家伙现如今又发了魔怔。不过比起当初，此时的罗福安，浑身上下都散发着一股乖张的戾气，让人心里面十分的不舒服、不自在，仿佛有被头顶那只石眼盯上的感觉。

说时迟那时快，罗福安一转过身来，还未站稳便朝我咆哮着扑来，这声势惊人如猛虎下山，十分的凶猛。我第一时间感觉到自己不能够对抗，于是抽身后退。一道身影与我擦肩而过，是杂毛小道！他二话不说，手中的桃木剑尖上，已经有了一张燃烧的黄符。他口中快速念着《登隐真诀》的后半部分，剑势如龙，瞬间就将罗福安给缠住了。

练过功夫和没练过功夫的，就是不一样。杂毛小道的木剑舞得我眼花缭乱，然而中间所出的实招，确是招招都指向了罗福安的要害。

罗福安凶狠如猛虎蛮牛，然而在杂毛小道第一时间缠住了他之后，我、杨操、贾微和吴刚麾下的战士立刻一拥而上，七手八脚，没用多少的功夫，就将他给擒拿，按倒在地。他疯狂地挣扎，口鼻中喘着粗气，流出黄白色的液体，四处咬人。杂毛小道让人将他翻转过来，从怀里掏出一张黄色符纸，啪的一下贴在了他的额头上，口中高念道："丹朱口神，吐秽除氛，舌神正清，通命养神……急急如律令！"

然而这净口神咒符并没有起到任何效果，罗福安张开嘴巴，竟露出尖锐的獠牙，一口将从额头上低垂下来的符纸吞食进了肚子里,接着发出诡异的尖笑来。

与此同时,罗福安脸上的肌肉开始不断地抖动,皮肤下面仿佛藏着无数的蚯蚓,在四处爬行。

杂毛小道大叫一声不好,说这个胖子中毒了。

他转头看向了我,说,小毒物,这下可得你出马了!我用手指沾了一些伤口的血,抹在罗福安的脑门上,高喝一声"洽",然后结内狮子印,抵住他的额头,念"金刚萨埵降魔咒"。两遍之后,无效,这才断定他不是中邪。在我忙碌的时候,杨操已经用红绳将罗福安给整个捆住,然后默念着了一道咒文,最后在他的后颈处挂了一个黄金铃铛。

我双手合十,将金蚕蛊请了出来,这肥虫子看了罗福安一眼,有些惶恐,围着奋力挣扎的他转圈。

显然,金蚕蛊闻到了矮骡子的气味。

在我刚获得金蚕蛊的时候,这小东西可没有这么乖,把我弄得死去活来。后来我潜伏在青山界守林屋中,连夜蹲守,抓住一头矮骡子,将其草帽拆散,熬制了一碗小功德汤,这才将其凶性压制。这是最初,后来肥虫子服用了修罗彼岸花的果实,继而又陆续吸食了各种毒物,不但脑门长起了痘痘,而且越发地通灵,已经和往昔的金蚕蛊不一样了,故而不怕矮骡子。

然而它仍旧是厌恶矮骡子,就如同人不喜欢热腾腾的大便一般,天生的。

我催了金蚕蛊几次,它犹犹豫豫,总是不敢进入罗福安的身体。

见金蚕蛊也搞不定,旁边的贾微一阵心急,抽出一把雪亮的匕首说,要不然就直接给他一个痛快,免得一会儿误事!她显然不像是在开玩笑,说完话,匕首已经抵到了罗福安的心窝子。一想到罗福安那个柔弱的妻子和可爱的女儿丫丫,我心中就有一万分愤怒奔腾而过,立即伸手抓住她的手腕,脸色凝重地看着她说,你是不是太凶戾了?杀伐果断的手段放在自己人手上,你以为你是谁。

贾微见我坚持,抽手回去,说得了,你们一会儿等着哭吧。

说完,她坐回角落,跟她的那只食蚁兽调起情来。

我有些愕然,这种素质,怎么可以混进公务员队伍?我捅了捅正忙活着打结的杨操,用严肃的疑问眼神盯着他。他很无奈地耸了耸肩膀,不动声色地指了一下上面。我心领神会,没有再跟这个背景深厚的女人作对,而是开始和杂毛小道一起对着罗福安,念起了安神的咒法来。

上面有人,干吗还跟着我们这些苦哈哈,跑到这山窝子里面来卖命?

我心中无数的中指竖起。

杂毛小道说是中了毒,那么我们的安神咒便显得软弱无力,好在杨操的红绳缚体有些效果,罗福安狂躁了一会儿,终于陷入了沉默,眼睛似闭未闭,喉咙里发出狼一般的嘶吼。连续的状况让我们心中难受得紧,死亡的味道让所有人的心情都压抑到了极点，而我认为贾微冷漠的态度，很有可能会成为一个导火索，引发出一场大的变动。

这么一个女人，活了四十多岁，而且还是在这么一个部门，她的性子就不能收敛一点？

一番争斗，我们坐回地上，感觉从身体到精神，都无比疲倦。没一会儿，杂毛小道突然诡异地笑了起来。在这唯有呼吸和心跳的安静中，他的笑声显得格外刺耳。我吓了一跳，这哥们不会也……我拉着他，问怎么回事？他没有回答，而是打开了手中的电筒，来到了刚刚我们进来的石缝位置。

在那里还有半截小腿和一堆碎肉渣子，是刘警官的。

杂毛小道毫不介意地刨开这些，然后朝手上吐了几口唾沫星子，开始有规律地摩擦起那一面严丝合缝的墙体来。我走过去，一把拉住他，说你发什么疯？他扭过头来，眼睛里一片清明，说他刚刚收到了虎皮猫大人的消息，让我们摩擦这墙面，就能够找到出去的通道。来，我们一起。

我有些怀疑，说这怎么可能？我怎么没有收到那扁毛畜生的消息？

杂毛小道没有回话，认真地来回摸这面墙，他摸了一阵子，岩壁突然变得油滑起来，似乎有黏液渗出来。我见到似乎有效果，也挽起袖子，跟他做着同样的动作。我们两个傻乎乎的行为立刻引起了所有人的注意，杨操过来问了一下，杂毛小道自然不会说实话，只是说直觉。

吴刚一声令下，剩余的人都毛手毛脚地上来，在山壁上来回画圈圈。

别说还真有效，过了一会儿，我们似乎听到泉水流淌的声音，整个山壁也变得滑润无比，而且还轻微地颤动。在第十六分钟的时候，在我左手四五米的地方，突然一阵晃动。那里是马海波站着的地方，杂毛小道眼疾手快，一把就抓住了他，往身边拉来。轰隆隆一阵响，我们低头一看，这山壁与地下的夹缝之间，竟然裂出了一个两米宽的狭长口子。

虎皮猫大人，真神人也。

望着这一路朝下不知底的黑洞子，我疑惑地问杂毛小道，说这就是你所说的，出去的通道？

杂毛小道点了点头，从地上抱起一块篮球大的石块，让马海波帮忙照着光，然后往那斜道口里扔去，骨碌骨碌，石头一直滚，最后听到了掉进水里的声音。光线中照出的陡坡，呈三十度倾斜，并不难攀爬下去，然而经过之前的挤压事件后，因为担心自己也变成肉泥，大家竟都没有胆量下去。

我们面面相觑，有了出口，该谁去一探究竟呢？

好几个人都低下了头，小几率的逃出生天和此刻的苟延残喘，出于对死亡的恐惧，很多人还是选择了后者。在一旁的贾微提出来，说不如让这个中邪的家伙去看看？杂毛小道抬起头来，丝毫不掩饰自己的厌恶，说算了，他找到的方法，还是他来吧。

我站出来，说我也去。

就此商定了，我让杨操注意好罗福安，然后喝了一口水，让朵朵在前面帮我们照明，和杂毛小道一起，小心翼翼地向下攀爬。一路上我们提心吊胆，幸运的是这裂缝终究还是没有合上。大概下去了五分钟，我们终于到了一个空旷的地方，黑暗中，有一丝湿凉的风吹来，还有湍急的水流声。

第二十二章　无名小鱼，断桥残血

听到这水流声，闻着清新中略带一丝腥气的风，我紧张的心情终于好了一些，头顶灯光照耀，感觉豁然开朗。

在我们面前的是一条地下暗河，河面宽约七八米，弯进左侧，凹出一块几十个平方的和缓区。电筒照过去，波光粼粼，如同天上闪烁的繁星。河两岸，我们这一边是怪石林立的狭窄甬道，有的去路被突出的石壁给堵上了，看不出路径来；而对面则是一片宽阔的平地，在右方的尽头，似乎还有朦胧的光线。

我往前走了四五米，发现有个天然的石阶，在地下暗河水流湍急处。我用手捧起河水，猛喝了几口，甘甜清冽，细密绵长，好喝得要死，什么"农妇山泉"之类的，在那一刻都成了浮云。

杂毛小道用手搭着凉棚看了一下，说，那个方向，莫不是肥母鸡所说的出口？

我有些不确认地点头附和说，是吧？

杂毛小道问"屁眼通"有没有将你手上的诅咒给消除？我说没有，不但没有，感觉往上升的那压力在最后的时候重重跌落，现在更加沉重了。杂毛小道笑了，说这次的买卖真不划算，不但没有将你身上的诅咒给消除，而且还九死一生，弄得现在这个狼狈样子，现在还不知道能不能逃出去呢？

我也笑了，说本来就不是很乐意消除，这诅咒之手，好歹也是哥们的一道板斧，调戏女鬼什么的，最给力了；而且，什么难题，能够让我们这左道组合败退呢？

杂毛小道哈哈地乐，说也是。

我们两个在下面听着这流水东去，心情舒缓，而上面的人却急得要死。我听到吴刚扯着大嗓门在上面喊我的名字，由上至下的距离并不远，只是陡峭，个别地方垂直九十度，身手稍微次上一星半点，都很难行，这也是我们足足花了五分钟的原因。我告诉吴刚，下面有一条地下河，还有很宽的一个通道，说不定能够顺着这河水漂流出去。

上面沉默了一分多钟，杨操让我们帮忙照亮，他们这就下来。

我们等了十来分钟，上面的人陆续爬了下来。最后的是吴刚和杨操，他们两人的脸色有些凝重，仿佛有心事一般。我问怎么了？杨操说他在"封神榜"那里安装了定时炸弹，威力十分巨大，足以摧毁那恐怖的鬼眼，所以我们必须在三个小时内逃出这里，不然，谁都不知道后果如何。

我没说什么，杂毛小道却从旁边一把抓住杨操的衣领，说，你有没有想过，如果我们没能够逃出这地下溶洞,那蛟脉疼痛翻滚,腹中绞杀,山石易位,我们的下场,就很有可能会挂?粉身碎骨的挂!

杨操没有反抗,任杂毛小道揪着他的衣领,苦笑着说,萧道长,你也看出来了?

杂毛小道冷冷地说道:"龙脉主福,千尺为势,百尺为形,势为来龙,若马之驰,若水之波,欲其大而强,异而专,行而顺,此龙翔于大泽大水,黄河长江洞庭之属,或九天之外,非常人所能见;而蛟脉主凶,形广如楯,似楼台门第,奇峰陡出,过孤斜旷,此蛟潜藏于九幽之下,勾连地脉阴森,最是诡异莫名,乃万物凶煞之首……这些东西,我穿开裆裤的时候都已经朗朗上口、了然于胸了。杨操,你可知道,你那所谓的'封神榜',正是那蛟脉的明觉所在,毁了它,这片山都要倒了?"

杨操咬着牙,感觉杂毛小道的双手越发地紧了,苦笑着说:"我知道,但是……这是任务。"

旁边的贾微抽着匕首凑上来,我跨步拦在了她的前面,而吴刚、马海波等人则有些犹豫,小心翼翼地看着我们,想劝一劝。僵持了一会儿,杂毛小道突然笑了,放开杨操,转头跟我说,看到了吧,这就是我当初没进去的原因,人在江湖,身不由己,或者说"君要臣死,臣不得不死",杨操人不错,是个直爽的性子,可是命令下来,总是做些不得已的事情。得,不说了,赶紧逃命要紧。

望着空中浮现身形的朵朵,杨操一头的冷汗,擦了擦额头,不断说理解万岁,理解万岁。

一番争论结束,大家看着光亮下泛着粼粼波光的暗河水,心中都舒缓下来。在大厅里的时候,大家都节省着用水,渴得厉害,此刻纷纷涌到了凹进来的水洼子,饮着这甘甜的地下水,大呼痛快。那水洼子里有一种小鱼在四处游荡,它只有春叶嫩芽一般大,黑背梭形,头大而尾小,见到人过来,便纷纷围簇上来,如同土耳其星子鱼一般,追啄着人们的手指。

这水冰凉清澈,有一种冷冷的寒意,扑在脸上,让人精神一振。

离开了那个诡异的大厅,被两个人抬下来的罗福安精神好了一些,也清醒了,转头四顾,问他到底怎么了?怎么被捆起来了?

马海波和吴刚等人都大松了一口气,却也不敢把他放开,只是安慰他,不要乱动。罗福安哭丧着脸,让人给他喝一口水,他渴死了。我把他搀扶到了水洼旁边,然后用手捧着水来喂他。巧得很,正好有一条游动的小鱼被捞起,在我手中游弋。罗福安两眼冒光,俯下头来要喝,我说等等,我把鱼挑开去……话还没说完,他就一口将我手中的河水喝光,连那条鱼,都被他咬在嘴里,美滋滋地咀嚼着。

我看到那条小鱼在他的口腔中被嚼烂,然后有一丝血痕流出嘴角。

他的表情有些怪异,嘴角仿佛在抽搐地笑着,开心极了。

他满怀期待地问我还有没?再给他抓一点儿鱼来吃,实在是太鲜美了,他这辈子都没有吃过如此美味的鱼儿。我很奇怪,这鱼苗一般的玩意儿,有这般好吃吗?我将手放回水里，那些小鱼立刻就围了上来，轻轻地啄食着我的皮肤，痒痒的，有一种很奇怪的触感。

我四处张望了一下，好多人都把手放在水里，逗弄着水中的鱼，马海波还问罗福安，说老罗，这鱼真的好吃？罗福安连连点头，说是啊，比上次去省城吃的那日本料理，好吃一万倍。马海波有些想吃，我弄了点水泼他，说吃个屁啊，水喝饱了就赶紧跑路，没听说我们只有三个小时的时间了吗？

那个战士小周之前被我弄晕，倒也不介怀，嘻嘻笑，掬了一把水，里面有四五条小鱼，将它们送到罗福安的嘴边来，说，罗哥，给你吃，一会儿别发疯就是，你这体重咱们扛着可真吃不消啊。

刚才就是小周和马海波合力把罗福安给弄下来的。

罗福安一口吃掉，嘴巴里面血肉模糊，他把这血当作琼浆玉液，用肥厚的舌头舔舐嘴唇，说还要。

我们面前这一段河因为有一个水洼子，所以水流平缓，不过最深的地方，目测也有两三米，并不好过。就在休息的片刻，吴刚和杨操已经探好了路，说地下河的上游十几米处，有一个天然的石拱桥，如同栗平的天生桥一样，石灰石结构，正好横跨这条地下河，有一道坎子，不过才一米六，很好攀爬上去。我们便没有再管罗福安的请求，小周把两百来斤的罗福安背起来，由马海波在旁边照看，一起朝着上游走去。

小周这个战士虽然年轻，脾气也有些暴躁，但却有一把好力气。

河流两岸的地下湿滑，长有墨绿色苔藓，也有些不知名的小虫子在鬼鬼祟祟地逃窜。我们小心翼翼地贴墙而走，没走几米，杂毛小道便将罗福安给接了过来，由他背着——小周背着憋红了脖子，而他却举重若轻，如拈鸿毛。很快我们就来到了那个石桥旁边，为首的贾微身轻如燕，脚尖在那岩柱上轻点，很快就上去了，然后接过她的小黑，不一会儿就出现在对面，说很安全，让我们过去。

其他人陆续爬上去，通过这半米宽的天生拱桥，到了对面。

我爬上去，从杂毛小道手中接了罗福安，小心翼翼地拉着他，走过这个石桥。他苦笑，说你们绑着我，手张不开，身体连个平衡都不能保持。我现在清醒得很，还不赶紧给我解开绳子？我摇摇头，说谁知道你什么时候又发疯啊。说完拉着他缓缓地走过这根平衡木一样的石桥，杂毛小道也翻身上来。

这石桥高出水面四米多，长有十几米，呈弓形，两边矮，中间高。杨操只捆住了罗福安的身子，腿脚并没有限制，我们小心翼翼地挪着步子，朝对面走去——若只是我一个人，一个箭步过去便是，可惜有罗福安这个大胖子，所以我还需不断回头照看，杂毛小道便在后面随时搭把手。

其他人都已经到了对岸，等待我们过去。

然而当我走到桥那边的时候，水里面突然激射出巨大的水花，有一种雷鸣般的声音从水下传出来，接着我感到有巨力重重地敲打在那桥体上，我还没有反应过来，桥体一阵摇晃,脚下一空,身体失去了平衡。

下一刻,有无尽的、冰冷的水,将我淹没。

第二十三章　你若安好，便是晴天

之前为了防虫咬，我全身穿得厚实，如今一跌入河中，衣服里面灌满了水，立刻就感到整个人仿佛重了无数倍，重力将我狠狠扯入水中。有水流将我朝着下游冲击，在经过最开始的惊慌之后，我被冰冷的水给刺激得头脑清明。冷静下来之后，我使劲一用力，将头颅露出水面，贪婪地呼吸了一下新鲜的空气，然后看到水面上光亮四处晃，有很多声音在我耳朵边回响着。

我耳朵进水，听得并不真切，看见左手边有一物沉浮，正是罗福安。

这边水流湍急，河宽不过四五米，而且岸上有好几个人都把手伸了过来。我将罗福安奋力往岸边推去，当看到吴刚将被灌得七荤八素的罗福安拽到之后，才转过头来找杂毛小道。黑漆漆的河面，哪里还有杂毛小道的身影？我使劲甩了甩头，感觉无数的水从我脖子缝里灌进去，身子越发地沉重了，不过也听到了岸边的人朝我叫喊："陆左，小心……"

"快上来啊……快、快！"

"小心后面！"

我朝着他们指的方向看去，刚一抬头，就看到一道黑影朝我甩来。啪——我的矿工帽被重重敲中，如遭雷轰，瞬间我就朝着水底沉去。眼前一黑，意识顿时丧失。等我清醒过来的时候，陡然发现自己已脱离了水面，被高高举在了空中。

我往下瞧去，只见自己的腰被一根黏糊糊的巨大触手给缠住，勒得我呼吸不过气来，而这触手的末端，是黑沉沉的水面。

我感觉到了前所未有的恐惧。

对于未知，对于死亡。

枪声在瞬间爆起，在这狭窄的空间里回荡。岸边的人纷纷朝水底射击，我看到被手电筒的光照耀的水面上出现了一团又一团的红色血晕，然后我被缓缓地朝着岸边移去，正对子弹的方向。

吴刚扯着嗓子喊停火，不要误伤。

枪声停止后，四周陷入了死一样的沉寂。

接着水面不断地有泡泡冒上来，咕嘟咕嘟，巨大的水泡在浮现之后炸响，我离水面两米高，腰间被紧紧勒住，气都喘不匀，四肢无力地低垂着。

有一个巨大的黑影在水下游弋，那根粗壮的触手如风中的柳条摇动，而我，则像一个襁褓中的婴孩，一点气力都没有。

接着,水面哗哗地响,在这安静得过分的空间里,逐渐浮现出一个巨大的兽头来,这头看不清晰,只看到蒜瓣鼻,嘴巴略长,其余的细节都被掩藏在碧绿的水草中。这东西足足有小汽车的车头那么大,嘴巴一张,雪亮的利齿在电筒的照耀下发光,有很腥臭的味道,从鼻尖直冲到我的天灵盖上,是隔年的臭咸鱼味。

我肚子中一片翻腾,终于忍不住,哇的一下,把隔夜饭全部吐了出来。

馊臭的呕吐物尽数掉进了这东西的嘴里,它咀嚼着,兴奋得浑身直抖。

由于角度的缘故,我并不能够看见这东西的全貌,但是也知道下面这怪物,即是杨操口中那个形似于章鱼的鱼,《山海经》中有记载的古怪生物。

它不在江湖,而是隐藏在这溶洞下面的地下河里。

似乎很享受我的颤抖和恐惧,它嘤嘤地笑,如同婴儿在哭泣。它颔下两根长达四米的细小触须,不断地撩拨着我的身体,滑过我裸露在外的肌肤,将它身体中的阴冷,一点点地传递到我的心中。

杨操在对岸大声喊:"陆左,深呼吸,不要让你心中的怒火和恐惧露出来,它是冲着你身上的印记来的,别……"

死亡不可怕,可怕的是等待死亡的过程。

在那一刻,全身没有气力的我没有幻想着自己能够逃出这怪物的吞食,只是希望它能够利索一点,别让老子久等了。终于,它决定要吃我了,水面下的触手将我缓缓地移到了它张开的大嘴上。

这家伙故意让我害怕,移动得也慢,一点点、一点点……

我心中的恐惧也在缓慢爬升,攀至最高。

突然之间,在这巨大头颅的旁边,冒出了一朵白色的水花来。而这水花的正中间,是手持着"人脚獾骨刀符"的杂毛小道。这个我印象中的旱鸭子,毫不犹豫地将骨刀符高高抬起,果断而强势地插入了鱼的眼睛。

很惊艳的一刀。

很不可思议的一刀。

一个平日里是旱鸭子的杂毛小道,他竟然能够在跌落下桥之后,秘密潜伏在水下,瞒过已近成妖的鱼的探知,悄悄接近,然后在关键时刻突然暴起,以一往无前的气势,准确击中敌人的要害。

轰……隆隆……

那人脚獾骨刀符一插入鱼被水草糊满的玻璃体中,立刻爆发出一股雷鸣一般的响声,一阵又一阵。

同时,从对岸泼来一个软袋子,砸在鱼的伤口处,黑烟顿冒。

接着我便没有再看到什么,只感觉天旋地转,自己被水里、空中地甩来甩去,强烈的失重和超重在瞬间转换,让我感觉仿佛世界末日就要来临了。所有的战斗都与我无关,我的世界一片混乱,任由自己的惨叫声在空中回荡。

晕……晕……晕……

这不是我太弱小,也不是我太懦弱。

这根本就不是一个级别的战斗。

在那个瞬间,我突然明白了杂毛小道每每谈及黄山龙蟒事件时,不经意间流露出来的那种浓浓的悲哀。不是我不去战斗,而是在"它"面前,我只是蝼蚁。

仿佛过了一个世纪,当我以为我要死去的时候,突然感到被勒得发麻发胀的腰一松,大量的空气灌入我的肺,接着我的身体开始加速,所有的景物,包括黑暗,都朝着前方飞速前进。

我被甩出去了,重重地朝着山石岩壁撞去。

我来不及思考什么,唯有徒劳地伸展四肢,让自己的受力面积增加,减缓压力。然而我其实明白,我将在下一刻,变成一摊肉泥。如同刘警官一般。

我要死了吗?

……

没有。很快,我感觉到自己的身体飞行速度开始变慢,尽管这变化并不明显,但是我感受到了相反的力量,灌注到我的身体里。在一瞬间,我终于接触到岩壁,然而传来的不是坚硬的撞击感,而是巨大的柔软缓冲。

我软软地滑落到地上,虽然五脏六腑都移了位,晕头胀脑、筋骨松散,但是胸中有一口气,证明我还活着。

我急忙扭转过头去,只见我与岩壁之间,夹杂着一个近乎透明的灵体。

是朵朵,虚弱得如同一缕轻烟一般的朵朵,柔弱到我只要伸出手一招,她就要消失的境地。朵朵是鬼妖之体,也修行了近一年的时间,然而面对这一撞,差一点儿就灰飞烟灭,由此可见,如果不是朵朵给我挡住了这一记,我肯定已经成了一堆碎骨烂肉。

朵朵在用自己的生命救我!

她见我没事,脸上漾起了淡淡的微笑,艰难地说了一句话,便钻进了我胸口的槐木牌中:"太好了,陆左哥哥没事,朵朵就放心了……好困!"

我来不及心痛,便感觉双手被人紧紧一拽,整个身子都腾了起来,飞速往黑暗中移去,整个空间里都是愤怒的婴儿啼哭声以及一声又一声水浪的撞击。

跑了好长一段路,那声音变得有些遥远而又飘渺,抓着我手的人才将我放下来,拍着我的脸,使劲喊:"陆左,陆左,醒一醒,醒一醒……"我勉力睁开眼睛,想说话,却感觉胸腔肺部,火辣辣地疼。我面前的人用电筒照着我的瞳孔观察了一下,刺眼得要死,我拼命地眨眼,是杨操。他点点头,又伸出手,说这是几?我感觉胸中一阵血气翻涌,有东西往上冒,喉咙里痒痒的,一吐,大股大股的血就流了出来。

我大骂一声。

杨操笑了,对着旁边的人说这个没事了。立刻有两张脸凑了过来,一个是马海波,一个是战士小周,冲我直乐呵。我艰难地爬起来,扭头张望,说老萧呢?一个有气无力的声音从左边传来:"老子在这儿呢!"我转头,只见一身湿漉漉的杂毛小道披头散发地躺在地上,他旁边的吴刚和另外一个战士也累得直趴在地上喘气。在他旁边是那个面瘫妇女,冷峻地搀着瑟瑟发抖的罗福安——这个女人倒也是有些真本事,两百来斤的纯爷们她扛着就飞奔。

除此之外,还有小张和他的观察手在持枪警戒。

这真是奇迹,在河中遭受到那恐怖鱼的攻击,我们竟然没有一个人死亡!我惊喜莫名,在马海波的搀扶下坐了起来,才发现自己正身处一个很空旷的岩洞之中,视线的尽头,是一个造型古朴的石门。我踢了一踢躺在地上的杂毛小道,笑道:"莫非过了这道门,我们就能够出去了?"

被我踢到的杂毛小道并没有回话,他的脸逐渐变成了绿色,突然翻身趴在地上,大口大口地吐出黏稠的绿色液体来。

第二十四章　耶朗苗裔

老萧中毒，我此刻尽管一点劲儿都没有，也凭空生出一股力气，惊诧地爬到他面前。

杂毛小道的身体不断地抽搐，颤抖如筛糠。他的眼睛直勾勾的，与之前小张那骤发性癫痫十分像，不同的是杂毛小道口中吐出的这绿色黏稠液体，分明是在刚才的搏斗时，中了那鱼的毒素。杨操曾经解释过，鱼为章鱼的变种，然而以我刚才的印象，却觉得除了那恐怖的触手，并没有什么相同之处。

哦，蓝环的章鱼，是剧毒之物，而这鱼的触手上，似乎也有蓝色的印记。

我没有中毒，是因为我身体内有本命金蚕蛊；而杂毛小道虽然道行渐深，但是对毒素的防御力并不高。

生死关头，我也不敢拖延，一拍胸口，肥虫子立刻浮现出来。小家伙也懂事，知道它杂毛叔叔耽搁不了半分时间，立刻摇着尾巴，直飞入口，顺着他的食道往里面钻去。它效率也高，没有三秒钟，杂毛小道脸上的痛苦就减轻了许多。旁边的人看到这肥虫子，不知道的都纷纷惊诧，也知道了我是一个有手段的人，既是畏惧，又是佩服。

危急关头，有硬实力的人，才最有发言权。

刚才那一番磨难，把所有人的魂儿都吓飞了，此刻堆坐在一起，才悠悠地回过神来。大家都没有说话，只是紧张地看着杂毛小道，既担忧，又希冀。所有人的胸膛都在打鼓，扑通扑通，呼吸的声音一个比一个粗。过了好一会儿，杂毛小道的眼睛睁开，长伸了一个懒腰，醒转过来。

他一抹自己嘴巴边的血沫秽物，眼睛滴溜转了一下，说，小毒物，你家肥虫子在我肚子里？

我高兴地点头，说，是啊。

他的脸色有些难堪，略带商量的口吻跟我说："一会儿，让它从胸口出来好不？从别的地方出来，我不习惯，一宿一宿地直做噩梦。"我点点头，说不碍事。又问刚刚落水的时候，你怎么没有被淹到，你不是旱鸭子吗？他疑惑，说我们没有谈论过这个问题啊，你是怎么知道的？

我说上次我们在神农架掉落到地下深渊的时候，三叔告诉我的……

话还没说完，我便停住了：幻觉发生的事情，岂能当真？

然而杂毛小道一脸凝重地说，他怀疑那并不是幻觉。只是……唉，不好讲，不过他倒真是一个旱鸭子，不会游泳。不会游泳，但他会道家养身功，稍微一段时间的闭气，倒还是能行的。他当时一落水，便知道鱼过来了，立刻收缩毛孔，镇定自若地收敛气息，朝着水中的黑影走去，因为鱼的目标大都是被标注了印记的人，他反而逃脱了它的注意。

我对刚才的战况并不了解，问，后来呢，那头鱼死了没有？

杨操摇了摇头说，那东西的生命力强悍得很，哪里有那么容易死？不过萧道长的骨符已经插入到鱼的眼睛中，小周的童子尿又淋进了它的伤口里，那狗东西是得消停一阵子了。不过，跟矮骡子一样，它记仇也是出了名的，接下来但凡路过深水区的时候，多少还是要注意一下的。

我抬头看着小周，小伙子不好意思地笑，说，别这么看我，老子之所以是处男，是因为要求太高，而且军营里面被队长他们打熬得太厉害，所以才……

谈到这话题，大家的心情都变得轻松很多，吴刚拍了拍他战士的肩膀说，真爷们，不用解释的。

惹得大家哈哈一笑，气氛好了一些。过了一会儿，杂毛小道发出一声奇怪的声音，然后肥虫子出现在我面前，钻入到我的体内。像发动机一样，源源不断地将力量传到我的四肢，修补我千疮百孔的身体。我这才有气力站起来，手摸着胸腔的槐木牌，感受着在里面安歇的朵朵那如同风中烛火的微弱。

唉……此番之后，不知道多久才能恢复。

我又心疼又难受又感动，长叹了一口气：这回真的是个折本的买卖啊！

又歇息了一会儿，吴刚递给我一块压缩饼干，我将它小心地咀嚼入口，然后开始观察起我们所在的地方：这是一个半圆形的洞穴，头上的穹顶由远而近，从高到低，一直到我们这里，约有三米多高。这里离那条地下暗河有两三百米，如同一个漏斗，缓缓地形成一个通道。这通道渐渐收缩，在最后，汇聚成了一道门。这门是石门，高三米、宽两米，灯光照上去，凹凸不平，仿佛有浮雕。

我和杂毛小道面面相觑，这个东西，让人感觉尤为熟悉。

说实话，我这辈子进过的洞穴并不算多，除了小时候跟同学一起点了火把去村子附近的山里面看溶洞之外，真正有印象的就三次：第一次是去救杂毛小道的小叔，误入了神农架的耶朗祭殿；第二次是去寻找麒麟胎，被人抓进了缅北的日军地下基地；而第三次，就是这里。

抛开那已经被人工改造过的日军地下基地不谈，第一次进入神农架的耶朗祭殿，我们就遇到过这样的门，上面雕有一个面目丑恶的猪头怪人，衬托有古怪禽兽无数，还有蟾蜍、桂树、满月，有手持节、身披羽衣的方士，交缠奔驰的双龙……雕工熟练，用线大胆，风格雄健，除了细节之处有些许不同外，基本上都是来自于同一个时代。

我们的心不寒而栗，感觉冥冥之中有一根线，将我们的命运牵连在一起。

杨操和贾微见到这门,十分激动,也来了劲儿,掏出相机就是一阵猛拍,差一点都忘了我们正在逃命的路上。等了十多分钟,我终于感觉自己的身体如常了,与杂毛小道相互搀扶着来到这道大门前,果然,这门上的浮雕除了手法各异之外,均采用的是同一模板内容,照这种推断,只怕这门后面不是出口,而是一个祭坛了。

这个发现,无疑让我很失望:老子千辛万苦逃出鱼的口腹,到头来,却是给自己找了一个墓地?

这有意思吗?

然而杨操却不这么看,他拉着我的手,说相传耶朗大联盟总共有五个祭坛,分镇南北西东和正中央,以昌国运。时隔两千多年,所有的一切线索,都消失在历史的烟云中,没想到在这里居然能够看到一处。照理说,东祭坛在湘湖的洞庭一带,北祭坛在鄂西一带……那么说,莫非这里是、莫非是最大的正中祭坛,也是苗疆巫蛊的源头?

我听杨操如数家珍似地说着,心想我们之前在神农架碰到的耶朗祭殿,莫非就是北祭坛?

想想还真有可能,也只有举倾国之力,才能够在那个生产力低下的年代,建成如此宏伟而匪夷所思的殿堂。听到杨操的猜测,贾微摇头否定,说但凡正殿,必须在国都附近,晋平这里并没有相关的记载和遗址证明,反而是沅陵、广顺、茅口三地,才是公认的夜郎三都。这个穷乡僻壤,或许仅仅是哪个无聊人士,或者苗蛊后人,见这里有得天独厚的地势,而弄出来的吧?

杨操的兴奋不减,他说不管怎么样,但凡大殿,必有遗路。此处必定会有一个应急通道,直通山体之外,一定就在里面。

我们的心都被杨操煽动得热切起来,纷纷附在这石门之上,想办法将其弄开。然而这石门卡在道口,严丝合缝,且厚度惊人,重逾数吨、数十吨,哪里是人力所能够推开的?逃生的希望就摆在面前,然而如同饥汉看到橱窗中的美食,色鬼遇到邻居家的人妻,可远观,而不能拥有,着实让人气闷。努力了好半天,我们这些精疲力竭的人全部都坐在门口,望门兴叹。

这郁闷,怎是一句脏话可……。

杨操并未放弃,他仔细地查看着石门上面的浮雕和符文,眉头皱得如同山川,过了好一会,他很肯定地说道,这扇门,似乎只有拥有了夜郎王族血脉的人,方能够打开。他指着那个猪脸怪人说,耶朗以山猪为吉祥之物,而它轻推云彩,似乎意喻着……

贾微愁眉苦脸,说我们这些人里面,哪里有这耶朗遗脉啊……

马海波犹豫地举着手说,我是苗族的。被捆住的罗福安也在旁边蹦跶说,我是侗族的。杂毛小道看我,我耸了耸肩说,我父亲侗族,我母亲苗族……不过我户口簿上面填的是侗族。马海波很着急,问怎么弄?杨操说按照这浮雕上的示意,弄点血,然后涂抹在这猪脸怪人的眼窝子里，应该就能够见效果。马海波当下也不犹豫，直接拿了一把匕首，将右手拇指给刺开，勉力踮起足尖，将手按进那猪头怪人的眼中。

在我们充满希冀的注视下，一秒钟……

两秒钟……

三秒钟……

半分钟过去了，一点动静都没有，马海波垂头丧气地回来，换罗福安，一样没用。轮到我了，大家心中难受：这种小概率的事件，实在没理由降临在我们身上。然而当我把带血的手指捅入那眼窝中时，石门竟然一阵抖动，然后有机关运转的"喀喀"响声传来——门开了。

门居然真的开了！

第二十五章　照片鬼影

这突然的变故让所有人欣喜若狂，身处绝境中，这简直比福利彩票中了五百万还要让人高兴。

杨操这个家伙顿时迷信了，不断地唠叨着，命中注定，命中注定啊……

随着这扇大门的缓缓移动，在我们面前，出现了一个恢宏的大厅：是的，我只能够用恢宏来形容心中的感受。这就像古代皇帝议政的大厅，当然，并不是电视剧中的清宫戏、大唐戏的风格，而是更接近汉武时期的样子，有蓝黑色的布幔从上面下垂落，石桌石凳、石鼎石釜、石制的灯台、正中的王座，以及墙壁上那十来盏安静燃烧的暖黄色灯光，都让人觉得威严肃立。

更奇妙的是这大厅之中，一根柱子都没有。

我心中一跳，这地方跟神农架的耶朗祭殿，果真是十分相像啊。杂毛小道俯身，以耳贴地，过了一会儿，对着惊诧的人们说地下没问题。我们这才缓步地跨进门，小心翼翼地踩过那一米见方的石条地板，一步一步，来到了大殿内。

这大殿被石墙所隔，分成了三个部分：正中的是议事厅，有王座、石桌和灯台等物，左边是一个很大的朝拜之地，上面有一个高约三米、天然形成的石像，正中独眼，脸上恐怖莫名，一副凶神恶煞模样，应该是古代耶朗崇拜的一个自然神灵。在石像下面，伏卧着一个三头六臂的恶鬼石像，全身青黑，既小又猥琐，没有威严，却让我们浑身一颤——这东西，我见过了太多次，好多与邪灵教有关联的人家，都供奉着它……

而在右边的地区，是一个连绵的坑群。

与神农架那里不同的是，在我们面前的这空地上面，伏卧着森森白骨，有人类的，也有动物的。白骨很多，人类完整的骨架就有差不多四十多架，还有人形但是要矮上一截的，密密麻麻一百多具，其余兽骨若干，最大的骨架有三米多高，似乎是大象的，也有一具十几米长的巨型骨架，横贯东西，让人猜测不出是什么东西——看这样子，莫非是巨大的蜥蜴？

这个地方，说是骨冢，似乎更确切一些。

除了骨架，还有好多铁器在这些骨头堆里，墙壁上面也有各种刀砍斧劈的痕迹，排除了殉葬的可能，我们能够想象在一千年或者两千年以前，这里发生了怎样的战斗和征伐。不过，战争再伟大，也只是默默无闻。除了贾微饶有兴致地不断拍照之外，我们都纷纷小心前行，试图找出一条通道。

大殿低垂的黑色幔巾原本还是结实的，然而我们跨门而进，触摸到时，立即化作飞灰，纷纷扬扬地洒下来。

有了周林的前车之鉴，杂毛小道严肃地对所有人说，不要拿这里面的任何东西，以免大家性命不保。杨操在旁边赞同，也厉声警告大家，这里面的气氛十分诡异，似乎潜藏着某种让人心惊肉跳的东西，最好不要乱动，扰乱这里的布置；更不能拿，若拿了东西，小心命都没有。

大家都点头称是，这些古董，似乎能值不少钱，但终究不如性命来得珍贵，这点衡量，我们还是懂的。

贾微放下怀中的食蚁兽，让她的小黑四处找寻通道，而我们也四处分散找寻。

因为断定是宗教使用的大厅，而不是恐怖的墓葬，所以不用担心太多千奇百怪的机关。我躲开洒下来的幔布渣子，来到右边，这是一个由石墙隔断出来的独立房间，一水儿的石坑，大坑小坑相连，一开始是畜生的尸骨，然后是幼儿童子的，接着是矮脚马、山猪以及猴子的，接着是成人，一直到正中间，是一个巨大的黑曜石棺柩。

我心中骇然，刚才还说不是墓葬，结果一下子，装人的棺材盒子就出现了。

黑曜石是一种常见的黑色中低档宝石，又名天然琉璃，在所有晶石之中，它吸纳性最强，可以很快将附近的杂质或负性能量，吸进它内在的无形空间里，普通人经常佩戴，强身健体。在中国古代的佛教文物中，就有相当多关于镇宅或避邪的黑曜石圣物或佛像。黑曜石也是现在供佛修持布施的最佳宝石，只是……这么一整块用作棺柩，着实少见。

要知道，此物虽极度辟邪，能强力化解负能量，但是它只能吸纳，不能化解，需要不断地净化。

不然，它就会变成聚阴汇邪的恐怖法阵，魔盒潘多拉一般的存在。

不知道，这里面到底装着什么人，或者，是否装着人？

我对这东西有一种莫名的厌恶和畏惧，打量了一会儿，也没有打开这棺材观察一番的想法。沿着墙壁走了一圈，没有发现有什么机关在。正想看看这棺材地下是否中空呢，突然听到"啊……"的一声惨叫，是小周，我立刻一阵焦急，循声而去。

匆匆来到了小周出事的地方，是大殿左边的石像旁边。

只见已经围了好几个人，而小周则是因为脚滑，掉进了一个隐藏的石槽中。

这石槽有两米多深，嵌入地下，好像是下水盆之类的东西，小周伸出手，杨操一下子把他给拽了上来。只见小周浑身腥臭，腿部有一层黑色黏稠的油质，有一种让人恶心想吐的味道。杂毛小道皱着眉头闻了一下，对旁边的我说："是尸油……"

小周看自己这一身狗都嫌弃的肮脏模样，哭丧着脸，跟吴刚和我们说："刚刚就是想检查一下，过唧个久（这么久），怎么这墙壁上的灯还在燃烧，是不是一直有人在。所以想爬上去瞧个仔细，结果一时失足，竟然掉进这坑里面……啊，臭死了，你们不会嫌弃我吧？我要回去洗澡。"

杨操伸出手，想拉他，却停在了半空中，指着墙上的灯火解释。说这蜡油估计是用古时黑鳞鲛人熬制的油膏做成的，这种长生烛因为燃点低，一滴就可以燃烧好几个月，所以到两晋时期，淡水鲛人就差不多绝迹了，只有在东海一带的珊瑚礁中才可得见。此长生烛在古代，一根可抵金珠三千，可见这里主人的财富，有多么的丰厚。

不知道的人纷纷啧啧称奇，说真算是长见识了。

小周抱怨一会儿，便没有再提及——他们到现在还穿着笨重的防化服，只是将头罩给拿了下来，所以即使掉进尸油坑中，也只是自己恶心一下，除了双手，身上倒没有多脏。

我们在这里聚集，唯一一直在忙碌的就是贾微。除了解除我们这些倒霉蛋身上的印记，她和杨操最主要的任务便是调查这个溶洞子里面所藏匿的秘密，如今见到这个让人叹为观止的祭殿，她自然又是拿着相机一阵猛拍。这个地下建筑群落除了大厅外，自然还有其他的地方，马海波和罗福安绕过王座，发现后面有一个很长的通道，而长道两侧皆是房间，见我们这里无事，便叫人过去看看。

因为远离了洞中的魔眼，我们已经把罗福安的双手给松开了。

我们踩着一地的白骨，朝着王座后面的通道走去。

沿途的几个房间，都被人从里面锁住，怎么推都推不开，我们只有直走，一直来到了尾端的又一个石厅中。

熊熊的火焰燃烧，五米高的巨大石鼎坐落在高出平地的台子上，周围全部都是风格简朴的兽纹雕石、座灯、石像以及许多已经腐朽、看不出原来模样的木器、布幔，让我们可以确定，这里是一个祭坛。如同壁画中所画，藏于室内的祭坛。

我们绕着石厅找了一周，还是没有看到通道在哪里。

我十分头疼，如果朵朵没有舍身救我而原神大伤，此时我便可以将她放出来，有预感以及对阴阳之气判断最强烈的她带领找寻出口，定能够事半功倍。只是……我心中沉痛，不知道朵朵受了这回伤，要多久才能够恢复如常。

唉，都怪我啊！

我们来到祭台上面石鼎前面，里面有蓝色的火焰在燃烧着，映照着整个大厅明亮如白昼。我仔细地端详着这石鼎，款式跟神农架的耶朗祭殿，如出一辙。贾微拿着相机依然在拍，仿佛她是来考古的，而不是在逃命。不过，我看到她的脸色突然变得惨白，然后紧张地把手中的相机拿给旁边的杨操看。

这个汉子的脸色在瞬间就变得无比的严肃。

这一点我和杂毛小道都瞧见了，凑过头去瞧，只见那相机的屏幕正好停留在浏览界面，这是一张拍摄正中王座的图片。只见在那石制王座的上面，有一个伟岸而朦胧的黑影，如同人间的帝王，端坐在上面，俯瞰着我们这些盲目的闯入者。这图片十分传神，我甚至能够从那阴影的轮廓中，看到它嘴角勾勒的嘲讽和微笑。相机留影，这得有多大的能量磁场啊？在这一瞬间，我的后背就渗出了一颗颗的小米汗。

第二十六章　矮骡子粉墨登场

当下我们几个纷纷四处张望，掐诀念咒，试图发现这相片上的黑影，是否跟在我们的身后，伺机攻击。

我的背包里面浸透了水，里面的纸符都变成了一坨纸浆，不过杂毛小道的百宝囊乾坤袋是防水的，便在瞬间燃起了两道纸符，驱赶现身。不过那诡异的黑影并没有出现，倒是惹得吴刚、马海波等人一阵惊慌，连忙问到底怎么了？罗福安也是眉头蹙起，一副惶恐的表情。

杨操将右手呈剑指，抵在太阳穴中，闭目观察了一番，睁开眼睛，跟我们确认说，没有？我们点头，通过我们各自的手段，并没有发现什么异常。那么这数码相机的屏幕到底是怎么回事呢？

我们再低头一看，哪里有什么黑影，明明就只有一个造型古朴厚重的石头座椅嘛。

然而越是如此，我们的心情越是糟糕：这里的古怪，并不比之前洞中的那魔眼差啊。

在杂毛小道的催促下，贾微又连着翻了好几页，也没有再见到什么王座上的黑影。她的小黑是个机灵的小兽，四处嗅闻，最后停留在角落的一个地方，啾啾地叫着。我们正准备过去瞧，突然听到大门那边传来了骨头轻微滚动的声音。我们都是耳朵尖的人，一听到有情况，杨操立刻打出手势，说有人。毫不犹豫，让马海波带着罗福安守在这里，而我们其他人则飞快地往大厅跑去。

贾微跑得最快，她一马当先，如同一道风，而我与杨操、杂毛小道都在后面追赶，不用十秒钟便跑到了大厅。绕过高大的王座，我们看清楚了这动静的发出者，十几个戴着红草帽的家伙。

矮骡子，我们一直寻找的小东西，它们竟然一直跟在我们后面，并且进入了这石殿。

它们似乎也没有来过这里，各自分散着，在这大厅中又闹又叫，有的还往石鼎上撒着尿，一股臊气远远飘来。不过我们跑动的声音，它们显然已经察觉到，视线都朝向了这边。一确认目标，所有人纷纷口嚼甘草，扣动扳机，朝着这些面目狰狞丑恶的小东西开枪射击。

我和杂毛小道虽然不是军人，但是临行前也带上了一把手枪，此刻也是拔枪就射。

枪声大噪，刚才还欢喜得上蹿下跳的矮骡子一下子被打蒙了，瞬间留下了四五具血肉模糊的尸体，而其他的则凭着自身的敏捷，迅速地找到了掩体躲藏起来。不过这并不要紧，我们进洞之前，别的或许欠考虑，对付矮骡子却有着整整一套方案，除了小张和他的观察手持枪掩护外，我们所有人都从兜里面掏出了一大把糯米，朝着矮骡子躲藏的地方抛撒出去。

糯米噼里啪啦地落在地上，有阵阵黑烟冒出，接着一声声的惨嚎声响了起来，听在我们的耳朵边，如同仙乐。

自从来到青山界的后亭崖子，就不断地死人，而进入这个黑乎乎的幽闭溶洞之中，每一个人的心情都很沉重。这沉甸甸的压力在心头，让我们焦躁得近乎崩溃。沉默啊沉默，不是在沉默中死亡，就是在沉默中爆发。在这一刻，看到一切问题的根源，这些可恶的矮骡子躺在血泊之中，听到它们哭泣的呐喊，每一个人的心头，都充满了报复的快意。

一把又一把的糯米撒下，终于有几个矮骡子忍受不住，从掩藏物后面蹦出来，发狂一般朝这里冲过来。当然，迎接它们的，是无情的子弹。特别是被狙击枪打中的，巨大的动能砸到头颅或者身体上，矮小的身子被带着，往反方向重重跌去。

就在两分钟内，袭进殿中的矮骡子就损失了一半左右。

正面交锋，这些小东西哪里是现代兵器的对手？

然而我心中却并没有半点的放松，凝神静气，总感觉被什么东西给盯上了。正用"炁"之场域在查探着，我身边五米处蹲地射击的狙击手小张突然抱着头倒地翻滚。我定目看去，见他头上包裹着一层与空气不同的介质。在那一瞬间，他的脸色变得青紫，没有呼吸。我心念一动，便想起来，这东西便是我刚刚回家时，在罗福安病房中所见到过的害鸹。这种东西隐匿起身形来，气息难以找寻，是挖坑敲闷棍的高手。

我当下也不犹豫，空着的左手立刻掏出了怀里的震镜，兜头就是一照："无量天尊！"

金光一耀，那害鸹立刻现形，一块桌布一般包裹着小张的头部，粉红色的脚死死勒住了这个战士的脖子和五官。小张翻滚挣扎着，我和杂毛小道立刻冲过去，我瞬间收起右手的手枪和左手的震镜，双手灼热幽蓝，扳住了害鸹的边缘，而杂毛小道的桃木剑上面倏然出现了一张黄色符箓，直接点在了这只害鸹的心门之处。

我和杂毛小道双双出手，它的附着力顿时就有等若无，松开了小张的头颅。

这个年轻的战士大口大口地呼吸空气，而我则手上更加地用劲，将诅咒之手的威力驱动得更加厉害。我受了重伤，虽然肥虫子在我体内提供了源源不断的动力，但是跟平日里的实力还是有着很大的差距，对这害鸹暂时构不成威胁。不过杂毛小道那燃符之剑的威力却甚是厉害，火焰在几秒钟之后，将这介于灵体和实体之间的害鸹，给吞灭殆尽。

就在我和杂毛小道出手救人的时候，杨操从怀中掏出一把东西，往空中一撒，金灿灿的碎屑在整个空间都弥漫着，在我眼前，出现了十多朵浮空的恶鬼水母，这些东西如同在水中一般，一荡一荡的，天山地下，四面八方地朝着我们扑来。

那个一直很讨人厌的贾微突然掏出一束赤红色的绸带，上面有十来个金色铃铛，叮铃铃作响。

她双手结印，然后指在了那末端的金色铃铛之上，口中春雷乍吐，粉面含煞，那绸缎六七尺，拧结若鞭，被她挥舞起来，如同游龙惊凤，唰唰唰，三鞭甩去，空中炸响，那外力难加的害鸺被拍中，立刻收缩如同拳头，被击飞出去。

回过神来的吴刚和手下两人，立刻从行囊中掏出黑狗血，朝着凶猛扑来的害鸺洒去。

漫天的血浆飞洒，有的滴落在地上，有的则落在那些害鸺身上。落于害鸺身上的，立刻转化为硫酸王水一般，迅速地腐蚀着这些恐怖水母的身子，只见它们开始冒黑烟，肌体浮现，如同热油溅进了雪堆里，立刻消融。此一番动作完成，在暗地里打闷棍的害鸺们立刻溃不成军。

谋而后动，事半功倍。

正当我们忙着收拾眼前的这些害鸺时，潜藏的矮骡子们纷纷撤退，有往门口跑的，也有往两侧跑的。除了小周持枪点射了一个矮骡子之外，竟然再没有收获。我们正想追，结果从外面奔进一头鼻长体肥，体形硕大的野兽来。它犬齿外露，向上翻转呈獠牙状，耳披有刚硬而稀疏的针毛，全身深棕色，鬃毛长而硬，披着厚厚一层松油板甲，正是青山界常见的野山猪。

这东西跟那憨态可掬的家养肥猪可不同，一身常年蹭松树皮而练就的硬甲，獠牙尖锐，动作迅速，奔走时凶猛异常，有时候连老虎都不敢来惹。

当我们反应过来的时候，它已经冲进了殿内，离我们只有五六米的距离。

嗒嗒嗒，一连串的枪声响起，子弹都灌进了野猪的身体中。

这厮携着巨大的动能，冲上台阶，重重地撞在了两米多高的王座上，这历时两千多年的石头座椅哪里经受得住这几百公斤的野猪冲撞，轰然一下就倒塌了，吓得后面的我们连忙躲避。尘埃落定之后，我用脚踩了踩这头野猪，它口中血沫直冒，哼哼着，脑袋变成了沙漏，生命已经走到了尽头。

矮骡子在这混乱之中，早已不见了踪影。大厅静了下来，我们突然听到一种有规律的声音。

这声音不大，扣扣扣、扣扣扣……是骨头敲击石板的声音，从右边的墓坑中传来。

我脸色一变，抽出手枪就朝着那边奔去。绕过石墙，我刚刚走到口子处，便感觉风声一响，来不及反应，抬手就往那里砸去。手枪头一下子砸到一个温热的东西，鲜血迸射，我感觉自己的手还被抓了一下，转头一看，正是一头矮骡子，毫不犹豫地持枪端射，送了它两颗花生米。

矮骡子两腿一蹬，倒地死去。

那声音还在持续着，我缓步走过去，听到这声音是从正中的石棺中发出来的，像敲门，也像是在推盖。我凝神一看，竟然有两个矮骡子躺在这石棺之下，而在石棺边缘，是一片蓝色的血迹。它们……是在用自杀的手段，来唤醒石棺里面的东西吗？

四下寂静，只有"扣扣扣"的响声，在我耳朵边萦绕。

第二十七章　耶朗古尸

黑曜石棺柩里面传来的声音一阵高过一阵，而我脸上的汗水也是一颗颗凝结。

吴刚等人出现在门口，远远地问我到底怎么回事？

我说矮骡子动了这里的东西，两个鬼家伙用头撞上了这棺材盒子，流了一地的血，然后盒子里面有声音传出来了。说完话，杂毛小道、杨操还有贾微都跑了过来，其他人则持枪警戒，防止矮骡子再次来袭。

这边的场面控制住了，马海波和罗福安两人也赶了过来，加入了警戒队伍。

黑曜石棺柩里面传出来的声音是如此明显而清晰，我旁边的这几个人眉头也随之紧紧地皱起。值得矮骡子用生命来唤醒的东西，到底是什么样的存在？杂毛小道用脚踢开这两个撞棺而死的矮骡子，看着它们满是皱纹的脸上所展露出来的快意和疯狂，叹气，说到底是怎样的仇恨，让它们做出这么疯狂的举动来？小毒物，莫非你们上次剿灭的，是这群矮骡子的老大？

我摇摇头，说这些东西长得一个模样，还都戴着帽子，谁知道这些玩意儿，谁是谁？

杨操掏出一个黑色腕表般的电子仪器，看着里面的指针，脸上露出了便秘一般的纠结神情。我凑过头去，发现这东西跟罗盘颇多相似之处，问咋地了？杨操环顾四周，看只有我、杂毛小道和贾微三人，这才低声说道："诸位，实不相瞒，这个表是统计负能量的仪器，也就是所谓的阴灵之气，上面显示，这附近有一股强烈到恐怖的气息存在，而且还一直在攀升……"

当表中的指针移过了红色区域，杨操把这仪器关掉，一脸惨白："到了这个地步！我怕我这仪器超载爆掉……"

我也一头冷汗，说红色区域表示什么？

杨操盯着我，说陆左，不知道你看过袁枚的《子不语》没有？我说我知道，清朝著名的玄学理论家所作的异闻杂谈录嘛。

他点头，说这个地方看似堂堂皇皇的祭祀神殿，供奉神佛祖先，然而这山势地形的走向，却大有蹊跷。此地如同一个妇人的子宫。子宫乃生命的起源，山形走势的脉搏便如同更高一级的生命，聚阴汇形，这罕见的黑曜石棺柩就如同在这个阵眼之中，孕育着某种形式的生命。

他抬起头，看着我，说世人皆想长生，古今几人能做到？你想想人死之后，收殓入这黑曜石棺柩，放于胞宫之内，最大的可能，会变成什么东西？

我眼睛一亮，说僵尸。

杨操点了点头，说当指针超过了红色区域，用《子不语》中的级别而论，白僵、黑僵、跳尸、飞尸、干魃……这东西至少是超过第四个级别，或者说，它有可能就是一个干魃。

干魃又名旱魃。娘咧，这种只存在于神话传说、能使一州一县赤地百里滴水无存的大怪物，竟然会在这个石棺之中？

我们几个瞬间就不淡定了。

刚才面对那条鱼我还在感叹不是一个级别的对手，而那条鱼跟着旱魃比起来，简直就是小巫见大巫，菲律宾之于美利坚合众国一样，现有国力根本就没有可比性。杨操此话一出，杂毛小道一声大喝，说绝对不能够把它给放出来，不然的话，不但我们死得连渣渣都不剩，就是这晋平、黔东湘西一带，恐怕也要遭受大灾了！

他话说完，将身上的百宝囊拿下来，从里面掏出各种各样的零碎物件，各种符咒，都往这黑曜石棺椁上面贴，口中还焦急地念着各种咒文。经杂毛小道一提醒，杨操也忙碌起来，从背囊中掏出一根长长的粗红线，开始围绕着这大家伙捆起来。

贾微也顾不得肮脏，用衣服去揩那些污染了棺椁的蓝色血液。

我两手空空，不知道帮什么忙才好。杂毛小道望着那边的大门，手上一边忙碌，一边冲我喊，说小毒物，这些矮骡子跟这大殿的主人，应该不是一路的，所以它们一千多年了，都进不来。还是因为你误打误撞、打开大门，所以才进了来。所以，你得想办法把这门合拢——这大门上有防范邪物出去的法阵——即使我们死了，也不能够把这旱魃给放出去。不然，你老家的亲戚朋友，全部都玩完了。

我一听，一口热血就要喷出来：不能退啊，这已经不是我一个人，或者这几个人的事了，为了我老爹老娘，老子也只有把命豁出去了。人死鸟朝上，不死万万年，同归于尽吧。

我风一般地卷了出去，来到门口，惶急地找封门的机关。门口的不远处还有几个矮骡子在暗处徘徊，我旁边的小张蹲身跪地，一枪一个，将这些家伙远远地赶开去。我一边着急地找机关，一边跟吴刚、马海波以及剩余的几个人说明情况，说有可能，我们要关门，同归于尽了。唯一的希望，就是出了门，从这里打出去，顺着河流去找寻出山的通道，让他们赶紧做决定。

吴刚和马海波果断地选择了留守。说河里面有那怪物守着，地上又尽是矮骡子，出去外面也是死，还不如待在这里，大家死一块儿算球。光明总是要比黑暗让人向往，一番挣扎之后，所有人都放弃了出去逃生的希望。小周哭丧着脸说，老子到现在还是个处男呢，这辈子真亏了，一会要死的话，抽空……

小周说到一半，看着我们都在瞧他，脸红，再也说不下去了。

吴刚一脸严肃地说，小周，要不要一会儿找贾领导商量一下，肉身布施，将你这遗愿给了结了，免得黄泉路上、阎罗殿中，怨气还没有平歇？小周的脸顿时又垮了一半,吐了口唾沫,说算了。大家又是一阵哈哈笑,竟然没有了要死的悲哀和恐惧。

旱魃一出,一县一州之地皆受其害,我们不能退,一退,身后即是父母家人遭殃。

在谈笑间,我终于找到了一个凹口处,用匕首挑开手指头,血液滴入,感觉里面有能量流转,接着,轰隆隆的声响响起,重达万斤的石门轰然落下,隔绝了里外两重空间。随着这一声门落的震动,右边的房间里也出现了一声响,我感觉到眼前突然红光一现,心脏好像被用锥子使劲扎一样,疼得厉害。

我的第一反应就是——出来了!

顾不得别的,我箭步冲到了右边厅的门口。只见杂毛小道、杨操和贾微的都用双手捂住了鼻子,缓缓地往我们这边移动。黑曜石棺柩上面,盖子被掀开好几米,一个穿着黑色华丽丝绸的干尸正直愣愣地站在上面。它生前应该是一个女性,胸口微凸,头发成结地盘起,青面獠牙,面目狰狞,眼睛紧紧闭着,用鼻子在猛地吸气,脸已经朝向了我们这边。

我急忙一伸手,回头轻喊道:"闭气……"

当我喊完,便感觉一股强烈的阴气侵蚀到我的身边,吓得我魂飞魄散,顿时不敢呼吸。我不敢回头,只敢用眼角的余光小心打量着。只见左眼角处有一个黑色的身影缓缓从我身边走过,手直直伸起,朝我的头摸来。我低头,避开它这一摸,悄然地朝旁边走去。

其他人都悄然戴上了防护服的头罩,然后如同电影慢动作一般,在马海波的带领下,朝后面的祭坛走去。

我是一个苦孩子,因为我没有戴防护罩。

场面一下子就变得有些诡异起来:一个气息强盛而恐怖的耶朗古尸在缓慢地摸索,而一群人,则如同玩捉迷藏一样,慢慢行动,避开这耶朗古尸。我脑子开始有些懵了:据我所知,闻气息识辨生人,这仅仅只是白僵、黑僵、跳尸之流,因为成凶煞的时间尚短,感官没有凝结完全,所以才会如此。若到了飞尸甚至是旱魃这个级别,哪里还用这法子?直接感应一扫,所有的一切都明了于胸了啊!

莫非……莫非这旱魃因为矮骡子血咒召唤,并没有完全成形就提前苏醒了?

那不意味着,俺们还有一搏之力吗?

我不由得浮想联翩,看这蠢笨模样的耶朗古尸,虽然是吓人了一点,但好像也并不是很厉害的样子。我蠢蠢欲动,掏出震镜准备放手一搏了,然而我的衣服被人扯住,回过头去,见杂毛小道朝我缓慢地摇头,表情坚决。我有些愣,他取下头罩,跟我对口型:"等一等,它没有发现的话,会自己回到棺材盒子里的……"

我一听,如此甚好,只是不知道这家伙要巡查多久呢?

我看着旁边这些瞬间变得全副武装的家伙,十分的头疼:憋气,依我以前跟朵朵玩游戏的纪录,最高也只有两分半钟啊……然而我并不用憋这么久。正缓慢往祭坛那边移动的队伍里,有一个人突然栽倒在地,大声地呻吟起来。这头女僵尸一听到动静,立刻疾若奔马,朝着那个人扑去。

一人露馅,所有人跟着遭殃,我们再也藏不住了。一时间枪声大作,黑狗血、新糯米等物一齐朝着这耶朗古尸撒来。

第二十八章　黑暗沉沦

大战猛然爆发，瞬间就有四五支长短枪倾泻着子弹，朝那头疑为旱魃的耶朗古尸身上射去，砰砰砰……

我往旁边一滚，避出这些子弹的攻击范围，免得被殃及池鱼。当我抬起头来的时候，只听到有如打铁一般的铿锵声音，那些子弹打在这耶朗古尸身上，如同打在了钢板上，全部都弹了开去，竟然都没有见到一丝的受伤痕迹；倒是有一袋子黑狗血淋到了它头上，才有一阵青烟冒出来。

接着枪声消退，我看到一个人被那耶朗古尸掐住脖子，举了起来。

是狙击手小张，他被这个身高仅有一米六的耶朗古尸一下子就制住。头罩被撕开，一口便咬在了他的脖子上。小张绝望地尖叫，眼泪直飙。它咬得用力，而且很大一口，半边脖子连着筋骨血肉，全部被撕扯下来。小张，这个象棋下得不错的军人，一句话没说，就死于僵尸之口。

这个耶朗古尸一边提着死去的小张，一边大口地嚼食着，突然睁开了眼睛，回顾四望，干枯的脸上露出一种诡异的嘲弄笑容。

一看到它这表情，我们全都明白过来：该死的应该是早就醒了过来，也知道我们的存在，刚才之所以演那出把戏，更多的，是因为闲着无聊，玩弄我们罢了。

一清楚了这些，我们便不得不拼命了。

我自然还是招牌动作，手中的震镜一扬，口中高呼着"无量天尊"，一道金光便映照在了耶朗古尸的眉心。这人妻镜灵倒也是管用，即使厉害如旱魃，也抵不过这一照，只见它浑身顿时僵硬，动弹不得。杂毛小道等人也同时跟进，桃木剑挑着燃烧的黄色符纸，直逼那耶朗古尸的下腹。杨操眼疾手快，手上出现了几根白色骨针，发出尖锐的叫声，朝着耶朗古尸胸口几处穴道飞去。

贾微则长绸缠绕，紧束其身。

而马海波、吴刚等人，也全部泼黑狗血的泼黑狗血、撒糯米的撒糯米，噼里啪啦地全部甩到了这耶朗古尸的身上。

当震镜金光笼罩在那耶朗古尸上的时候，我曾经以为我们或许能够战胜这个丑陋狰狞的家伙；然而当两秒钟的金光消失之后，我才发现一切都只是妄想。被众人攻击的耶朗古尸咯咯一笑，手中的小张被它舞成了风车，将我们大部分的攻击给消除，即使遗漏了一些，它也只当作是挠痒痒，并不介怀。

下一刻，那个骄傲的狙击手已被耶朗古尸一手撕得稀烂，四肢、身体和头颅悉数分解，全部激荡到各处，有的化作暗器，重重地砸向了我们的身体。漫天的血雾之后，那个耶朗古尸的脸似乎变得正常了一些，它啃食着手中的桃形心脏，像一个懵懂无知的少女，戏谑地瞧着我们。

小张的心脏直到此刻都还在跳动，一伸一缩的，被这个家伙当作苹果一样，缓慢啃食着。

它太寂寞了，并不急着杀我们。

我打量周围，发现杂毛小道和杨操倒卧在地，小张的两条断腿还在他们旁边间歇性地抽搐着，而其他人，要么浑身颤抖，牙齿打战，要么都恐惧地往后面退缩。这耶朗古尸一边啃着心脏，一边扭动着脖子，咧着嘴，露出一口又黑又黄的牙齿，然后"呵喝"地叫着，眼神冰冷无光。在它的眼中，我们或许就是供它玩乐逗弄的食物，所以并不急于开餐，尽量地保持新鲜。

杂毛小道爬了起来，杨操也爬了起来，他们两个朝我这边聚拢过来，缓缓地，眼睛一直在盯着耶朗古尸看。杂毛小道低声说道："这个东西太厉害，非至高至上的法术不能消灭。我的那血虎红翡若能完工，说不定还有一搏之力，此刻，唯有拼掉性命了……"

他摸摸索索，从怀里拿出一根血淋淋的东西来。

这东西是从我们在洞口前遇到的人脚獾身上取下的骨刀。杂毛小道说这东西上面有着很好的灵能契合力，所以赶工将其制成了符箓。之前救我，对那鱼已经用上一根，当时我头昏脑涨，不知效果。现在这一根，是他剩下的杀手锏。杨操口中一直默念着经文符咒，我听了两句，好像是在请神，而且还是来头不小的家伙。

短暂的沉默过后，耶朗古尸的身形再次动起来，这一次，他扑向了地上的那个人。

虽然戴着头罩，但是看这体肥如猪，我便知道是罗福安。

它定是觉得这体形丰满，吃起来肥美。我们哪能容这家伙肆意妄为，即使知道希望渺茫，也只有硬着头皮上。我双手结了印，朝着耶朗古尸冲去，妄图用真言佛法的力量，将这恐怖的家伙给阻挡。而杂毛小道则早有准备，他速度更快，一下子就跑到前面，踢开地上哼哼的罗福安，桃木剑抢先攻击，游弋着，做下符刀的准备。

杨操冲角落的贾微狂吼一声说，咱青城的宝贝，还不拿出来的话，我们可就要死在这里了。

他话说完，又进入了喃喃自语的催眠状态。

被杨操这一声吼，贾微也无法再藏私，手中多了一把玉梭般的小剑，上面蕴含着恐怖的力量，挺身便朝着耶朗古尸奔去，口中还大叫着："这是我爷爷留给我的遗物，今番用了，立马报废……你到时候，可记得要补偿我的！"

她说着话，我和杂毛小道已经跟这耶朗古尸交上手了。

这东西浑身铜皮铁骨，刀枪不入。我的双手结出最具攻击力的大金刚轮印，全身精血气力一同发出，也只是将它打得一晃，还不如震镜的效果好。杂毛小道是个高明的剑客，桃木剑上下翻飞，如同狡诈的毒蛇，老藤缠树，竟然封住了古尸的双手。见我们拼了命，战士里面也有血勇之人，那个叫小陈的战士和小张的观察手双双号叫着，眼睛红彤彤，扑将上来，分别抱住了这头耶朗古尸的双腿。

小周、吴刚和马海波把手中的黑狗血泼完之后，拿着枪托砸脑袋，吴刚持着微冲，将枪管捅进了耶朗古尸的嘴中，一梭子就直接开了出去。

大家都疯狂了。

这古尸似乎好久没有醒过来，移动速度虽然堪比常人，但是反应却并不灵敏，似乎要慢上一拍，所以我们的攻击居然都能够击中。

然而能够击中又怎样，依然还是一点儿效用都没有。此等炼至化境的旱魃，必须天雷勾动地火，运用大自然的力量方能够将其消灭。不然以它这一身钢筋铁骨，我们这点小把戏，哪里能够入得它的法眼？所以，一直以来，它都是出于玩逗的心思，将我们哄得团团转。

然而果真如此吗？

在两个战士抱住了耶朗古尸的双腿时，杂毛小道终于瞅准了空隙，那根"人脚獾骨刀符"立刻滑现在他的右手，果断地刺入了这个耶朗古尸的胸口。那原本难以插入任何东西的胸口，居然被这骨刀符篆一插即入，一股又一股的波动从那白色的刀刃上，浮现出来。就在这个时候，贾微那玉梭一般的玉剑也乘虚而入，直插到破开的口子里去。

这玉剑一入体，立即有一股橘红色的明火在它胸口出现，将那腊肉一般的肌肤烤炙得嗞嗞作响。

这一下，耶朗古尸终于发怒了——作为玩物一样存在的我们，竟然将它伤成如此模样？

它狂躁地嚎叫了一声，声音高频刺耳，让我们瞬间就失去了听力。在没有声音的世界里，我看到杂毛小道被一巴掌拍在剑上，巨大的力道使得那桃木剑瞬间变成了木丝木片木屑，人也朝着殿中飞去；而紧紧抱着耶朗古尸双脚的两个战士，被它腾空踢起三四米，然后瞬间下落跪地，脑袋被重重磕碎；再之后是贾微，这个面瘫脸妇人被耶朗古尸当胸一掌，口喷鲜血，朝着杂毛小道的那个方向摔去。

我眼中模糊，似乎有一股烟雾随她而去。

接着，我还没有跑开三四米，便见到那耶朗古尸朝我奔来。我下蹲身子，然后骤然以后脚朝天踢去——此招为"黄狗撒尿"，乃国术中十分凶悍的一招，常人中了定然头骨碎裂，然而在这个恐怖僵尸面前，却如同小孩子的把戏一般可笑。我没反应过来，脚便被猛力拉起，接着我的世界上下颠倒一番，头晕目眩。当一切都正常过来的时候，我发现大厅里面的人不见了，只剩下杂毛小道在原来王座的地方，朝我喊叫："小毒物，这里有一个洞，是出口……"

原来出口在那里，我苦笑着，然后脖子被这个比我矮了一大截的耶朗古尸紧紧掐住。我突然发现，我面前的这个古尸，在这一会儿时间里，竟然变化得越来越像正常人了。

不过这并不关我的事情了，因为我的呼吸开始停滞了。

我看到杂毛小道想冲上来救我，却被某种力量紧紧束缚住了手脚，悬空而起，表情痛苦。

我面前的这耶朗古尸眯着眼睛看我，犹如打量美食的饕餮。

接着，它突然张开腥臭的嘴，伸出一根青黑色的湿滑舌头过来，长长的，粘在了我的脑门上。我浑身一震，睁开眼睛，瞳孔放大，感觉自己的灵魂就要被面前的这个家伙给吸进到里面去了。太快了，我的意识在一瞬间就陷入了模糊，天昏地暗，仿佛万物都往下面坠去。

原来这个家伙不仅要吃我，还想把我的灵魂，一同吞噬殆尽。

黑暗……沉沦……

第二十九章 我是谁？

我的额头被那青黑色的舌头吸住，眼睛不由自主地朝下看，先是看到这耶朗古尸胸口插着的两把刀，上面有苍白色的火焰在静静燃烧。这火焰不热，反而是冷的，让我有一种融雪天的彻骨冰寒，感觉所有的思想都为之沉沦、深陷，人生中遇到的所有人，在这一刻，都如同电影蒙太奇一般，走马观花地飘过。

父母亲人、初恋、幼时和长大后的朋友哥们、小美、黄菲、雪瑞、肥虫子、朵朵、小妖、虎皮猫大人，还有近在眼前却远若天边的杂毛小道……一切的一切，都要离我而去了吗？

思绪慢慢凝固，在某一段时间里，我的思想一片空白，心如死水，静止不动，一切都被黑暗所填满。

……

不知道过了多久，心底里有一种难以抑制的愤怒，开始沸腾起来，汹涌澎湃。我整个人都被这无边的怒火点燃，想要发泄、想要呐喊、想要疯狂——我低下头，看到一个面容普通的女孩子将我的脖子紧紧掐着——这是谁？谁敢掐老子？这还翻了天了？

我……我是谁？这臭婊子竟然还敢跟我抢……

混乱的思维在无端地游走，我的口中突然爆发出自己都难以相信的吼叫声："滚！你这个老贱货！"

接着我的身体仿佛涌出了源源不断的力量，从心脏一直涌到全身各处，我的身体仿佛是一台设定了程序的精密仪器，双手垂下，开始紧紧地掐在我面前这个黑袍女孩胳膊上面的麻筋上。接着，掐在我脖子上的手松开了，然后我的膝盖一顶，直接抵在了她的下阴处。从膝盖那里传来的感觉很硬，但是这并不妨碍我什么，因为我的手已经出现在她胸腹间的伤口上。

我紧紧地抓住一把骨头一样的刀子，然后使劲一划拉，里面有灰白色的脏器掉了出来，浓稠的黑色浆液流淌着。

我面前的这个女孩子脸一下子就变得很狰狞，牙齿锐利，如同野兽一般。然后我们两个对了一掌，轰……我感觉全身的筋肉血脉都被这力道给震松散，跌飞出去；而那个女孩子，则被我劈到了右边的房间里。

我并未跌落到地上，而是被一个穿着道袍的男人给接住，他冲我喊了几句话，我正血气翻涌，浑身燥热，哪里能够听得清，刚想开口，却是一阵虚弱，结果被那个男

人一把抓住，朝着旁边的一个黑洞子跳去。

一秒钟之后，砸入深潭之中，清澈的水立刻覆盖了我整个人——啊，好累！

咳、咳、咳……

我睁开眼睛，感觉整个空间里有一片蒙蒙的光亮，接着口中、鼻中有好多水喷出来，肺里面火辣辣地痛，而胃里面却胀得难受。

我想了好一会儿，才想到我莫非是呛到水了？意识游离了一阵，回过神来，才发现自己正攀附在一个橡胶充气筏子上，大半个身子都浸在水里，而旁边，则是有气无力的杂毛小道，一手紧紧抓着筏子，一手紧紧抓着我的衣襟，害怕得发抖。

而我，则正在做无意识的狗刨。

我使劲甩甩头，感觉后脑勺痛得厉害，像被敲了闷棍一样，我拉了拉杂毛小道，说哪里来的橡胶筏子？他用有些怪异的眼神盯着我，并不回答我的问题，而是说你感觉怎么样？我没好气地说什么怎么样？老子现在浑身酸软无力，差一点就要挂球了。

杂毛小道又问："你知道你自己是谁不？你知道我是谁不？"

我一听这话就火了，当我是神经病儿童是不是？老子行不更名坐不改姓，姓陆名左，你经常叫我小毒物；我有一条肥虫子，还有一个朵朵，而我面前的这个猥琐男人，姓萧，人称萧杂毛，是个行走江湖的假道士，最爱的活动就是深入群众，慰问广大失足妇女……

杂毛小道松了一口气，嘿嘿地笑了，然后伸手拍了我一下，说知我者陆左也。

我说你刚才是毛意思啊，干吗这么问我？

杂毛小道眉头蹙起来，说你还记得刚才做了什么不？我一听，刚才……我开始回忆起我掉入水里之前的情形，怎么好像有一种局外人的感觉，好像看电视剧，所有的一切虽然就在我身上发生，却并没有那种亲身经历的参与感。我说我知道啊，刚才我跟那个耶朗古尸对拼了一记，结果两败俱伤，然后你把我拖到了洞口，我们一起跳进这个深潭子里面来了。

杂毛小道咳了两声，脸色阴晴不定，说你个家伙，刚才好像是神仙附体一样，竟然能够跟那古尸打成平手，真牛。咦？杨操请了半天神没成功，莫非是请在你身上了……

我说是杨操弄的鬼吗？难怪我感觉好像被附了体一样，古古怪怪的。对了，那头耶朗古尸有没有追来？它到底是不是旱魃？

杂毛小道摇头说不是，旱魃一出，赤地千里，这东西虽然年头够久，但是道行机缘并不够，所以顶多就是个巅峰的飞尸。不过也说不定，好在那大门一关，大殿便会对它造成一定的束缚作用，此洞通水潭，它下不来，暂时困在那里了。这东西可炼尸丹一枚，对朵朵凝结肉身用处很大，等你我有了真本事了，再来降伏它。

我一听对朵朵有用，心中暗自惦记，等到我有把握了，自来取它首级，以慰藉死去的无辜战士们。

闭上眼,我的脑海里就浮现出了小张、小陈还有那个不知道姓名的观察手,他们的面容、他们的眼神,以及这些天与他们相处的点点滴滴。越想我就越心痛,他们三人的尸首还留在上面,只怕此刻已经成为那耶朗古尸的腹中之物了。人非草木,孰能无情?我心中轻叹,这一切快些结束吧,不然我真的要崩溃了。

想到这些,我才问起杨操、吴刚他们在哪里?

杂毛小道指着四周,说这也是一条暗河,跟个下水道一样,直接纳于洞中,连个靠岸的地方都没有。他们被我劝了下来,我们背包里面都有快速充气的橡胶筏子,刚才那深潭中没见到他们的尸体,应该是顺着水流漂下去了。不妨事,一会儿我们就会遇到他们的。

我记得在上面的时候,好几个人都受了伤,特别是罗福安和贾微,一个不知原因地倒在地上痛苦翻滚,一个被那耶朗古尸对着本来就不大的胸使劲一拍,吐了好多血。从那么高的地方跳下来,真的让人担忧。不过既然没有浮尸,说明问题不大。

想一想,我们一行进洞这许多人,除了胡文飞和向导老金以及另外一个战士在闭洞之前逃脱,待在原地而存活的,不过我、杂毛小道、马海波、罗福安、吴刚、小周、杨操、贾微区区八人。这死伤率,真是让人揪心。

地下河的水流时而平缓,时而湍急,不过墙壁上有一种发出微光的微生物,能够照亮前路。我们行进了十来分钟,前面有光亮照来,刺眼得紧。我手搭凉棚,才发现在前面的一个转弯处,出现了一块狭小的平地。平地上,影影绰绰,站着好几个人。

领先就是马海波,这个大嗓门焦急地朝我们喊:"陆左、陆左你没事吧?萧道长,陆左没事吧……"

我们缓缓朝那空地划去,杂毛小道有气无力地说,干吗不问一问我有事没?

有人跳下水来,把我们的筏子往空地上拉,然后马海波、吴刚等人七手八脚地把虚弱无力的我和杂毛小道给拽上了岸。漂泊了这么久,我的气力终于耗尽,有气无力地躺在地上,耳朵觉得他们乱糟糟地说话,竟没有精神听。过了好一会儿,才发现我旁边除了杂毛小道,还有杨操、贾微和罗福安三人在躺着。

我问怎么了?马海波说,贾干部受了重伤,昏迷未醒,杨干部好像是作法失败,走火入魔,现在意识有些游离,而老罗则是喝了一肚子生水,现在肚子痛得厉害。

我翻转过身来,干呕了一阵,想到衣服内兜里面还藏有一块巧克力,伸手去掏,才发现我两次落水,此刻已经变成了糊糊。不过我也不介意,将这糊糊往嘴里塞。有东西下了肚子,才感觉精神好了一些,勉强站起来,发现我们这里仅仅只是一块高出水面的空地,并没有路走。

我俯下身子,先检查了一下罗福安,这个家伙只是有些溺水,刚刚马海波已经处理过了,现在在哼哼呢;我又看杨操,瞳孔直勾勾,眼神游离,棒喝一番即可,我蹬了蹬旁边的杂毛小道,让他来处理;最后我看了看贾微,她的食蚁兽正虎视眈眈地守

护在旁边,不时吐出舌头,嗤嗤作响,像蛇一样。

我睁大眼睛瞪了它一眼,这畜生吓了一大跳,犹豫了一阵,摇着尾巴挪出位置来。

我翻开她的嘴唇,发现有好多残血,脸色发青,不过好在还有呼吸。正犹豫着要不要叫肥虫子给她疏通一下筋骨,杂毛小道递过一个瓷瓶来:"正宗萧氏狗皮丹药,专治内伤外伤、疑难杂症,包好管够!"

我笑了,取出两颗,放入她的口中,一拍下巴便入了喉道。

过了一会儿,贾微悠悠醒了过来。

第三十章　自由飞翔

杂毛小道当头棒喝，杨操也迷迷糊糊地醒转过来。

我们在这突出的石块前休息了一会儿，马海波问我们是怎么逃脱出那耶朗古尸的追杀的？我说了两句，杂毛小道在旁边插嘴，说是杨操请的神，不知怎么地就降临到了陆左头上了，结果拼死一搏，终于逃了出来。马海波并不懂这些东西，说了两句便不再提起，倒是贾微，十分奇怪地望了我一眼，没有说话。

杨操还处于懵懂阶段，一脸的茫然。

然后又谈起顺着这地下河能否漂流出去的问题，杂毛小道很确定地说，绝对可以——但凡逃生通道，肯定是能够出去的，不然谈何逃生？

在这种绝境之下，斩钉截铁的肯定句，无疑是能够振奋人心的。

不过我发现一件事情，那就是在谈论这些的时候，大多都是我、杂毛小道、特勤局二人和两个警察在说话，吴刚和小周一句话都没有说，很沉默。当罗福安哼哼唧唧地说想自家婆娘的时候，吴刚突然站起身来，往水边走去，将头整个地浸入水里。

我们吓了一跳，走过去拉他起来，纷纷问他怎么回事？

吴刚颤抖着发白的嘴唇，脸上除了那冰冷的河水，还饱含着热泪，呜呜地哭泣着。

看到这肆意流淌的男儿泪，我突然明白了：一路上死去的小刘、小张、小陈还有些不知道姓名的战士，对于我们来说，都只是一些陌生的名字和符号，而对于吴刚和小周来说，却是朝夕相处的战友，是活生生的人——他熟悉他们每一个人的性格、爱好以及家庭情况，有着太多的回忆和感情，骤然失去，对于他来说，无论如何，都不是一个可以接受的结局。

然而人生就是如此无奈。

我痛恨自己无能，也痛恨敌手残忍，但是却没有办法去制止。即便是我，逃出来也是九死一生，遑论其他？

我们都没有劝吴刚，只是把他搀扶到旁边坐下，静静地休息。

哭泣和伤悲是弱者的权利，在没有脱险之前，妄图去拥有它，只会让别人为我们哭泣。精疲力竭的我们将随身的东西收拾了一番，好几个人在掉下深潭、漂流至此的时候，随身之物丢弃了，连武器也是，两手空空，现在也就只有吴刚、小周两人有长枪。我们整理了一下身上的装备，然后将吴刚背包里的食物分食干净，来抵挡弥漫在水中的寒冷。

休息了好一会儿，当大家的体力开始渐渐恢复的时候，我们开始商谈起如何逃出去。目前我们唯一的路径，只有顺流而下，沿着这条地下暗河一直漂流，直到出去。

这个如同地下管道的暗河，岩壁两侧有一种发出微光的微生物，让我们能够稍微地识别一些模糊轮廓，然而望着那黑黢黢、不知深浅的前路，我们却又迟疑了起来。

前路多坎坷，何处才是尽头啊？

处于黑暗、饥饿和寒冷中的我们，能够再见到明媚的阳光吗？

一时之间，我竟然有些迷茫。

等休息够了，我们终于还是狠下心来，将仅有的四只橡胶气筏抛入水中，开始继续往下漂流。我很难用我简陋的文字，把在黑暗河水中漂游的那种恐惧和迷茫，给大家绘声绘色地描述出来。十月份正是秋霜渐起的时节，即使在地下，河水比外面温度高上一点点，寒冷也是我们最大的敌人。我们携带的气筏仅仅只是比游泳圈稍大上一些的那种，不能承载人，需要将半个身子浸在水里。

漂了不知道多久，我感觉半个身子都麻木了，我旁边的杂毛小道，情况竟然比我好。

一路上，这家伙居然学起了游泳来，而且还有模有样。

有时候，我真的佩服他那粗大的神经。

我们漂流了很长一段路程，这过程除了寒冷，倒也没有别的危险，十分平静。

不过这平静却只是暂时的。

当我们来到一个大转弯深潭的时候，杨操突然在前面朝我们叫喊。因为浸泡在水里太久，他的声音有些颤抖，不过我还是听清楚了："那个家伙又来了，怎么办？怎么办？想想办法啊……"

杨操是一个沉稳干练的男人，而他此时的不淡定，让我们骤然紧张起来，一边奋力划水过去，一边问到底怎么了？

当我快游到杨操旁边时，立刻有一种极度惊悚的感觉浮上心头，使劲一收脚，感觉身子下方的水流一阵异动，然后有恐怖的气息犹如实质地袭来。我终于知道杨操为什么会失态，也知道他所说的"那个家伙"，到底是谁了！

阴魂不散的鱼，但凡有深水的地方，这个家伙就会寻味而来。

因为，它和矮骡子一样，是个记仇的玩意儿。

这种不对称的战斗，是我最不乐意见到的事情，然而它就如同命运，蛮横地降临到我的身上，作为被诅咒烙印得最深的我，自然首当其冲。转弯的河道突然水波翻涌，八个人被摔打得七零八散，我还没有反应过来，左脚的脚踝便被紧紧缚住，接着就是一阵天旋地转。

这个时候，已经没有朵朵可以帮我挡了。

肥虫子也是精疲力竭。

还有谁能够帮助我呢？

我心中虽然悲观，却绝不放弃。伸手掏出别在腰间的手枪，朝着下面巨大的黑影连开数枪，不管有没有效果，将弹夹里面的子弹悉数射了出去。

洞中巨大的枪响和火药武器的后坐力，带给我强烈的反抗欲望。我试图去拿震镜，给这家伙再来一下，然而在空中乱舞的我并不能适应这种情况，没有平衡感，同时我也看到水面上有好几个浮出水面的人头，沉浮飘动，不知是死是活。

正在这关键时刻，一个嚣张的声音出现在我闹哄哄的脑袋里面："傻瓜，路都不会走，害得大人我一阵好找……这是什么玩意儿，触手怪吗？唉哟，这些变态的东西，大人我最讨厌了！"

我在被触手卷着，沉入地下的时候，看见一道黑影从下游的黑暗中冲了出来，准确地停留在鱼的上空。接着我便再次遁入黑暗，大量的水从四面八方，朝我灌涌而来。我剩下的工作，便是合理分配我肺中的空气，让自己活得更长久一些，不至于被河水给呛死。

所幸我并不用坚持多久，在我肺中的空气还剩下一小半的时候，我便感觉到拉住我脚踝的那只触手力道越来越小。大喜过望的我立刻抽出一把匕首，努力回转身去，然后握住这滑腻腻的触手，使劲一割，居然毫不费力地就将它给切断。

我奋力往上浮去，终于浮出了水面。一露头，立刻感觉金光闪耀，整个空间都是一片刺目的光亮。

我大叫一声，连忙捂住眼睛，感觉即使闭得紧紧，都有一个小太阳一般的亮光，在视网膜上停留。接着，一大瓢热烘烘的血浆就直接泼淋到了我的头上。我半张着嘴，结果咬到一块肉，又腥又骚，还有一种腐臭的味道。我连忙吐掉，结果仿佛处于一个高压水枪的前端，大量的液体朝着我这里猛烈喷来，噼里啪啦，我活活被这股莫名其妙的水流，给激打回了水下。

当我想再次浮上水面的时候，感觉到有一个东西重重跌落水中，然后仿佛天塌了一般，将我死死地压在了水底，不得动弹。我憋屈地陷入河泥之中，感觉身上背负着一座山，既惊恐，又奇怪——到底发生了什么事情，这威风凛凛、不可一世的鱼竟然在短时间内，就被放倒了？

虎皮猫大人如此给力？

所幸压在我身上的鱼浑身滑溜无比，我努力往旁边移动，费了差不多两分多钟，终于从这家伙的旁边挤了出来，当我再次浮出水面，只听到好多人在大声呼喊着我的名字。我扬起手，说我在这里呢。立刻有人朝我这边划了过来，紧紧拉住我，问我没事吧？我眯着眼睛瞧，是吴刚。

我摇摇头说没事，大家伙怎么样了？

吴刚说，没事就好，大家都没事，多亏了你们那个鸟儿，简直是太厉害了，天神下凡一般，只几下，那恐怖的鱼便被杀死了。我抬起头看，只见不远处杂毛小道在冲我招手，而肥母鸡则站在他的肩膀上，地瞧着我，嘎嘎地笑，然后说，你们这些傻瓜,快点往下面游,这鱼的血和体液虽然经过稀释,但总是有毒的,浸泡久了,小心不举哦?

我这才发现,不知道是不是鱼的尸体堵塞了河道的缘故,水流开始湍急起来,当我的手再次搭在气阀上面歇息的时候,人往前面快速涌去,足足滑行了几十米,我有些惊慌了,问我对面的虎皮猫大人怎么回事?我感觉我们好像在做急速漂流……

肥母鸡嘎嘎一笑说,对呀。我说,对个毛,你是怎么找过来的?

它说,飞过来的咯?哦,对了,你们不会飞啊?

我发现这个家伙的语气有一些古怪,也感觉到下游的尽头,似乎有了一些光亮。这个发现让我欣喜的同时,更多的是惊恐。我抓着气筏的手变得发白,感觉两边的景物都往后面飞快地退去,按捺住狂跳的心,回过头去找虎皮猫大人,说下面不会是……

虎皮猫大人振翅一飞,大声地笑道:"二货们,准备你们人生的第一次飞翔吧!"

豁然间,我的耳朵被巨大的轰鸣声充斥,身子被巨大的水流冲击得腾空而起,冲过了一整片瀑布群,拥抱入蓝天怀中。

啊——

第十七卷　一线天

第一章　黑血鱼虫

白水浩荡群山中，骤止断崖跌九重。
声若雷滚撼天地，势如江翻腾蛟龙。
躺在滩涂边上，仰望头顶那从崖壁间宣泄迸发出来的瀑布，轰然的落水撞击声不绝于耳。有风吹来，飘飘洒洒的雨雾落在我的头顶，细腻而柔和，天边似乎还有一道瑰丽的彩虹，七彩色，光晕耀眼。如此美丽的景象，让久在黑暗洞中行走、漂流的我激动得难以自抑。

终于活着出来了，终于见到阳光了！

在我旁边是杂毛小道，更远的地方还有其他人，从几十米的高空跌入深潭中，都摔得头晕眼花，好不容易相互扶持着爬出水潭，来到旁边的水草滩上，疲累得连动一下的气力都没有。

虎皮猫大人在头顶不断地盘旋，驱赶着我们往岸上爬去——它说得很恐怖，什么鱼的血能够让男人不举、女人不孕，言之凿凿。介于这厮刚刚大展神威，将那恐怖的鱼给秒杀，我们都不敢含糊，连滚带爬地来到旁边的青草地上，胸膛的呼吸如同拉风箱一般，呼啦呼啦地直响。

刚才暗河的战况，我是完全没有瞧见，于是便问怎么回事，大人怎么会这么神勇，而且准时驾到？

这肥母鸡在我们这一堆横七竖八的人上空盘旋了一圈说，大人我当初飞出去，便知此劫难度，于是寻摸着出去通风报信，然而没承想竟然有矮骡子埋伏在侧。那些小矮子倒是不怕，可是它们请了些厉害的帮手，却是大人我的克星。结果逃出门外三人，老胡受伤，当兵的死了，倒是那个老金，屁事莫得。我带着他们一路奔走，后来也是从这地下河中逃出来的——这青山界地下有纵横交错的地下水系，光那溶洞下面就有好几条河流，这里只是其中的一个出口。安顿了那两个倒霉蛋儿，大人我马不停蹄，来救你们这些二货——好在赶得及时，没死一个！嘿嘿，自我夸赞一下……

我有气无力地捡了一块泥巴去甩它,说你费这么多话干啥,我重点是问你咋这么厉害的?刚才那金光一闪,如同天国的招数,是不是你弄出来的?

这肥母鸡有些忧郁了,作独孤求败状,仰首向天,说这世上,谁没有个保命的招数?

得,这家伙真够装的……

算了,不肯说就不说吧。

我努力扭动头颅,四处张望,才发现我们身在一个巨大的地缝或者地下峡谷之中,一条白练从天而降,辉映成彩,悬崖两侧奇峰嶙峋,争相崛起。劈地摩天,崖奇石峭,高达几百米;谷内郁郁葱葱,绿树挺拔,溪水纵横,举目成趣,一番佳景美色,好似世外桃源。

刚从那黑黢黢的溶洞出来,看着这赏心悦目的美景,望着远处的一线天,即使精疲力竭,浑身没一块好肉,此刻也不得不长舒一口气,感觉疼痛也减轻了几分。

只是我有些奇怪,我生于晋平,虽十六岁离家,但是对家乡多少也是有些了解。然而却从来没有听说过在青山界中,有这么一个峡谷,特别是这宽约十米、高四十米的瀑布,更是闻所未闻。虽说青山界是人迹罕至的原始森林,辖域又广,但其实这些年偷砍偷伐的人也多,外面抓得严,所以越发地往山里面走。这瀑布声音大,而且还有河流,怎么就没有一点儿传闻出来?

这真的是有些奇怪了。

我听到草丛中有动静,身子立刻绷紧起来,扬眉看去。只见不远处的小径出现了两个人,竟然是胡文飞和向导老金,两个人脸上也全是青肿,不过却比我们好一些,走路的脚步也健壮有力几分。

老胡走到我们面前,挨个给我们检查伤势,除了我、杂毛小道和贾微受的伤比较严重一些外,其他人都是由于脱力或者寒冷。他们在旁边的空地上生了一堆火,正在烤衣服,能走动的便自行过去,不能走动的,便由人搀扶着,转移到了几十米外的空地上去。火堆旁边,除了贾微,所有人都脱得只剩底裤,光溜溜,把衣服架在火堆旁烤。非常时期,讲究不得。

有了火焰的温暖,僵住的思维开始活跃起来,大家纷纷交流起在洞中分别之后的情况。杨操一脸的懊恼,他和贾微在那石殿中拍摄了许多很有价值的照片,可惜后来一番搏斗,不知道是丢在了大殿中,还是沉落在了水潭底,没了踪影;倒是之前在魔眼"封神榜"处弄的壁画拓片,因为收于囊中,又用塑料布包裹,得以幸存。

谈到死去的人,大家心情都一阵低落。

当时信心满满,觉得准备得如此充分,必定会轻而易举,连我都有那种所谓矮骡子不过尔尔、小菜一碟的心态。然而现实却狠狠地甩了我们一耳光,矮骡子在我们面前,确实是已经不堪一击了,但是从我们贸然进洞的那一刻起,我们的败局就已经注定了。

因为我们的对手并不是矮骡子,而是神秘的大自然。

我们不敬畏它,它便让我们深深领教。

毫不留情。

除了我之外,吴刚、马海波和老金身上的印记都已经确认消除了,特勤局也得到了关于这个溶洞的第一手资料。然而,这所有的一切,我们付出的,是十多条无辜生命消逝的代价。

值得吗?值得吗?

我不断地问自己,却没有答案。而且,我们还没有脱困。胡文飞告诉我们,这峡谷中似乎有一个大型的磁场,我们的手机以及无线对讲机,通通都没有效果。怎么出去?在刚才,他已经稍微地探查了一下,暂时没有找到出路。

此处密林丛生,十分难行。

如果这是一个四处绝壁的山谷,再加上信号不通的话,说不定我们就要在这里待上一段时间了。然而,这山谷里真的没有危险吗?

听到这些情况我有些哭笑不得:武侠小说里,主人公掉落山崖后找到绝世秘籍,练就了盖世神功的桥段,难道要在我们身上重演了吗?多么狗血的一幕,让我觉得生活往往比虚构的小说,还要戏剧。

这山谷里海拔低,气候与山外不同。烤了一会儿火,我才发现这里的温度比外面至少要高四五度,寒暑不浸,是个难得的温暖之地。老胡他们先到这里,路没怎么探,倒是采了些野生瓜果、桑葚之类的吃食,用大片的绿叶子包裹着,放在了火堆边,供我们取食。

我们饥肠辘辘,自然不会客气,纷纷取用,感觉这些野物,从来没有如此鲜美。虎皮猫大人也飞下来,跟我们抢那绿叶包裹的红色、黑色桑葚,吃得一嘴的红浆汁。

其实探路,最适合的莫过于虎皮猫大人。吃完东西,我们烤着火,祈求大人飞到峡谷外面,去帮我们吹哨子叫人。然而这扁毛畜生不知是真是假,吃完东西之后便躺在地上,耍赖说累了,怎么挠痒痒都不肯动。过了一会儿,眼皮翻白,竟然如同一只死去的肥母鸡,睡了过去。

我正想去推醒它,杂毛小道拦住了我,摇摇头说,别打扰大人了,它是真的累了——你不知道它为了救我们,可是拼了老命,以区区凡躯请来了不死鹧鸡灵体,这才在陡然间强势灭了那鱼,解救了大家。不然,我们此刻的下场,说不定已经葬身鱼腹了……

晕,不死鹧鸡是啥子?这可是跟麒麟一般,同属于传说中的瑞兽,世间难见的角色。

我看着这毫无顾忌地躺在火堆旁酣睡的肥鸟儿,它在我心目中的形象,不由得高大了几分。

此鸟跟凡间那在枝头叽叽喳喳叫唤的鸟儿,确实是云泥之别。

既已脱得险地，即使是身处这深陷地下的大峡谷中，在冷淡的阳光照射下，我们的心情也好了许多。有肥鸟儿、食蚁兽小黑以及我的金蚕蛊在，脱险只是迟早之事，所以我们并不担心。烤着火，看着架在旁边的衣服散发出腾腾热气，我们开始聊起了这次行动的得失。对于这山洞，大家回想起来都是一阵恐惧：它不是一个简单的山体裂缝隧道，而仿佛是一个生命的存在。

我们生活在这地球的表面，自以为可以如上帝一般，上天入地，无所不晓，然而，却总是不知道自己有多么无知。

大自然，实在是太让人敬畏了。

过了差不多四十分钟，架在木棒上面的衣服基本上烤干了，我们的气力也恢复了一些，准备起身，趁天还未黑，在这峡谷两端探索一番，争取能够找到出路。然而在一旁的罗福安脸色一变，突然"啪"地一下，坐在了地上。我们纷纷围过去，拍着这胖子一身的白肉，说咋了？

罗福安用一种诡异的眼神环顾四周，想说话，但是却仿佛有什么东西堵住了嘴巴，怎么也说不出来。过了几秒钟，我们看到仅穿着一条内裤的他神情古怪，仿佛发生了一件十分可怕的事情，紧紧捂住了嘴巴，然而皮肤底下，却是一阵蠕动翻滚。

"啊……"

他终于忍不住了，张开嘴巴，吐出一大口黑血来。

让人不寒而栗的是，这黑血之中，密密麻麻地全部都是肉眼难见的小虫仔子。

第二章 天崩地裂，断垣残骸

罗福安跪倒在地，朝着前面的草地大口大口地吐血，这血黏稠如墨，上面有许多蜉蝣一般细小的东西在不断地跳动。眯着眼睛看，都是些微若尘埃的小鱼，和我们之前在魔眼洞穴下来时那水洼子里见到的小鱼，一般模样，只是小了数十倍而已。

我想起罗福安嚼食那小鱼时一嘴血的诡异模样，想起他曾说这东西是他吃过的最鲜美好吃的东西，想起他突然饿死鬼一样祈求我给他再找几条来吃的渴望神情……

没有人想到，那些小鱼腹中竟然有着无数鱼卵，而这些鱼卵竟然能够迅速孵化，以罗福安的身体为营养皿，迅速繁殖起来。我们看着地上这一摊血浆之中成千上万跳动的小东西，心中不禁生寒，也后怕得很。

此刻的罗福安已经说不出话来了，他跪倒在地，竟然把一双手都放进了嘴巴里，试图将腹中的小鱼给全部掏出来。然而血浆吐完了，还有苦胆水；苦胆水吐完了，还有内脏……

当罗福安把好几块模糊的肉块吐出来的时候，我知道，他的生命已经走到了尽头。

神仙也救不了他了。

马海波在罗福安吐血的一开始，就神情激动地拉着我，大叫道："陆左、陆左，你救救老罗啊？用你的虫子救一下他，哥哥求你了？他家里还有丫丫，还有他老婆呢……"我没有说话，只是面无表情地把他往旁边拉开一些，免得溅上了这些小鱼虫。我不知道刚开始若知晓厉害，让金蚕蛊去罗福安体内将那些鱼卵吃掉的话，能不能救得了老罗的性命？但是此刻，一定是不行了。

我们可以把握当下，拼搏未来，但是不能够改变过去。

当时我若把金蚕蛊放出来，或许能够提前发现，但是我若没有金蚕蛊一直在体内给我提供力量，或许我也根本走不到这里。事物都是辩证的，我们……改变不了这悲剧。马海波见我无能为力，痛苦地跪在草地上，所有的悲伤全部都涌上了心头，眼泪鼻涕一齐流了出来。

在那一刻，这个男人哭得像个无助的孩子。

罗福安终于吐完了，在他的面前有一大摊的血浆内脏，他表情奇怪地看着地上这些蕴含着无数跳动小鱼虫的秽物、血水，眼中的玻璃体凸出，环顾四周，然后看向了我，声音沙哑地说陆左，救救我……我摇摇头，苦涩地说没办法了，老罗，你还有什么心愿未了，赶紧跟我们说，我们帮着办。

听到我的话，罗福安跌坐在地，仰首望天，陷入了沉默。

我以为他会说照顾我老婆孩子之类的话，然而他没有。他默然不语，皮肤下有蚯蚓般的东西在游走，表情狰狞，痛苦得要命。沉默了一会儿，他突然提出一个问题："你说，我死了之后，人变成了尸体，但是还有没有意识呢？意识会到哪里去呢？"

这是一个从古至今，都在争议的哲学问题，我没想到罗福安这个普通的警察，在生命的最后一刻，会与我探讨这种话题。

我回答："有，幽府，一个既不是天堂，也不是地狱的地方。"

罗福安闭上眼睛，眼角流出了一滴泪："生亦何欢，死亦何苦……唉，如是而已！马队，别自责了……"这个在我心中一直油滑胆小的警察，在生命的最后一刻，喃喃说着这番话。接着，他的整个身体突然像膨胀的气球一般，变得鼓鼓的，特别是前面的肚腩，变得异常畸形。我们收拾东西，往后退去，没走开十几步，听到沉闷的一声响，像重锤擂破鼓。

接着，漫天的血雨飘洒着。

我回过头去，只见那个白胖的警察腹中破开，肠子内脏流了一地，流淌的血水上面尽是跳动的小鱼虫。

"老罗……"

马海波双膝着地，将自己的脑袋深深埋在了草地里，放肆地哭嚎起来。

杨操摇摇晃晃地站起来，走到近前，看这方圆四五米的血泊上跳动的小鱼虫，回过头说，这些小鱼虫怨气极重，要赶紧处理这些东西，要尽快作法将这怨气给度化掉。不然的话，恐怕会有后患呢。我们点点头，死者已矣，活人还是要做活人的事。我们也来不及去安慰悲伤中的马海波，开始找来柴火，将这一片地方焚烧干净，不让这些如同蛊毒一样的小鱼虫存活。

金蚕蛊对这东西倒是不抗拒，也飞出来，大吃大嚼，帮忙清理。

小周的背包里有一把折叠工兵铲，当下由杂毛小道用罗盘选了一块土地，然后用破烂的防护服将罗福安的残躯包裹着，超度完毕之后，我们将他埋葬在一块大石头的后面。相比之前那些死无葬身之地的同伴，能够入土为安的罗福安，无疑是幸福的。

当然，这种幸福，不过是活人，对于死者的一种慰藉罢了。

葬了罗福安，我们站在坟头默哀。突然，山体震动，轰隆隆的响声从头顶如同打雷一般传来。接着，前方不远处的溪流开始咕嘟咕嘟地冒出浑浊的泡泡，旁边的石头滩涂也瑟瑟发抖，地壳不断地震动，一开始是轻微的颤动，然后大范围地抖动开来。我们惊诧莫名，抬头看去，看到远处那道十米宽的瀑布断流了，成吨的巨石从两侧山崖上滚落下来，重重地砸在地上、林间和水中，整个空间都是一片混乱。

峡谷两边，不断有石头抖落，山体滑坡，泥土裹挟着大树滑落下来，那一刻，峡谷中如同地狱。

这变化当然不是因为罗福安的死，而是杨操他们埋在魔眼上面的定时炸弹，在这时爆炸了。

魔眼是那山体的中枢,被炸毁之后,整条山脉都为之震动。

我们不及思考,旁边便有一巨石重重地砸在了前面十米处,巨大的重力,引得地皮都跳了几下,碎石飞射。我们躲在罗福安坟前的巨石缝隙里,双手紧紧撑住地,在这自然之威面前,我们什么也做不了,只有大声祈祷着各路神灵,保佑我们不被砸中。

这场地震足足持续了一分多钟,之后又余震了三两次,所幸的是,我们居然真的挺了过来,没有一个人受伤。当一切稳定下来的时候,我们出来,只见峡谷的一端,已经被满满的巨石给封住了。

而另一端,入目处也是乱石嶙峋,不复最开始世外桃源的景象。

连那一开始清澈幽绿的溪流,也变得无比混浊,白沫翻滚。这突如其来、天翻地覆的变化,让我的心情也随之阴郁起来。看了下杨操,他的脸色也不好。此地不宜久留,我们开始收拾行囊,沿着河流,往另一端慢慢走去。

一路上狼藉不堪,溪边的石头本来就杂乱,此刻巨石挡路,裂缝丛生,更加难行。

在我们的左手边有一大片物种多样的原始丛林,纵深十几米,最前的一段路程全部都被毁坏,大块大块的石头和山体滑坡而来的泥沙将这里掩埋,有许多小动物在我们的脚边四处逃窜,松鼠、青蛙、蟾蜍、蛇、蜥蜴、猴子,不远处还传来了犬吠,世界一下子变得热闹生动起来。不过这一切的喧嚣,都不过是惶恐、是惊诧、是家园被毁的无奈而已。

即使是最富攻击性的蛇,也都顾不上我们,在角落里游走开去。

行了几百米,视线渐渐开阔起来,我们的面前也再没有落石之类的东西,可见刚才我们见到的,仅仅只是一次小范围的地震而已,说不定山外根本就一点儿感觉都没有。沿溪而下,原本只有七八米、十几米的峡谷越来越宽阔,溪边不再是乱石滩,各种绿色植物也茂密起来。然而让人疑惑的是,我们发现了一条路。

不论是人开辟的,还是野兽踩出来的,这都是一个不错的消息。

只是我越走越疑惑:我怎么从来没有听说过这么一个地方?

走在最前面的尖兵小周突然出声示警,说有情况。我们纷纷警戒起来,身子伏地,四处张望。吴刚持着步枪上前,问怎么回事?小周不自在地扭动脖子,说刚刚好像看到了一个黑影子,一闪而过,他立刻想到了矮骡子,所以才停住的。我的脸立刻变得苍白起来:这阴魂不散的矮骡子居然又出现了?

吴刚紧紧抓住小周的肩膀,说你确定?

小周有些犹豫了,说是看到了一个黑影子,至于是否戴草帽,就真的只是余光一扫,并不确定。贾微一个唿哨,她旁边的食蚁兽小黑立刻接到命令,迈着小短腿往林子里面跑去,给我们做侦察。老胡一脸严肃地告诫大家,说万事小心,说不定,我们

与那矮骡子的战斗，还没有结束呢。

这并不是一个好消息，然而我们却只有不断告诫疲惫的自己，危险犹在。

前行了一里多地，溪流在我们面前变成了一个大湾。绕过前面的山麓，在这水湾不远处的平地上，我们惊异地发现，这里竟然有一些依山势而建成的围墙。不完整，有很多残破的地方，不用黏合物，用石块自然堆砌而成，一望便知是建筑技术尚不发达的古代建筑。

第三章　癸水槐木，天地如法阵

在我们面前的，是一片富有历史厚重感的古建筑群遗址。占地不大，也就百十来间。想来可能是石木结构，上千年的风吹雨打之后，呈现在我们面前的，只是一道道绿色青蔓爬满的石墙，在无言地对我们述说着曾经的故事。

这峡谷下宽上窄，最窄的地方只有一线天，最宽的也不过十几米，像倒扣的碗，下面的环境与外面截然不同。在我们面前的这些遗迹，保存得还算完整。我们小心地靠近这些墙壁，因为雨水和植物的侵袭，在我们面前的，并没有多少可看的东西——除了石墙便是碎石，以及偶尔风化得严重的白骨碎屑，除此之外，再无别物。

即便如此，特勤局三人还是十分兴奋。杨操得意地朝贾微说，看看，之前不是说没有遗址吗？这是什么？贾微不以为然地指了指四周，说夜郎是一个以水运联系的国家，谁会把国都定在这里？顶多也就是一群隐居的遗族建立的小邑罢了。

杨操也不与贾微争论，自顾去深处查探。

我逛了一圈，见天色渐暗，便找了一处墙边的平地，与几个人抬来干柴，生起篝火来。

对于我们这些并没有受过什么相关历史教育的人来说，与其去知道古代人民是怎么过活的，还不如好好照顾自己，让自己活得更长久一些，要来得实在。因为担心矮骡子或者潜藏在暗处的其他危险，小周和吴刚轮流放哨，警惕着有可能出现的敌人。我们也是，在天黑之前，大范围地搜索了一下这座建筑群的断垣残骸，确保里面不会有危险的生物隐藏。

夜幕降临，篝火闪耀，除了放哨的人，我们聚到一起，彼此交换手上的收获。

杨操小心翼翼地抱回来一堆黑乎乎的破烂玩意儿，跟我们介绍，说这是穿孔石刀，这是青铜箭镞，这是夜郎铜剑鞘……都有两千多年的历史了，奇迹啊奇迹！杨操和贾微显然有些激动，让我感觉他们好像是文物局的专家；倒是胡文飞淡定一些，安静地将猎到的两只兔子抽筋去皮，给我们准备晚餐。

说实话，面对着这一堆脏兮兮，像是从垃圾堆中拾出来的破烂玩意儿，别人我不敢肯定，反正我是一点感觉都没有。

杨操见我们表情淡然，献宝似的又拿出一物，是一个完整的铜器，好像是一个野鸡般的造型。他地说："这夜郎铜孔雀乃稀世珍宝，记录了一个时代，各位开开眼！"

接着他丧气了。说好吧，好吧，没文化真可怕。

于是意兴阑珊地将背包腾空，把这些玩意儿小心包裹好，然后放进背包中。

他对胡文飞说道:"我们在西面发现了一个古战场,有很多锈迹斑斑的兵器,还有尸骨,虽然被植物侵蚀,但是依旧能够看出些端倪。结合我们在溶洞里面的见闻,我怀疑,此地跟当年夜郎国骤然覆灭,有着一些联系,很有可能,是其中的一个分战场呢。"

关于耶朗的覆灭,历史上一直有疑问。《史记》也仅仅只有一段话记叙:"河平二年(公元前二十七年),牂柯太守陈立杀夜郎王兴,夜郎国灭。"一个郡州长官(相当于市长)轻骑简从,便能够将带甲精兵十万的国度给灭亡的话,历史也就太可笑了!

我曾听说过几次,说耶朗是在与疑为矮骡子的小人国作战的关键时刻,国都空虚,被汉朝趁机所灭。

看来持这一观点的人,不在少数啊。

不过这些并不是我所关注的东西,我所有的注意力,都集中在了我胸前的那块槐木牌上。

不知道从什么时候起,这原木颜色的木牌子,竟然变得一片碧绿,如同翡翠一般。

我甚至感觉它跟那麒麟胎有几分相像。不过手摸上去,依旧还是槐木芯的材质。我有些心慌,将思感传递过去。我可爱的朵朵在里面静静沉眠,如同婴孩一般,这多少让我安心一些。

我找到了本物品的供应商,杂毛小道。他摘下槐木片,仔细端凝,表情严肃。

过了一会儿,他扭过头来,问我,小毒物,你有没有感觉到在这块槐木牌里面,附着了很浓厚的癸水之力?

我一脸茫然,问什么是癸水之力?

杂毛小道一副老教授看文盲的表情,说你好歹也是个行内人,五行之力不懂?自个儿回家翻你那本破书去!唉,到底还是虎皮猫大人疼媳妇儿,它宰杀了那头年老成妖的鱼,所有的好处都集中在这槐木牌中了。这下你放心吧,有了这癸水精华滋养,你家朵朵很快就能够恢复,而且实力还会更上一层楼。

听到杂毛小道这句话,我望着旁边躺着的如同死去的虎皮猫大人,这个嘴硬心软的肥母鸡,还真的是让人喜爱啊!

我喜滋滋地从杂毛小道手中,把碧绿槐木牌拿回来,得意地戴在脖子上,说,什么媳妇儿,老子可没同意呢。

切!

杂毛小道朝我比了一个中指,然后回头望了望,附在我耳边嘀咕:"小毒物,话说这峡谷我感觉好像有些奇怪,有一种如在阵中的感觉呢。万一,我是说万一我们被困在这里,出不去了,那可怎么办?"

我奇怪地看着他,说你怎么会有这么奇怪的想法?

杂毛小道含笑不语。我朝天望去,只见天空阴霾,仿佛蒙上了一层薄膜。想起之前,阳光照在身上,有一种隔离的感觉,仿佛此地是个塑料大棚温室一样,心中不由得担忧起来——杂毛小道家学渊源,招子厉害得紧,自然是能够看出一些端倪来的。

见我眼中的忧虑浮于言表,杂毛小道用眼睛去瞥角落独坐的贾微,低声说现在最重要的事情是男多女少,到时候你可别跟兄弟争女人啊?

我们两个的嘀咕显然引起了贾微的注意,这个长相普通、一脸小骄傲的女人疑惑地朝我们看来,死鱼眼、蒜头鼻、一字眉……如此的爷们长相,我、我还是敬谢不敏了。

背包里面有些作料,胡文飞烤炙的野兔肉十分的香,旁边堆积着些野瓜果,火堆里面还埋有淀粉充足的植物根茎,晚餐还算可口,颇有野趣。要不是没锅子,我们还有蘑菇汤喝呢。美食在前,朵朵的安危又得到了解决,我的心情愉快了起来。

吃饭的时候老金指着这一片遗址,说听老人家讲以前青山界是山大王的后院,过了后亭崖子就有怪事,有小鬼巡逻,现在一看,莫不是指的这里?

我们看着这尘封已久的遗迹,笑,说对,这里就是山神爷爷的后院呢。

饭后已入夜,因为山谷中并不安全,我们便在此宿营,等待天明再寻找出路。除了受伤的贾微和杂毛小道之外,所有人都轮值守夜。本来我的伤势也足够严重,但是有肥虫子在,我恢复得倒也不错,所以便坚持值夜。

其实大家在洞子里担惊受怕,一番拼斗,特别是从高高的瀑布上跌落潭中,早就已经精疲力竭,并没有"围炉夜谈"的雅兴。在排了值夜的时辰之后,除了两人一组的守夜人,其他人都各自找了地方,抓紧时间休息,和衣而睡,恢复体力。

为了照顾我,前两个小时便由我和马海波执勤。

我们站在高一些的地方,看着黑黢黢的夜,望着头顶方寸间的星子和不远处粼粼波光的溪水,心中有一种难以释怀的惆怅。马海波从兜里摸出一包蔫了吧唧的香烟,解开一层又一层的塑料布,然后抽出一根来,问我要不要抽?

我摆手说不抽,他笑了笑,说不抽也好。然后从烟盒里面掏出打火机,给自己点燃,深吸一口,让蓝色的烟雾从自己的鼻子中喷出来。

我尽职地将四周的动静观于眼中。过了一会儿,发现马海波夹烟的手不断颤抖,眼睛亮晶晶的,流了好多眼泪。

我没说话,也不想劝解什么:吴刚和马海波是幸运的人,因为他们经过万般危险,作为一个普通人却活了下来;然而他们又是不幸的,亲眼看着自己的战友和同事一个一个地死去,自己却一点儿解救能力都没有。

徒有伤悲,奈何?

所有的伤痛,还是让伟大的时间来把它冲淡吧。

值完两个小时的班,一点动静都没有,我困倦得要死,把睡得迷糊的人叫醒,说了几句话,然后直接躺在他原本的位置上,闭目,疲倦便如同潮水,很快就将我掩埋了。

睡了不知道有多久，迷迷糊糊之中，我听到有一种悠远的旋律在耳边唱响，似乎十分熟悉，但是又陌生。这旋律是女人哼唱出来的，既遥远又近在咫尺。我听了一阵子，意识开始回归，心中突然一惊，睁开眼睛，左右环顾，只见旁边的好几个人都不见了，篝火已经快要熄灭。

第四章　夜半歌声，寨前新坟

我连忙爬起来，只见在左边的墙后，趴着好几个黑影子。

我二话不说，将随身的手枪打开保险，猫着腰一步步走过去。来到墙边的阴影处，吴刚、杨操、马海波和小周蹲伏在那里，眯着眼睛盯向西面的方向。那是溪流的下游，也是断墙的边缘。

我刚才听到的声音，就是从那边传来的。这声音应该是个女人，她唱歌，如同夜莺黄鹂一般清脆悦耳，用的不是汉语，有些像苗语，但是总感觉又有一些不同。

后边有动静，差不多所有人都苏醒了，都缓步走进黑暗中来。

胡文飞凑上前，轻轻咳嗽，说，这声音，似乎是古苗语？

杨操点了点头说，对，是古苗语，单纯的苗语，好像是镇宁那一带的口音。我有些汗颜，作为一个苗家的后代，竟然连这都不知晓，着实有些说不过去。杨操侧耳听了一下，说好像在唱：月亮出来，如此洁白光明，璀璨佳人，如此美貌动人……贾微从旁边捂着胸口过来，气愤地说道："她哪里会唱得这么文绉绉？"

杨操跟我们解释，说这是《诗经·月出》中"月出皎兮，佼人僚兮"的苗语翻译……

我们都有些激动，此处有歌声传来，那么定是有人家；如果有人家，那么必定有通道折回地面。

这个推测无疑是最合理，也是最解释得过去的。

我的心热切起来，当下与几人商量完毕，跟着杨操、吴刚和小周，小心翼翼地朝着歌声的方向走去。我尽量地伏低身子，小心脚下。我们在这边生了篝火，在静谧的夜晚里熊熊燃烧，照遍了半个空间，大老远都能够瞧见，然而她在遗址的西面歌唱，却没有过来，说明是心中有顾忌的。

又或者，在引诱我们步入陷阱？如此说来，我们更加需要小心才对。

然而当我们缓步从遗址中间穿过的时候，突然那声音不见了，反而有一阵阵奋力的厮杀声和刀剑劈砍声传来。这声音是如此真实，仿佛战斗就发生在前方一般。这突兀的转变，让我们有些接受不了。我跟着前面的人冲了过去，绕过前面几处墙。黑暗之中，除了碎石、灰土和爬山虎外，便是一地的骨头，早就已经接近风化。

我望着对面黑暗中的树林子，并没有一丁点儿异常的动静。

然而这厮杀声依旧在我们身边继续，有男人愤怒的呐喊，有女人惊恐的尖叫，有野兽低沉的咆哮，也有飞鸟高亢的啼鸣，还有虫子摩擦翅膀时发出的沙沙声响……闭上眼睛,我可以在自己的大脑里,凭着这些声音去想象一幅惨烈战斗的画面:宁静的家园中,有野兽和敌人冲进来,男人们拿起了武器与刀剑,女人紧闭了房门,孩子则在门后瑟瑟发抖……

然而睁开眼睛,一切都只是黑暗,别无他物。

真的是活见鬼了。

我们沿着西侧的围墙边缘搜寻了一阵,确定仅仅只是声音,而没有确实的物体在。杨操将他那个探测负能量的电子仪器拿出来,打开后发现指针疯狂转动,从最开始的零一直飙到了红色警戒区域,然后像摆钟一样乱动,最后,如同没有电池一般,失去了作用。他往后退了几步,差一点走到灌木丛中去,然后打量着西面这环形的围墙群落,沉思一会儿说,我们回去吧,这里没有什么东西。

我们顺着原路走回去,在火堆旁边,杨操告诉我们,刚才出现的声音,其实就是一个大自然的唱片。老胡昨天说这里有一个巨大的磁场,也就是这磁场,在某种程度上变成了一个留声机,记录着以前这里发生的某些片断,在某些特定的条件下,播放出来,达到之前的那种效果。

留声机?我们面面相觑,这东西也太神奇了吧?

然而也只有杨操这种解释,才能够将今天发生的这奇怪现象说明。我举手看表,发现我已经睡了七个小时,现在已经是凌晨四点半。胡文飞让杨操和小周继续值班,我们所有人继续睡觉,等待天明后继续往溪流的下游查探出路。我坐在篝火旁边,抱膝,却怎么都睡不着,看到杂毛小道蜷缩在旁边,怀里面抱着呼呼大睡的虎皮猫大人,心中总是有一点烦闷。

我感觉自己好像被人窥视了一样,不时地回头,但是却没有任何发现。

这个山谷不简单。要知道它可是深陷地下,居然能够把两千多年前的遗址,保存得仿佛才过了几十年一般,这情况让人百思不得一解。常人所说的遗迹,特别是以千年为单位的,哪个不是沧海桑田,岁月变迁,需要从地底下挖掘修整出来?哪有历经千年风雨之后,还是如此模样的?

这几天我遇到的事情,实在有太多奇怪之处。想得多,连那手都不由得灼热起来。

我看着这双手,感觉它时热时冷,竟然有些不受控制了。

同样不受控制的,是我的情绪。我感觉自己最近好像变了很多,易怒、暴躁,对太多的恶人恶事,竟然习惯用最暴力的手段去解决……是我迷失了,还是这世间的本质最终还是由拳头或者力量来决定?而给我印象最深的,是之前在大殿之中,面对那个耶朗古尸的时候——虽然杂毛小道跟我说,是杨操请的神降临到了我身上,然而我却总是不太认同的。

那种冰冷的、无情的、狂躁的情绪,仿佛是另外一个我,从心底深处浮出来一样。

摸着胸口的槐木牌，我望着天空那一弦弯月缓慢地移动出我的视野：一线之天，我们能否出去？

一夜无话，静守天明。

一大早，当我做完两遍固体套路的时候，所有人都起来了。

一番忙碌，我们将篝火浇灭，然后收拾行装，顺着溪流往下走去。经过一天的休息，杂毛小道的精神好了许多，能够勉强行走；贾微却不行，接连嗑了杂毛小道友情提供的半瓶子秘制丹药，虽然脸色好了一些，但是依然需要人搀扶，而且让人担忧的是，我总感觉看到贾微，心中就有一种浓浓的忌惮和恐惧。

这种感觉很莫名，没有来由——呃，是因为重口味的大婶，普遍都让人不喜欢吗？

可惜的是，虎皮猫大人自从昨天下午躺下之后，便没有再醒过来，要不是从它肥肥的肚皮上可以感受到轻微起伏，这睡相难看的家伙我们差不多都以为它英年早逝了。平素它虽然极欢睡觉，但我还是第一次见到大人睡这么久。显然，昨天对付鱼时虎皮猫大人使用的请神术，定然是一件极耗精力的招数，要不然它也不会如此。

这肥肥的躯体里面，装着满满的神秘。

杂毛小道身上有伤，我找了一个袋子，将大人装进去兜着，然后背着走。

昨日山崩地震，溪流上游处有许多石头滚下来，但是到了遗址这一边就少了很多，我们沿着溪流向下，路也好走了，而且场地越来越开阔；只是林高木壮，绿色植物疯狂生长着，将前路变得有些难行。而且让人头疼的是草丛中的蛇比较多，大多是毒蛇，竹叶青、烙铁头、七步蛇、五步蛇……这种晋平山林子里常有的毒蛇，举目皆是。

虽然有了金蚕蛊，我们并不惧怕这些蛇类，但是这种密集程度，还是让我有不祥之感。

贾微的那只食蚁兽撒欢一般，四处跑，不时叼出一条蛇在我们面前晃荡。

这里的地貌也十分特别。十月份，草丛里面仍然有大片大片的山蕨菜和映山红生长，绿的绿、红的红，通泉草、凤尾蕨、银杏落果、荆棘木……尤其是那些三米到六米高度不等的桫椤，这种国家一级濒危植物在此地遍地生长，错落有致，足足形成了一片小林子。

走了半个小时，我们在地上发现了干枯的牛粪，路也越来越宽敞了。

又绕过一个湾子，我们竟然见到了一亩亩的水田，不大，一垄一垄的，在朝阳的映照下，泛起粼粼的波光；更远处的地方，溪水蜿蜒的尽头处，有许多松皮覆盖的木房子。这些建筑的外面，有石头垒起的寨墙，有一个防御性的大门楼，站在高处，可以看到苗寨标志性的鼓楼和打谷场。朝阳下的苗寨，分外美丽。

有人在这里？

这简直是……太不可思议了！

我们纷纷跑上前去，结果没走到田边，食蚁兽小黑便拦在了我们面前，不准我们再前行。贾微抱着小黑亲昵地耳语了一番，然后回头朝我们说道："要小心，这个寨子里面有古怪，大家不要心急冲动，先观察一番再说。"我们点头称是——这大白天的，整个寨子里没有一个人影，静悄悄的，如同鬼域一般，让人不得不怀疑。

食蚁兽小黑在前面探路，我们缓慢前行，朝着寨门一步一步地逼近。

从始至终，面前的这个寨子都仿佛沉睡过去一般，除了偶尔出现的犬吠，竟没有别的声音。

不过也就是这犬吠声，让我们断定这里是一个有人居住的寨子。

终于，我们来到了寨子的门口。向里一望，只见左边的空地上，有一排排的新坟。

第五章　沉寂的苗寨

　　这个寨子的大门用粗大的松木制作，外面还覆了一层油，显得十分的牢固，只是此刻却是破破烂烂的，好像是被什么东西给砸烂了一般。我们从大门的破口处走进去，看到左边的青草地上面，有一排排的土坟，上面的泥土还有新鲜的翻动痕迹，显然这下面埋葬的人，死得并不算久。

　　坟前没有碑，只是草草竖起一根根木头柱子，上面雕刻出一张粗糙的鬼脸，巨大的嘴巴、空洞的眼睛，在上面缠满了蓝色的布条，应该是死者生前所穿的衣裳。

　　粗略数一数，有二十多个坟头。

　　和汉族一样，大部分苗族实行土葬，但是却从来没有把死人埋在寨门口的情形。毕竟死者已矣，活人还是要过自己的生活，任谁天天看到这一排排的坟堆，都不会有好心情。

　　事情显得十分的奇怪，这个寨子里有十多间木房子，皆很老旧，建筑模式也显得很简陋。屋前屋后跟晋平寻常乡下的布置差不多，只是难得见到水泥坪子，皆用泥土夯实。我跟在杨操背后，小心翼翼地靠近寨门口的一间房，门是虚掩的，进去之后，里面的家具都是些木器竹具，也有人住的烟尘气。

　　四处扫量，屋子里简陋粗糙，不似现代，而且房间狭窄，没有人在。

　　值得一提的是，房间颇为干净，房梁墙角，皆没有寻常人家常见的蜘蛛网。

　　黑乎乎的房间里，我看到地下有一个朦胧的影子。打开手电筒照去，是只大老鼠，毛发乌黑铮亮，肥硕如小猫，走路慢吞吞的。我们顺着它往前照去，只见在一个木榻上，躺卧着一个人，四肢上的肉皆被啃食干净，露出森森白骨，腹内中空，里面有一窝唧唧叫唤的小老鼠，溜来溜去。

　　我们走过去，那大老鼠并不怕人，反而凶狠地扑将上来，被我大踹一脚，摔在墙边，撞得头破血流，哀鸣一声死去。

　　尸䴗，食人肉而长怨气，体肥若幼猫，浑身剧毒，凶恶非常，择人而噬。

　　这东西一般都出现于战乱之后的死人堆里，是传播恶性疫病的罪魁祸首。

　　我们走到木榻之前，观察这个死人：她是个年长的女性，脸被啃了大半，露出可怖的牙齿，黄津津，黑乎乎，散发着一股十分难闻的腐臭气味。杨操拿出一根骨针，刺入她的太阳穴，拔出来，观察了一下上面的碎肉，说，这人死的时间，不超过三天。嗯……很奇怪，怎么会没有苍蝇之类的虫蝇在？

　　现在虽然已接近深秋，但是这山谷中的气温却很异常。昨日在那遗址石墙边宿营时，我们还被蚊虫困扰，要不是肥虫子的气息，说不定觉都睡不好。而这里人死了好几天，腐臭气息散发着，竟没有虫蝇在侧，确实很奇怪。不过我很快就找到了答案：在木榻旁边，有一个竹制的神龛，上面有石头磨制的香灰盒以及根雕的五瘟神像——这户人家养蛊，蛊虽为万毒融合，然而却天性爱洁净，对虫蝇等物有着极强的排斥性。

只是不防鼠，所以让这些老鼠吃去了皮肉。

杨操从衣服里掏出一个小瓶子，朝尸体上撒了些白色粉末。这种天气，任由死人腐化变臭，很容易引发瘟疫的，我们即使不收尸，也要将预防工作做好。那白色粉末的毒性十分强，一点点洒下，立刻有黑烟冒出，一窝十几个拇指大的小老鼠想逃窜，没走几步，便全数蹬腿死翘翘。

我们走出这家屋子，又进了几家。有的房间空空如也，有的也能够见到死人，而且都是刚死不久，仅仅才两三天的时间。他们的死亡原因繁多，有的是被咬到了喉咙，有的是胸腹处有几个孔洞，有的全身无一点伤痕，双眼暴突而亡，还有的尸体四分五裂，或者被尸鷫给毁得看不清缘由。

围着这个寨子转了一圈，竟然没有一个活人。

这个寨子，被屠了。

我们在鼓楼前聚集，开始交流对这件事情的看法。这里面有几个值得一提的地方：

其一，作为青山界的土著，离这莽莽林子最近的色盖村人，老金表示从来没有听说过这么一个寨子。青山界是有一些生苗寨子，有的居住在海拔几千米的山上，终年不下山，有的住在老林子里，但是多多少少，都会有一些名字传出，也有年轻人出外来闯荡。说起来，色盖村以前也是个生苗寨子，现如今也通了汽车，哪里会有这种情况？

其二，我亲自走了近十户人家，居然发现有六家屋子里供奉着五瘟神像，养蛊人占了大半。

其三，这些人家里，竟然没有一件具有现代特色的东西和物件。

这是一个神秘的寨子，一个迷雾重重的寨子。所有的一切都显得十分奇怪，这里的人们本来是安详地享受着偏安一隅的田园生活，然而当我们赶到的时候，却发现整个寨子，除了二十几个坟头，其他人已全部死去，而且死亡时间，仅仅不过几天。

到底是怎么回事？事情竟然会这么凑巧？

2008年末，穿越小说方兴未艾，一直表现得很沉默的小周难得地开了一个玩笑，说莫非我们从那瀑布跌落下来，便穿越了？我们笑了笑，然而无疑想到了一点：莫非这个寨子，便如同陶渊明先生所描绘的桃花源记一般，隐世不出，自给自足，"乃不知有汉，无论魏晋"？

也许只有如此，才能够解释我们所见到的一切。

只是，他们是如何保持自己这寨子不被外人发现的呢？是老金所说的那恐怖怪诞的传说将人吓走的吗？还是矮骡子担当了外围的屏障？

我们商谈了一番，胡文飞告诉我们，过了这个寨子，后面是一大片水田洼子。然而在尽头，远远望去，却是一个很大的阔口洞穴，溪流从那里又隐入了黑暗之中。不知道那里是否有上山之路，我们与其这么费力寻路，不如寻找一下这苗寨之中是否还有活口，如有，从他口中得到的信息，应该会更准确一点。而且，我们也能够知道，这里到底是一个什么样的情况。

上游塌方，路径被乱石堆叠，下游则是一个漆黑的洞穴，胡文飞说的这个办法，确实要比我们盲目找寻出口要有用一些。

只是……这里还有活口吗？

我们来到了这个苗寨最大的建筑——石头垒砌而成的房族宗庙。苗寨通常都会有宗庙，也叫做祠堂，是祭奠先祖、族内会谈以及执行族法的地方，古代还是土司制度的时候，这里是代表着权力和威严的地方，所以特别神圣，族长可以在这里制定法规，定夺族人的生死。

这是我见过的最大的宗庙祠堂。

我原本以为这规模只有三四十户人家的小寨子，正厅里可能就十几排的祖宗牌位，然而当我步入这铺着青石板地的房间时，看到的是一片狼藉。那正厅里尤在架子上的、散落在地上的以及碎成几块的牌位，足足有三四百块。这是什么概念？按照苗家故例，只有族长或者对本族有着特殊贡献之人，方可位列正厅之上，享受后人的香火供奉。

我随手捡起一块牌位，上面的字歪歪扭扭，并不是我所熟悉的文字。

杨操接过来，端详了一阵，迟疑地说莫非是古耶朗文字？

我刚想笑他真扯，突然听到外面传来马海波的叫喊声，心一紧，立刻狂奔出门，只见马海波在远处大声喊叫，似乎在追赶着什么东西。周围的人都露出诧异的表情，随之便是戒备，握紧了手中的武器，纷纷跑上前去。我一马当先，很快就跑过四五间房子，朝着马海波喊怎么回事？

马海波回答我，说刚刚看到一个瘦小的身影，从那边的房间里跑出来。

我心中一惊，莫非是矮骡子？

一想到这可恨的小东西，我心头的怒火就一阵一阵地燃烧，当下也不犹豫，朝马海波指的方向发足狂奔。我被金蚕蛊上身已经一载有余，身体的爆发力不逊于专业的短跑运动员，一发力，很快就追上前来，然而让我吃惊的是，在我视线里的并不是矮骡子，而是一个小女孩。

这个女孩子身高一米三几，穿着单薄的粗布衣裳，黑蓝色，光着脚丫子跑得飞快，她似乎受到了很大的惊吓，一边跑，一边咿咿呀呀地叫唤着。

我大喜，刚刚还在说活口，此刻就出现了，难道是天上的神灵在眷顾我们？

我激动得浑身颤抖，快步撵上她，一把将这瘦得没几斤肉的黄毛丫头的右手给抓住。她一扭头，是个清秀的姑娘，眉目精致，皮肤很白，牛乳一般，跟平常的农村小孩截然不同，唯一让人遗憾的是她张口朝我咬来的时候，牙齿有些黑——这是长期饮用含钙极高的硬水的结果。

　　可惜呀可惜……如此小萝莉，牙齿不好是大问题！

　　我心中的叹息还没有停歇，便感觉手臂上一阵疼痛传来，面目都扭曲了。

　　噫，这小女孩还真咬人，可真疼啊！

第六章　论持久战

这女孩子牙尖嘴利，咬得我胳膊生疼。不过我倒也不慌，右手一用力，胳膊上的腱子肉立刻硬邦邦地绷起来，如同钢铁。见咬不动，她像受伤的小兽般尖叫，双手胡乱地攀抓着，指甲也尖锐，一下子我的手上就多出了好几道血痕。

过了一会儿，我总算是制住了她，将其紧紧抱住，然后柔声跟她说不要怕，我们是好人，别怕，没有人会伤害你的……

这小女孩子似乎听不懂我的话，一直在挣扎，继而绝望地尖叫、哭泣。

她神经质的表现，让人怜惜中又多了些心痛，到底是经历了怎样的事情，才会让她变得如此模样？

后面的人纷纷围了上来，尽量让自己的脸上带着外婆般和善的笑容，杨操尝试着用苗、彝、布依等语言分别跟她沟通，然而都无效，小女孩只是伤心地哭泣着。我们一堆人围着哄，见她越哭越伤心、越惊恐，没办法，只好把她抱到我们放行李的鼓楼前，好生劝慰。

作为唯一的女性，贾微想要发挥自己天然的优势，去抱那小女孩。但是这个漂亮的小苗女却如同见到鬼一般，双手抱胸，差一点就缩到了墙角根去。气得贾微忍不住破口大骂，说这哪里来的野孩子，一点好歹都不识。

食蚁兽小黑在旁边哼哼唧唧，声援她的女主人。

小苗女的情绪应该正处于崩溃的边缘，一双婴儿般黑亮的漂亮眸子里，写满了恐惧，显然是遭受到了巨大的惊吓。我们盘问无果，也不好再逼迫她什么，便让受伤的杂毛小道守着这个不到十岁的小女孩，好生劝导，其余人则聚拢在旁边商量。

整个寨子剩余的活人只有这个受惊过度的小苗女，不知道杂毛小道蜀黍能否安抚她。我们也不能够把希望都放在一个不确定因素上面，趁大清早的时间，我们还是要四处查探出路的。

这峡谷中威胁很多，最明显的就是蛇。好在老金身上还有几包强效驱蛇药，除我之外，每人发放一点儿；其次我们身上的枪械，除了吴刚和小周的自动步枪之外，几乎所有人身上都有手枪，虽然子弹不多，但是应急是可以了。当下将贾微和杂毛小道留在鼓楼前面的打谷场歇息，由吴刚和马海波照看他们和行李，而我、杨操、胡文飞、小周、老金则前往溪流下游去探路。

整个寨子只有一个大门还通行，其余的都被用石头堆砌的围墙给封住了。不过这围墙有多处破口，我们从破口处走出，发现草地上有多处非人类的足迹，蹄形爪影，不一而足。这发现让我们都有些忧虑，看来这个不大的峡谷中，似乎藏着很多秘密。

我们一开始的乐观心态，在此刻，终于收敛起来。

峡谷之中，危险处处。

寨子后面是一大片镜面一般的水田，我们从田埂中走过，一直来到了边缘地。举目眺望，确实看到了胡文飞所说的那个阔口洞穴，很远，五六里地，在溪水和丛林的尽头，薄雾笼罩，粗略估计了一下，有近百米的宽度。

我走路的时候，不断地往两壁间望去。发现这悬崖陡峭，几乎是九十度角，又高又险，虽然也有些树木，但是并不足以容人攀爬——至少普通人是爬不上去的。

过了水田，便来到林子的边缘，这里有一条脚踩出来的小径，左边是繁密的林子，右边不远处便是悬崖旁的溪流。我因为有金蚕蛊护身，并不惧怕蛇虫鼠蚁，便毛遂自荐，拿着一把丛林砍刀，一路劈砍，往林子纵深行去。走了十几米，便发现到了边缘尽头，山壁下，除了满眼的藤蔓和青苔，哪里还有登山的路？

因为角度的缘故，山壁这边的光照比较少，潮湿阴冷。我走过去，暗处有好多毒蛇和蜈蚣盘踞，还有蝾虫、马陆、螺蠃、十斑吉丁虫以及红彤彤的四脚蛇，在角落里窸窸窣窣地蠕动穿梭着，俨然毒虫的乐园。

难怪这个苗寨十户有六家敬五瘟神像，养蛊炼毒，看来此处是个绝佳的所在。

真正有追求的养蛊人，一辈子所求的，不就是遍地毒虫，以供其炮制蛊毒吗？

不过我这半吊子对于这密密麻麻的毒虫，却并不喜欢，只瞄了几眼，见看不到路径，便一刻也不停留，转身离开。

继续行路，走了好一会儿，我们终于来到溪流的尽头。昨日那瀑布断流，现在的溪流水很浅，从东往西缓缓流来。溪流变浅后，两边的河石裸露，我们走在上面，看见浅水里面有好多手掌大的鱼，青黑的背，两侧的鱼眼出奇得大，头大尾长，也不知道是什么品种。

老金说抓一些，回去熬鱼汤喝。小周一脸难色，他想起了昨天罗福安从口中吐出来的那些鱼虫，发誓这辈子都不会吃鱼了。他一提及，所有人的脸色都难看，摇头说算了，万一再闹出事，多亏？

说话间，我们来到了这峡谷的尽头。山势雄奇险峻，夹岸峰插云天，这前方山壁之下，有一个宽阔的洞穴。这洞穴如同魔鬼张开的嘴，黑黢黢的，将溪流和前路吞噬。奇怪的事情是，一路来，峡谷两壁下都绿意盎然，到了这洞穴前后五米左右，却是寸草不生，要么是光溜溜的山壁，要么是堆积的鹅卵石块。

洞穴外宽内窄，前十米还有河滩路，再往里走，便只有水道了。

我们走到洞穴的水潭前面，用电筒往里面照，水道在强光的照射下，泛着粼粼波光。隔了差不多七八米的水潭子，上面还是有路，但是溪流拐弯，见不到尽头。我们在岸上站了一会儿，刚从溶洞子里逃出生天，现在谁也没有渡水过去、查探一番的心思。踌躇了一会儿，我往胸口一拍，口中高呼："有请金蚕蛊大人现身！"

肥肥的金蚕蛊从我胸口浮现出来，在我面前摇头摆尾。

我指着前面的洞口，让它去探一探。

它浮空，黑豆子眼睛盯着那黑暗，犹豫了一会儿，不肯走。我勾勾手指，它游过来，我屈指一弹，食指敲在了它的屁股上——自从小妖朵朵走了之后，小家伙好久没有敲打了，脾气见长。被我这么一弹，肥虫子委屈地看了我一眼，然后默默地朝洞穴深处飞去。

我盘腿坐下来，闭目静心，然后默想着，连通金蚕蛊的视觉：世界是黑漆漆的，仅有些模糊的轮廓。它大概飞了十分钟，没有尽头，突然，有一种烙印入灵魂的恐惧从金蚕蛊那里，直接连通到我的脑海中，压迫着我的神经，潮水一般的剧痛朝我迎面扑来。

我大叫一声，眼前一黑，倒地不起。

过了不知道多久，恍惚间有人推我，迷迷糊糊的我直喊渴，感觉有冰凉的水滴到嘴巴上，接着流到干燥得冒火的喉咙里。我心中不由欢呼了一下，终于有了气力睁开眼睛来，看到杂毛小道笑嘻嘻的脸，问我，醒了？

我揉了揉酸痛的太阳穴，发现自己正躺在祠堂的正屋里，外面天色已晚，旁边有篝火点燃，人影忙碌。我颇为奇怪，问到底是怎么一回事？

杂毛小道哈哈笑，说你是被杨操他们抬回来的，他们说你在地上作法失败了，结果"啊"的一声叫唤，躺倒在地。你倒是会偷懒，这一睡就是一整天，别人忙活得累死，就你一个人舒坦得要命。

我说你不也是重点保护对象？

正说着，见到杂毛小道旁边站着个怯生生的小女孩，可不就是之前咬我的那个小苗女吗？只见她脸已经洗白，一双眼睛似秋水汪汪，小心翼翼地看着我，没有了之前的惊恐，而她的一双手，则紧紧地拉着杂毛小道的衣角。我问小萝莉怎么这么黏你？杂毛小道乐了，说正好他兜里面还有一盒巧克力糖。

巧克力可以缓解情绪，提高兴奋度，是一种情绪食品，但是……对小女孩竟有这么大魔力？

我有些怀疑，不过看着这个小苗女依然怕我，但是对杂毛小道却毫无保留地信任，心中不由得羡慕。杂毛小道洋洋自得地给我介绍，说她的名字叫悠悠——是根据她说的话猜出来的；以后你有朵朵，我可有悠悠了……

天色已经转晚，大家陆续返回屋子。刚才杂毛小道已经告诉了我，说杨操、老胡他们在谷中大致找了一圈，并没有发现什么通道，而悠悠虽然信任他，但是却丧失了清楚表达语言的能力，不说话，警惕除了他之外的任何人，就像一个小兽，独守着一份脆弱。

我们是中午回来的。下午，杨操他们就开始清理苗寨里面的死人，将这些人从屋子里搜出来，集中在村寨后面的下风口，将他们堆积在一起，火葬。将粮食和用具都

搜集到祠堂里面来，我们可能要做好长期斗争的准备。

我点头不说话。心里挂念金蚕蛊，将心沉入体内，一查，大吃一惊。

第七章　危机潜伏

金蚕蛊虽然回到了我的体内，然而它跟我的联系却被切断了。

也就是说，我控制不了它了。

这种情形，可是自从我服用了以龙蕨草为主料熬制的小功德汤以来，从来没有出现过的。哪怕是在肥虫子食用了彼岸花妖果，沉眠的那一段时间里，我们之间的联系都没有切断过。它如同我身体的一部分而存在。而如今，在我脑海里，有某种东西被切除一般的不自在感。

它可是我的本命蛊，生死相依的伙伴啊！

看到我脸上的惊恐，杂毛小道忙问怎么了？

我将我所遇到的情况说了出来，他也讶然，问今天早上，到底发生了什么事情？我说溪流尽头的洞穴，人进不去，我让肥虫子去探一下路，它不肯，但是被我逼得没办法，最后还是进去了，过了差不多十分钟的样子，我就感觉到一阵惊悸，剧痛袭来，便栽倒在地，直到刚刚醒来。

杂毛小道沉吟一番，说莫非是小肥肥在那黑暗洞穴之中，碰到了什么让它感到十分不自在的东西，于是就蜷缩冬眠起来了？

我说怎么可能，上次这家伙沉眠，我也是能够沟通的啊？

杂毛小道拍着我的肩膀，说不要激动，陆左，你有没有想过一点，小肥肥天不怕地不怕，但是为什么会怕矮骡子呢？这东西说实话，并不是很厉害的邪物！

我说为何？

杂毛小道又说，陆左你注意到没有，但凡在与耶朗遗址有关联的地方，小肥肥从来都是避开去，不敢出来。这不是因为它无能，而是它天生厌恶或者恐惧这些，为什么呢？我记得你跟我讲过，你家破书里记载矮骡子是徘徊于灵界边缘的生物，而我个人认为，矮骡子就是深渊来客，小肥肥对于深渊来的东西，特别是与耶朗灭亡相关的东西，天然恐惧。

这烙印，或许是遗传自巫蛊合流的时代，最原始，也是最根本的东西。

老萧说得很有道理，不过太遥远，我现在最关注的，是肥虫子现在到底怎么了。一边说着话，我一边不断地用密语镇灵的方法呼唤着它，心中不断地想着肥虫子带给我的好处，让我的生活起了天翻地覆的变化，想着它的听话、它的调皮、它的顾家，想着它瞪着一双黑豆子眼睛跟我卖萌的样子，心中不由得痛。

我失去了小妖朵朵，难道还要再失去金蚕蛊吗？

"肥虫子，你快回来，我一人承受不来……"

许是听到了我深情的呼唤，我的体内蠕动了一下，如同顶破泥土的嫩芽，一股意识沟通过来，唧唧唧，小家伙亲昵地叫着。我的脸上一瞬间充满了欢喜，一屁股坐在地上，像个小孩子一样满地打滚，哈哈哈，你这个死小子，吓死我了。

重新跟金蚕蛊取得了联系，让我喜出望外，一番滚儿打下来，旁人纷纷侧目，连一直警惕打量四周的小苗女悠悠，都忍俊不禁，露出了一排整齐的牙齿来。只可惜，有些黑，如果能够去医院专业地洗一下就好了。

在祠堂的前面已经生起了熊熊火焰，我们的晚餐正在准备中。经过翻箱倒柜地淘弄，杨操他们从各家各户的米缸中找出两种粮食：稻米和粟（也就是小米），而且还挺多的，够我们这伙人生活好久。也有锅，是笨重的铁釜，并没有现在的轻巧和传热，不过勉强能用。老金别的不行，成天在山里讨生活，所以做得一手好饭。他煮了一锅小米粥，然后去附近的竹林子里砍了几根竹子，合着猎到的蛇肉和松鼠肉，在制作喷香的竹筒饭。

除此之外，还有竹笋、山菌、蕨菜、野葱之类的食材，以及十来条烤鱼。

虽说见到了罗福安死前的惨状，大家对鱼有着一种近乎本能的排斥，但是经过胡文飞检查，这溪中的鱼并没有毒性，而我们现在最需要的就是大量的蛋白质，所以他还是领着吴刚、杨操等人下河抓了些，当作晚餐。

上游的水流逐渐减小，河里的鱼也好抓，拿一把军刀下溪，一戳一个准。

让人欣喜的是，出于习惯，老金随身带有一包盐巴，因为包裹得紧，并没有化，让我们能够享受到相对正常的晚餐。

自从体内有了金蚕蛊，体质不断变化，我的饭量也是不断地增加，与杂毛小道一样，都是做饭桶的好坯子。从前天进山，我就没吃过一顿好饭，昨天和今天更是一路惊魂，到了此刻，闻到火上烤制的竹筒饭散发出来的清香，顿时饥肠辘辘，口津横流。

我醒过来后一阵翻滚，活蹦乱跳的样子，让本来有心慰问我的人都失去了兴致，大家都围着火堆忙活着晚餐。地上的碗都是些粗陶，里面有几个黄色的果子，我拿起一个来，也不管什么，大咬一口，酸甜适中，汁水鲜美，好吃得很。问是什么果？马海波说了一个名字，我没听过，但也不打紧，三下五除二，就把它给啃光了。环顾四周，发现特勤局三人都没在。

我饿得慌，见老金烤好了一条鱼，便求他先给我尝尝味道，因为是病人，所以这汉子笑了笑，递给了我。刚刚烤制焦脆，上面还抹了一层油的烤鱼热气腾腾，我咬了一口，味道没品出，嘴巴皮倒是被烫得难受。我急忙吹气，小心地吃着。味道并没有想象中的鲜美，这鱼的肉质有些粗糙，嚼起来有点老，不过有热腾腾的吃食，我也不挑了。小周在一旁看着，忍不住又到一边去干呕。

老金说，小周同志，你不是说没人敢吃么，这陆兄弟不就吃上了？

小周像看怪物一般瞧我，说，陆哥，你咋就不怕肚子里面长虫啊？

我笑了笑，还没说话，马海波在一旁插嘴说，你陆哥那肚子可了不得，天上地下，所有的虫子进了肚，都闹不了天宫，只能乖乖地化成翔，为农田贡献肥力。因为，他本身就有一条虫子……

我哈哈一笑，对于我们这些人来说，肥虫子本就不是秘密。

小周咽了咽口水不说话，一副难以接受的表情。老金使唤他，说，去弄点干柴来，这火力不够，要喝热腾腾的汤，还不赶紧去？小周今天是收尸的主力，累了一天，洗完澡就不想动弹，指着大厅角落散乱的那一排排牌位，说，喏，这些都是上好的干柴，直接拿过来烧了便是，哪里还用去找？

旁边几人颇为意动，站起来想拿来烧火。一旁的杂毛小道脸色一变，伸手拦住，说不可。

举头三尺，自有神灵，亡者为大。不可做这种亵渎死者的事情，小心大家伙儿在这山谷中住一辈子，出不去。他说得严肃，而且对于这个有真本事的人，大家也都是敬佩的，所以纷纷笑，说开玩笑的呢，哪能干这种生孩子没有屁眼的事？

小周嘟囔着，不情愿地站起身出去搬柴。我这条鱼已经吃完了，舔了舔鱼刺，感觉火烧火燎的饥饿感减退了几分，便站起来，走出祠堂大门，来到前面的院落。沉落山后的那一缕光亮，渐渐消失不见。来到院墙边，我听到杨操和胡文飞两人在墙那边刻意压低的声音，嘀嘀咕咕，听不太真切。

我走前两步，这话语便立刻停止。过一会儿，杨操探出头来，见到我，不自然地打招呼。

我走过去，一脸严肃地盯着他们两个瞧，说到底有什么话，需要背地里说？我们都是同一条船上的人，你们这样，让人心寒。

杨操和胡文飞四目对视一会儿，胡文飞点点头，然后两人把我拉到角落，说其实也不是什么见不得人的事情，只是他们总感觉贾微有些奇怪——至于具体的，又说不上来，所以在商量着怎么办呢。我一听，也想起来了，来到这一线天峡谷中，我似乎也觉得贾微有些不一样，有时候瞧她一眼，心惊肉跳半天，之前还不以为然，认为仅仅是错觉，又或者自己对于重口味的女人不待见。如今杨操和胡文飞都提出来了，那么显然确实有些问题。

对于这个情况，杨操和胡文飞显得很为难，商量了半天，还是决定以观察为主。

我问为什么，杨操低声给我介绍起贾微的情况："贾微这个女人本事是有一些的，但是若说很厉害，也不尽然。以她这狗嫌弃的脾气，之所以能够在特殊部门做事，关键在于她有个好爹——贾微的父亲贾团结，原本是个出家的和尚，法号慧明，意思是'比丘之智慧'，此名字许多高僧用过，但并不妨碍他接着用。慧明和尚还俗前是甘省悬空寺的传经比丘，后来与一尼姑坠入爱河还俗，老年得女，此女便是贾微。还俗的和尚一不会种地二不会劳作，后来因为生计，加入了草创的西南特勤局。如今，是西南这一片有关部门的大佬之一,厉害得很,所以大家多少也要顾及一些老爷子的颜面……"

我叹气,高干之后,确实很难处理。

第八章　盘枝错节，小周中招

说到这里，杨操习惯性地抬头张望了一下，我问望什么呢？胡文飞在旁边笑，说贾微去上大号了，暂时不会来。杨操也笑，带着我们往鼓楼那边走去，点根烟，问我抽不抽，我说不抽，他点头说不错，研究道法的，向来爱用胸腹中的一口气，烟抽了，气也不纯了，不过他没办法，十几年的老烟枪，戒不了。

胡文飞接过来一根，说不知道啥时候能出去，说不定就给逼着戒了。

我们蹲在鼓楼前，望着远方焚尸剩余的袅袅白烟，杨操接着讲："其实贾老虽然脾气暴躁，倒还算是个通情达理的老前辈。主要他老婆是个难缠的主，这老太太姓客，很稀少的姓对不对？她年轻的时候很风流，长得那叫一个妩媚。后来死了男人，惹了官司，就出家当了比丘尼，结果又和贾老好上了。老太太现年七十多，护短、不讲理，特别能闹事儿，局里面的人都怕她。有这么一个老娘，又是幼女，你想想贾微是怎么成长起来的？所以呢，基本没人敢惹，而且她也是个不肯安歇的主儿，喜欢到处跑，连洪老大都任由着她……"

我蹲在地上，感觉到若有若无的尸臭味从四面八方飘散过来，十分不舒服。问讲这么多干吗？

杨操耸了耸肩膀，笑着说闲着无聊，扯扯八卦嘛，你反正也是我们同一战壕的同志，不算是外人。

胡文飞点头，说杨操老弟平日里最喜欢看《康熙来了》，你就知道他有多么喜欢聊八卦了。不过，今天之所以跟你提这些，是因为我们怀疑贾微有入魔的征兆，如果把她控制住，她又不是入魔的话太得罪人，是的话怎么处理？一想到她妈客老太太，我们就头大。所以想请你帮忙多照看一下，一旦出现异常，第一时间帮我们控制住。

我不知道两人为何会如此郑重其事，为什么不直接把贾微给先行控制起来，想这里面还是牵涉到一些所谓的内部瓜葛和斗争，点头表示知道。

我们又聊了一会儿，马海波在祠堂门口高喊，让我们赶紧回去吃饭，不然就只有汤喝了，于是屁颠屁颠地跑了回去。

晚餐挺不错，特别是竹筒饭和烤鱼——这竹筒饭里面放着嫩滑的松鼠肉和蛇肉，米饭虽然粗糙，但是吸收了肉的鲜美和竹子的清香，格外可口；烤鱼则纯粹是因为肉香勾人，本来没几个人敢尝试，结果见我和杂毛小道几个人啃得一嘴的油，纷纷耐不住肚子里馋虫的诱惑，抢着吃起来，惹得小周一个劲儿地咽口水、骂娘。我们哈哈大笑，吃相越发地难看了。

杂毛小道的小跟屁虫分到了一条抹了盐巴和油的香喷喷烤鱼,小丫头一小口一小口地吃着,像个小猫。

不过看她的表情,却是很享受,眼睛眯成了一条缝,小嘴巴油光光,不断地舔舐着嘴角,仿佛吃到了满汉全席一样满足。她的表现让老金的自信心爆棚,扬扬得意地自夸,讲起了自己当初用美食讨婆娘欢心的陈年旧事。

我一边跟人抢食东西,一边用余光观察贾微。

因为本性特立独行,这个年近四十的女人有些沉默,她弄了一条没烤过的鱼儿,让食蚁兽小黑吃。在我的印象中,这东西通常只是吃些蚂蚁或者其他昆虫,并没有吃鱼的习性,然而它昨天不但吃了蛇,今天也将这鱼吃得津津有味。杂毛小道说得果然不错,她的这食蚁兽并不是凡种。照顾着小黑,贾微倒了一碗飘着竹笋、香菇、蕨菜的小米粥,缓缓地喝着,她面前还散放着两管吃剩下的竹筒,旁边丢了一堆骨头。

她的胃口倒是极好。

我盯得久了,她感应到,转过头来瞧我。我心中也有城府,并不慌张,而是朝她微微一笑,说不吃条烤鱼?老金的手艺还可以。贾微摇了摇头说不要,这鱼一股子土腥味,又没有姜蒜料酒来祛味,吃不来。在一旁的老金有些委屈,嚷嚷道:"老子的手艺,都可以到乡里面的饭店当厨师了,要不是没材料,保准吃得你们吞舌头。"

我们纷纷笑着安慰他,说那是,到时候一定去你家做客,吃一吃地道的农家小菜。

老金,说我们家的青蒙酸菜,最是正宗,回去后,一定请你们这些领导吃饭。

一顿饭吃下来,我的肚子鼓鼓,感觉撑得慌,然后出去散步。

走不多远,身后有脚步声传来,我扭过头,是杂毛小道。他抱着一个布袋,里面的虎皮猫大人依然在沉眠。我看着这个肥嘟嘟的扁毛畜生,问大人什么时候会醒过来?莫不是有问题?杂毛小道摇摇头,说只是精力过度透支而已,无妨的,说不定明天就醒过来骂人了。我笑了笑,说希望如此。

又向前走了几步,在屋顶放哨的吴刚朝我们喊,说莫走远了,这晚上容易出事。我回头答应,说好。

杂毛小道用胳膊捅了捅我,说晚饭之前,你们几个在打谷场那边聊些什么,神神叨叨的?

我摸了摸鼻子,说很明显?

杂毛小道说你当马海波、吴刚这些老油条是菜鸟不成?说吧,是不是因为贾微的事情?我惊诧,说这……真这么明显,咋个个都晓得咯?杂毛小道不屑地说老子是什么人?那女人定是在洞子里面惹到了什么邪物,而那邪物又不能够很好地掩藏自己的气息,不时地有戾气散发出来。你看到没有?我家悠悠见到贾微,害怕得跟见鬼一样,就是这个道理。

我把贾微的背景说出来,又将胡文飞和杨操的打算说给杂毛小道听,问他的意见。

杂毛小道沉吟了一番，说他听说过慧明和尚的名声，听说是尽得了华严宗的真传，而又能够超脱于物外，是个不可多得的狠角色，在局里面的地位比他大师兄还高，是宿老。关键是他那婆娘，是个狗屁粘不离的家伙，难缠得紧，难怪老胡他们顾忌；不过话说回来，你还记得贾微拍的那照片没有，王座上的那黑影，莫不就是附身于她的鬼魂？能在这殿中存活的灵体，必是厉害到极点之辈，若如此，附体头七这段时间，灵肉不相融，是消灭它最好的时机了……

鬼魂附体分两种，一是破坏性附体，一是契合性附体。

所谓破坏性附体，比如我最开始遇见杂毛小道时撞到的那五楼女鬼，是不顾及宿主的安危，破坏性地疯狂攫取宿主的潜能，然后获得远超平日的力量，不过后果往往是导致宿主的身体遭到不可逆转的伤害，不可能长久，也简单易为；而契合性附体，技术难度比较高，它有另外一个专业名词，叫"借尸还魂"，是一门高深的学问，若能够成功，此躯体便是身外化身，鬼魂便可自由生活在阳光之下，行走在凡尘人间。此法是很多积年老鬼的偏爱，比如香岛和合石坟场、东官浩湾广场的鬼物，只是其危险度也极高，很容易在融合的阶段陨落。

有人会问，危险度这么高，为什么它们还傻乎乎地要附体呢？

机会难得，没有那种经历的人，是无法明白在阳光下正常行走的那种美妙感觉的，就如同可以正常呼吸的你，是不会明白失去空气的痛苦的。

我们两个蹲在打谷场的墙角边，打着臭屁，商量着如何办。对于这个问题，杂毛小道持强硬态度。他毫无顾忌地说，就这个地方，还顾忌个毛的关系。倘若正如我们猜测的那样，生死都还未知，管什么和尚尼姑的手段。我们两个晚些时候，我用符箓祭灵，你用真言逼体，直接将她给办了——若能够救则救，不能够救则杀，总共就这几个鸟人，不说出去，慧明和尚未必能够找到我们！

对于杂毛小道的意见，我表示赞同：我们都不是小孩子，不敢拿自己的性命开玩笑，胡文飞和杨操碍于顶头上司的面子不敢，我们却是拉得下脸来的。

商议结束之后，我们两个返回大家歇身的祠堂坐下。晚上排值班，杂毛小道主动提出来，说他的伤已经好得差不多了，总是不做事，心中有愧，想要和我一同值班。吴刚略问了一下，而胡文飞和杨操则心领神会地望了我们一眼，均点头同意。

娘的，这两个家伙就是想让我们出头。

不过事关生死，我们也推辞不得。

这天晚上大家的睡意并不浓，除了需要值班警戒的两人，其余都坐在篝火旁聊天。见过了这么多古怪的事情，几个局外人对这些东西的好奇也就更加浓厚了，马海波、吴刚、小周和老金等人缠着杨操不断地问东问西。杨操这个人本事虽有，但是性子却是个八卦男，见贾微也不管他，便挑了些不重要的事情，一一透露，引得几人惊呼连连。

到了十一点钟还没有散场,听得津津有味的小周肚子一阵响,好像是拉肚子了,没有纸,找了一点木棍儿去大便,马海波让他走远点,别熏着我们。过了一会儿,我们突然听到一声尖锐的惊呼声,是小周的惨叫。
　　我们连忙冲出院门,只见小周在远处连滚带爬地跑,而后面,有一个跌跌撞撞的身影在追。

第九章　僵尸蛊虫，群尸围攻

小周想必是厕所上到了一半，裤子都没有穿好，一边跑，一边哇哇大叫，试图引起大家的注意。屋顶上放哨的胡文飞把手电筒往他后面一照，就见一个浑身泥土的人，佝偻着身子，全身苗家盛装。然而这并不是一个活人，他的脸烂了大半，黑乎乎的全部都是腐肉，有白色的蛆虫，喉咙里还发出一阵阵低沉的吼叫声。

它行走的速度并不是很快，比正常人还要缓慢一些，只是吓人，倒也不会对小周造成真正的伤害。

我心中一惊，再望向寨口处的那一排新坟，只见那奇怪的墓碑东倒西歪，坟堆多被刨开，黑暗中，伸出许多手来；也有的尸体已经爬了出来，脸朝着火光的这边看，踉跄地行走过来。我们都警戒起来，各自将身上的枪拿在手上，吴刚朝着走路姿势颇为古怪的小周大喊，说赶紧跑啊？怎么跟个乌龟一样……就在你后面了！

小周一激灵，直立起身子，朝我们这边一阵狂奔，两三秒钟后，便风一般的冲到了我们面前。

也许是害怕失去，吴刚显得格外的严厉，大声喝骂道："平日里是怎么操练你的？性命关头，跑得唧个慢？"小周哭丧着脸，指着自己的裤子，说都屙裆里面了，能不慢吗？站在旁边的我一深呼吸，果然还有热腾腾的臭味飘散。

此言一出，我们都自觉地跟小周保持了一定的安全呼吸距离。

不过危急关头，容不得说笑。寨口涌出一大堆的死人，摇摇晃晃地朝着我们这边冲来，这诡异的情形让好几个人都吓得魂飞魄散，老金更是没出息地一溜烟躲回了祠堂屋子里。马海波望着房头上的胡文飞，问到底是怎么回事，这些死人怎么都爬出坟来了，是诈尸吗？

胡文飞也疑惑，说怎么可能呢？今天我们就查探过了，那坟堆里没有什么怨气啊？

我们缓慢地往后面退，杨操有些惊疑，说，这伏都教的玩意儿，怎么会在这里出现，还是说他们被下了僵尸蛊？说话间，追在小周屁股后面的那个死人已经跑到了我们前面十米处，在几只电筒的照射下，他的面容更加清晰了：这是一个四十岁左右的壮年男子，身高一米六几，头上包裹着苗人常见的蓝黑色帕子，左脸已经烂完，露出黑白相间的牙槽，眼睛是白色的玻璃体，里面流露出来的冰冷和仇恨，让人看一眼就心惊肉跳。

在房顶的胡文飞率先开火了，自动步枪清脆的点射声嗒嗒作响。

第一梭子打在了胸前，作响，打得这死人后翻倒地。然而等到枪声停止的时候，那具尸体又开始蠕动了起来。杨操凝神瞄准，一枪射进这家伙的头盖骨里面，回过头来，笑话胡文飞："都说是伏都教的活死人了，起作用的是脑干部分的神经系统，你还打胸口？爆头啊……"

正说着，那个脑袋血淋淋、脑门上一个大洞的活死人，居然又开始蠕动起来，杨操张大了嘴，没再说话。

我往后面退了几步，想到了《镇压山峦十二法门》中育蛊一节的记载，相传蚩尤与黄帝中原争霸，死伤无数，实力大减。后来得巫神启示，炼制了一种名为"土蝼狨"的虫子，能够让死去的人重拾生前的本能，接着战斗，直到粉身碎骨而死。当时此物颇为恐怖，曾经让蚩尤在一段时间获得上风，后来黄帝得了九天玄女的《阳符经》，将其克制。蚩尤身死后，九黎崩乱，山河破碎，一直到耶朗大联盟时期，才有一些山中遗族炼制此物，名曰僵尸蛊、僵尸虫，外形如尸鳖甲虫，翅膀红亮，遗族以千人部落抗衡大联盟；后来此法逐渐失传。据说湘西某些赶尸家族有些传承，也会炼制此物。

若真是僵尸蛊，情况就危险了。

要知道，被种了僵尸蛊的人没有疼痛，没有意识，但是还保留着生前部分的战斗意识，虽然不像美剧里面的丧尸一样，可以通过撕咬和抓伤感染，但是肚子里面的僵尸虫能够快速自我繁殖，然后将尸体转化为同样的活死人，而且带有剧毒；更重要的是，这东西不知道会藏身在何处，也许是脑袋里，也许是胸腔中，甚至是藏在小弟弟里面，都有可能。

如果赌不对，我们必须将它给拆散了，才能够防止其复发。

杨操风一般地跑回屋子里，拿出一把三十公分的军刀来，焦急地问我怎么办？

所有人的目光都投向了我，因为在这里，我是唯一的苗疆养蛊人。

可惜，我也没有什么好办法。僵尸虫这东西，敦寨苗蛊一脉对此并无研究，洛十八在笔记中对它也十分轻视，说不过是雕虫小技，充当炮灰的玩意儿——他老人家眼界高，却不曾想徒孙们的难处。见我摇头，杨操箭步向前，一刀砍在了这个活死人的头上，他是用了死劲儿，那头颅立刻化作一个圆球滚下来。杨操一不做二不休，刀出如风，三下两下，就将面前这个活死人的四肢给剁了下来。

八卦男发起狠来，竟然比一般人彪悍得多。

这个丑陋的活死人被杨操分了尸，挣扎了一会儿没了动静，然而一大群从坟墓堆中爬出来的活死人，已经逼近了我们这边的十米警戒线内。胡文飞朝我们大喊，说敌人来势汹汹，外面太乱，先躲进祠堂里面去，抵挡一阵再说。早已经瞧得浑身战栗的马海波、吴刚、小周等人纷纷后退，过了一会儿，已经到了祠堂里面，喊我们进去。

既然是蛊虫，金蚕蛊作为食物链上游的存在，定然是不怕它们的。我心念一动，立刻一拍胸脯，高喊："有请金蚕蛊大人现身！"然后口号喊完，却没有得到回应。我的念头沉入身体中,发现此刻的金蚕蛊,竟然进入了沉眠的阶段,怎么呼唤,也唤不醒。

我骤然想起了杂毛小道对我说过的话:金蚕蛊对来自深渊的东西,有一种天然的恐惧。

难道,我这杀手锏要变成段誉的六脉神剑,时灵时不灵了吗?

面对危机,我的脚步缓缓后移,胡文飞也从房顶上跳下来,看看前方七八米的三五个活死人先锋团,我、杂毛小道、杨操、胡文飞四人对望一眼,然后齐齐冲了上去。此刻趁着人少,我们先解决一些,看看有没有什么方法破解。我手上持着的,是早上的那把开山刀,一刀劈在最前面的那个老妇人面前,她竟然往后一躲,比行路时灵敏了几分,不但如此,她还见了空隙,一巴掌甩来。

她的手如鸟爪,筋缩皮紧,上面的指甲又尖又长,呈现出一种青色近乎乌黑的恐怖颜色。

我可以想象得到它的坚硬。

手腕一转,开山刀与她的指甲砍在了一起。噌!火花一闪,有莫大的力道从钢刀上传递到我的右手间,震得我手腕发麻,酥酥地疼。我往后面一跃,杂毛小道便从我旁边擦肩而过,白天刚刚赶制出来的木剑飞快地点到了这老妇人的额间。他几乎在半秒钟之内,用符制木剑的剑尖,在这活死人的额头上画了一个复杂的符字。

此字一成,剑颤动如过电,杂毛小道口中绽放若春雷,大喝一声:"封!"

一语之后,这个活死人竟然定在当场,接着软软地倒在地上。

不愧是茅山道士,果然对这等鬼物有着强效的杀伤力。

杂毛小道欢喜地高喊:"我茅山秘传的《登隐真诀》,对付此物有效!"特勤局两人连连后退,一听这话十分高兴。杨操见二十来个活死人已经全部都涌到跟前,怕被围攻,高喊说我们先躲入屋子,再作定夺。我出声说同意,率先退入门中,杂毛小道剑尖燃符,将围上来的活死人一剑逼退,正准备将前面的一个女人给封住,突然听到身后传来一个小女孩清脆的喊声:"阿姆……"

杂毛小道一愣,回头看,只见小苗女悠悠看着他前面那个一身烂肉的女人,哭泣地喊叫着,想要奔出门去。马海波手快,左手一把将这小苗女给搂住,拖进房间里去。

就在这一愣神的工夫,那个被小苗女悠悠叫做阿姆的女人便一下子抱住了杂毛小道,张口朝他脖子咬来。我心慌,这可还了得?跨过门槛的脚又收了回来,掏出怀中的震镜一照:"无量天尊!"金光一照,那死人倒下。我听到杂毛小道"啊"的一声叫,他胳膊上的衣服,竟然被划出几道伤痕来。

我一把将他拉着,往后一跳,滚进了祠堂里,一直在旁边等待的吴刚和小周立把大门关上,然后搬来几个石凳子死死抵住门。我滚了一圈,稍一稳定,便去看杂毛小道的左臂,上面一片青肿,有脓水出来。

我二话不说，直接拿过来，开始吸毒，三口两口地吸，感觉舌尖发麻，往地上吐唾沫，全是黑水。

　　没一会儿，杂毛小道的手臂消了肿，而我的舌头却大了一圈。外面砰砰的敲门声响起，突然胡文飞大声叫道："谁看到贾微了？"我抬头一看，那个一直被我们怀疑的贾微竟然在这混乱之中，消失不见了。

第十章　战意熊熊

砰、砰、砰！

外面传来了擂鼓一般的敲门声，那厚厚的木门瑟瑟发抖，房梁上洒落无数灰尘。堵住门口的石凳，是白天的时候杨操几个搬进来坐的，此刻堆积在门口，堵住活死人的攻击。吴刚还将放灵位的长桌拖过来，一起顶住。老金惊魂未定地看着门外，不住地抽搐，嘴巴皮哆嗦，问到底该怎么办？

我问杂毛小道，感觉好点没有？

杂毛小道长呼了一口气，站起来，摆手说，没事。外面的这些活死人，虽然有一部分原因是僵尸虫所为，但主要还是被怨气所驱动，故而道法可以将其驱除，或者封印。只是这些活死人虽然行动迟缓，但爆发力却一等一的厉害，力大，也不太怕刀劈斧砍，我们需得布置一个阵法，将他们引入其中，然后聚天地之威，将其一网打尽。贫道略懂一些驱怨咒灵的阵法布置，但是需要诸位配合……

胡文飞和杨操两个人看到贾微消失不见，都有些慌神，见杂毛小道说话，纷纷说请萧道长指教。

杂毛小道也不拿捏，指着这大厅，说这个地方是用石头砌成的，虽然比旁边的木房子坚固些，但并不牢靠多少，而这三扇窗户将会成为最大的弱点。杨操，前回见你在石眼洞穴里布阵，是个有底子的人，我要在这里房子布阵，需要半个小时的工夫，所以——你随我一起在这厅中布阵，其余人等，守好大门和三个窗户，半个小时内，不得让那些活死人攻进来。

我们皆点头称是。杂毛小道便问杨操，说可知道"火离七截阵"否？

杨操说莫不是武当山创教君宝真人所创的那"真武七截阵"的尾阵图？杂毛小道点头说然也。杨操说识得，君宝真人此阵流传甚广，不过知其奥妙者，少之又少，故而我只会些皮毛而已。

世人皆知君宝真人张三丰为武道大家、太极先驱，却很少有人提起他的道士身份。与金庸先生小说中不同的是，君宝真人幼时师从碧落宫白云禅老张云庵，中年入道的导师为丘真人，一生浪迹天涯，遍寻名师，晚年在全真故地终南山得火龙真人授秘诀，集崂山、全真、天师等内外丹鼎道家真传，号曰"隐仙"，从元末到明初永乐十五年，足足活了一百七十岁。

如此人物潜心研习出的阵法，可见其有多么牛。

杂毛小道也不啰嗦，从百宝囊中拿出各种布阵用具，符箓、红线、幡布、铃铛、红烛香线、兽骨……两人手熟得很，在短暂的沟通之后，开始迅速地祈祷布阵。我则跑到了左厢边的那扇窗户，这窗户是寻常乡下的格子窗，上面还雕有简陋的花儿，蒙着一层发黄的草纸。

在抵住了大门之后，活死人进不来，便开始朝着两面游走，见到有窗户，就捡起石头猛砸。

也有用手推的。

没两分钟，这窗户便被砸出了一个窟窿，接着迅速扩大，探进几个狰狞恐怖的头颅来。

我心中惶急，这种情况，叫我们怎么守上半个小时？

所幸这窗户高约一米五，墙厚几十公分，活死人探头爬进来，有些勉强。砍刀不给力，我从旁边捡起了一根大木棒子，对着一个顺着同伴身体爬上来的活死人就是一通猛砸。虽然才入土几天，但是我对面的这个活死人却浑身腐臭，下巴已烂完，流出滴滴答答的黄色尸水，僵硬的脸上一层尸油，被我这一通砸，脸都变形了。

然而他却甚是坚忍，居然双手抓住我那碗口粗的木棒子，想要跳进来。

这些活死人的力道都很大，比死前更加强壮。

我使劲地捅动木棍子，发现有些阻力，当下也不犹豫，直接从腰间抽出手枪，对着近前的僵尸开火。

枪声一响，湿漉漉的丑恶头颅立刻出现了一个大洞，往后倒去。

我趁机使劲往外面一捅，围堵在窗口的三两个活死人全部都被拨开。

当我的枪声响起的时候，同样的声音在屋子的好几个地方或早或迟地爆响出来。胡文飞是个老江湖，这种突发情况他见得不少，应付自如；然而吴刚、马海波、小周和老金几人虽然也是胆大心细之辈，但骤然见到这些一身腐臭烂肉、表情狰狞得如同恶鬼的活死人，闻着这臭烘烘的尸气，不由得腿软，早就忍不住用子弹招呼。

老金作为一个山林向导，虽然也打过猎，但却是最没出息的一个，手都不知道往哪里放，想跑过来帮我，被我喝开，哆哆嗦嗦地抽出一把猎刀，跑到胡文飞那边去。

祠堂里所有人都在忙碌挣扎着，唯有那个叫悠悠的小苗女抱着装有虎皮猫大人的布袋子，躲在角落里瑟瑟发抖。

昨天牛皮哄哄、秒杀鱼的虎皮猫大人，此刻依旧还在沉睡。

朵朵因为救我身受重创，至今仍然躲在槐木牌中休养沉眠。

金蚕蛊因为遭受了洞子里不知名生物的惊吓，至今仅仅跟我保持着若有若无的联系。

我发现我可以凭恃的伙伴，没了。

四面楚歌的困境中，需要我一个人去面对这惨淡的人生了。

外面的活死人并没有因为同伴的死亡而停止进攻，它们前仆后继，陆续又爬了上来，试图从窗户外跳进来，吞噬我的血肉。失去了金蚕蛊和朵朵的支持，我发现自己并没有想象中的害怕，我已经拥有了气感，在肥虫子的帮助下沟通了阴脉与阳脉之海，根骨雷音，即常人所言的"打通任督二脉"，尾闾、夹脊、玉枕三穴可行周天运转之意，感道学之所在，气力通达，比常人要绵长和缓许多。

当下我收拾起急躁和恐惧的心情，先结不动明王咒稳定身心，保持不动不惑的意志，接着又快速结出了日轮印。

此印一结，我的浑身陡然一震，一股无形的压力由内而外地往旁边扩散。

密宗"九会坛城"中的真言"灵镖统洽解心裂齐禅"，是我当初刚得法门时，用来消磨金蚕蛊抵抗最简单明了的方法。之后，一直随着我的成长而威力渐增——世间的法门千万，大道三千，巫蛊之道终究只是暗地消磨对手的方法，并不适合正面搏杀，故而山阁老引入佛教密宗的至简真言，结合九种轮印，使得弟子从道，也有了术法拼搏的本事。

我开始只觉得简单，然而当我从凤凰古城返回感应到了"炁"之场域时，才体悟到大道至简，始则繁的道理。

我感觉到一股澎湃的力量从心底里涌出来，握着木棒的手，骨节喀喀作响，冲上窗前去，朝着几乎要爬进来的活死人当头就是一棒，血浆四溅，喷洒在我的脸上，变质腐烂的臭味立刻在我的鼻翼间萦绕。

我的心中已经燃起了熊熊的战意，便觉得前面这些奇形怪状的活死人，不过是土鸡瓦狗而已。

好男儿，岂能惧怕？

口中不由自主地默念起了"降三世明王心咒"，脑海中嗡嗡作响，无数的佛陀罗汉浮光掠影而过，我甩了两棒子，感觉力量源源不断，越战越勇，又见马海波、吴刚两人负责的窗口有些危机，想也不去想，将窗户的几个活死人给捅开后，一个箭步跳跃，就从窗口跳了出去。

我要战，则一马当先。

一跳出，立刻有七八个活死人朝我这边张牙舞爪地扑来。我也不恐惧，沉心静气，感觉到冥冥之中的那一股气流旋走，左跨马步，木棒如蛟龙探出，先声夺人，将离我最近的两个活死人给拨开之后，手中这木棒如同出膛的炮弹，狠狠地捅在了一个女性活死人的印堂之上。

砰！

耳边传来了颅腔爆裂的声音，接着满天的脑浆子合着鲜血迸发。

这一声炸响将我身上血脉中流淌的边民血勇，瞬间引发出来，棒打、脚踢、头顶、刀劈，双手结印以真言破击……我与扑将上来的这些活死人战作一团，感觉自己就像一个机器人，瞬间头脑变得异常清晰，什么时候该出脚，什么时候该抽刀，战斗的意识在那一刻，变得尤其敏锐。

战！战！战！打你娘个地老天荒。

战斗意识虽然清楚，我的头脑却是一片热血，仿佛左右两个脑半球分开了一般。我足足与窗外两侧的活死人打了大半天，其间砍下了四个家伙的脑袋，断肢无数，有的被我打倒了又爬起来，接着再次将其打倒，且心有余恨地踏上一脚。

　　不过我也被抓了好几道伤口，还被扔石头砸到背心，左眼也中了一拳，肿起一大块，视线都有些模糊。

　　好在肥虫子虽然休眠，但是毒素却袭扰不了我的身体。

　　不知过了多久，乱哄哄的，世界摇晃，我听到马海波在叫我。回过头，才发现他一脸慌急地喊我，说你这个疯子，死人都被你吸引过去了，你以为你是斯巴达勇士啊？阵快布好了，快些进来！

　　我环目四望，果然，周围层层叠叠，除了地上的，竟然有十几个活死人朝我扑来。

　　在马海波的枪支掩护下，我翻身跳进祠堂，稍一安稳，便感觉疲倦如潮水袭来。

　　头有些发晕发黑。

　　杂毛小道已经在施阵作法了，他口中的咒文一声高过一声，与杨操叠加，竟然有排山倒海的气势。突然，他剑指北斗，脚踩七星，眼睛瞪得如铜铃般大："开门来！"

第十一章　火离七截阵

　　早已把门口堵塞物搬走的小周和吴刚死死顶着大门,一听杂毛小道狂放的怒喊声,大叫一声"得令",将那铁栓抽走,大门向两侧打开。

　　屋子里面的火堆熊熊燃烧,门开,立刻有山风携着熏臭之气袭来,凉飕飕,阴森森。

　　我抬头看去,只见有三四个破衣烂衫的活死人,正摇摇晃晃地从门口走进来。

　　该死!

　　我一脸汗颜,不敢去看旁人投向我的奇怪目光——都是因为我刚才"狂性大发",几乎将所有的活死人都吸引到了祠堂的左侧去,见我缩回了屋子,根本就不知道恐惧为何物的它们便纷纷攀上窗户,准备爬进来。马海波的手枪子弹已经打完了,只能捡了一根木棒子,在窗户旁防守,杂毛小道朝他挥手,说不用了,放进来。

　　马海波一退,立刻有两三个活死人探了身子,滚落进来。

　　屋子里已经有五六个活死人在,除了堂屋正中念咒诵法的杂毛小道和杨操外,我们所有人都弃守了窗户,缩到灵位架后面的墙壁旁,以这桌架子为屏障,小心防守着。

　　不过比起我们,堂屋正中作法的杂毛小道和杨操似乎更有吸引力,这些浑身腐臭的家伙口中发着沉闷的怒吼,朝着他们走去。门口、窗户上,陆续或走或爬,进来了十四五个活死人,一时间屋子里臭气熏天,无数黑乎乎的大手于篝火的光亮下挥舞,在墙壁上留下了群魔乱舞的怪象。

　　杂毛小道和杨操背靠背,后脚跟几乎都要踩到了篝火上,我们晚餐时煮小米粥的铁釜被踢翻,洒落了一些香气四溢的清汤水。

　　他们布的法阵巨大,却怪异得很,比如两根兽骨中间牵连的红线,看着软趴趴的,然而活死人一进入其中,立刻就绷直起来,如同铁丝,两三个活死人就是因为被这东西绊倒,跌落在地上。不过它们并没有什么事,依然在地上爬动着,伸手去抓杂毛小道和杨操的裤脚。

　　两人的情况十分危急,活死人们几乎都冲到了近前两三米,触手可及之处。

　　吴刚和小周手上的自动步枪子弹已经不多了,但是此刻却不断地掩护着作法的他们,疯狂射击,砰砰砰,将每一个靠近杂毛小道的活死人给崩开。不过打中头颅也是没用的,仅仅只能够依靠子弹巨大的动能,将其逼退一会儿。

　　这也是杂毛小道选择布阵的原因。

要不然，我们直接采取钓鱼作战的方法，也是可以将其摆平的。

当大部分活死人冲到了阵中之时，杂毛小道口中的经诀已然念至了最关键的时刻，一直在用木剑拨开攻击的他全身一震，桃木剑往法阵八个方位各自运劲指点一番，只见招式快如闪电，肉眼竟不能捕捉，接着只听他大喝道："火离七，龟蛇演义，急急如律令！"话音刚落，便有七道火焰腾起，如同烟花一般朝上喷出，这火焰幽蓝如梦，色彩迷离，并未转瞬即逝，而是如同有生命的蛟龙游蛇，主动附着在暴起的活死人身上。

轰——

火蛇一沾尸身，便如同火星子掉入了油桶里，一瞬间，我们的视线中出现了七个熊熊燃烧的火人。这火焰是如此明黄闪耀，将整个屋子映照得如同白昼。

然而"火离七截阵"的效用，仅仅只是如此吗？

否！

杂毛小道的那把普通桃木剑，如同现代战争中的激光制导系统，舞动如狂龙，每一指，皆有一条火蛇应命而从，朝着指向的敌手攻去。这火蛇并不伤人，它从杂毛小道和杨操的身体中自由穿过，一点伤害皆无，一碰到那些身有怨力的活死人，才立刻狂风怒火，烟花绽放。我看着这恢弘瑰丽的场面，热血贲张，恣意得很，恨不能长啸一声，以表达心中的畅意。

法阵之威，竟然如此神奇，可见道法自有其称霸中原的魅力所在。

法阵布满了大半个厅堂，但凡走进其中的活死人，皆被烈焰焚身，化为火炬，这火为幽火，乃纯阳之力引发怨力而为，并不燥热，但是却能够灼烧其灵魂本质。每一个心含怨念者，身体内多多少少会有一缕魂魄牵连着，此刻被如此灼烧，立刻痛苦万分。僵尸蛊化为灰烬，控制一去，立刻露出了原本的生性，不再朝着我们攻击，而是跪倒在地。

他们死的时间不长，声带并没有萎缩，此刻跪地尖叫求饶，竟然如同活生生的人类。

我看到最靠近杂毛小道的是一个年轻的少妇，正是小苗女悠悠喊作阿姆的女人。只见她跪在地上，双手痛苦地捂着面，然后往下一抓，被烧得黢黑的脸立刻被扒下一层熟烂的肉皮，下面是血淋淋的肌肉以及白骨，两颗荔枝大小的眼球也随之掉了出来。她口中高叫着苗语，一大串，我仅仅能够听懂"好痛啊，好痛啊……"

这声音如常人一般，只是显得过分惊悸了一些。

我旁边的小悠悠立刻崩溃了，哭得稀里哗啦，大喊着"阿姆、阿姆……"，竟然朝着那火人儿扑去，还好有一直显得很鸡肋的老金在照看着她，将她紧紧搂着。

大概过了几十秒，除了门口三四个活死人感受到了巨大的威胁而裹足不前外，这一批从坟墓中爬出来的活死人，全部都被"火离七截阵"所焚烧，不仅是肉体，连灵魂都在颤抖着，再没有对我们造成威胁。

屋子中央,地狱一般,刚才还如同魔鬼的活死人,此刻柔弱无辜得像新春的绿芽。

我走向前来,左右都是跪倒在地的活死人,但是却没有一个朝着我攻击的,他们已经化为了火焰,空气中没有焚烧尸体时的那种焦臭,而有一种古怪的檀香,这香味很特别,如同在香火繁盛的庙宇或者道观。我缓缓地走着,感觉到四周有灵魂在呐喊,发出无可奈何的叹息声。

他们被这业火一烧,灵魂入不了幽府,只能够神形俱灭了。

我走到杂毛小道前,只见他全身大汗淋漓,面色苍白,若不是杨操死死抵住他,说不定就要倒下去了。见我过来,他仍然忍不住得意地自夸,说,道爷的这一手漂亮吧?我举起双手的大拇指说,厉害。他一挽剑花,说要不是这把白天刚刚削制出来的木剑材质过差,不是十年桃木,效果会更好呢!

我耸耸肩,伸手去摸那仍在空间游动的火蛇,它穿过我的手掌,井水一般冰凉。

火焰开始收敛了下来,哀声停歇,厅中的十五六个活死人再无生机,当我们都以为此事已了,准备将门口徘徊的几个余孽尽数消灭的时候,只听到后面的胡文飞一阵大喊:"谁?是谁……"我疑惑地回头望去,只见他三两步就冲到了右边的窗口,朝外探望,回过头来,一副紧张的表情。

我刚待问,就见头顶上飘来了一股浓烟,房顶东侧居然燃起了火焰,一开始还略小,转眼间就变成了红色,一团一团的黑烟滚滚而起。我抓着杂毛小道的手,说你这法阵的火焰,能够点燃实物?

杂毛小道也是一脸诧异,说不能够啊,这火其实就是离火,只能够引燃怨气业力,再转化为焚烧承载体的真火。这房子乃死物,怎么可能沾染到?

胡文飞冲到我们旁边,指着窗外说,别猜了,是外面有人在捣鬼!

这座祠堂外墙虽然是石块堆砌,但是主体结构仍是木质,顶棚上覆盖的都是细密的松树皮,极容易燃烧。不一会儿,火焰越来越大,灰渣不断掉下来,大家纷纷往外跑。门口堵着四个活死人,是刚才未进阵的残余,虽然怯于法阵的威力不敢入内,但是依然在门口嘶吼,张开黑黄的牙齿守候着。

为了打开通道,我二话不说,一个箭步就冲到了门口,双手空空的我躲开其中一个的攻击,右手迅速抽出别在腰间的砍刀,一挥手,果决地砍下了面前的头颅,洒落一片血花。

求生的本能让所有人都猛得如同吕布附体,旁边的三个活死人被后面的几个家伙一拥而上,狂殴倒地。其余的人抱着背包行李跑出来,胡文飞并不停歇,朝着右边冲过去,我知道他要追纵火者,当下也不管其他,撒腿就跟过去。追了十几米,我看见一个瘦小的身影在各个屋子的阴影中狂奔,当时也是福至心灵,抽枪前举,眼睛、准星、目标瞬间平齐对准。

砰!

枪声一响,三十米远处的黑影应声跌落在地。
胡文飞高叫"好枪法",从我身边跑过。我也觉得奇怪,因为没怎么练过,我的枪法臭得很,却没想到今天人品爆发了。然而当我跑上前看的时候,大吃一惊,地上躺着的,竟然是一个人。

第十二章　洞穴来客

　　在胡文飞手中电筒的照耀下，我看到了一个人——不，应该说是一个拥有人的特征，但是却让人感觉恐怖的怪物：它浑身湿漉漉的，头发稀疏且长，皮包着骨头，身高一米五左右，拥有巨大的脑袋和瘦长的身子，手和脚上面全部是黑乎乎的厚茧子，全身赤裸，大脑袋上的眼睛，如同死鱼泡一般凸出来。

　　它是背部中枪，子弹穿透肩胛骨间隙，从上往下，直穿到了它的肺叶，俯卧倒地，被胡文飞用脚挑转过来。

　　我看着这张如同老人一般全是褶皱的脸，看着它的嘴里面不断地有黑色的血浆泡沫吐出来，顺着两颊流出，双目无神，左手上拿着一只熄灭了的火把，右手死死地去抓住胡文飞踩着它身体的裤脚，脸扭曲，喉咙中不断地传来沙哑的嘶吼，如同砂纸打磨在玻璃上面的声音。

　　在那一瞬间，我有一种看到《指环王》中那个洞穴怪兽咕噜姆的幻觉。

　　"这是什么东西？"我指着地下的这个家伙问道。

　　胡文飞摇头说不知，他的表情沉重，并没有理会脚下这个在用生命挣扎的怪物，目光投向了寨门西侧。在那里，有几个鬼鬼祟祟的黑影，正朝着这里一边张望，一边离去。

　　显然，在这峡谷中富有智慧的活物，并不仅仅是我们这一伙从矮骡子洞穴中逃出来的外来者。

　　这些家伙居然能够利用火，知晓工具，那么它们一定是某种智慧生物啦。

　　它们从哪里来的呢？

　　峡谷之外？还是溪流尽头的那个让金蚕蛊恐惧的黑暗洞穴？又或者是在那藏匿着无数毒虫的林间……这一切都是谜团。让我担忧的是，一上来就对我们纵火，可想而知，这些家伙对我们，实在是没有多少善意可言。

　　那么这村里死去的人，是不是被这些家伙所杀害的呢？

　　我的手枪仅仅只剩下三发子弹，犹豫着指向那些模糊的黑影轮廓。

　　小周从祠堂那边也赶了过来，看到我枪指的方向，毫不犹豫地半蹲着身子，采用跪式射击的方式，打了两个点射，视线模糊，并没有打中那几个黑影，反倒是把它们给吓走了，消失于黑暗中。

　　它们逃走的方向，正是溪流的下游处。

　　见没有打中，小周一肚子邪火，大骂一声，然后收枪跑到我们跟前来，瞧见地上这怪物，吓了一大跳，枪口死死指着它，颤抖的声音问我们，说胡首长、陆哥，这个营养不良的怪物，是哪里来的？胡文飞俯下身去，将这个半死不活的"咕噜姆"双手反缚，然后押往火光冲天的祠堂。他摇头说不知，我老胡入行也有十六年的光景了，这般模样的怪物，倒是第一次见到。带回去，看看这寨子中剩下的小苗女，能不能够认出来。

这咕噜姆仅剩半口气了，哪里禁得起胡文飞这般折腾，站起来又跌倒了。我将手枪收入腰后，伸手提住它的双脚，与老胡一起将这货往回抬去。

我小心走着。感觉它双脚如麻秆一样细，脚踝上全是水，脚掌处是泥，而在它皮肤的表面有一层黄色的油脂，如同奶油，或者说是尸油，滑腻腻的，散发出一种怪怪的味道。

当我屏住呼吸、皱着眉头与老胡抬着这咕噜姆返回祠堂的时候，发现这间占地最大的屋子已然被烧掉了大半。火光冲天，天空上不断有飘飞的烟尘和火星子掉落下来。灭火已经是来不及了，除了全身虚弱无力的杂毛小道和必要的警戒人员外，其余人都在努力地制造出一个隔离区来，以防这场大火将整个寨子都给点燃焚毁掉。

不知道我们要多久才能够出得峡谷，所以这里是我们暂时的栖息之处，不得有失。

小苗女悠悠抱着装有虎皮猫大人的布袋，蹲在杂毛小道旁边瑟瑟发抖，我们将那咕噜姆抬到她的面前放下，小女孩一见到，露出一种很奇怪的表情——惊恐中又带着一丝好奇，说不出有多害怕，反而是有一些悲伤的情绪在。杨操本来是在搬运祠堂两边的易燃物，见到这情景跑了过来，翻看了一下这个仅剩一口气的怪物，然后用苗语问她话。

悠悠拉着杂毛小道的衣角，怯怯懦懦地说了两句话，便不再开口，双手紧紧抱着肥母鸡，眼睛里面全是泪水。

我问杨操，这个小女孩说了什么？杨操摇摇头，说小女孩讲这是怪物……不祥的怪物！

得，我明白了杨操脸上为什么露出了无奈的表情：这话跟没说一样。

杨操的注意力集中在地上这个咕噜姆的身上，把它提拎到一边，捡了一块大石头，开始对这个家伙进行刑讯逼供起来。然而怪物便是怪物，哪里能够明白人类的语言，两个人一番"鸡同鸭讲"之后，咕噜姆终于血尽而亡，大脑袋上的鱼泡眼也终于没有了神采。

不知道是不是错觉，我感觉悠悠的脸上，似乎有一丝不舍与害怕交织的情绪。

见这东西死去，我便跑过去与大家一同搬运东西，忙活了二十几分钟，终于把火势控制在祠堂的院落中，没有再波及旁边的屋子。当我们退回到了鼓楼前的打谷场上时，看着这大火如同妖魔在乱舞，火焰恣意地跳跃欢呼，心中不由得一阵苦涩。晚间那顿风味独特的晚餐，或许，是我们最后一顿的幸福吧？

这峡谷之中，并没有我们所想象的那么野趣和安详，在这无尽的美丽风光中，有多少危险在暗处潜藏着？

谁也不知道。

杨操一直没有闲着，退回到了打谷场前，他用烂布裹卷了一个活死人，开始解剖起来。

这个活死人是被我们在门口围殴的其中之一，脖子被撕裂了半边，脑袋耷拉着，打断的四肢还在不断地抽搐。杨操解剖得细致谨慎，借助着探寻负能量的仪器，很快就在它心脏边缘处开了一个标准的手术口子。当他将胸前这些烂肉挑开，露出一个桃子形状器官的时候，我看见在这东西旁边，有一窝小虫子在上面蠕动爬行。

这虫子大的有小拇指的指甲盖大，而小一些的，如同黑色芝麻。

大大小小，竟然有二三十只。

我眯眼细看，这些虫子的头部有一对触角，触角长短不一，分为四五节锯齿状，有三对坚硬的节肢，紧紧抠住内脏组织；红亮的翅鞘连在一起，后翅退化了，粘连着血丝，口器恐怖，周身还有不断蠕动的游泳毛……这种模样的，正是"十二法门"上所记载的僵尸蛊的样子。

看着这密密麻麻的僵尸蛊，杨操眉头皱起，叫人拿过火把来，把火焰靠近剖开的胸口处，一阵噼里啪啦的虫子爆裂声传来，空气中又有一股熏人欲呕的恶臭。

在旁边递火把的老金忍受不住这味道，转身过去，一大股腹中酸水就全部喷溅出来，连续地吐，将晚上吃的东西全部浪费了。见他吐得欢畅，我们纷纷皱起眉头，离得远远的。

杨操抬起头来说，这些尸体身上都有僵尸蛊在，为了避免有遗漏，还是将所有的尸体，全部扔进火场吧？

我们纷纷点头，重新站起身来，忍着漫天的热力，将祠堂外面的活死人悉数抛进了火场中。

有的脑袋虽然被砍了下来，但是躯体仍然在蠕动，丢进去之后，火焰迅速将其点燃，受痛翻滚，猛力地撞向附近的一切东西。这祠堂虽然是石头垒起，但是主要结构还是木头支撑，经过这么长时间的火烧之后，变得松散。终于，随着主梁的一声轰响，整个祠堂往下垮落，重重地砸在了火场中，扬起无数的灰烬和烟尘。

不知道怎么的，我的心有一些空荡荡，莫名地有代入感，仿佛自己也是身处这火场之中，肉体和灵魂一起吱吱燃烧。

折回打谷场，胡文飞从暗处走过来，朝杨操摇摇头，脸上有苦涩的笑容。

他刚才一直在村寨中找寻贾微的踪迹，那个让我们怀疑被鬼附身的女人在关键时刻，消失不见了。这件事情让杨操和胡文飞短时间里有些惊慌失措，事态稳定之后，便立刻四处找寻。

可见贾微虽然惹人厌恶，但的确是一个重要的人物，让特勤局两人十分头疼。

我走过去，胡文飞正在跟杨操说："……看脚印和迹象，似乎是出了村，向古城遗迹方向去了。这天黑暗，外面危机四伏，我们暂时还是先歇歇，明日再去找吧？"杨操见我过来，抬头问我意见如何？我笑着说她走了，不是正如二位之意吗？

　　杨操叹息，说贾微失踪不见，倘若我们能够出得这峡谷，只怕在局子里就永无出头之日了，而且还要时刻提防背后有人开黑枪，你说可怕不可怕？

　　我点头，说可怕，但是就没人能管？

　　胡文飞苦涩地惨笑，说这世界，远远没有你所想象的那么公平，正义是什么玩意儿？几块钱一斤？

　　我心中有些发堵，难以想象如此愤青的言论，竟然是由他口中说出。

第十三章　奇怪目光

也许是担忧回去之后所受到的报复和冷遇，杨操和胡文飞显得有些意兴阑珊。

我没有类似的经历，不了解他们害怕的源头来自哪里。在我的概念中，"此处不留爷，自有留爷处，处处不留爷，爷开小卖铺"，只要身有本事，管他个三七二十一，爽快活着便是。我笑了笑，说不要想那么长远的事情了，事到如今，我们有两件事情要做：第一，找寻贾微，知道她是死是活；第二，要么联络到外面的人过来救援，要么找到出路，离开这山谷。只有活下来，才能够有这些忧虑的事情，你们说对不？

杨操和胡文飞点头同意，说好第二天一早一起去上游寻找贾微，我答应同去。

谈完这些事，我来到跌坐在地上的杂毛小道身边，蹲下，问你没事吧？杂毛小道抹了一把汗水，说这种高强度的战斗，他这还处于恢复期的身子骨有些吃不消，头疼，而且刚才布阵完毕之后，感觉灵力透支得厉害，他需要休息了，睡个一天一夜都不算饱。

虽然谷内的气温比外面要高出一些，但是深秋的夜晚，凉意还是一阵接着一阵，冷得煞人。

老金搜集了一些干柴，在鼓楼里面生起了火，我把杂毛小道扶进里面去，让老金帮忙照看一下小苗女悠悠和杂毛小道，接着便被马海波喊上，跑到寨门口的那片坟地上查探死人复活的缘由。这苗寨大半的人家养蛊，但至于是什么蛊，犹未得知。但想来应该不是僵尸蛊，因为没有养蛊人会无聊到给自己种上僵尸蛊的。

中了僵尸蛊的人，不在三界之内，灵魂永远得不到归宿，在煎熬中死去。

如此歹毒的法子，除了一些疯子变态，谁会对自己人用上？

只是，这世界上人有百种，我也不能够保证这寨子中就没有如此的变态。

我们来到坟地旁，看着这一片狼藉的平地，看着那些涂画了古怪人偶的墓碑东倒西歪，原本的坟堆变成了一个一个狭长的土坑，电筒照射，上面有好多黑油油的液体，一阵熏天的臭气在飘散着。我们进寨的时候，还在想埋葬这些死人的村民到底是怎么考虑的，竟然把坟造在了寨门口，此刻一见，莫不是故意而为，是想通过某种仪式，让这些死人复活，变得不朽？

为什么要这么做？是为了保卫苗寨，不让外人进入吗？

胡文飞对追踪最有心得，他在这片乱坟地旁边很快就找到了蛛丝马迹，喊我们过去看。只见草丛之中，有几个细小的脚印，不大，而且还隐约，从这里一直蔓延到寨墙之外。看着这脚印，我第一反应就是矮骡子，胡文飞和杨操也都同意我的猜测。这发现让我们的心情越发地沉重了起来——所有的一切，都是由矮骡子引起的，这种小小的山魈野怪，如同山一般，重重压在我们的心头。

这东西的力量并不是最恐怖的，可怕的，是它的心智。

潜在暗处、懂得思考的敌人，永远是最可怕的。

树林中突然传来了乌鸦的叫声，凄厉得很，吓了我们一跳。

在坟地附近查探了一番之后，我们返回鼓楼。这鼓楼有两层楼高，在这个苗寨中是最高的建筑，有人在上面值勤放哨。杂毛小道不放心，又从囊中拿出四张黄色符纸，让人贴在了鼓楼的四个角上，以镇宵小。这是他为数不多的积蓄了，祠堂的那个法阵，几乎耗尽了他大半的家底，虽然威力并没有让人失望，但是要想再布这么一个，绝无可能了。

阵法之威，一要布阵施法的人通晓奥妙，二还要相关的材料完整且优质才行，断没有一人包打天下的道理。

我之前那莫名其妙的爆发一过，便觉得全身疲倦得要死，之后强忍着劳累将余下的事情完成，回到老金、吴刚等人收拾好的房间后，累得要命，杨操和胡文飞似乎要跟我说些什么，我也听得不甚清楚。我找了一个靠近火堆的安全位置躺下，身下是从民居中搜集而来的麻布，躺上去，软软的。一阖上眼，便觉得疲倦如同铺天盖地的潮水，一波接着一波地将我淹没。

啊，太累了，我要歇着了。

当我醒过来的时候，居然已是第二天的晚上。

我一直在做一个奇怪的梦，翻来覆去的，似乎有某种长蛇一般的巨大生物在眼前游窜，四面黑乎乎的，有水声从天地间倾泻而来，接着无数的乱象纷起，记不住模样，世界动荡……不知过了多久，恢复了平静后，我的耳朵边传来了喃喃细语，似乎在喊我，又在担忧，嗡嗡嗡，有很多杂声出现，疲倦又在拉扯着我，似乎在说："快睡吧，歇息吧，不要醒来……"

不过我终究是厌恶了这黑暗，意识从寂静得如同死亡一般的海底里，浮现出来。

这时候我听到有人在议论我："……萧道长，你有没有觉得陆左像是被附身了？"

"没有，不会的，他依旧是他！"

"萧道长，你不觉得陆左很奇怪吗？早在你们从耶朗正殿的王座下逃出来的时候，我就有些怀疑了。陆左是个不错的蛊师，而且身体素质也是我所见过的养蛊人中，最强壮厉害的一个，他甚至能够运用真言，将自己达到请神一般的催眠效果，但是你们轻松从那飞尸的面前逃出，竟然说是我请神降临到了他的身上——这种解释，是不是过于幼稚了一点？而更让我怀疑的是，昨天夜里他的表现你看到了没有？仿佛天神降临了一般，一个人，居然一点策略都不讲，直接就跳出去，将那一堆活死人拖住了足足二十几分钟，甚至还干翻了五六个……如此诡异的爆发，这合乎常理吗？"

"这只能说明,我这兄弟远比常人要厉害得多!"

"萧道长,我知道你知道一些我们不知道的东西。而现在的境况不同,我们可是一条绳上的蚂蚱,躲不了你也跑不了我,所以我需要你的坦诚相待。我的观点是,陆左可能被那王座上的黑影附了身,如果有必要,我们可能要对他实行一定的措施。所以,要么,你说出实情;要么,我们将他给先捆起来……"

"敢!杨操,你别以为那个姓贾的婆娘回来了,你确定她没有事情了,所有的古怪就都在陆左身上。我告诉你,陆左正常得很,而且他似乎救了大伙的命,不要因为你的怀疑,让他难过;也不要试图控制他的自由,要知道,还有我在呢!"

两人一阵争吵,过了一会儿停息了下来,我感觉自己的肩膀被推搡着,摇摇晃晃的,过了一会儿,我终于努力睁开了眼睛,视网膜上出现了两个恍惚的人影。

"你好些了没有?"杂毛小道问我,我努力挤出一丝笑容,说还行,就是渴。

杨操立刻递过来一个木勺子,里面有热汤,我在杂毛小道的扶持下坐起来,感觉全身筋骨酸疼,腹脏中火辣辣的干燥。我一边小心地喝着木勺中的汤,一边打量着屋子。整个房间里只有我们三个人,门是大开着的,天色朦胧昏暗,似乎是晚上了。

我问明了时间,果然已经是晚上了。

两人像没发生任何事情一般,告诉我早晨,杨操等人就前往瀑布深潭处,在一簇草丛中找到了昏迷的贾微。贾微一切安好,至于为什么突然消失,她说是被一个声音给引导过去的,昏迷之后,一概不知。杨操用特殊手段检查了一下,发现贾微身上并没有我们所怀疑的邪物。

一切都变得正常了,除了没有找到走出峡谷的路。

而我,则是因为用力过度虚脱了,即使有金蚕蛊在身,也熬不过这种体力透支后的疲倦。我苦笑:两天之内我晕倒了两次,可真的柔弱得如同一个贫血的娘们儿。

大家已经吃过晚饭,此刻正在外围布置警戒,以免再次出现昨夜的偷袭事件。我小口喝着汤,陆续有人走进来,我敏感地发现大家看我的眼神怪怪的,老金、小周这些人也就算了,连马海波和吴刚这些铁杆兄弟,看我的眼神都有些飘忽不定;仅有杂毛小道一人,平淡如常。

接着我看到了贾微,她依然带着那头如同狼狗般高大的食蚁兽小黑,瞥了我一眼,甚是厌恶。

这什么情况?

我将手中的木勺往地上一扔,怒眼看着这房中的所有人,说到底发生了什么事情?杨操盯着我看了一会儿,说,陆左你有没有感觉到,身体有什么不舒服的地方?我摇头说,没有啊,除了浑身乏力之外,并没有不舒服啊?他叹了一口气,走到我跟前,蹲下来,眼睛如同明月一般耀眼。我感觉一阵失神,刚要说话,他指着我的双手,说陆左,你自己看看你的手掌上是什么!

第十四章　左手毁灭，右手希望

听杨操说得如此认真，我一翻双手，只见手掌上蓝、白交错，呈现出大理石纹路般的斑纹，在手掌大、小鱼际处出现的幽蓝斑块纹路复杂、界限清楚，最终形成了两个奇怪的符文。

符文细小，周围有一种淡淡的蓝色晕彩，遍布了整个手心，如同长了胎记一般。

让人觉得恐怖的是，这符文如同眼睛，周围的蓝晕则形成了一个骷髅头。当我仔细盯着看的时候，感觉到一阵又一阵阴森寒冷之气，从那符文中传来。

我两手皆有符文和蓝色骷髅头，左手阴寒，右手灼热，如此冷热交替，流转于我的心肺之间，有一种闷堵得喘不过气来的感觉出现。我疑惑地举起双手，然后问杨操，说这到底是怎么回事？他双手把住我的手脉，然后凝视着我的眼睛说，陆左，你有没有感觉到浑身失控？

我摇摇头说，没有，老子要失控了，你们这些家伙还不炸了天？

杨操严肃地说："你手上的变化，应该是从昨天晚上就开始了的，不过我们都没有注意。今天早上叫你去瀑布那边找贾姐，你起不来，便感觉有些奇怪；下午回来的时候，发现你整个人都笼罩在一种朦胧的岚雾之中，而所有的异象，都是从你双手散发出来的，翻开你的手掌一看，便是这情形。说实话，我们都没有见过这种情况，你也知道你这手掌上蕴含的力量有多么邪门了。这符文我们不认识，但是悠悠却能够读出来，而恰巧我又懂一点她说的话——你知道这符文的含义吗？"

我摇头说不知，到底是什么？

杨操说道："你的左手有两个字，叫做'毁灭'，右手这两个字，叫做'希望'……"我举起双手作投降状，无奈地笑了，说你这解释也忒神棍了，跟耶稣基督他老人家一样的狗血。杨操摇摇头说，你还记得我们在洞穴中看到的那些三眼矮人，跳入火焰中获得重生的壁画吗？

他一说，一股寒意就从我的尾椎骨上冒起，一直蔓延到了天灵盖上，吓得我发抖。

我不会变成周林那样的人了吧？

杨操坦诚地说："陆左，你摊上大事了！实不相瞒，在你醒过来之前，我们曾经对你有过争论，觉得你很可能是中邪入魔了。你之前的这双手，沾染过矮骡子的蓝色血液，此刻怨力聚积，将那洞子里的脏东西给吸收到手上，结果才会变得如此浓郁，以至于体表都发生了变化。所以……"

他有些难以启齿,然而杂毛小道起身,挡在了杨操和我之间,他厉声警告道:"陆左的手,是因为他杀了太多的阴灵生物,怨气积聚到了临界值,所以才会留下如此强烈的磁场反应。不过这只是一种猎魔的手段,对他的心智并没有影响。杨操,你不要做太过分了!"

杨操没有理杂毛小道,而是透过间隙,死死盯着我的眼睛说,陆左,你能够保证自己不发狂吗?

我深呼吸,感觉头脑有些发胀,但是神智清晰,并没有任何不适应的地方,于是点头,说我可以保证,不会伤害这里面的任何一个人。杨操脸绷了一会儿,突然笑了,拍着我的肩膀说,好兄弟,要是没有你,说不定我们已经死在洞子里面了。命这东西,福祸在天,老杨我就信你这一回,能够出去的话,好好喝一次酒,不醉不归。

他站起来,朝胡文飞和贾微点了点头,不再说话,而旁边的马海波几人纷纷围了上来,连声慰问。

马海波过来揽我的肩膀,说老弟你别介意,你看看你这手,上面的骷髅头有多瘆人?哥儿几个见识浅薄,自然是吓得半死,不敢靠近的。我摆摆手,说无妨,贪多嚼不烂,我这是吸收了太多的怨气,所以才会这样。你们这几天离我远一点,小心沾染到,引来无端祸事。

吴刚端了一个陶碗过来,递给我,并没有听从我的劝告,坐在我旁边,说,哎呀,都不知道能不能够活着出去呢,担心这个算球?

他的话语里面有一些悲观,我奇怪,问到底怎么回事?

吴刚告诉我,今天他们白天又去我们跌落下来的那个深潭上游探索了一番,两侧根本就是壁立千仞,没有半点攀爬的可能性;而且,无论在这峡谷的哪个位置,无线电和手机都与外界沟通不成;更重要的是,随着时间的推移,我们身上携带的物资已经不多了,粮食这里倒是够,只是最重要的弹药和能源等,是一天少过一天。

没有了弹药,我们手上的枪支连烧火棍都不如;而没有了手电,一到了晚上或者阴森之处,我们便是两眼抓瞎,根本就看不清任何东西;没有了盐,吃再多也没有力气……

而在暗处,危机则处处潜藏着,矮骡子、"咕噜姆"模样的纵火者、遍地的长蛇和毒虫……其中的每一个,对我们都是巨大的威胁,在援军遥遥无期的当下,我们到底该怎么办?这是每个人的脑子里面,都要思考的问题。

吴刚本是个铁一般刚强的男人,然而这里毕竟不是他所擅长的领域,在遭受到战友陆续死亡的打击之后,他心中那小小的期冀和信念,都已经开始动摇了。

我吃着陶碗中的白饭,安慰了他几句,却感觉这话语从我的嘴中说出来,是如此的软弱无力。

麻烦重重的我,有什么资格去安慰别人呢?

果然,杨操的话语很快得到了验证,接下来的几天里,我开始发起了高烧。

我已经有很久没有发过高烧了，记忆中最近的一次，还是我 2005 年从合肥的传销窝点中跑回来的时候，路上淋了些雨，心中又愤怒同乡好友的欺骗，结果发了三天三夜的高烧，急得我母亲整夜整夜哭，生怕我就那样死去。

不过我还是挺了过来，在大敦子镇人民医院的病床上醒过来后，我暗暗发誓，一定要努力打拼挣钱，报答我那年迈的父母。

之后，我便再也没有发过烧。有了本命金蚕蛊后，我更是晋级成打不死的小强，再重的伤都会很快痊愈。然而此次高烧来得十分突然，几天的时间里，我清醒的时候并不多，脑袋整天昏昏沉沉的，仿佛有一个发动机在轰鸣，乱糟糟的。

杂毛小道因为带伤布阵，元气大伤，他便留在鼓楼中照顾我。

这里条件不好，他不知道从哪里弄了些稀奇古怪的草药，熬制成苦津津的药水给我喝，还让小苗女悠悠定时给我敷冷水毛巾。这毛巾是用他身上的道袍撕裂做成，沾了水后黏黏嗒嗒的，并不舒服，不过旁边有一个乖巧可爱的小女孩帮我忙上忙下，擦汗洗脸，倒还是有些惬意。

杂毛小道除了给我煮草药和自己打坐修养之外，大部分时间花在两件事情上面：首先便是制符。他随身带有一些朱砂和烟墨，黄符纸也有些，但是不多，不过他却能够因地制宜，找来了蜈蚣、蚯蚓、鱼血、黑泥疙瘩和烟熏的竹块以及许多说不出名字的玩意儿，制出各种符箓来。这些未必有多少威力，但是却能够起到预警、驱虫、防止控制和安神的诸多功效。其次便是赶工那块血虎红翡。

每当四下无人之时，迷迷糊糊的我总能够看到杂毛小道凝视着那一块红殷殷的玉石，如同注视着女人的玉体，眼中有着发狂的灼热。他通常会念一段"净心神咒"或者"祝香谣"，然后似梦似醒地观察一番，接着开始下刀。即使现在危机四伏，他一天最多也只会下十刀，脑中构思千万，篆刀一下，有去无回，果决得如同沙场搏杀。

其实关于那几天的记忆，我是模糊的，也想不起太多的东西来。我大部分时间里感觉自己在做梦，梦到自己就是金蚕蛊，蜷缩在一个温暖潮湿的地方，翻滚着，疼痛着，感觉浑身的皮肤如同火一般烫，奇痒无比，灼热而痛苦。

第三天的时候我想明白了，我之所以发烧，是因为金蚕蛊正在遭受痛苦的煎熬。

我们性命相连，所以它异变，而我则荣辱与共，共同承担。

如此浑浑噩噩，直到第三天下午，我的旁边又多了两个躺着的人：一个是马海波，一个是胡文飞。他们在经过几天的彷徨和无奈之后，尝试着爬过之前垮下来的那个山头，攀上一线天峡谷，可是在上了十几米的时候，从岩壁间突然蹿出了一条烙铁头，虽然杨操眼疾手快，一针将这毒蛇的头给钉住了，但是老马却吓得失手从山崖上跌落下来。

还好胡文飞当时就在十米以下的地方，手攀着藤蔓，伸手抓住了老马的手。

马海波被救了下来，但是两个人都单手脱臼，加上各种擦伤，无奈地负伤返回。

第一次逃生行动，宣告失败。

在没有药也没有医疗条件的一线天峡谷中，受伤无疑是一件相当痛苦的事情，杂毛小道这个业余郎中变得十分忙碌。而我在第四天的子时，心中突然一跳，感觉喉咙中有一物，正在往外面奋力地攀爬。

第十五章　肥虫子的第一次

此物滑过我的喉咙，往外面爬。我只觉得喉线一痒，张开嘴巴，咳嗽两声，结果便咳出一个东西来。这是浑身皱巴巴的金蚕蛊，它这种出场方式已经多日未用，显得十分艰难，而它也与往日截然不同，如同上了年岁一般，皮肤依然是金黄色，却松弛得很，毫无光泽。

它附在我的鼻梁上，有一股异香传到我的鼻间，如同八月的桂花静谧开放。

闻着这香味，我感觉精神好了很多，坐直起身子来，发现旁人皆已熟睡，只有在旁边照顾我的小苗女瞪着一双亮晶晶的眼睛，好奇地看着金蚕蛊。

我伸出鬼脸左手，金蚕蛊已经不能够飞了，只是奋力地沿着我的脸、我的脖子和手臂，一点一点地朝着左手挪动。它爬得很慢，每一步，都迈得艰难。一路行走，在我的身上留下了一道湿滑清亮的印迹。

终于，它爬到了我的左手上面，小东西盯着我，我也盯着它。

我们大眼瞪小眼。

这三四日，我受尽了苦痛，它也饱受了折磨，如今，看着这可怜虫儿的黑豆子眼睛，一种与我生命息息相关的亲近感，油然而起。自从去年七月，我被外婆种下了这金蚕蛊，我们的性命就联系在了一起。

生死相依，不离不弃。

这便是我和肥虫子之间最简单的关系，这世间也便只有我与它，谁都离不开谁，唯有同归于尽的命运。如此，方可谓之曰：本命蛊。

我们互瞄了一阵，在我手掌上面的肥虫子开始蠕动起来，它在我的手掌上游走，一会儿到左边，一会儿到右边，磨蹭得我手心直痒痒，想笑。过了差不多两分钟，突然它缩成了一团，然后在我手中的这肥虫子逐渐地瘪了下去，最后竟然只剩下一张皮。

正当我疑惑的时候，左手臂间传来了一股中正平和的力量，接着这股力量在我的全身上下游走，每行一圈，我就有一种浑身浸泡在温泉中的快感，如此行走了九个周天，突然我胸前一亮，一道金光闪耀，飞临到了我的面前。

瞧这一副小人得志的模样，便是蜕去了蚕衣的金蚕蛊。

只见它比从前，多少是瘦了一丁点儿，然而身子却越发地灵动了，脑袋上的那颗青春痘也不再是圆圆的一颗，而变化成了山字形；金光灿灿的皮肤沉淀了一些，不再那么张扬，呈现出低调的暗金色，不过它那黑豆子眼睛，倒是锐利上了几分。

我握着拳头,将它褪下来的蚕衣小心收起来。

《镇压山峦十二法门》育蛊一节中有言,说这金蚕蛊一生之中会褪去九次皮,每褪一次,境界就会跃升一阶。若能够褪上九次,便能够筑就金身,超脱于六道之外,不受轮回——这当然是胡诌了,我这金蚕蛊历时一载,其间享尽了多少好处,经过多少磨难,最后在洞穴中遭受到雷轰一般的惊吓之后,才堪堪蜕去一层皮。

若要褪上九层,显然那个时候的我已经不在人世间了。

而我死后,金蚕蛊也随之消亡,哪里有机会再蜕皮?

我之前感觉"十二法"门中有很多胡诌和想当然的成分,也源自于此:对于不可能达到的事情,先行者往往会画一张很大的饼,然后与宗教扯上关系,诱惑后来的人对他们产生高山仰止的敬仰和崇拜。

但是真实情况,并非如此。

金蚕蛊蜕变成功,最直接的好处是一直处于病怏怏状态的我仿佛打了鸡血一般,感觉所有的疾病都随之消退,浑身暖洋洋的,精神抖擞。悠悠看着那可爱模样的肥虫子,伸出手指尖去触摸,轻轻一碰,立刻缩回了手,脸上居然洋溢起笑容来。

我站起身来,发现杂毛小道已经苏醒了,正睁着眼睛看我呢,我朝他点了点头,他笑了,但是并没有询问什么,而是闭上眼睛,又睡了过去。我走出鼓楼,来到前面的打谷场,上面是吴刚和小周在值班,喊住我,说要去哪里?

我说我憋得太久了,要去放下水。

吴刚笑了笑,说不要跑太远,别像小周一样,拉到一半被鬼追得到处跑……旁边小周气急败坏地跟吴刚扯了两句,我挥挥手,说不会的,我的屁股没有小周的白。

吴刚哈哈大笑。

我放水回来,往火堆里添了几根柴火,然后爬上鼓楼二层,站在他们放哨的岗位上。有山风吹来,天上的星子寥廓,忽闪忽现,天幕下是一片寂静的漆黑,远处不时传来一阵"咕咕"的鸟叫,身下是篝火昏暗的光亮,在这一片天地中,我们仿佛是宇宙的中心。

如此的清澈高远,如此孤独。

我说我来值勤吧?吴刚摇头说不用,计划都已经排好了,而且你大病初愈,最好不要吹风。我问还撑得住吧?吴刚苦笑,说还好。小周在旁边叹气,说好个毛,我这自动步枪里面只剩下十一发子弹了,每次扣动扳机的时候,都比丢了一沓钞票还肉痛。

我返回屋子,看到马海波和胡文飞手上还绑着树枝做的夹板,脸上有多处伤痕。

走近些,我看到马海波的身体不住地发抖,呼吸急促,脸部肌肉不断抽搐,发出不自然的笑容,手摸在他的额头上,居然烫得如同火炉。这是破伤风的表现,虽然杂毛小道做了处理,但是因为没有条件,老马还是被感染了。

破伤风除了高烧之外,还可能引发多种并发症,甚至能够短时间内致人死亡,所所以我也没有半分犹豫，手指一勾，肥虫子立刻飞了过来，它明了我的用意，立刻钻进了马海波的嘴里，然后蠕动着。

十分钟之后，马海波的呼吸平缓下来，受伤的左手重新获得了知觉。

肥虫子又进入了胡文飞的身体中。

第二天清晨，马海波和胡文飞才发现自己脱臼受伤的手臂，又可以活动了，虽然依旧有些拉伤，但是愈合的速度却快了几倍。

他们当然能够猜到是谁做了手脚，朝着我一阵感激。

不过即便是如此，总体的气氛还是低沉的。

因为前天的尝试，最后还是以失败告终；贾微的那头食蚁兽也曾经尝试翻山，结果因为悬崖太过陡峭，也没能够成功；而我们寄予厚望的虎皮猫大人，至今没有醒转，若不是手摸在它的肚子上面，还有体温和心跳，不知道的人还以为就是个死鸟儿。

我的金蚕蛊虽然醒转过来，但是却不敢把它放飞得离我太远了。

毕竟此地，太过邪门了。

第一次尝试，也是最后一次尝试。早上的时候，杨操、吴刚等人商量的议题竟然是巩固防线，然后还有收集粮食的事情。显然，在抛开逃离出去的念头之后，大家变得实际起来，静守待援，不管怎么样，都要先生存下来再说。

只有贾微提出：溪流下游的那个洞穴，说不定就是出口呢？

她的这个说法遭到了大部分人的嘲笑，没有人愿意再次去探查那种黑黢黢的洞穴。黑暗即恐惧，恐惧即死亡。没有人愿意再死人，更没有人愿意死去的那个人，是自己。

当自己的提议被否，贾微变得沉默了，眼神不时朝着西面飘忽。

我看得出来，她想单独去。这个女人有一种狼的气质，喜欢群居，也喜欢孤独。我不知道杨操是怎样确认她没有被附身的，但是我的直觉告诉我，这个女人，真的有一些怪异。

果然，下午，胡文飞找到我，说贾微又不见了，最后见到她的老金说她在屋子里面整理行装，然后翻出了一些零碎的东西离开。

在鼓楼上放哨的小周告诉我们，三点钟的时候，看到西面处有一个藏青色的身影，模模糊糊的，现在想起来，有可能是贾干部。

胡文飞和杨操心急如焚，把大家召集在一起，商讨对策。不过全体前去营救显然不现实，这寨子里我们需要驻守一定的人员，保护里面的物资不被掠夺和损毁。最后商量的结果是我、胡文飞和杨操三人前去查探，其余五人留守原地。

我们是下午近四点的时候出发的，一路前行，走了大约有半个小时，来到了一个转弯路口，转过这道水湾子，前面便是那洞穴了。我们只有在心中祈求，这个该死的女人最好不要进洞,不然……我们真的就没有办法了。

里面的东西,我想我惹不起。

当我翻过一块挡住前路、三米多高的石头时,一种诡异的情形出现在我的面前,鸡皮疙瘩瞬间就布满了我的全身:在石头下十几米的小路上,密密麻麻、纵横交错地布满了大大小小的蜈蚣爬虫,而在两侧的树木上面,则是吐着信子,嗤嗤作响的蛇类。

这条路上,密密麻麻的蜈蚣,怕不得有成千上万条。

杨操和胡文飞也翻上了石头,居高临下地看过去,吓一大跳,差点滚下去。

第十六章　最幸福的吃货

似乎知道我们会来，这曲折的小路上面，尽是红黑铁甲的蜈蚣。

这东西我见得多了，也不觉得有什么害怕，但是对于杨操和胡文飞，却着实少见。这一地花花绿绿、翻滚蠕动的节肢类毒虫，只远远地瞧上一眼，便让人心惊肉跳的，两个人的后颈子上全部都是小米颗粒般的鸡皮疙瘩，而且还不断有吸冷气的声音传来，显然是被吓得不行了。

如此密集的毒虫群落，即使是常年在四处闯荡的特勤局两人，都不由得害怕。

按理说，这蜈蚣本为夜行动物，白天潜居于杂草丛中或乱石堆下，到了夜晚才出来活动、觅食；而蛇类更是喜居荫蔽潮湿、人迹罕至之处，所以杂草丛生、树木繁茂的地方常有蛇出没——两者的共同点都是不喜欢阳光，属于阴性歹毒之物，这个时辰拦在路上，显然是受人指挥。

何人能够召集这么多毒物呢？我在一瞬间，就想到了我们的老对手。

矮骡子。

这石头边已经爬出了几条筷子长短的多脚花背多棘蜈蚣，这玩意儿行走也快，哧溜一下就爬到了我们的脚边。它是凶猛的肉食性动物，吃昆虫，也吃蛇鸟家禽，口中有剧毒，人体一旦被咬中，立刻会呼吸衰竭、心跳紊乱，惊厥甚至死亡，故而其为五毒之首。我们穿的都是加钢板的皮靴子，杨操立刻恶狠狠地踩死了四五条游走的蜈蚣，然后回头望我，说陆左，想想办法。

我苦笑说，瞧这阵势，可不是那么好闯的啊？贾微未必会去了那洞穴……

话音刚落，在远处的树林间隙，就听到有高分贝的尖叫传来。

这声音，正是贾微那老娘发出来的。

我眉头皱起，就当是导演好的一般，她还真是叫得及时啊？随着这叫声一同响起来的，还有"嗷嗷"的另类叫声。我们举目瞧去，只见远处有一个藏青色的身影，正在挥舞着鞭子，与几个矮小的身影纠缠。一看到那戴着草帽的矮个子，我精神一振，冤有头、债有主，我们之所以落到这般田地，还不就是因为这些不消停的狗东西？

我叹了一口气，唤出金蚕蛊。

这小肥虫子在杨操和胡文飞的身旁晃荡一圈，在他们的额头上分别作了停留。然后，两人的眉心处出现了一颗殷红的美人痣。

金蚕蛊与我心意相通，它不能说话，我便充当翻译："这标志为'虫蛊驱避精元'，一滴可持续半个时辰，可保诸毒不入心肺，并且有驱除毒虫的作用。"我看着前面这些密密麻麻的蜈蚣，即使有金蚕蛊护体，我也没有硬着头皮往下闯的胆量，四周观察了一下，指着右边浅浅的溪流说："我们下去，从那边出发，可以避开大部分的毒虫群！"

杨操和胡文飞两人，一个身怀银针秘术和神秘观眼，一个乃天师道南宗青城山传人，皆是身手敏捷之辈，一听我说起，立刻纵身跳下巨石，飞快地沿着溪边，踩着鹅卵石朝下游跑去。

我则叫金蚕蛊开道，那把三十公分长的开山刀反握在右手上，紧紧跟随。

此身一起，草丛浮动。溪边虽然说毒虫稀少，却也不是没有，蜈蚣的速度是赶不上了，但是却不断有五彩斑斓的长蛇朝着我们这边游来。它们的爬行方式千姿百态，或直行或蜿蜒，还有的伸缩而行；更有一种铅色小蛇，比蜈蚣大不了多少，竟然是跳跃着前进。

当我们跑到溪边时，凭着地面的震动，草丛中的蛇群已经能够把我们的行踪捕捉到了，一时间竟有不同品种的二十多条长蛇朝我们袭来。

我们若是被这些蛇盯上，一旦靠近，莫说去救贾薇，便是自己的这条小命，也很难保全。

万分危急的时刻，有一个小东西站了出来。

它是十二种至毒之物，在特定的时间里（清明节），于瓮中搏杀而诞生的强者；它无畏任何生物毒素，所有的毒物在它面前皆如浮云草狗，号称毒物中的"独孤求败"；它是诞生于毒性和怨力的生命，阴宅地下温养无数年头而成的骄傲，不畏刀劈、不惧斧砍、不怕火攻，乃蛊毒中坐天字第一号交椅的高富帅——本命金蚕蛊。

这个平日里肚皮空空的饿死鬼，横空而现，虫躯一震，竟然有一种莫名的威严从它肥胖的身子中散发出来，所有朝这边疾奔而来的长蛇以及蜈蚣，都为之一滞。

一条挡在我们前路上的竹叶青，被肥虫子降临在高昂着的蛇头上，它避开那蛇信子的吞吐，钉子一般扎了上去。它充分发扬了"对同志如春天般温暖，对敌人如严冬般冷酷"的精神，在那一刻，这个常常卖萌的家伙瞬间就露出了其狰狞的獠牙，嘴附在蛇头上果断一吸，竹叶青三角形的头颅立刻瘪了一边，无力地跌落在地。

我们快速前进，将这条蛇踩成了肉泥。

然而即使有金蚕蛊的强力支持，依然有不少漏网之鱼，顶住了那大佬的强力威压，朝我们冲射过来。这个时候，便是考验我们个人意志和反应的时候了，我的身体保持着冲锋前倾的姿势，手中的开山砍刀反握，紧紧低伏着，但凡遇到有蛇朝我袭击，那刀子便断然挥出，或挡或劈，将其格挡开去。

两百米、一百米、五十米、二十米……

我们一步一步地飞速靠近。这一路上，我已经被三五条蛇给咬中了裤脚，所幸因为靴子的关系，真正咬到我大腿的只有一条。痛虽然痛，但是毒素没有蔓延，并不是很耽误事儿。当我们从几棵银杏树的阴影间隙处冲出时，已然来到了岩石洞穴的开

口处。

战斗依然在继续,贾微的背上血淋淋,不断滴着鲜血,那五个矮骡子则在她的旁边游走着。地上,已经倒下了两个。

这凶婆娘倒是有很强悍的战斗力。

紧要时刻,我们三个人一点公平意识都没有,各自拔枪,瞄准了矮骡子射击。三声枪响,倒下两个,而被我击中的那个草帽子被打飞,露出了毛茸茸的脑袋来。矮骡子的脑袋十分有特点,在后脑勺的正中心,有一个大疱,跟葫芦娃一样。我当下也不气馁,再射一记,补刀命中。

至此,我的手枪里只剩下了一发子弹。

我们旋风一般地冲出来,火力交织,虽然并不强大,但是却也在短暂间将这些矮骡子给打懵了,五个只跑了一个。跑的那一个往草丛里面钻,杨操追上去准备补一枪,然而逃走的那家伙显然也是油滑之辈,尽往毒虫多的地方钻,杨操追了几步路,被一群游走的蜈蚣给吓了回来。矮骡子几近团灭,而蜈蚣和毒蛇群却正朝着我们慢慢逼近。

那地上"漫山遍野"蠕动的东西,几乎充斥了我的整个视野。

我们冲过来的路上,已经被一条条的蛇虫给填满了。

天知道矮骡子是从哪里找来的这些玩意儿。

即使我拥有金蚕蛊,不怕剧毒,但是我们要面对的不仅仅是毒素攻击,还有团团围攻上来的噬咬。蚁多咬死象,更何况是这些颀长的蜈蚣和极富攻击力的蛇类呢?不能前进,我们只有后退,一步一步地往后退缩。肥虫子在我们的前方大发神威,在它的眼中,面前的这所有一切,都是食物,而它,则是这世上最幸福的吃货。

可是,仅有一个金蚕蛊,又有什么用呢?

我一步步地退,终于一脚踩到了水里面,重心失调,一个趔趄,差点栽倒在水潭里。胡文飞在与贾微寒暄,争论中,贾微竟然说要到洞穴中去躲避,杨操不同意,说那洞穴中的阴气实在太盛了,我们进去的话,必定就是一个死字。贾微反驳,说不一定,说不定那里就是出去的路呢?

我苦笑,说大姐,你也太想当然了一点,你以为是桃花源呢?走进一个洞子,里面就是一大片良田美池,土地平旷,屋舍俨然?

见我们都反对,贾微居然还蛮横起来,不作商量,转身就往那洞穴中的深潭跳,然后奋力地游到了对岸。

她站在洞穴深处,打开她的防水电筒,朝我们这边照耀过来,挥舞着双手。

这个时候,虫群已经冲到了我们跟前了,胡文飞的脸色一直僵硬着,是死于虫蛇之口,还是去黑暗的洞穴中闯荡一番?这个选择题他没有用多久,便想通了,扑通一下跳进了水。

杨操也毅然决然地跟了上去。

这水潭不过七八米,进洞之后有水道,旁边也有陆地,三人很快就到了对岸,朝我招手呼喊着。眼见着四五条爬行最快的蝮蛇已经到了我的跟前,我大叫一声"啊",掉头跳进了水里。

　　潭水冰凉,一蹿进水我立刻感到有一条湿滑的长蛇游到了我的身上,不过并没有剧痛传来。

　　显然金蚕蛊帮我解决掉了它。

　　当我被岸上的人七手八脚拉上去的时候,我看到黑暗中贾微的脸,微微地抽搐了一下。

第十七章　深陷重围

潭水寒彻透骨，我爬上岸，发现身上果然挂着两条死蛇，皆是脑壳破碎，被吸掉了脑髓。

一进入洞，金蚕蛊二话不说，缩进了我的身子里。

潭面上水纹浮动，由内往外地扩散出去。站在黑暗中看洞穴口的光亮处，只见堆积在潭边岸上的那些蜈蚣和毒蛇，像见到了鬼，纷纷朝着归路逃窜回去。

通过金蚕蛊的感应，我能够听到空中有一种低频率的震动，就是这声音，控制着这些本互为天敌的毒虫合力追杀我们。是矮骡子，还是那些咕噜姆穴居人？其实，我至今还记得在江城高速公路上对付南洋降头师巴颂的时候，金蚕蛊就曾经反控制过他的蜈蚣降，我相信如果给予肥虫子足够的时间，我们定然能够化敌为友的。

只是，这洞穴之中，到底隐藏着什么东西，能够让毒虫以及我的金蚕蛊，如此惊惧呢？

我穿得厚重，一浸水，浑身都沉重了几分，借着微光，我将皮靴子取下来，一抖，尽是水。穿着这种鞋子无疑是很让人难受的，但是我依旧咬着牙重新穿上，然后朝里边张望了一下。

黑乎乎的，什么也看不清。

杨操打开了手中的电筒，往里面照了一下，溶洞里七拐八弯，死气沉沉，倒是旁边的流水潺潺，多少有些生气。胡文飞质问贾微为何要独自一人跑出来，而这女人满不在乎地说："这里面，有出去的通道。"杨操奇怪地问，你是怎么知道的？

贾微答曰，直觉。

杨操和胡文飞无语了，拧把着身上湿淋淋的衣服，跺着脚，冷得直发抖。我四周望了一圈，突然心中一动，问贾微，你的那头食蚁兽小黑呢？

贾微一愣，说，不知道啊，也许是跑丢了吧？我们三个大男人面面相觑，彼此都从对方的眼中，看到了一丝寒意。

通过这几日的相处，连我这外人都能够看得出，贾微对小黑的感情有多深厚，宠物、儿女或者情人？这些都不知道，反正，小黑是贾微最亲最亲的生命，然而此刻从这个女人的口中说出来，是如此的轻描淡写，如同一个很随意的物件。

这世界上很多东西都好装，只有感情做不得假。

气氛瞬间诡异起来，我们都借着冷光，打量着面前这个女人。杨操和胡文飞背上的肌肉紧绷着，脸色凝重，杨操再一次确认："贾姐，为何要到这个洞穴里面来？"

贾微不经意地往旁边挪动几步，我移到了她的正面，发现这是一张完全不同的脸孔：冷漠、狂傲、目无一切，呆板得如同僵尸的肌肉不住抽动，有一种不似人类的表情。

她突然转身，将挡住她去路的胡文飞一把推开，朝着洞穴的深处跑去。

在她转身的一刹那，我感觉到她的身上有一股冰镇矿泉水一般的寒意散发出来，杨操和胡文飞一边大喝，一边向里面追去。我想伸手去拦，没拦住，两人很快就追到了前方拐弯处，即将要消失在我的视线中。

在那一刻，我犹豫了。

作为一个具有准确判断力的人，最明智的选择无疑是渡过这深潭，然后凭借着金蚕蛊对毒虫的天然威压，返回苗寨聚集点。然后，我将面临所有人的指责，作为一个胆小鬼、抛弃同伴的懦弱者活着——这只是道德上的枷锁；更深一层次的问题在于：失去了特勤局这三个强人的助力，我们能够在这危机四伏的峡谷中，自己找寻出路吗？

虽然我不愿意想，但是不得不承认，我离不开他们，他们也离不开我。

我们是相依相存的关系。

事到如今，我惟有大骂一声粗话，一边宣泄着自己的愤怒，一边朝着他们后脚跟的方向，往洞穴深处追去。之所以将这里称为"洞穴"，是因为此处开口颇为广阔，并没有普通溶洞子的狭长和气闷，行了数十步，水道隐入旁边黑暗中去，整个空间便豁然开朗起来。

此处的开朗不仅是指空间，还有感觉上的，幽绿的光亮，从岩壁两侧传来。

这光亮是由某些苔藓发出来的，亮度很低，不过对于我来说，却足够将这里面的东西大概看清楚。

我跑得晚，费了很大的气力都没有追到杨操、胡文飞两人，只是听到沉重的脚步声在洞穴前方响起。其间有好几个岔路，越往里走，气氛就越发地沉闷，我心中沉甸甸的，似乎感到了强大的压力朝我袭来。终于，我看到了前面两个人的身影。

我快步上前，只见这两人如同痴呆了一般，驻足看着前方。

我们来到了一个如体育场般巨大的空间里，这里足足可容纳下两个足球场。

之所以会有这般具象的空间感，是因为在这空间的正中和八个方位，都有安静燃烧的火焰。这火焰如同电灯一般恒定，直直朝上，基本上都不跳动，将这巨大的空间给映照得如同入夜的黄昏。

虽然昏暗，但却明朗。

我们站在一个高台的边缘，脚下是人工凿制的台阶，整个空间有着明显的人为雕琢痕迹，环形高阶，我们所处的这里与下面的平地落差有两丈多高，台阶十余级，皆为石制。最中心的平地上是一口井眼，周围有八方石鼎，分呈"乾、坤、巽、兑、艮、震、离、坎"八卦方位摆置，款式古朴厚重；每一方石鼎的鼎耳处，皆有婴儿臂

粗的青铜锁链从上面一直连接到井眼上。

青铜锁链绷得紧直，似乎在与井眼角力，不时有喀喀的声音在空间中飘荡。

八方石鼎彼此间的距离，各自离得有六七米远。

在这石鼎的外围，是一条银亮色的环形河流，约半米宽，或者更窄些，如同一条银线，将里间的一切环绕，上面有八个造型古朴的石桥，以三米长的拱形跨度，连接里外。而在这一切的外围，平地过后，则是林立的石俑，这些石俑有人，也有动物——山猪、矮脚马、野牛、猴子……诸如此类，不一而足。放眼望去，东西南北，林林总总算下来，完整的竟有两三百余尊，如同秦始皇兵马俑一般，排兵布阵，长戈如林，气势恢宏。

贾微已经如回自家后院一般，冲下了台阶，朝着对面的黑暗奔去。

胡文飞想追，被杨操一把拦住，掏出怀中的仪表给他看，说下面似乎有一个大阵，一步踏入，天崩地裂，很难有逃脱的机会。

胡文飞指着即将靠近石鼎的贾微，说她怎么没事？

杨操摸出了腰间的那把枪，指向那个故意带着我们进来的死女人，犹豫着是否要开枪："她……或许已经不是贾微了。此时的她，应该是另外一个人了吧？"我忍不住打击他，说，你不是确定她没有被附身吗？杨操苦笑说，道高一尺，魔高一丈，这种事情，谁能够料得到，说得准？

望着下面气势恢宏的空间，我说我们应该怎么办？回去吗？

胡文飞有些迟疑，指着我们的下方，说外面这整条峡谷地缝，之所以隐秘千年而无人得知，就是因为有阵法遮掩，即使你那鸟儿醒来，也未必能够逃得出这牢笼；你看此处，像极了大阵之眼，若能够在此处找到破解之法的话……陆左，我们出谷的希望，便在此处，说不定，贾微所言并不假。

我冷哼，说先别想着出谷了，能不能活下来，这还是一个未知数呢。

说话间，贾微已经走到了那空间的正中心边缘，她刚刚准备从东北方向踏桥而入的时候，突然波纹一闪，身体僵直，动弹不得，而对应的"坤"字石鼎，开始轰隆隆地转动起来。与此同时，一声声刺耳的铜铃声从黑暗中响起来，接着整个空间都回荡着这种古怪的警报声。

无数的脚步声，从四面八方的黑洞中涌出来。没过多久，在各处台阶上，出现了一堆和那天我开枪打死的怪物一般模样的穴居人。

离我们最近的一伙，有六七个，手上皆拿着金属武器，或长戈或短剑，纷纷朝我们冲来。

看这架势，显然不是来请我们吃饭。

这些穴居人脑袋大，身子瘦长，身手算是灵敏，也通晓些格斗技巧。冲到最前面的三个一拥而上，朝着我扑来，吓了我一跳。那把仅剩一颗子弹的手枪我是不准备用了，抽出刀子，反握着，然后压低身形，强迫让自己把精力集中到眼前的敌人上面去。

第一个头发飘逸的穴居人持剑刺来,我用开山刀格挡住,双手一绞,便将它的手拿住,往台阶下一甩,人飞开了去。

看来并不如想象中强大。

我们三人抵挡一阵,且战且退,突然,从中心处传来了一声如同雷鸣般的巨吼,原本僵直不动的贾微正在用一种粗犷沙哑的声音,大声叫喊着。她说的是古苗语,我听得不太真切,然而贾微连喊了三声,一声更比一声洪大,余音在整个空间里回荡着。

接着,出乎我们意料的事情发生了:正在朝我们拼死进攻的穴居人,居然全部都跪倒在地,颤颤巍巍地朝着贾微的方向,跪拜下去。

第十八章　生死危机

在我的视线中，有上百号身材畸形、面相丑恶的穴居人，朝着石桥上贾微的方向磕头高呼。它们的呼喊不用杨操翻译，我也能够知晓。因为它们只喊出了一个简单的字："王！王！王……"

这声音洪亮，在空间中四处回荡，如同山呼海啸般，让人心惊。

我们小心地绕到洞口，看着那个站在石桥上，朝四面八方挥手致意的死女人，心中有些犹豫。我们可以肯定贾微已然被大殿王座上面的那个黑影子给附了体，但是为何这些长相古怪的穴居人，会称她为王呢？要知道，那个大殿已经尘封了不知凡几的岁月啊！

难道这些恶鬼模样的穴居人，也是耶朗后裔？

只是这时情况紧急，容不得我们有半分好奇心，见所有的穴居人都跪倒在地，朝拜贾微，趁此机会，我们还是赶紧跑路为妙。然而没走上几步，贾微便朝着我们一指，高喊了一声，地上这些低伏着身子的家伙前一刻还如同小绵羊般温顺，后一刻就变成了恶狼，噌地蹿起来，手持着破旧的武器，不要命地朝我们这边跑来。

我们本来是打算悄悄溜走的，见不成，便大步往外迈去。

此时此刻，谁还管原本那个贾微？

我们很快就跑到了路口，准备沿着洞穴，返回外面——穴居人常年在洞穴中生活，阴气甚重，身体机能已经适应了地底的生活，重回地面只能在夜间行动，不然一遇阳光，肌肉萎缩，眼睛没有眼睑包裹，很容易失明。这一点，是我们从那日死亡的穴居人尸体上，推测出来的。

然而推测总归是推测，并不一定为真，我们还需要得到验证。

不过穴居人会给我们验证的机会吗？

显然不会。

从水潭边一直到这大厅，弯弯曲曲几百米，我们进来的时候悄无声息，如同鬼域，然而当我们出去的时候，它们却不断地从角落中蹿出，扑到我们的身上。这些家伙甚至没有带上兵器，对着我们又是抓又是挠，唧唧叫唤，烦人得很。穴居人普遍不高大，最高的不过一米五，矮的一米不到，像个光溜溜的猴子。但它们的身手敏捷，一蹦一丈高，爪子又长又利，即使不拿武器，也有很大的威胁。

我一边跑，一边问贾微说了啥？杨操告诉我，贾微说抓活的。

因为对手是人形，有心理阴影，所以一开始我们的还击还有些分寸，下手也不黑，不过当我们被陆续跳出来的穴居人缠出了火气，也顾不得这些，手脚也重了。

跑了四五十米，我听到后面一声惨叫，回头一看，只见身体本来就有些小伤的胡文飞跌倒在地，立刻有四五个穴居人扑上去，对他一阵捶打。

"老胡！"

杨操的两只拳头上面夹着八根两寸银针，返回身去，手一挥，便是一片血花飞舞。

就在这短暂的时间里，十来个穴居人已经将这个银针汉子给果断淹没，在我眼前的，是两团层层堆叠的肉堆。穴居人那滑腻腻的皮肤在我的眼前直晃，当我砍飞两个穴居人，鲜血洒在我脸上的时候，我的头被重重一击，感觉世界都为之一暗。

接着全身各处，有火辣辣的疼痛蔓延开来。

有抓伤，有咬伤，也有奋力的捶击。

五分钟后，遍体鳞伤的我、杨操和胡文飞被用一种鱼筋绳捆住手，一路拖着，绑到了贾微面前。这个女人负手站立在那条流淌着银色液体的小河边，周围有数十号身材高大（一米四至一米五间）的穴居人簇拥着，显得十分的"王者风范"。一个身材稍微正常些的家伙一脚踹在我的小腿窝子上，剧痛，然而我忍着不动，四五个穴居人立刻冲上来，对着我一顿暴打，硬逼着我跪下。

它们发起怒来，映入我眼帘的模样如同魔鬼，拳头上滑腻腻，一拳打在我的身上，立刻溅出些黄津津的黏液，不太痛，但是恶心。

有道是"男儿膝下有黄金"，我本来想坚持气节，体现出自己很有节操的硬骨头形象，然而有一个家伙拿着石勺，从河中舀了一勺银色圆滚的液体，拿到我面前来，准备淋在我的身上时，我立刻跪了下去。

唉，我也是真犯浑了，跟这些怪物讲什么气节？

杨操和胡文飞也跪在我的左边。

贾微看着我们，脸上呈现出一种陌生的诡异，她缓步走来，围着我们走了一圈，我感觉到浑身不自在，有一种被人看透的错觉。这沉默足足持续了五分多钟，有四个穴居人吭哧吭哧地搬过来一个雕花的石凳子，贾微大马金刀地往上面一坐，圆规一般的双腿撇得对开，看着我们，以一种粗犷沙哑的声音问道："你们是怎么进入祁宫神殿的？"

一个中年妇女的长相，却以一种极具男性魅力的声音朝我们问话，如此怪异的情形，让人纠结，十分不习惯。

还好，她用了略带川味的普通话，不然我们的沟通更加不畅。

我们几个被强摁在地上，看着这个昔日的同伴，不知道说什么好。

她偏了一下头，眼睛里面突然闪烁出一点光芒，我的头如同被重锤敲击一般，疼痛欲裂。"啊……"我惊呼一声，眼睛火辣辣地痛，接着感到眼窝子里有液体流出来，味道传到了鼻子里，是血的味道。

我转头左看，只见杨操和胡文飞的眼中也流出了血泪来，脸色惨白，如同鬼魅一般。

杨操倒也倔犟，咬着牙，说你到底是谁？

贾微傲然一笑，说我的身份，贵不可言，岂是你们这些无名小卒能够懂得的？还是赶紧回答我的问题，免得多吃苦头。杨操这光棍也笑，说都是出来混的，不过死而已，谁能吓唬谁？你再贵又怎么样，能比四十块钱一斤的牛肉贵？——你、你不会就是传说中的夜郎王吧？

杨操一说出口，我心中惊悸，若真是夜郎王，那我们所面对的，可就是活了两千多年的老鬼了。这种级别的灵体，岂是我们这些小杂鱼所能够撼动的？若真如此，即便是国内高手倾巢而出，都未必能够降服它。

通常来说，人鬼殊途，有阴风洗涤，此界断不会出现如此年岁的鬼魂。但是万事都有一个"一"，有例外，在这法阵之中，人间或许真的有这么强悍的鬼物存在。

那么，我们现在就只有静待死亡，或者更加残酷的结局了。

贾微哈哈大笑，说你倒真的是会猜，吾先主才华绝世，只可惜被那黑潮吞噬，身死魂消，我一个末学后进之辈，哪里能够与他并提？废话少说，你们为何能够进入大殿，若不速速说来，小心我将你们炮制成银甲铜尸，灵魂永不得超生！

杨操抿着嘴，不再说话。

我有些疑惑，这鬼王附体在贾微的身上，已经有了好些天了，它难道没有接管到贾微的记忆，并不知道之前的情形？而且，它为何一直要查探大殿的情形，难道是……那里面有什么值得它守护的东西吗？

不知道为什么，我突然想起了黑曜石棺柩中的那具女性僵尸，难道这里面，有什么猫腻？

见我们久久不回答，贾微手一抬，立刻有几个穴居人过来捉住我们，要把我们拖到那沟中去。我连忙举手，说是我开的门。怎么开的？我也不知晓，弄点血上去就可以了。

"哦？"贾微有些意外，俯下身来看我，沉吟着。

我之前简单描述过贾微的形象。她母亲年轻的时候虽据传言妖艳如花，但是显然她并没有遗传这优秀的基因。哭丧脸、一字眉，两片嘴唇厚得如同非洲兄弟。虽然我知晓她此刻的身份是一个神秘的鬼王，但是被这般逼视，仍然有些不自在。

不知道是不是我的错觉，我感觉鬼王木然的脸上，多了一丝暖意。

她淡淡地说道："小小年纪，身上有金蚕蛊，胸前挂着癸水鬼妖，一身真力扎实，眼带明锐之光，确实是一个人才……不错，不错！"说完这些，她突然朝着我问了几句话，是古苗语，我自然是狗屁不通，不知道他说什么。

见我没有反应，鬼王大发雷霆，霍然站起来，朝着旁边这堆形象恶心的穴居人一通吩咐，然后转身朝别的地方走去。

那些个听了吩咐的穴居人过来拉扯我们，连打带踹，将杨操和胡文飞逼往旁边的黑窟走去。而我则被死死地摁着，一个眉头上有稀疏白毛的老家伙手握着一根碳化竹管，沾了沾石勺中翻滚的水银，然后朝我眉间点来。

我感受到了那水银中湮灭一切的恐怖力量，不断地往后退，大声问杨操，她说了什么？

杨操一边挣扎，一边回答我："他说你是个连祖宗话都不会说的叛徒，金蚕蛊留在你身上，浪费了，让这些怪物破掉金蚕蛊！"

我一听这话，如遭雷轰。

第十九章　杨操失手，狗血淋鼎

　　看着这个朝我走来的穴居人，它的脸上笑容极度扭曲，露出一口黑黄的尖牙，凸出如玻璃一般的眼睛里全是冷酷，我吓得魂飞魄散，全身不由得一阵冰凉。

　　当初我用自己的血点开那祭殿大门的时候，心里面还小小地得意了一下：每一个屌丝心中都有贵族情结，会幻想着自己倘若是名门贵族之后的话，会是一个什么样的情形。所以当经过两千年稀释之后的血脉，在我身上出现，并且将那大门轰隆隆打开的时候，我心中多么激动，感觉自己是命运之子一样。

　　我甚至还在幻想，倘若这里面有鬼魂，有僵尸，我们是否能够认个亲戚，和平解决问题呢？

　　然而我却忘了，一个被灭了八辈子的王朝，即使有一点点血缘遗脉，跟我又有毛的关系？

　　现实往往是残酷的，即使真的有这老鬼在，它的第一反应不是给我卖一个好，而是直接把我当成了实实在在的威胁——一个能够随时打开殿门的人，无论如何，对于它来说都是一个潜在的危害，若不能够拉拢收复，最好的选择，莫过于把我从灵魂到肉体，全部消灭。

　　久别重逢、抱头痛哭的桥段呢？怎么会是这个节奏？

　　这个眉毛稀疏的穴居人一步一步地靠近我，一想到我和金蚕蛊就要身死于此处，我的心中被一片恐惧瞬间填满，之后，这恐惧就转化成了力量。我的双手被反绑着，那捆绑的鱼筋绳既韧又紧，绑得我手腕一阵青肿，血脉不通。就在此刻，我的手腕一阵暖流涌动，那绳子被断然咬开。

　　关键时刻，肥虫子忍受住了山一般的压力，将绳子咬断了。

　　蜕了一次皮，肥虫子果然强上了不少。

　　而让我更欣慰的是，虽然刚才我手上的刀被收了起来，但是身上的家当却没有被搜去。一朝脱困，我立刻暴起，凭着一双拳头，将压制我的那两个丑陋穴居人给捶翻，然后站直起身子来，抬脚就踹。这个手提碳笔的家伙心窝子被我一脚踢中，重重地朝着那道充满了水银的河渠飞去，眼看着就要越过沟渠，掉落里间了，然而突然遇到一堵看不见的墙，滑落在旁边。

　　它的手无力地垂在了银水中，几秒钟之后，瘦弱的躯体一片银亮。

　　我已经没有时间去关注它了，在暴起的一瞬间，我就朝着五六米外的杨操和胡文飞冲过去。恐惧给予了我强大的爆发力，在杨操和胡文飞的奋力配合下，我们终于在短暂的时间里,将这几个杂鱼解决,并且将双手给释放出来。

行走到正西面的贾微,本来正瞧着不远处的石鼎发愣,见有变故,转过脸,有些惊异地看过来。

旁边近三十多个穴居人一见出事,纷纷拥挤上来。

从此处到达出去的洞口,足足有两百多米。一路上层层叠叠的穴居人,还有大步朝我们冲过来的鬼王贾微,这两百米对于我们来说,难如天堑。杨操手上的鱼筋绳一被挑掉,四下张望了一番,竟断然转过身,朝我们大喊:"进阵!"

话音刚落,他一个箭步就冲到了最近的一座石桥上面。

眼瞅着一大堆形容恐怖的穴居人冲到跟前,一想到我若被抓住,金蚕蛊定然活不了,我便也顾不了许多,跟着冲上了石桥。本以为过桥并不容易,或许会像被鬼王附身的贾微一般,僵立当场,然而这情况并没有发生,很轻松的,我们便通过石桥,疾步冲过了半米宽的水银河,进入了耸立着八个巨大石鼎和一汪泉眼的石阵之中。

脚踩在方寸石板上,没有一点儿异象出现。

这让浑身紧张的我有些奇怪,转身一看,那些追着我们冲上石桥的穴居人纷纷停住了脚步,围堵在桥头这边,熙熙攘攘;有两三个刹不住脚步的,又被后面的同伴挤着,跌入到桥头,那安静的石鼎突然一阵抖动,上面的雕刻图案仿佛活过来一般,一种机械转动的声音从地下传出来,接着空气为之一滞。

在我们诧异的目光中,那几个瘦骨嶙峋的家伙浑身抽搐,翻滚在地。

所有的穴居人都发疯地往后退,潮水一般。

让人惊恐的事情发生了,越过水银线的三个穴居人脑袋在一瞬间如同吹气球一般地撑大,一开始只比普通人要畸形一点儿,然而逐渐变成了西瓜、南瓜、冬瓜……形状开始成倍增长。最后,它们三个的头颅停止在了直径约三十公分的恐怖程度。

这是怎么一个情况?

在此之前,我很难想象一个身高只有一米三几的人,拥有如卡通片中"大头儿子"一样硕大的头颅,是怎么一个情形。如今我看到了,在我们前方六米处,这头颅不再是靠骨骼在支撑,皮肤被扩张得如同极限的气球表皮,连血管和青筋都在无限延伸,脑浆、肌肉、血液和大脑组织统统如同进了搅拌机,彼此混合,再无间隙。

头颅膨胀到这般地步,它们还活着吗?

没有人知道,在我眼中,这恐怖得难以想象的三个畸形穴居人脑袋着地,翻滚了一番后,或许是达到了临界值,如同戳破的气球,砰、砰、砰……接连三声沉闷爆响,接着漫天的血浆飞洒,整个石桥上立刻卷起了一股恶心至极的熏臭。

这些红白混合物喷洒得很远,连离得很远的我,脸上都被溅射到,打得皮肤生疼。

此时,矮小猥琐的穴居人群中发出一阵惊悸的尖叫声,此起彼伏。它们恐惧的叫声让我突然意识到:这些长相丑恶的家伙,或许并没有它们外表所显露出的那么

恐怖。

贾微冷着脸，一路走到了石桥前面，脚踩在一个滚落下来的尸体上，一用力，这尸体立刻被踩瘪，流出许多鲜血和如油一般的组织液。看到我们正缓缓地朝着石鼎靠近，她不由得出声警告，说你们不要乱碰镇灵石鼎！不然，导致的后果，可不是你们所能够承担的……

见她心急，又没有追进来，我们的心终于安定下来，也知道主动权已经掌握在了我们的手中。

贾微说着，人已经走到石桥上面，试图前跨一步，结果和刚才一样，身体僵直了。这是阵法之威，所有的邪物都不能够往前一步。我笑了，一屁股坐在地上，感觉到处都是伤口，浑身酸疼。

在这里，肥虫子也被压制得死死的。

压制它的力量来自于两个地方，一是石鼎所孕育的阵法之威，另一个，是那口直径两米的井眼。在我的感应中，那井眼被阵法给死死地压制住，但是却依然有一缕浓稠如墨的气息，若有若无地飘散出来。仅仅是一缕，就蕴含着如同深渊一般的恐怖，让人不寒而栗。

杨操是个极善于把握机会的人，见此状况，立刻掏出一个藏放很久的袋子，里面装着的，是对法阵和灵力都有着很强腐蚀性的黑狗血。他一扬手中的袋子，然后指着贾微说，好，我们不乱碰，但是你也要让我们知晓这所有的一切，到底是怎么一回事。

贾微一阵狂怒，但是最终平静下来，淡淡地看着我们说，你们想知道什么？

胡文飞指着她的身体说，贾微呢？

"你是说这副身体原来的主人吗？"贾微眼睛一瞪，说："自然是炼掉了。"胡文飞眼角一阵抽搐，张开嘴巴，不说话。杨操拍了拍他的肩膀，指着围在桥前的这些穴居人，说，它们到底是什么物种，为什么会听你的命令？

贾微哈哈一笑，伸手揪过一个穴居人，掐着它的脖子摆在面前，说，它们其实都是些可怜人啊！为了"守护世界"这个虚妄的誓言，将自己的灵魂出卖给了巫神，换取了地下生活的权利。作为最正宗的耶朗遗脉，它们喝着生水，饮着鱼血，渡过了漫长的蛮荒岁月，至如今，对你们这些幸福生活在地面上阳光下的家伙来说，自然是万分丑陋，但是对于我来说，我的族人，却是世界上最美丽的生命。

"守护世界？"杨操回望了一下，死死地盯住那口井眼，然后迟疑地说道："这口井，是连通深渊的通道吗？"

贾微盯着杨操，说，你们倒是懂得很多。既如此，就不要做傻事了，乖乖地出来吧……

我站起来，直接朝着这婆娘问道："废话不要多说，你们在这里做什么，我们都管不了。我只想知道，我们怎么才能够出得了这道峡谷，安全返回外面去？"

这附体老鬼眯着眼睛瞧了我一阵，说，你想出去？呵呵，这峡谷可是被远古大人劈石布阵，一手封印，与世隔绝的；这些年来，只有进，哪有出？早些断了这些念想吧。

我哈哈大笑，说，你倒是个年老成精的油滑老鬼，那矮骡子天天游来荡去，是怎么出去的？

"矮骡子？"

贾微皱眉，说，你指的是穷奇吧？多少年过去了，这种吃腐肉的小东西，竟然又出现在地上了？不可能，不可能啊？她喃喃自语，而我却知晓了，这个老鬼虽然威望足够，但是脑袋却僵掉了，山中不知岁月，被困在大殿中，自然很多事情都不知晓了。

正僵持着，突然从黑暗中处传来了一声奇异的怒嚎，阴风阵阵。杨操的手突然一抖，袋中的狗血竟然洒落在了旁边的石鼎上。

第二十章　石头蛊，双头犬

杨操袋中的狗血放了这么些天，虽然放了抗凝剂，但是也没有了一开始的新鲜，倾倒出来后，有的溅到了石鼎上，有的则跌落在地板上。这突然的变故，大大出乎了所有人的意料，我听到贾微狂躁的吼声，甚至都没有反应过来。直到感觉地面传来了轻微的震动，才惊叫道不好。

被黑狗血淋到的石鼎，坐落于"震"位，当第一滴泼进，我就听到这鼎耳上面的青铜锁链"咔咔"作响，随后稀里哗啦地乱晃。接着我们所处的整个空间跟着一阵摇晃，我们仿佛身处漂流船上一般，方向缺失。

天地摇晃，空间颠倒。

这种难过，让我恨不得吐出几口老血来，方才爽快。几秒钟之后，我们三人都已经跌倒在地上，我头痛欲裂，感觉自己维持平衡的小脑被震得失去了功能。这时，在我的"炁"之场域感应中，在正中的井眼处有一股黑气趁机缓缓冒了出来。这黑气十分有侵略性，伸出好多小触角，开始拼命地侵袭四周的一切。似乎感应到了我们，那团黑气开始朝着我们逼近。

肥虫子在我的体内瑟瑟发抖，恐惧到了极点。

我努力让自己的身体保持平衡，手往怀里掏，摸摸索索掏出一面铜镜来，狂喝一声"无量天尊"，立即就有一道金光喷薄而出，当头就照在这黑气上。所谓"獾子怕山猫，一物降一物"，肥虫子恐惧，然而篆刻得有破地狱咒的人妻镜灵，对付类似的阴邪之物却最擅长，金光一照，便如冷油入热锅，将这黑气给裹挟着，消融干净。

啊——

杨操在地上翻滚着，突然也是一声狂喝，将身上的衣服脱下来，脸憋得通红地站起来，去揩那石鼎上的黑狗血。

他抹了几下，异变陡生。

那石鼎上原本僵直凝固的浮纹动了起来，竟然变成了密密麻麻的小虫子，它们类似于甲虫，灰白色，翅鞘上有斑点像豹皮，锐利的节肢、复杂的口器，细密的绒毛显得十分的狰狞，跳蚤一般大小。杨操一去抹那黑狗血，竟然抹下一大坨虫群来。

这些虫子一从石鼎上跌下，立刻散开，一部分将杨操的胳膊糊满，使劲蜇咬，更多的一部分则振翅一飞，越过我和胡文飞，朝着那躁动不安的井眼奔去。

它们一飞临井眼上空，立刻悬空萦绕，如同蜂群，将那一团团黑雾给尽数吞噬。

杨操的右手上糊着厚厚一层甲壳虫，堆叠蠕动的样子让人看着心寒。他"啊"的一声大叫，再也坚持不住，跌倒在地，发疯似地直抖手，将手往地上摔去。当黑狗血脱离了石鼎，整个空间又渐渐恢复了平静，我们连忙脱下湿漉漉的衣服，使劲地拍打杨操的身体，试图将这些虫子给弄下来。

然而这些虫子身上的七八支节肢死死地扣住了杨操的皮肤，用强力的口器直接撕裂，然后往里面钻去。虽有少部分被我们拍打下来，但是附着在手臂上的那一层，却如同胶水一样紧粘。

杨操这个喜欢说八卦、略有些风趣的铁骨男儿在那一刻，哭号得如同杀猪。

这么说，似乎有些不尊重这个后来黔阳市特勤局二处的大头目，但我确实是在用最真实简洁的语言，给他那时的情况作了备注。

被万虫噬咬的极致痛苦，根本不是凡人所能够想象出来的。

我们除了拍打，看着满地打滚的杨操束手无策，还要小心攀到我们身上来的甲虫。无论是我、胡文飞，还是杨操，我想在那一刹那，应该都是绝望的。

有人绝望便放弃了，有人却仍在坚持；而在坚持的人中，有的在做无用功，当然，也有人想到了方法。

很幸运的是，我是后者中的后者。

因为我突然想到了《镇压山峦十二法门》中一段关于石头蛊的描述：此蛊形如冬虫夏草，沉眠便附着于特殊的石头上面，结晶成粉末，结构如纹，一旦触发，立刻化身为灵界的噬垢湿生虫，吞噬一切。

对于此蛊，《镇压山峦十二法门》的撰写者山阁老曾记叙下一段经诀，可以略加控制。

"十二法门"这本破书我已经获得一年多，此乃与性命息息相关之物，我自然不敢懈怠，早已烂熟于胸，虽有些真义不明，但是也不妨碍我朗朗上口，倒背如流。当下也不敢犹豫，大声念诵出来。

其实我也十分忐忑，不知道这是否就是书中所言的石头蛊，也不知道山阁老所记载的经诀是否有效，只能瞎猫去碰死老鼠。然而，当我这咒文念至一半，附着在杨操全身各处的甲虫竟然纷纷停止了噬咬，开始振翅在空中盘旋，跳着含义不明的"8"字舞。

一遍经诀念完，杨操全身干净无一虫附着。

我努力地集中意识，试图沟通它们，却无奈，都是些简单的思维碎片，乱七八糟，根本就没有商量和沟通的余地。

随着甲虫的离开，杨操的叫声终于没有那么声嘶力竭了，开始沙哑地哼哼起来。

我有些彷徨，不知道接下来该怎么办，还好体内的金蚕蛊对这领域相当熟悉，一道意识勾连出来，那些细小的甲虫重新飞转回石鼎上，从蠕动不休到凝结成石纹，竟然不用三五秒的时间。

造物竟然神奇如斯。

在发出意识之后,肥虫子竟然顶住了巨大的压力,电射入胳膊没有一块好肉的杨操体内。被疼痛和毒素折磨得奄奄一息的杨操这才终于松了一口气,一阵抽搐之后,嘴巴里咳出了几口浓黑如墨的血痰来。

直到此刻,我才有机会瞧一瞧外面发生了什么事,刚才那一声怒嚎从何而来。

抬头一看,我惊讶得差点咬到舌头——我们刚才九死一生,而外面也好不到哪去。

刚才还略显空旷的宽阔空间中早已乱作一团,不知道从哪里冒出来的一群怪物闯入了进来,与原来的穴居人打作了一团。这些怪物繁杂得很,有篮球大、湿淋淋的红背毛蜘蛛,有浮空漂浮、无数触角的害鹄,有一米多高、身形修长的螳螂,还有黑乎乎毛茸茸形如蜥蜴的爬行动物……以及晋平人民的老对手、老朋友——矮骡子。

这其中,最显眼的是一头跟牛犊子一般大小、浑身是血和蛆虫的恶犬。它居然是畸形的双头,从脖子末端分开,其中一个嘴巴大大张开,流出发黄的口涎,另一个嘴巴则嚼食着一个穴居人的头颅。它正在追逐着贾微,一对头颅不断地发出恐怖的嚎叫。那个被附体了的女人并不与它正面交锋,而是快速地朝着我们的后面跑去。

那一边,是穴居人藏身的洞穴。

或许是感受到了我的注视,奔跑中的双头恶犬左边的头颅扭过来,狠狠地瞪了我一眼,血翡一样红的眼球里,流动着一种诡异的邪恶。

我的心脏骤然一紧,仿佛被矮骡子的手给紧紧抓住一般,呼吸凝滞。

我很少看到这么邪异妖魅的眼神,这种冰冷是我从缅甸黄金蛇蛟那里,都不能看到的。不过也仅仅只是匆匆的一瞥,它便专注地追逐贾微而去。首领被追逐得如此之惨,手下自然全线溃败,这群闯入者虽然并不多,总数不到四十个,但是却势如破竹,不断有穴居人哀号着倒地,又或者被赶到了边缘的洞穴中去。

我扶着杨操站起来,与胡文飞面面相觑:前有狼,后有虎,我们该如何是好?

看着这一群奇形怪状的生物,我可以肯定,它们便是外面峡谷中那苗寨灭门之祸的始作俑者。对于人类,它们冰冷的感情中没有"怜悯"二字,只有赤裸裸的杀戮。我们要想从这么一堆家伙的包围中逃脱生还,简直就是不可能的事情。

只是外面现在一片混乱,如果趁乱突围,是不是有机会呢?

我在思索着,然而另外一个疑问又浮上了心头:这些家伙,到底是从哪里冒出来的呢?

还有,我们在外面峡谷苗寨中已经待了数日,并没有见到它们啊?为何它们偏偏选在这个时候攻进来,是因为我们刚刚破坏了这石鼎阵图的缘故吗?

我茫然了。

杨操刚从万虫噬体的痛苦中挣脱出来,又看到水银沟外围的这些乱象,看着这些稀奇古怪的生物,险些精神崩溃,口中苦涩地说道:"这些……是深渊生物吗?它们是从哪里冒出来的?"

这个坚强的男人，在这一刻，话语里竟然带着哭腔。

是绝望吗？

机会稍纵即逝，位于石鼎边缘的我们几个一犹豫，就被这些生物注意到了，五六个戴着草帽的矮骡子簇拥着一条三米多长的白毛鳄鱼来到石桥前，看到桥面上的尸体，没有再往前，只是嗷嗷地叫唤着。

突然，有一个矮骡子伸出手，朝我们这边甩了一个东西过来。

第二十一章　离阵，红云遮天

这东西划出一道完美的抛物线，砸落到了我们面前三四米处。

它在地上弹了几下，然后滴溜溜滚动着。我定睛一看，是一个周身皆是六边形孔巢的蜂房，黑黄色，上面的孔洞被一层薄膜覆盖着。而在这滚动的过程中，那些透明的薄膜被里面的黑点戳破，接着一个个身线修长、黄黑斑纹的马蜂状飞虫破壳而出，飞临到了蜂房上空。

这个拳头大的蜜蜡蜂房，竟然在三五秒钟之后，飞出一大团身形纤细的"马蜂"来。

这些小东西比我们寻常所见的马蜂要小一些，具有昆虫的标准特征，包括头部、胸部、腹部、三对脚和一对触角，全身黑、黄、棕三色相间，口器发达，上颚粗壮。非常小，但是浑身茸毛又长又粗，如同飞行的毛球一般。

之前的穴居人一过桥即爆体而亡，贾微上桥后寸步难行，而法阵却并不阻止我、杨操和胡文飞三人——在我的估计中，这是因为我们皆是正常人，而这些穴居人则是受到诅咒的耶朗后裔，贾微被鬼魂附身，乃邪物，皆不能行；同样的道理，矮骡子这一堆奇形怪状的生物，自然也是进不来的。

然而它们显然有过研究，对付躲入阵中的敌人，自有办法。于是收集了这种藏有奇异马蜂的蜂房，将其封闭之后，扔过来。躲过水银之河的防御，这些马蜂便能够露出爪牙了。

果然是好算计！

马蜂的毒素和螫针十分厉害，可引起人肝、肾等脏器的功能衰竭。只是，一蜂仅一螫针，它们能够奈何种下"虫蛊驱避精元"、不惧毒素的我们吗？

拥有金蚕蛊的我自信满满，手上还拿着拍打杨操的湿衣服，也不犹豫，直接冲上前去，呼啦一下想将其兜住。然而这群马蜂却也不傻，四散逃开，往空中一飞，如同一张大网，嗡嗡嗡，鼓翅鸣声，十分吓人。

我也不慌，手抚胸前，大喊一声有请金蚕蛊大人。

蜕过皮后的金蚕蛊，虽然本能地对这大阵和连通深渊的井眼厌恶，但是还没有到不敢出来的地步，一听召唤，立刻飞出，如一道暗淡的金光，四处游窜，将飞临到我面前准备发动袭击的马蜂，给悉数消灭。

对于此事，肥虫子驾轻就熟，眨眼之间，就不知灭了多少马蜂。

杨操和胡文飞皆是鬼精之辈，见马蜂群袭来，纷纷朝我靠拢，将自身纳入金蚕蛊的防御范围之内,接受保护。电光火石之间,马蜂群就被消灭了一小半,我正心中欢畅,只见空中那些余下的马蜂不再朝我们攻击,而是飞向了各座石鼎。

我纳闷,它们这样,到底是什么目的呢?

片刻之后我终于明白了。

只见那些马蜂三五一群,分成了十几股,朝着石鼎、青铜锁链、井眼以及之间的一些石雕饰物飞去——简单讲一下这个大阵的情况:它的主体其实就是以井眼为中心、以三米高的八个石鼎以及相连的青铜锁链为主体,分别呈现不规则的巨大圆形,直径足有二十几米。

在石鼎的间隙还有一些石头雕栏,而我们则正处于这大阵的边缘,并没有进入其中。

马蜂一进入里面,杨操突然大叫一声,说不好,我们赶紧出阵。

我一愣,外面兵荒马乱,各种鬼物纷呈迭出,我们这几个身上都有伤,行动不便,一出阵岂不是羊入虎口,哪里能逃得出去?然而杨操脸色严肃,竟然不管不顾,拉着我们就往外面跑去。

杨操此人师承不明,来历神秘,但是一双眼招子却毒辣得很,反应特别快。之前进阵是他,出阵也是他,胡文飞对他完全信任,自然不说什么,我虽然有些犹豫,但是见他如此惶急,多少信了几分,脚步也跟着往桥上走去。

果然,我的左脚刚一踏及桥面,就听中心处传来一阵洪荒野兽般的吼叫,轰隆隆,整个空间都为之一震,我全身皮肤上的汗毛仿佛过电一般,噼里啪啦一阵轻响,寒意从尾椎骨直往上蹿,而杨操则将我们一起往桥对面推去。

我不知道发生了什么事情,滚落在地上。

这桥面上还有着穴居人的尸体和一地的血浆,我身上沾了不少,滑腻腻的,腥臭之极,觉得有些恶心,想站起来,但是整个地皮都在颤动,左右摇晃着,维持平衡都很困难。

杨操不断地滚,朝我疯狂地喊,说快,快出去……

当我们滚落到桥下的时候,感觉后面红光遮天,热力透背,整个空间呈现出一种诡异的红色,周边水银池中咕嘟咕嘟地翻滚。我回头一看,只见那大阵中的石鼎竟然开始平移滑动,变换方位。而从鼎口中,突然冒出许多如同曼珠沙华般的花朵,迭次开放,一朵又一朵,几乎遍布了整个法阵。

这些花朵由灵力凝结,皆是热烈的大红色,那些化成黑点的马蜂一接触到这花朵红光,立刻焚烧殆尽,化为灰飞。

我们刚才停留的地方还有一摊鲜血,是刚才穴居人溅射出来的,此刻如同蚂蟥吸血一样,被这火花给迅速附着上,燃油一般烧化。

大阵中所有的生物,都被盯上,化为灰烬——这是阵法的自动防御机制,马蜂进入最大的目的,不是蜇伤我们,而是将这防护给启动出来。我吓得一身冷汗,这火焰比起杂毛小道的"离火七截阵",不知强上多少倍,倘若我们还在阵中,只怕也已经烧了起来,连骨头渣滓都不会留下。

四周还在摇晃,当空间中所有生物的注意力都还在瞧着正中心那些恐怖的红云花朵时,我们几个已经勉力站了起来,避开前方的家伙,朝着远处的台阶跑去。

刚刚跑出二十几米,便有一道风声在身旁响起,我下意识地往旁边一躲闪,只见一条短吻鳄重重砸在了我们前方。这东西一落地,尾巴便哗地甩动,胡文飞躲闪不及,被绊倒在地。我们没有反抗,也不作半分停留,冲过去一人拉着一只手,拖着胡文飞便跑,那条冷血畜生爬动飞快,跟在我们屁股后面追。

我的鼻子有点儿发酸,心悬得高高的,感觉脚步稍一停歇,屁股上面的肉就要被咬到了。一边跑着,我的心里面也疑惑重重:这洞穴中,怎么会有这些东西?难道除了那口井眼,这洞穴的其他岔路中,还有连通地下的其他道路不成?

杨操一边跑动,口中一边在轻诵请神咒诀,就在我们即将身陷重围的时候,他突然把胡文飞朝我这边推来,然后折身过去。

从眼角的余光中,我看到杨操身上有淡淡的虹雾霞光,由内而外,形成一个瑰丽恢宏的光晕。

这光晕中,充满了无可言说的威严和力量。

他请神成功了!

回转过身子的杨操高喝了一声"无量天尊",这一声犹如狮子狂吼,振聋发聩。接着我听到有拳肉交加的声音从身后传来,夹杂其间的是吱吱的叫喊声。

其实我们这里仅仅只是这空间战场中很不起眼的一起打斗,矮骡子这一伙生物所针对的,还是那些操持着武器的穴居人。所以我们后面虽然有敌手追袭,但是压力却并不是很大,中心石鼎的阵法已然到了尾声,火焰燃尽,空间又回复了一片昏黄的颜色。

在这黄昏中,处处都有着追逐和围斗。

杨操既然能够不顾生命地返身与之搏斗,我也不再装孙子了,放开恢复过来的胡文飞,双手快速结外狮子印。此印结完,在这危机重重、极度困难之际,立刻从心中涌起了一股倔犟果敢的意志来。

依旧是那句老话:"人死鸟朝上,不死万万年。"

越是怕这伙畜生,便越容易被其所趁。战场上,最容易活下来,往往都是那些最不怕死的人。我这几日被各种纷繁的邪物欺负得厉害,早就窝了一肚子的火,当下印结于前,胸腔中战意浓烈,一声"统"字真言出口,便跟着杨操冲了上去。

我们的对手,是一条三米长的毛鬃短吻鳄、几朵害鸨以及五个矮骡子。这些是从桥头就一直注意着我们,并且一路相随而来的。杨操从背包中掏出根三寸长的骨头棒子,如同打了兴奋剂般挥着这棒子就朝着那条短吻鳄的脑袋敲去。

那畜生倒也狡猾,摇头晃尾,就是不正面接触。这个时候的杨操,瞳孔里面一片孤独的白色，发狂了一般，扑下身，紧紧摁住这爬行动物，左胳膊一搂，将其大张的嘴给封闭住，然后骨头棒子猛烈敲击，如同敲击木鱼。

我腾空而起，将最近的一朵害鸹给扯了下来。

我这一双手在变异出鬼脸之后，越加地厉害。有的时候，连我都控制不了，感觉掌间一阵灼热、一阵冰寒，被我扯住的害鸹疯狂地抽动，四处拉扯，然而却始终没办法逃离我的手掌，两三秒钟后，便奄奄一息，垂落在地。

死去的害鸹如同一张干枯的海蜇皮。

就在此刻，三只矮骡子跳跃起来，分别从左、中、右三个方向，腾空朝我抓来。这些宿敌的爪子又黑又硬，尖锐得很，我也不敢硬拼，退后两步，竟然被那条毛鬃短吻鳄的尾巴绊倒，跌扑在地。我们的位置是那片石俑林边，后边三米处便有一个俑人，两个矮骡子借着俑人的身子，反踏过来，要抓我的脸。

我闭上眼睛，往旁边翻滚，以为就要中招了。结果，听到枪声响起，一大片温热的鲜血洒落在头上。

第二十二章　穴居人老巢

这枪声是从我们刚才进来的那个洞口处响起的，而且还是自动步枪的点射声，我心中一激动，是援军过来了。我往旁边翻滚去，手上摸到一物，睁开眼睛，竟然是一个眉心中弹的矮骡子。它已经死去，脑壳前流着汨汨的蓝色血液，眼睛瞪得很大，里面有不甘的光亮，眼窝子里堆积着泛黄发黑的眼屎。

我扭头朝上望去，只见在高高的台阶上面，杂毛小道、吴刚、马海波和小周出现在那里，开枪的正是采用跪式射击姿势的小周。

在他们的后面，我还看到了浑身直颤抖的老金和抱着布袋的小苗女悠悠。

他们竟然全体出动，过来营救我们了。

我们之间的距离，足有五十多米，杂毛小道见到我们这副狼狈模样，没有半分犹豫，转头吩咐了一声，便大踏步朝这边飞奔而来。我刚一分神，旁边就有一个矮骡子朝我的身上咬来，这狗东西凶猛得很，口中的牙齿长得不齐，纵横交错，流着熏臭的口涎，倘若咬实，我定然会掉下一大坨肉来。

我也是完全忘记了害怕，右手抓住了被枪杀的那头矮骡子的脚板掌，拎起来，往前一送，攻击我的矮骡子一口啃在了同伴的身上。它倒也是果决狠戾，一口咬住同伴身上的肉，竟然也撕扯下来，脑袋一甩，狂叫一声，又冲上来。

我的手一直在地上摸索，突然摸到了一把残旧的破剑，有硬物在手，心中立刻安稳许多，见这道黑影又冲上前来，举剑便刺去。这残剑很容易就穿透了矮骡子的腹腔，只是因为冲力过大，剑又古旧，咔嚓一下折断了。我执剑的右手被这矮骡子给重重撞到，剑上的断茬将手背给擦出了一道口子，立刻就流出了鲜血来。

我左手捂着右手站起来，不管这个跌落在地哀恸悲鸣、即将死去的家伙，朝着另外一个矮骡子踹去。

短短十几秒，生死两重天。

杂毛小道舞着桃木剑冲到了我们身边，口中大骂道："你们这伙傻鸟，怎么就跑到这魔窟贼巢里面来了？要不是小黑回来报信，我们还不知道你们遇险了！"我看到远处那头身形如同狼狗一般狂奔而来的食蚁兽小黑，心中充满了感激。

贾微被附体，最先感受出来的，应该就是它了吧？

胡文飞一直在跟两个矮骡子周旋，掩护杨操。他也是个厉害之人，只是因为前两日左手脱臼，虽然经过肥虫子给疏通筋脉，但还是有些不灵活，所以才会显得如此狼狈。

不过即使如此，他也已经光凭着右手，将一个矮骡子的脑门给开了瓢。

矮骡子最厉害的地方在于迷惑普通人的心智，出其不意地偷袭，对于常人来说，是相当厉害的角色。然而舍本逐末地正面进攻，根本不是我们这些人的对手。害鸹浮空游动，唯一具有威胁的，就是地上那头毛鬃短吻鳄，它在这里面属于肉体力量最恐怖的。

只可惜，它碰到的是请神上体的杨操。

这位刚刚经过痛苦虫噬的仁兄化身成了打虎的武松，将毛鬃短吻鳄紧紧压制在地上，然后用那不知道来自什么野兽身上的骨头棒子死命地捶打，咚咚咚，初如木鱼，后面竟然如同打鼓一般，十分有节奏感。

毛鬃短吻鳄被敲得头昏脑涨，一脑子糨糊。

杨操显然也并不好受，这冷血爬行动物可不是洋娃娃，可以任他揉捏，受痛之下的一番挣扎也是凶猛得很，饶是请得有不知何方神灵附体的他，这肉体也终究是容量不够，僵持之下也是肌肉酸软，叫苦不迭。

两者相持，杂毛小道却并不忌讳一对一的骑士精神，冲将上去，从百宝囊中拿出一个瓶子，拧开塞子，就朝这毛鬃短吻鳄的口中灌了进去。

没三秒钟，这条蛮力十足的冷血畜生竟然四腿一伸，倒毙当场。

我自然是十分奇怪，一边与空中的害鸹纠缠，一边问怎么回事？杂毛小道，说与这邪物拼蛮力，乃下下之策，智取方为上计。他前两日出去采药，正好碰到罕有的双生荠草和托盘根，长势颇好，这两样东西可以熬制一味汤药，并无其他用处，单单能够防蛇，倘若灌入冷血动物的口中，掐动经诀，使其血液灼热，便能瞬间致其死亡。

这东西显然是苗寨中为防范毒蛇而栽植的，只可惜不知道什么原因，竟然就被破了寨子。

远处的吴刚等人在给我们做火力掩护，只可惜弹药不多，稀稀拉拉的。我们也不敢多作停留，站起来撒腿就跑。也许是血腥味引起了周围人的注意，后来的闯入者很多居然放弃了对穴居人的追逐，纷纷朝我们这边奔来。我们且战且退，因为没有趁手的武器，我的速度要快一些，拼力冲上了台阶，正想要走，却发现那通道的尽头，涌来了密密麻麻的蛇群。

我心中大骇：之前那些蛇并不敢靠近这洞穴，怎么现在却一起涌上来了呢？

我大声喊叫着，吴刚和马海波等人也都看见了，顿时魂飞魄散。肥虫子精力有限，并不能够随时给这些人提供庇护，即使是我，也不敢独自一人去闯这蛇群。我们无奈，只有沿着高台，往旁边绕去。

情况在一瞬间，变得十分糟糕。

失控了，完全失控了。

我们往旁边绕开的时候，小苗女悠悠一开始还在人群中间，走了几步，她竟然领在了前头。她似乎对这里的地形并不陌生，一边跑，一边招呼杂毛小道跟着她走。她的话我完全听不懂，但是杂毛小道答应着，一边挥着桃木剑去驱赶附上来的害鸮，一边紧紧跟着。

萝莉和大叔十分默契，真不知道这两人是怎么沟通的。

跑了十几米，出现了一个仅能容一人通行的石缝，悠悠率先朝里面走去。我跑到旁边，借着后面的手电看，只见里面是一个朝下的溶洞通道，两侧有幽暗的光，而小苗女悠悠已经跑到了一半的路程。紧要时刻，我们只有选择相信这个小女孩，纷纷鱼贯而入。

正走着，从头顶突然掉下一个黑影子，包覆在准备进洞的老金头上。

我一开始还没有反应过来，当老金绝望的尖叫声响起的时候，我才看到他头上有一个篮球大的肉红色蜘蛛。它的八条腿紧紧抱着老金的脸，口器喀哧喀哧地嚼食着。好几个人都已经钻进石缝中，跑到了尽头，在外面的只有小周、我，还有杨操。

最先反应过来的是杨操，他伸出左手，作虎爪状，去抓那抱脸蜘蛛。然而老金受痛之后，立刻倒在地上，翻滚不止。在我们旁边的小黑逮到机会，舌头一舔，竟然如同标枪一般，直捣入那肉红色蜘蛛的头部，接着伸过头去，将其嚼食。老金浑身颤抖着，手脚不断乱晃，显然是中了剧毒。我连忙唤出肥虫子，想要给老金吸毒。

然而肥虫子刚刚一飞出来，老金就双腿一蹬，没了气息。

我俯下身子，将那被小黑吞食一半的抱脸蜘蛛给奋力拉扯下来，只见老金的整张脸都是血肉模糊的，变成了一张平面，鼻子、嘴巴全部都给腐蚀成了黄色的烂肉——好烈的毒性！

2008年10月中旬，青蒙乡乡场山货收购商贩金荣昌，死于青山界的某个地穴中。几日前，这个汉子还高兴地说到时候邀我们去他家尝一尝他的手艺，并且要把他婆娘儿女介绍给我们认识。而如今，……

见老金已死，杨操果决地站了起来，拉着我往石缝中跑去，小周朝着疾追而来的一个矮骡子放出一枪后，紧跟着我们的背影前行。

我们是在与死亡赛跑，谁也不想自己成为下一个老金。

小苗女悠悠领着我们奔行，从上方通道盘旋而下，来到一个几乎黑暗的大洞。这洞十分潮湿，空气里有一股腥臭的土味，我跑下来的时候，看到杂毛小道几个人停留驻足在当中，没有再前行。我匆忙跑到近前，刚想把老金亡故的消息给他们几个先下来的人说起，就见到在灯光的照耀下，这洞里面杂乱地摆放着很多东西，而在这些东西的角落和阴影处，躲藏着好多黑影子。

我再也说不出话来，只是感到一种难言的情绪在蔓延。

当手电照耀到那角落的时候，我看到好几个三十公分到五十公分不等身高的小人儿，恐惧地瞧着我们，抱在一起，瑟瑟发抖。光线左移，我看到一个一米多高的穴居人正用双手抱着三个小猫一般大小的人儿，努力地往墙角的阴影中躲去，恐惧极了，然而怀抱中的小人儿却在"嘤嘤"地哭泣。

这声音如同娃娃鱼的叫声,在这空间中响起,十分刺耳。

我们……是闯到了穴居人的老巢里来了吗?

小苗女悠悠拉扯着杂毛小道的衣角,指着远处的光亮,有些着急地喊道:"走,走,走……"

我回望了一眼,发现后面的追兵竟然没有一个突入到这洞穴中来。

到底是怎么回事?

即使处于敌对位置,我们也没有伤害这些幼生期穴居人的心思,而是直接穿过道往前面走去,一直走到光亮处。突然,前面传来一阵惊呼,腥风扑面。我快步冲上前去,只见之前见到的那个双头恶犬,竟然出现在我们的前方,叼住了在前领路的小苗女悠悠。

第二十三章　苗女悠悠

"悠悠……"

杂毛小道双目赤红，狂吼一声，大步跨前，掏剑便往前刺。

那双头恶犬虽然是个畸形生物，但是却灵活得很，也狡猾异常，它把悠悠叼住之后，也不咬食，转身就往外奔。杂毛小道刺出的木剑被它的尾巴使劲一甩，啪的一声，差一点剑就脱手。

小苗女悠悠身长一米三几，腰间盈盈一握，恶犬叼着并不费力。她被骤然叼起的时候还惊吓得大声哭叫，随着双头恶犬的身影消失在通道尽头，声音就变得飘忽不定了。我想起这家伙嘴中那交错的锋利獠牙，被这样的嘴巴给含住，浑身肯定皆是伤口，估计悠悠的性命保不了啦。

杂毛小道不管不顾，提着桃木剑就往前方冲去。

地上有一个布袋，里面包裹着陷入沉眠、至今未醒的虎皮猫大人。这可怜的肥母鸡跌落在地上，翻滚了好几圈，连一声哼唧都没有。杂毛小道显然是气疯了，狂追前去，而我却不能不顾及肥母鸡的死活。冲上去，抄起了布袋子，然后将防水背包里面的杂物扔出来，将大人给塞进去。

这一系列动作完成之后，我才跟着众人的背影，朝着那边追去。

其实我的心中早已忐忑得不行：那叼着悠悠的恶犬，既然能够把贾微给追得满地乱窜，就定然是个十分不好惹的家伙，只怕我们不但救不活悠悠，还会把自己给搭进去。不过虽然我不理解杂毛小道和悠悠之间的感情，也不妨碍我前去拼命。

所谓朋友，便是如此。

跟着众人跑了一段时间，前面的空间豁然开阔。

我脚步一缓，一看：哎呀，怎么又跑回来了？只见我们绕到了正南方的位置，这里的方位斜对着我们刚才来的东方洞口。越过诸多石俑，我看到双头恶犬将悠悠含着跑到了"坎"位的石桥前，它的身边立刻簇拥过四个身体纤长、形似螳螂的节肢护卫。

这些家伙有一米多高，一双刀锋一般的骨节摇摆，三角眼盯着冲上前来的杂毛小道。

双头恶犬将悠悠丢在桥面上，然后用其中的一个头颅去拱她，试图让她过桥。

身穿着蓝黑色苗服的悠悠跌落在地上后，摇摇晃晃地站了起来，开始放声大哭。双头恶犬高一米四五左右，牛犊子一般，身长尾短，浑身血淋淋，身上有许多癞子和伤口,白花花的蛆虫在腐肉上钻来钻去,它喉咙中发出一阵阵低沉的吼叫,比狼还凶,威势如虎,低下头拱悠悠干瘦的屁股,一顶一顶地驱赶。

那个小苗女一步一步地前行,她哭得伤心极了,这里面还带着一丝绝望和不甘。

杂毛小道已然如同一道旋风,冲到了石桥前方五米处,但是被四个螳螂给拦住。在我旁边跑动的杨操突然失声说道:"这,这莫非就是史前巨螳?"我问是啥玩意儿?他说他们曾经在九寨沟若尔盖花湖中发现过这玩意儿的尸体,有传说藏传佛教格鲁派扎什伦布寺的高僧豢养过两个,他师父就曾经见过。这巨螳是恶魔的仆从,前肢骨质化,如刀,比一流的刀客还要厉害。

我说哦,心中却不由得拿那个双刀人脚獾来与之对比。

杂毛小道已经跟那四个史前巨螳对上了,这四个小东西脚步灵活得不像话,而且前肢坚韧锋利,杂毛小道的桃木剑与之对上,立刻就有好多砍痕出现,仅仅两个回合,杂毛小道便抽身而退,面色凝重了起来。

对手实在很强,倘若心中急躁,反倒折了自己性命。

杂毛小道平日里虽然吊儿郎当,但却是一个极有主见和判断力的人,他知道自己在这个时刻,不应该让个人情绪影响到自己。他沉下心来,挽了一个剑花,摆出了标准的太极剑起手式。我曾经说过,杂毛小道习的剑法,乃是道家太极养生剑,而后又经萧家改良,融入了很多实战的技巧以及道法施术的诀要,是威力极不寻常的萧氏太极剑法。

当我们还在十几米外的时候,杂毛小道再次与那四只史前巨螳对上。

在那一刻,杂毛小道完全不再是那个在路边摆地摊的混混儿算命先生,展现出了犹如风清扬老先生那般飘逸的剑法。几乎是超出了我们的视线范围,木色的剑在前方舞动,洒下一片剑影。在下一刻,两个史前巨螳在杨操的叹息声中,盘子大的三角头颅离颈飞去。

这史前巨螳杨操说稀世难求,然而瞬间就有两个被杂毛小道砍去了头颅。

而且用的还是木剑。

也就是在这一刻,杂毛小道背上的道袍出现了三道破痕,鲜血飞溅。他的木剑运起了柔劲儿,在骤然爆发、一举成功之后,他停止了搏命的狠戾招式,开始画着圈圈,将剩下两个巨螳的攻击给悉数化解,往我们这边引来。

杨操前跨一步,骨头棒子与左边的一个巨螳交锋,骨刀与骨棒相交,擦出数道火花。而另外一个则滑向了双手无物的我。

它高举双刀,以一个邪异的角度,奋力朝我斩来。在这劲道恰好、角度刁钻的攻击下,我甚至能够想象自己胳膊被斩断的悲催模样。不过比起硬拼,我似乎还有一个更好的选择。我的手已经摸到了别在腰间的那一把手枪,里面还有仅剩的一颗子弹。

我在最佳的时间里,将这颗子弹射进了面前这个敌人的头颅中。

砰——

碧绿色的脑浆子飞溅出来，我心中有些欢畅，用这把用废了的黑色铁疙瘩挡住余势未消的一击刀锋，骨刀斩在手枪上，出现了浅浅的一道钢印子。我的手沉了一下，感受到了很强的力量。正是感受到这力量，让我不由得对杂毛小道产生了一点儿敬佩：这个家伙，竟然凭着一把木剑，就与四个史前巨螂交锋几个回合，而且还瞬间斩了两个。

好高深的剑技，有一种化简为繁的韵味在我刚才的视网膜上萦绕。

有我和杨操两个应付小喽啰，杂毛小道便提着木剑向石桥边缘的双头恶犬冲去。似乎感到了他的到来，本来在拱着悠悠过桥的双头恶犬突然猛地回过头来，朝着杂毛小道嚎叫，腥臭的风接着吹了过来。

当我解决掉面前的这头史前巨螂时，杂毛小道已经和双头恶犬斗在一起了。

刚刚主要是防范史前巨螂，当我抬起头来的时候，杂毛小道和恶犬的斗争已经结束：他手中的木剑被双头恶犬左边的头颅咬中，在稍微坚持了一番后，拥有一牛之力的杂毛小道竟然敌不过这恐怖的狗头拉扯，在一步一步地往前移动的时候，被另外一个头颅拱上来，张口咬在了木剑的护手上。

他无奈地松开了双手，结果木剑被恶犬扭头一甩，远远地扔在了一边。

杂毛小道跌落在地上，那双头恶犬扑上来，左边的头朝着杂毛小道的脖子啃去。不过这狗并没有啃到人的脖子，它的嘴被一根白色的骨头棒子给塞住了。关键时刻，杨操敲翻了对手，将那根不知名的骨头塞进了双头恶犬的嘴里。

杂毛小道就地一滚，跌落在我旁边，而请神附体的杨操与双头恶犬斗在了一起。

就在这个时候，三个矮骡子出现在石桥端，他们顶替了双头恶犬的工作，凶神恶煞地驱赶着悠悠，往桥那边走去。

我把杂毛小道扶起来，就听到在桥那边的悠悠突然发出一声绝望的尖叫声，这叫声穿透了耳膜，我似乎还看到那平静的水银河沟里一片荡漾，叫声停歇之后，悠悠滚地跌倒。

杂毛小道将我一把推开，狂喊一声："悠悠……"

我看到我这个老友背上有三道血淋淋的刀痕，皮开肉绽，然而他不管不顾，从兜里面掏出了四五张符箓，准备再次冲上前去。"让开……"后面传来小周的高喊，我拉住了他，往旁边一闪开。小周举枪瞄准，朝着那个双头恶犬的头，打了一番点射。

只见恶犬左边的头颅，血花四溅，眼睛被射了个对穿。

接着我听到了"咔咔"的空壳响声。

没子弹了。

后面追上来的吴刚、马海波也将枪里面的子弹，全部打在了双头恶犬的脑袋上，杨操虽然请神上身，但是基本的思维还是有的，早在小周开枪的时候，就地一滚，朝着旁边跌去，见大家打完黑枪，又再次挥着骨头棒子冲了上去。

我的注意力已经集中在了阵中的小苗女悠悠身上，只见这个小女孩子跌在地上哭泣了一会儿,突然僵直站立而起,朝着桥上面最矮的一个矮骡子看去。

两者直勾勾地交流了一会儿眼神,突然,那三个矮骡子冲下了桥,沿着水银河跑到了"巽"字石桥上,大声地叫嚷着。

小苗女悠悠突然笑了,她抬起头,正好朝我们这边看来。

眼如鱼珠,双目无光。

第二十四章　鬼叫

　　看到这般模样的小苗女悠悠，我便知道，她已经被矮骡子迷惑住了。
　　所有的疑团都在这匆匆一瞥间，揭晓开来：双头恶犬之所以叼着悠悠过来而又没有伤她，除了悠悠跟这穴居人有一定联系外，更多的，是想利用这个小女孩，通过矮骡子迷惑的手段，解开八鼎锁灵巨阵对于深渊井眼的镇压。
　　善假于物，心思竟然如此缜密？
　　我甚至能够想到，悠悠或许生辰八字适宜，或者是特殊体质，使得生于峡谷的她对此阵免疫，从而给那个宁静的苗寨带来了灭门之祸——这也就解释了，一个身无长物的小女孩，怎么会在那种环境下，独自一人幸存下来。
　　因为，矮骡子准备让悠悠来帮它们解开封印。
　　我不知道那井眼之下到底是什么东西，但是从这些闯入者的凶恶、狡诈和执着，从附身贾微的鬼王的态度，以及穴居人常年在此守候的付出，我也能够明白，井眼之中，藏有天大的秘密。
　　如果我理解得没错的话，它便如同希腊神话中的潘多拉魔盒，一旦开启，便是灾难的降临。
　　我想到了更深的层次，或许，矮骡子一开始对我们的报复，或许不仅仅只是因为仇恨，更多的，也许是为了把我们引入后亭崖子下的溶洞，引入到这峡谷的洞穴中来，以外人的身份，受其操控，来打破它们与穴居人之间的平衡。
　　不过，为何会是我们？
　　闹出这么大动静，还不如和以前一般，迷惑几个山民划得来？难道，这里面有什么讲究不成？
　　当然，所有的念头在电光火石之间闪过后，我才发现此刻并不是找寻答案的时机。杂毛小道一马当先，冲上前，准备去将悠悠给揪回来，而我则紧紧跟了上去。悠悠看了我们一眼，然后面无表情地朝着"巽"字方位跑去。
　　我们想进阵，然而前路坎坷，此时又出现好些个模样恐怖的生物拦在了我们面前。
　　最先攻击我的是一条两米长的巨型蜥蜴。
　　它跟之前的那条毛鬃短吻鳄同属爬行动物之列，然而它周身墨绿，鳞甲细密，背上有鬣鳞，眼睛红得如同宝石泛光彩，形状如同放大版的四脚蛇。它是从我后面突然蹿出来的，我没冲两步，便被这东西给一下子扑倒在地，只感觉后颈一凉，一根黏糊滑腻的信子缠在脖子间，使劲儿一勒，我立刻呼吸不畅。

腥风吹来，这家伙不知道吃了多少个穴居人，一股子没有消化好的死人肉味从它张开的嘴里喷出来。它嘴里的牙齿没有鳄鱼那般的锋利，但是细密如锯。我也是极有斗争经验了，知道此时并不是回头的时机，脑袋往后一顶，重重地砸在它的下颚上。

与此同时，金蚕蛊飞临到我的身后。

当我翻身还击的时候，这条长相恐怖煞人的蜥蜴停止了行动，仅仅只是用那两百多斤的体重压着我，让我难以动弹。

缠在我脖子上面的分叉信子收了回去，这家伙突然眨了眨它红得发亮的眼睛，眼睑翻动，流露出我所熟悉的调皮来。

我心中狂喜，看来肥虫子已经寄宿进了这巨蜥的体内。

我转过头，只看到吴刚和马海波悲愤欲绝地朝着我这边扑来。他们手上的枪已经成了摆设，一个步枪前面上了刺刀，一个拿着一把军刀，看这情形，是要豁出性命了。我连忙朝他们喊，不要伤了这四脚蛇，肥虫子也是机灵之辈，连忙指挥着蜥蜴朝不远处已经处于下风的杨操支援去。

是的，随着时间的流逝，杨操的败势越加的明显了。

被枪击之后的双头恶犬，不但没有气断魂消，反而更加地嗜血狂躁起来。它一个头已经被射得稀烂，而另一个头却完好无损，嘴咬爪挠甩尾鞭，攻势凶猛得吓人；而杨操随着时间的推移，请神的效果却越来越小——所谓请神，便是通过祈祷祝融，引得所谓的"神"或者灵体入身，降服邪物鬼怪等灵体，最是有效，然而对于肉搏，却是缘木求鱼，吃力得很。

主要原因还是人体的容量有限，不能够发挥其作用——贾微身上的鬼王被追得满地乱窜，也正是如此。

而且请神的时间并不宜过长，这样子很容易导致健忘、痴呆等诸多后遗症。

除了胡文飞在旁策应之外，没了枪火的吴刚等人并不能帮上什么忙，所以巨蜥的加入，总算让手忙脚乱的杨操喘了一口气。

而冲在最前面的杂毛小道则被四五朵害鸦给缠住了。这种介于灵体和实质之间的生物很有意思，它是属于两头冒尖的家伙：因为其隐蔽的特性，对于普通人来说，如无防范，简直就是无解的存在；而在我们眼中，触手的力量稍微显得柔软了一些——当然，一切都是相对而言。

杂毛小道的木剑和身体被这些如同章鱼一般的家伙，用触手给紧紧缠住，一人力短，多人力长，四五朵害鸦浮于空中，如同水草，全数将他缠住，让他前进不得。杂毛小道使劲挥舞着木剑，口中高念着经文，然而却腾不出手来燃符，也蓄不出力道。

左右前后，矮骡子一起出现的群落，大部分都放弃了原本的对手，朝我们这边阻拦而来。

它们的目的，便是开启那大阵封印的泉眼，其他的，死不足惜。

我的双手，左边火热滚烫，右边寒彻透骨，高高举起来，朝着寸步难行的杂毛小道跑去，而在正中心的大阵，悠悠已经小心翼翼地越过了石鼎，踏着古怪的脚步，慢慢靠近井眼。

距离，只有十米。

此时，所有的闯入者都扑上前来拦截我们。

我的耳边传来了吴刚、马海波、小周惨烈的哀号声，一半是痛苦，一半是对于现实的恐惧和绝望。作为一个普通人，虽然也是些经过正规训练的军人或者警察，但是他们现在面对的，却是远远超乎想象的东西。当这个世界最丑陋的一面，血淋淋地出现在他们面前，而自己无力反抗的时候，再粗大的神经，都不由得崩溃了。

正在我冲上去伸出双手，扒开那些附在杂毛小道身上的害鸹时，空间中突然传出了一声超高频率的鬼叫。

是的，确实是鬼叫，比起电影中那些苍白无力的叫声来，这难以用语言来形容的叫声仿佛电流一般，从我的耳朵进入，瞬间就将我全身的恐惧都调动起来，心中不由猛地一慌，也想不起是什么声音，只感觉到有无边的恐惧和无尽的黑暗，从四面八方狂涌而来，将我淹没。

附着在杂毛小道身上的那些害鸹突然间缩成了一团，抽搐着，一阵乱颤。

最后，竟然跌落地上，死去了。

这一声尖叫，让几乎所有的活物都猛烈一震，行动停顿下来。

我循声望去，只见在"巽"字桥的方位，浮现出一个三米多高的黑色阴影。它比周围的空气要沉淀一些，浓黑如墨，整体轮廓呈现出一个魁梧有力的男人形象。它行得很快，眨眼间就到了桥的边缘，伸出手，便揪住了左边的那个矮骡子。

或许是感受到了危险，那矮骡子跃上桥面，想往我们这边逃，然而被猛地一拍，跌落在水银河沟上。它一入沟中，立刻就漂浮起来，显然它的密度并没有沉甸甸的银汞大，然而它在挣扎了一番之后，身体便逐渐僵化，继而化作黑灰飘散。

能力不足者，净化。

整个过程不到十秒钟，它连尸体都没有留下来。

在此之前，剩余的两个矮骡子也被那黑暗侵袭，它们反击，却不能碰到那黑影子分毫，而黑影子却能够把它们拿捏得如同橡皮泥一般。我看出来了，这就是照片中那个王座上的黑影，是附身于贾微身上的鬼魂，也是穴居人伏地而拜的王。

这一吼之威，才是它真正的实力。

然而即使是在这样的压力下，对悠悠施术的那个矮骡子竟然还是逃脱了。

比起同伴来，那个矮骡子的脸更加像人类，在黑影拍住了第二个矮骡子的时候，它灵敏得如同猎豹，哧溜一下，窜出了好远，而旁边有几个被震得垂垂欲死的害鸹和抱脸蜘蛛，竟然出现在了它的退路上面，担当了掩护的角色。

根据表现，这个矮骡子似乎是领导干部的级别。

杂毛小道一摆脱害鸹的纠缠，使劲拍了拍我的肩，便毅然朝着桥对面跑去。我十分担忧悠悠触发到什么机关，又引发刚才那漫天的火花红云，高叫说小心火焰，他摆了摆手，表示知道。然而脚步却未作停留，执着向前。

难道，这大叔对萝莉的热爱，已经超越了生死的界线了吗？

整个场面已经乱成一团，有我们在，有矮骡子一方的各路怪物在，而贾微和这大阵的守护者穴居人，也正在组织反攻，一群群地从各个不知名的洞穴中冒出来，杀声震天。

就在这个时刻，我找到了我的下一个猎杀目标。

第二十五章　贾微？鬼王？

我不知道这一切的悲剧，是从什么时候开始的，但是要没有矮骡子对于那些无辜的警察和战士的报复，便没有后来所有的一切。矮骡子是一种性格暴躁、喜欢恶作剧的生物，脑容量也有限，通常情况下是不会与人打交道的，但是，如果出现了一个有野心、有狂想的首领，那么无疑是一件颠覆和让人牙疼的事情。

因为，它们对于普通人来说，确实是一个无解的噩梦。这一点，从前一段时间的离奇死亡事件中，就能够看得出来。

而这一切，最大的嫌疑犯就是那个看着像是首领的矮骡子。

它似乎比同伴更矮一些，毛发也稀疏，脸如同一个愁眉苦脸的老头，身形灵活，正在朝出口奔去。只可惜一路上，冒出来好些个穴居人，拼死阻拦。作为这洞穴的主人，它们身手敏捷，群殴之下，竟然将那个矮骡子朝我们这边逼来。

毕竟，就兵力而言，我们这边集中了大部分的闯入者。

我一边与左右周旋，一边死死盯着朝这边奔来的这个黑影。杀了它，似乎有很多事情就可以结束了。

在出拳拍开一只巨大的抱脸蜘蛛后，我口中已默念完真言，身体开始骤然加速，往前冲，从侧面直插入矮骡子的行进路程。当我冲了七八步，它很快就发现了我的企图，然而我身上如同明灯一般的诅咒像狗屎一般，将这苍蝇给深深地吸引住，它也朝我冲来。

显然，在仇恨面前，所有的一切都可以搁置不提了。

我和这个矮骡子瞬间撞在了一起。

我遇见过的矮骡子也不算少了，但是却没碰见速度如此快的一个。它那矮小的身子中仿佛蕴含着虎豹一般的心脏，爆炸般的力量涌现而出，快得如同一道风。当它腾空而起，朝我袭来的时候，竟然比刚开始逃离那黑影的速度还要快上一线。我错误地估计了提前量，结果左手臂被重重一抓，血肉模糊。

到了现在，我的双手都受了伤，鲜血横流。

不过所有的疼痛都被我无视了，千钧一发之际，我的右手出乎意料地抓住了它的左脚。当那汗津津、毛茸茸的触感从手心传递过来的时候，我的心中立刻涌出了一阵狂喜。我简直无法形容上天赐给我的这机遇，当下也不犹豫，心中发狠，所有的疼痛都化为了源源不断的力量。

我抓着这矮骡子，朝地上重重掼去。

第一下，它失去了平衡，来不及反应，那龙蕨草编制的草帽重重磕在平整的石板砖上面。只听到"嗵"的一声，草帽跌落在地，而我手中的矮骡子则"嘎"的一声惨叫。

这惨叫声仅仅比刚才那声鬼嚎差一点点，我的心中不由自主地涌上一阵难受，浑身的鸡皮疙瘩蹿起来，而远处地面上则有一片黑色蠕动，朝我这边涌来。

残余的矮骡子和其他闯入者，疯狂奔来。

到底是领导级别的矮骡子，并不是吃素的玩意儿，受了如此的重伤，它竟然还在我挥手提起来的间隙，收身回腰，双手攀住我的胳膊，张口朝我咬来。它的啮合力是如此的恐怖，我感觉到紧绷的手臂上一阵剧痛，仿佛被一排钉子深深扎入。

然而这时间十分短暂，因为我又朝地上掼了一下。

第二下，我用尽了全力。

喀——

在喧闹的空间中，这声音并不突出，然而当它出现的时候，所有的闯入者都停滞了身形——包括那头正在与杨操缠斗的双头恶犬。在我的右手上，这个矮小的矮骡子脑壳已经在我猛力的撞击下破碎，裂开了差不多二十公分长的伤口，贯通了整个头颅。蓝莹莹的血液和黄色的脑浆子，流淌出来。

它依然没死，口中的啮合力在这一瞬间，竟然又强上了几分。

不过，紧紧抓着我的双手却松开了。

从右臂上传来的咬伤，其间蕴含的痛苦沿着神经突触蔓延进了我的脑海，像噩梦一样灼烧着我的灵魂。看着眼前这一幕，我当下毫不犹豫，伸出右手，把狗东西嘴巴给撬开。

也许是由于生命力在流失，它终究是抗不住我的力量，松开了嘴巴。

我左右一打量，将这龟儿子奄奄一息的身子往那河沟里面扔去。扔得不准，差一点越过了河面，然而有一股无形的力量将其逼开，滑落下来。这个与众不同的矮骡子跌进了不知深浅的水银河沟中，并没有消失，银色的液体从它的伤口处开始侵袭，居然将它变成了一个银色的物体，在河上面漂浮荡漾。

我的注意力并没有在它身上集中太久，因为我迎来了一波愤怒到极点的攻击。

这一波攻击超过四个矮骡子、两只史前巨螂和两三朵隐匿身形的害鸮，而在十几米远的地方，则有一大团花花绿绿的蛇正朝我这边，疯狂游动着。

别的东西我瞧不出，但是杀到跟前的这四个矮骡子，它们的脸上有一种爹死娘嫁人的悲哀。

我几乎是在一瞬间，就被这四个如同炮弹的矮骡子重重击倒。在那一会儿，我肚子里的隔夜饭都不由得狂喷而出。在地上滚落了几圈，史前巨螂的骨刀在我的旁边不断地落下，淬出许多火花来。我的衣服一紧，便感觉被人猛力地拉扯着，往前方拖去。

是吴刚和马海波,两个人浑身血淋淋,揪住我背后衣服的地方也立刻湿了,沾满了他们的鲜血。我看到小周在我的前方,从兜里面拧出一个黑东西,往我后面一扔,使劲地喊快跑,快跑……

        我看清楚了那个东西,是防守型手雷,弹片甚多,威力巨大,是杀人的不二利器。一想到小周丢的地方就在我背后不远处,我就被吓得半死,连忙爬起来,朝着前方奔去。

        前方哪里有路?

        有!

        跨过这石桥,我们便能够重回阵内,一时半会儿,绝对不会有什么东西可以攻入其内的。然而在阵中心,被矮骡子迷魂的悠悠已然到达了那里,正在舞动着双手,在那井眼处捣鼓着。我不知道悠悠是否能够解开封印,但是我知道,她倘若失败了,之前出现的那片红得似火的花朵和云彩,便会再次袭来,将我们所有人,都变成行走的蜡烛。

        全身着火而死,这死法,让我不寒而栗。

        我可没有壁画上那些小人的勇气。

        然而我们已经没有选择了,小周手雷一丢,我们不往阵中跑,便会被那碎片挂倒,杨操已经摆脱了双头恶犬的纠缠,与胡文飞一起,朝我们招呼:"进阵,进阵……"得,如此来来去去,都是由他说了算,我也放弃了抉择,跟着闹哄哄的人群冲上了桥去。跟巨蜥脑门顶冒出一个的暗金色小东西,一起冲上前去。

        没有我这媒介,金蚕蛊也进不了阵中。

        轰……

        当我冲过石桥,便听到背后传来一声巨响。我们纷纷扑倒在地,一股热浪翻涌袭来,过了几秒钟,我勉力抬起头向回看,只见刚才那个地方,横躺着好几具尸体,而不远处,已经有好多条蛇蔓延过来。那众蛇翻滚的场面,看一眼,都让人觉得浑身不自在。

        所有的邪物都冲不过来,这时候我才有闲心去关心阵内的杂毛小道和悠悠。

        毕竟他们关乎着我们这一伙人的命运,我不知道倘若那离火再次烧起,我还会不会那么幸运,能够逃脱出阵——即使逃出去,恐怕也要被万蛇吞噬而亡了吧?

        悠悠已经掀开了一根青铜锁链的扣子,她试图将这锁链给拿开去。

        然而这青铜锁链足足有七八米长,婴儿手臂粗,哪里是她能够拿得动的?当她准备把那锁扣撬开的时候,从黑暗中突然飞出了一根麻绳,如同有灵性的蛇一般,嗤的一声,将悠悠左边的锁骨穿透,这女孩子惨叫了一声,然后被麻绳给倒吊了起来。

        滴滴答答的血从衣服中流了出来,悠悠被倒悬半空,这个时候杂毛小道才刚刚赶到她的面前。

        他因为不懂这阵法,一开始全身僵直,进不去。后来还是模仿了悠悠的步法,临时学习，才一步一步地闯入最中心。看到悠悠被倒吊而起，他高声喊了一下，双手搓成了剑指，朝着半悬的悠悠脑门抵去。

剑指清明，回复神形。

而这个时候，有一道身影从离字桥处跑了进来。能进阵者，皆是人类。我爬起来，透过石鼎往里瞧，竟然是一脸苍白的贾微。她似乎也瞧见了我们，绕着边缘的空间，朝我们这边狂奔而来。我心有余悸地回过头一看，巽字桥那边，有一个高大的黑影，正化身为龙卷风，朝地上的蛇群席卷而去。

第二十六章　小黑神秘消失，大人适时醒来

一直在马海波旁边的食蚁兽小黑一声欢呼，朝着远处的贾微跑去。

这小家伙跑得欢畅，一边跑一边嗷嗷地叫唤，而我们这边的所有人都小心翼翼地防范着这个突然出现的中年妇女。要知道，有了悠悠这个例子，我们对于之前还是鬼王附体的贾微，保持了高度的警戒。

贾微并没有理会在她脚下打转的小黑，径直走到我们面前的五米处，还欲前进，杨操手持骨针，警告她停下，不要靠近，不然他就射了。此刻的杨操精神萎靡不振，所请之神显然已经离开了，整个人摇摇欲坠，然而却苦忍着疼痛，拼命坚持着。

一般请神完毕之后必须要休养好几天，方能够回复过精气神来，然而此刻情况危急，杨操也不得不咬牙坚持。

贾微不满地看着杨操，说："你这个家伙倒是蹬鼻子上脸了，连洪安国都不敢这么跟我说话。"见她正常，胡文飞脸色一喜，走前两步说，贾微你恢复过来了吗？那老鬼不是说把你炼了吗？贾微说，怎么可能，老娘哪里是那么容易相与的，我一直都在，只是进了洞中，才拼搏不过那几百年的老家伙，躲藏了下来。它一离体，我便解脱得返了。

胡文飞高兴得直搓手说，你真厉害，不过那家伙不是有两千年了吗，怎么又才几百年了？

贾微笑着说，两千年？扯淡吧！这一年年的阴风洗涤，哪里会有千年老鬼的存在？

两人说着话，越来越近，而杨操的眉头却越皱越紧。

我也看出了一点端倪：小黑虽然对现在的贾微像小狗儿一样，绕来绕去，但是它目光中却流露出一种奇怪的陌生感；而贾微的嘴角，在莫名其妙地神经质抽动。

这里面，似乎有着一些古怪在。

当贾微伸出手去拉胡文飞的时候，我终于想起了《镇压山峦十二法门》中记载的一桩杂谈，冲上前去，使劲把胡文飞扯倒在地。贾微一手抓空，心中有些惊讶，恼恨地瞪着我，说你干吗？

杨操横着骨头棒子小心防守，而吴刚、马海波都持着武器，默默地围将上来。

我冷笑，说，我曾听老人言，这人遭了横灾，若想避开而又没有能力的话，是可以将此祸转嫁于他人的——这东西跟我们养蛊人"嫁金蚕"一样，不过更加恶毒的是，被转嫁之人，基本都是有死无生。想来，大妈你也是有这想法吧？

贾微的脸色红一阵白一阵,她向来都不善于掩饰自己的想法,此刻也是很勉强地强笑着,说怎么会?我和老胡是老同事,老熟人了,哪里能够害他啊?

她说这话,小黑便伸嘴去咬她的裤脚。不知怎么地,小黑咬得很用力,竟然将贾微的裤脚给撕扯烂了,这个时候,她的嘴角又不由自主地抽动着,使得她的笑容更加诡异。

所谓转嫁横灾,来历已久。比如农村里某家遭鬼遇怪,必会摘下灶房上挂着的篮子,上面有一张白布(通常是别人家办白酒的时候带回来的孝布),在天黑之前偷偷拿到相怨的人家墙角边挂起;又比如有人冲了太岁,会将没洗过的内裤用袋子装好,丢到别人家的院子里;最常见的是把熬过的中药渣子倒在路上,让人踩……通常做过之后,烦恼全除,而被嫁祸的人家却遭了灾,鸡犬不宁。

诸如此类,不一而足,很多人应该都有过亲身经历。

而贾微的这个更加恐怖:她被鬼王上过身,一辈子都有印记,根本就逃脱不了鬼王的追踪和再次附体,或者如行尸走肉,或者神形俱灭;然而如果她将这印记度给了旁人的话,便可由别人替她受过,与她再没有半毛钱的关系。

这法子,作为慧明和尚的女儿,想来应该是会的。

我们的小心防备,让贾微本来就僵硬的脸孔变得更加恐怖,她终于明白了欺骗之术并没有效用,脸色木然起来,伸脚踢开了她曾经缠绵悱恻过的食蚁兽小黑,一步一步地朝我们逼近:"你们还好意思说?这么多高人,竟然没有一个发现我被那个王座上的老鬼盯上,竟然没有一个人能够为我分忧!杨操、胡文飞,当初洪安国是怎么叮嘱你们的——一定不要让我有事,不然……事到如今,你们不是应该挺身而出,为我排忧解难吗?随便一个人,只要让我把这该死的东西摆脱下来,就可以。随便一个人……"

她一步一步地走着,声音越来越低沉,仿佛入了魔一般。

小黑不断地拉扯着她的裤脚,不让她前行。终于,贾微发怒了,她俯下身子去,小黑以为女主人是要跟它接吻,伸长了舌头,却被贾微一把揪住,贾微的身手在那一刻变得狠戾而果决,竟然将小黑的舌头当作了甩绳,拉着这长长的舌头,如同扔铅球一样,来了个七百二十度大转圈,把小黑朝着杂毛小道那边扔去。

偌大的小黑,它没有一丝反抗,便如同炮弹般飞出去。

而贾微手上,多了一截血淋淋的舌头。

她竟如此残忍,将自己的爱宠折磨成这般模样?她疯狂地笑着,指着我们说,一群傻子,不肯付出是吧,要死大家一块儿死,反正老娘也不想活了。

食蚁兽小黑被重重砸在井眼的边缘,脑袋沉入井口,而大半个身子则悬留在外面。如此卡着,有黑雾将它萦绕,而之前吞噬黑雾的那些石头蛊虫本来是凝结在井口的,此刻也"嗡"地一下,附在了它的身上。

因为舌头被揪断,小黑的叫声有些怪异,而经过那井眼的空间回荡,传到我们的

耳中，多少有些心酸。

一个被主人虐待、抛弃的动物，一个心中只有主人的宠物，此刻的心情，是什么样的呢？

就在这个时候，贾微突然发起狂来，掏出身上的红绸，铃铛丁零响，朝着我们这边甩过来。一般的绸子，软塌塌的，没有一点受力，形如跳舞，然而贾微这绸缎一甩，却跟皮鞭子一样，在空中炸响，灵动如游蛇；最厉害的是她那铃铛如同招魂铃一般，响着会有迷惑人心志的效果，我倒没事，马海波等人却是一阵迷糊，接连被抽中了好几鞭。

我心中狂怒，伸手去抓这红绸，好几次都没有得逞，贾微毕竟是家学渊源，脚步灵活，我们这些大男人一时半会儿，根本就抓不到她。然而双拳不敌众手，我瞅准机会，飞身将其扑倒，贾微奋力挣扎，口中各种污言秽语骂出，我听了都脸红耳臊。突然，所有的叫骂声都停滞了，转化成了一声凄厉的叫声："啊……"

鲜血飙射，我愣了，抬头一看，便见到小周那张年轻而愤怒的脸。

在那一刻，我发现小周的整张脸都是扭曲的。

他喘着粗气，将捅入贾微胸前的三棱军刺拔出，这三棱军刺连着打空了子弹的自动步枪，见我们都傻了眼一样看着他，这个年轻人眼皮直跳，没好气地说，看什么，不是她死，就是我亡，这个时候我们还有得选择吗？

贾微躺倒在地，口中的血沫子一股多过一股，糊住了脸，那怨毒的目光看着让人心中直冒寒气。

转头看杨操和胡文飞，只见他俩都将头扭向了阵中。

小周再次补刀，结束了贾微的性命。

这个年轻人，杀伐果断，要么是个疯子，要么就是未来的领导人才。不过我们的关注力已经集中到了大阵之中，在那里，杂毛小道已经唤醒了小苗女悠悠，可是那晃晃悠悠的绳索却依然穿过她的锁骨，将她倒吊着。每一次摇晃，都让这个小女孩痛苦不已，哇哇大哭。

而卡在井眼处的小黑，已经不见踪影了。

是已跌落深渊，还是爬到了不知名的地方去？我们竟然没有一个人注意到。

我越过石鼎，想过去帮忙，然而杨操喝住了我，让我不要胡来：这大阵已经开始警戒了，如果我再加入，便如同压倒骆驼的最后一根稻草，恐怕烈焰将现，会焚烧我们所有的人，让我们化为飞灰。

同样喝住我的，还有石桥那头的鬼王。

这位仁兄因为宿主贾微死去，黑色竟然减轻了几分，除了咆哮之外，它主要的行动还是将涌进来的蛇群裹挟着，朝大阵边缘的水银河沟扔去，一时间，噼里啪啦，溅起了许多银色的水花。

鬼王大声吼叫着，它强烈地斥责我们，说还不赶快死出来？真的要让这个阵法破灭,黑暗复苏吗?我紧紧盯着阵中的杂毛小道,只见他居然从身上拿出了罗盘,开始仔细研究起阵中的风水布置来。有着悠悠的尖叫声做背景音乐,他的心绪显然不宁,眉头皱起,如同山川。

杨操并不看好杂毛小道,悄悄地拉着我们朝偏僻的地方行去。

实在太乱了,我的心里面乱糟糟的,一团乱麻,不知道如何是好。就在这个时候,我的身后突然出现了动静,一声愤怒之极的骂声传过来:"我去,是哪个傻瓜把大人我装在这里……"

第二十七章　大人指路

　　大人的污言秽语，我不再详叙，以免有辱它的光辉形象——虽然肥母鸡并没有什么好的形象。

　　总之，在这关键时刻，虎皮猫大人终于醒了过来。

　　我解开拉链，沉睡多日的虎皮猫大人立刻活蹦乱跳地出现，先是用翅膀愤怒地给我来了一记，口中骂骂咧咧说，去死吧你，闷死大人我咧……然而当见到我一身鲜血淋漓的苦鬼模样，它又吓了一大跳，四处张望，问发生了什么事情？当我用最简洁明了的语言叙述完大概的状况之后，大人张望着外面的妖魔鬼怪，面临着这绝境，它吸了一口冷气，冒出一句话来："哎哟呵，这幽鬼长得真丑，一点灵动飘逸感都没有……"

　　我们傻了眼，都不知道它在说什么。

　　我们都陷入了绝望中，这肥母鸡观察的角度，竟然还停留在鬼王的美丑上？

　　不过见到我们这一伙人伤的伤，残的残，没有几个能够坚持的，虎皮猫大人也不再跟我们开玩笑，扑棱着翅膀，朝阵中飞去。它一入阵，立刻就有两道绳索凭空冒出来，朝着它的肥肚皮缠来。在这一刻，它竟然变得灵活如猫，迅捷如鹰，左闪右晃，与这形如灵蛇的绳索过着招。突然，它对拍翅膀，痛苦地惨叫一声，射出两根翼羽到黑暗之中。

　　两秒钟之后，那绳索突然收缩回去，在黑暗中消失不见。

　　从哪里来，到哪里去。

　　虎皮猫大人飞临青铜锁链的上空，高喊一声，小杂毛，大人我来救你了……话音刚落，它再次一震，一根彩色的翼羽脱离身子，飞向了阵中的一处浮纹，整个轰鸣的空间突然一静，而穿过悠悠锁骨上的那根绳索立刻消失到暗处。半空中的悠悠跌落下来，掉到了下面杂毛小道的怀中。

　　虎皮猫大人在高声叫骂着，没有对象，只是胡乱地骂。

　　这翼羽是虎皮猫大人翅膀上面脱落下来的，我不知道它是用了什么法子，将其如箭射出。但是这翼羽的根部，可是连接着肉的，所谓十指连心，我想从它身上拔下这三根翼羽，也是跟斩断手指一般疼痛的。可是大人居然连眼睛都不眨，将其催射而出。

　　不痛吗？

　　我想自然是痛的，因为大人的叫骂声，一分钟之后，都还没有停歇。

那一串骂人的话儿，从京味儿普通话，到东北话、到山鲁高密话、到日语的"巴格牙鲁"、到英语的"Shit"，竟然不带重样儿的，见那鬼王还在咆哮，它老人家竟然直接用苗语回了一句"撒噶佬，切摆客……"，这是一句十分歹毒的话，非仇怨到极致者是不会骂出来的。也就是这一句，连鬼王都被震撼了，说不出话来。

一时之间，所有人的注意力，都集中到这个站在青铜锁链上骂街歇息的肥母鸡身上来。

我被虎皮猫大人滔滔不绝的骂声和渊博的知识震撼了。

骂人是一件简单的事情，但是要做到虎皮猫大人这种境界，却是需要一定的本事和阅历。

而在这段时间里，杂毛小道已经抱着悠悠走出了中心地带，来到我们旁边。就在贾微的尸体旁边，他从百宝囊中掏出好几瓶狗皮膏药，手脚颤抖地给这个浑身血淋淋的孩子上药粉。这个向来洒脱不羁、游戏人生的男人，在这一刻，跟医院里那些普通的病患孩子家长一样，惊慌失措。

他一边颤抖地上药，一边大声招呼我们散开一点儿，给悠悠一点呼吸空间。

我们朝两边散去，而我，则看着杂毛小道背上那三道血肉模糊的伤口，默然不语。

虎皮猫大人的出现，让仓皇失措的我心中不由得多了一根定心神针。在我的印象中，它是对付鬼魂的大拿。那坚硬的钩喙上面，鼻孔一吸，灵体统统消散，变成了它的美味佳肴，百鬼都莫能与之匹敌。譬如在湾浩广场，那邪灵教中的女鬼，便是如此。那么，对于阵外的这个鬼王，想来应该也是不惧怕的。

心稳下来，我才开始留意起我旁边的这些人，只见个个带伤，血肉模糊，都处于崩溃的边缘。

一个两道白眉毛的穴居人在一群同伴的簇拥下走到了近前来，它朝桥上扔了两块龟壳，然后念念有词，不住地祈祷着，旁边的穴居人不断地附和，如同合唱团一般，声音叠加，越来越洪亮。

突然，那阵中的八个石鼎开始往原来的方向移动，轰隆隆，仿佛下面有一个巨大的机关在支持运转着。当所有的石鼎归位之后，一股气势从八个石鼎的连接中点溢出来，朝着四处扩散。在人鱼油灯的照耀下，那些斑斓的蛇群开始朝着来处退缩，瞧那仓皇逃离的速度，比来时还要快上许多倍。

而那些剩余的闯入者，早已在此之前，就逃得没有了踪影。

平整的石板砖上面，剩下了一堆又一堆的尸体，有矮骡子一方的，也有穴居人，很多都还没有死透，还在抽搐，甚至发出临死前凄厉的惨叫声，惨叫不绝于耳。

那个浮空的黑影，飘到了我们面前的石桥上面，隔河以对。

而它身后，是上百个剩余的穴居人，高高低低地站着，全部都喷着怒火，瞧着我们。在刚才的战斗中，穴居人至少死了一百多号，伤者更多。我盯着前面这些家伙，心里估算着：倘若我们装备齐全，面前的这一群穴居人根本算不上什么，然而现在我们这一伙残兵败将，大部分连跑动都困难，谈何冲将出去？

"外来者，瞧一瞧你们造的罪孽，你们难道不羞愧吗？"黑影子愤怒之极，将所有的责任都推到了我们头上，也不想一想是它把我们逼入阵内的。

我环顾四周，没一个精神的，于是挺身而出，高声说道："我们只想回家……"

"回不去了，留下性命来，祭奠死去的亡灵吧！"它毫不犹豫地说着，冷笑连连。

我扭过头，指着在青铜锁链上面站着的那一位骂街大拿，说，你似乎忘记了，我们有将这封印解开的能力，我不知道里面有什么，但倘若没有活路了，我并不介意这个世界随着我一起毁灭。

"你敢……"

黑影子浑身一震，这个鬼王充满无比悲愤的感情，猛地发飙，掐住旁边的一个穴居人，一用力，竟然将它给活活弄死了。我们这边则哈哈大笑：这么快就把自己的底牌给抖露了出来，这个老古董显然是做鬼太久，脑子僵住了。

本来也是，兵法有云："围三缺一"，凡事都要给人留一分底线，才不会拼死反抗，它一上来就想让我们死，半点商量余地都没有，即使真没有那想法，也可以依此为威胁。

而就在这个时候，悠悠醒了过来。

躺在杂毛小道怀中的悠悠勉强站了起来，因为白眉毛穴居人一直在朝这边喊叫着。悠悠脸色苍白，朝着它喊了两句话，两人交流了一番，悠悠竟然离开我们，朝石桥的对岸走去。我听不懂，以为她又被迷惑了，便朝着旁边问怎么回事？

杨操告诉我，那个穴居人说悠悠是他们一族的希望，天命所归，请不要离开它们，于是悠悠便过去了。

我睁大双眼，悠悠竟然和穴居人是一伙儿的？

杂毛小道半弓着身子，直勾勾地看着悠悠一步一步地朝着石桥处行去，身子僵直着不动。我不知道老萧心中此刻的想法，但是明白，这老兄弟虽然是个花花肠子，但是对于小苗女悠悠，却绝对没有那种龌龊的心思。而且，他认真的时候，比这世界上大部分人都要讲感情。

悠悠过了桥，来到了穴居人旁边，很多穴居人纷纷涌上前来，用细长的手臂，去碰触她的鞋子，然后开心地笑着。

当所有人都在看着这一幕的时候，小周突然指着远处，问那里怎么回事？

我们纷纷回头，只见小周指的地方，有八个穴居人盘坐在地上，口中念念有词，比普通穴居人要明亮许多的眼睛一直盯着阵中的石鼎。随着它们的唱和，那些石鼎在微微地颤动着。杨操大叫不好，这阵中有异常。

原来，穴居人在这边吸引我们的注意力，而那边，则暗度陈仓，开始驱动大阵。

作为这个石阵的守护者，虽然不能够进入其中，但是它们肯定能够驱动里面的阵法，要不然，也不可能与矮骡子这些东西长期僵持。

一想起大阵刚才的威力，我们所有人都急躁起来，纷纷握紧了手中的武器，瞄着能够突围的地方。与其被火烧死，还不如出去拼搏一场，或有胜算。我抬起头，问虎皮猫大人，那个鬼影子就交给你对付了，怎么样？

肥母鸡双目一瞪，说屁，这个家伙太硬了，大人我可啃不动。

它这么一说，我的心都凉了半截，然而没一会儿，这家伙又说道："不过要逃出去，大人我却是自有办法……"说罢，在我们期盼的目光下，虎皮猫大人开始跳起了大神舞。这是我第一次看见这只体形肥硕的鸟儿跳大神，跟人相比，又多了几分灵动。而且，它居然也开始念诵起咒文来。

这扁毛畜生的声音，明显比对面的要大。

大约一分钟之后，那尊立于坎位的石鼎，居然往旁边平移了两米。

第二十八章　空间错觉

我们相互搀扶着，来到了坎位石鼎旁边，朝下看去，居然是个黑黢黢的洞口。

所有人都面面相觑，看着这个不知道尽头的洞口：它到底通向哪里，是外面的世界，还是无尽的深渊？虎皮猫大人看到我们都瞧向了它，很无奈地耸了耸翅膀说，别看我，这里的阵法布置十分古老，但是多少也有了些奇门遁甲的雏形。而根据大人我的测算，这尊石鼎，就是生门所在。

你们若信，纵身跳下；若不信，安心受死，如是而已。

它拍打着翅膀，嘎嘎地笑，最后落在了杂毛小道的肩膀上，说，怎么样？自己抉择吧，反正大人我有一双翅膀，可以自由飞翔，怎么都不会死的……

当它这句难听的真话一说出口，我敢肯定每个人心中都在痛骂这只肥母鸡。

果然，可怜的虎皮猫大人接连打了好几个喷嚏。

回过头去，只见那道黑影子围着大阵飞转，似乎想要找寻空隙冲进来，而悠悠则被好些个穴居人拉扯住，不让她重返。整个石鼎巨阵开始剧烈摇晃起来，我甚至看见了空间中有红色的光亮浮动。危急时刻，我们只有把自己的命运交给上天了，杨操第一个果断地拨开众人，高喊着"道尊佑福"，跳了下去，接着一个连着一个，没过几秒钟就都跳了下去……

杂毛小道有些不舍地看着远处的小苗女悠悠，被我一脚给踹了下去；我是最后一个，当空间中浮现一片红云的时候，我深呼了一口气，望着那黑暗无尽的深洞，纵身跳下。

倏……

风声在耳边呼呼地刮着，瞬间的失重感让我的心悬得高高，正当我以为这状况要一直持续下去的时候，只听"扑通"一下，竟然跌入到了水中，接着有冰冷的水和黑暗蔓延上来，将我淹没。我的脑子清晰得很，以这时间计算的话，还不到十米。一跌入水中，我便挣扎着浮起来，感觉到身后有一股激荡的水流在轰击，推着我往下游漂去。

我们这一群人里个个受伤，哪里能够经受得住这冰凉冷水的浸泡？黑乎乎的空间里我什么也瞧不见，只听到四周有不少喊声和挣扎声。

一双手紧紧地抓住了我，然后我听到杂毛小道带着哭腔的声音："小毒物，我脚抽筋了，我不会游泳，我……"

接着我和他果断沉入水中，不知道呛了几口水。

在沉入水底的时候,我感觉到了前所未有的疲倦,连胸肺间呛水之后传来的痛楚,也减轻了许多。

我感觉自己的魂儿都在往上飘,向着一个不知名的地方飞去。

在某一刻,我想我要死了。死亡似乎并没有那么可怕……它宁静、没有斗争、没有痛苦、没有杀戮、无忧无虑,是永恒的、静谧的存在……是要死了吗?

就在我的心将要沉入黑暗的时候,胸前突然冒出了一团柔和幽蓝的光华。

意识昏迷。

当我再次睁开眼睛的时候,看到的是满天的星子。在这浓黑如幕的背景里有璀璨的星空,它们一眨一眨,调皮可爱,接着,我看到了一个同样乖巧可爱的小女孩,正拉着我的双手。见到我醒过来,她笑了,扑进了我的怀里,大声地叫喊:"陆左哥哥……"

这声音如山泉水,清澈甜蜜。

是朵朵,我的心里面欢喜得要命。自从朵朵为了救我而灵体险些崩溃之后,就一直在槐木牌中沉眠。虽然杂毛小道不断安慰我,说朵朵吸收了鱼的癸水精华,并无大碍,过几天就会苏醒过来,更上一层楼,但是随着时间的推移,一天一天地过去,朵朵并没有醒过来,而且一点动静都没有。我一直担心得要死,总是做噩梦,担心她从此离我而去——还好没有,朵朵终于回来了。

我想说话,结果喉咙干涩,张了张嘴,半天才说出一句话来:"朵朵,你怎么出来了?"

"陆左哥哥,你可吓死朵朵了——我正在槐木牌里面睡觉觉,突然一阵心悸,慌得很,就醒过来了,结果发现你和萧叔叔紧紧地抱在一起,沉到水里面去。朵朵急死了,也不知道怎么了,好像跟这些水认识一样,让它们把你们两个托起来了,这才发现好多叔叔伯伯都在水里面要死了,费了老鼻子劲儿,将你们大家裹起来,一直漂啊漂,漂啊漂……最后出了洞口,从水底里面冒了出来,又漂了好久,朵朵才把你们推到了岸边来……"

小家伙叽叽喳喳地述说着,然后举起一双莹白如玉的小手,苦着脸跟我邀功:"陆左哥哥,你看看我,手都变得肿了一圈,好丑哦。"

我一看,小丫头的手有些婴儿肥,肉肉的,跟她的小脸儿一样。我笑了,说没事的,胖一点才好。朵朵使劲儿摇头,说不好,小妖姐姐说了,男生都喜欢前凸后翘、身材魔鬼的女孩子,像我这样的太平公主,是没有人要的……朵朵一脸懊恼地摸着自己搓衣板一样的胸,垂头丧气。

我一脸汗颜,小妖朵朵到底跟朵朵说了什么,让这个心理年龄只有六七岁的小屁孩,开始关心起胸部的发育来。

然而不管怎么样,能够逃出生天,这无疑是一件让人快乐的事情。

我动了动身子，发现所有的伤口都已经结茧了，伤口处有一种痒痒的感觉，这是肌肉在生长。站起来，我才发现我们是在一个河滩边，河水缓缓地流淌着，在半弦月亮的照耀下，宽阔的河水波光粼粼。在我附近不远处，或躺或卧，有六个人的身影，皆昏睡着。杂毛小道就在我的脚边，他整个身子呈蜷缩状，像个小婴儿一般，双手紧紧抱着胸口。

我勉力走过去，想拉他起来，结果手摸到了他的肌肤上面，火烫火烫的。

我连忙摸了摸他的额头，烫得可以煮鸡蛋了。使劲儿推他，他迷迷糊糊地醒转，眼睛半眯，说怎么了？过了一会儿，他才想起之前的境况，说到哪儿了，出来了，还是在地狱里？

我说我们出来了，能起来不？他说哦，眼睛一闭，又昏迷了过去。

我回身去看其他人，只见杨操胸口的衣服上沁着一大片鲜血，脸上好多道伤痕，而胡文飞的左臂显然又脱臼了，大腿上面伤口已经翻白了，吴刚、马海波和小周，身上的伤痕也数不胜数。

我将众人挨个儿推醒，马海波、胡文飞和小周都醒了过来，勉强能够行走，而杨操和吴刚却和杂毛小道一样，怎么都推不醒。不过手放在鼻间，还好有呼吸。我感觉自己似乎漏了什么，这才想起还有虎皮猫大人，便问朵朵，肥母鸡呢？

朵朵指着在河滩旁挺尸的黑影子说，在那儿呢，本来它还是好好的，结果后来水道改了，从河底里冒出来，呛了几口水，也昏了过去。

我这时才打量起我们所在的地方，看着这四处的稻田还有远处闪烁的灯火，应该是有人家的地方，但是我并不熟悉。想了半天，莫非这条河是清水江？马海波晃晃悠悠地凑过来，眯着眼睛打量了一下，疑惑地说："瞧这里，好像是茂坪镇的河坝子啊？"

马海波是县里面的警察，整个晋平县到处跑，自然比我这个没去过几处地方的人熟悉得多。不过我有些奇怪了：茂坪在县城的东北角，清水江的下游，而我们之前所在的青山界后亭崖子，却是在县城的西南处，相隔六七十公里，数个乡镇……我们怎么可能会漂流至此呢？

这、这空间跨度也太大了吧？

借着月光，我看了一下左手手腕上面的防水手表，时间是凌晨两点。

不过，管它是哪里，有人家，我们就能够联系到局里面，就有人可以将我们这一伙人，给送到医院去。我倒暂时不打紧，地上躺着的这几个，若不能够及时就诊，估计都会有性命危险。

这个时节，在水里浸泡太久，身子和脑袋都僵直。马海波蹦跶了两下，让自己的身体发暖，自告奋勇地去附近居民家中打电话，联络上面，召集人手；而我、胡文飞和小周则留在原地，照顾昏迷中的杂毛小道和杨操。马海波沿着河边的泥土坡，朝远处跌跌跄跄地走去，而我则开始给各人检查，看看有没有中毒的迹象。后面那些抱脸蜘蛛并没有怎么出现,我挨个儿检查一遍,都没有中毒。

此乃幸事,经过这么久的漂流,倘若中了毒,估计也熬不到这个时候。杂毛小道是溺水受惊,结果发了高烧,而杨操则是脱了力,整个人都如同一摊烂泥。我跑过去把虎皮猫大人抱起来,往它肚子上按了几下,它哼唧一声,醒了过来,有气无力地说,老子恨不得当初做一条鱼——忆当年浪里白条,今朝却差点儿溺死,这莫非是报应?媳妇儿,你说呢?

朵朵在旁边直刮鼻子,说羞羞,好不要脸的臭屁猫大人。

我们几个挤在一起,相互用体温取暖,过了差不多二十分钟,河堤上有电筒的亮光照射过来,接着传来了好些人的脚步声。

第十八卷 红色印记

第一章 病房

马海波到底是县里场面上的人物,在这村子里很快就找到了村支书,然后通过广播大喇叭,发动了已经熟睡的乡民,抬着担架来到河滩这里救我们。我将朵朵隐入槐木牌中后,等待着那闹哄哄的二十几个人,涌到前面来。这里面有三四十岁的壮年汉子,也有粗手大脚的大嫂大婶,有抽旱烟瘦竿儿的老头子,也有跑得飞快的半大小子。

乡亲们热情得很,我虽然还扛得住,也被七手八脚地放到了一个膀大腰圆的壮小伙儿背上,颠着我飞跑。

之后村支书又找来了一辆面包车和一辆小货车,将我们连夜送到县人民医院。

经过了紧急缝合包扎和输血,在手术台上被折腾了一个多小时后,我被送到了一间四面白色的病房里。闻着那淡淡的消毒水味道,躺在病床上的我感觉到无比的困倦,这时候,揪紧的心终于放松下来,闭目而眠。

第二天,我是在一阵隐约的唠叨声中醒过来的,睁开眼睛,是我母亲和小婶在讲话。因为并不知道我醒过来,我母亲还在对我进行着激烈的批判。

家里人都知道一些我的事情,作为我母亲,她是竭力反对我继承外婆衣钵的。她的态度,从一开始便是如此,总是骂我外婆把我给害了——并不是说我母亲跟我外婆关系不好,恰恰相反,作为家中的长女,我外公又去世得早,外婆并不太懂得操持生计,整个家都是年幼的母亲扛起来的。也因此我母亲结婚很晚,连我小舅的儿子,都比我大。

外婆虽然因为传统观念,重男轻女,但是对母亲,却是十分的喜爱。

一个懂得承担责任并且默默付出的人,总会得到别人的尊敬。

之所以说骂我外婆,终究而言,还是因为我母亲觉得养蛊之道,终非正途,用她老人家的话来讲,就是"现在的年轻人都在忙着赚钱,科学技术发达得很,搞这些迷信东西,总是要出事的"。其实她清楚得很,养蛊人所谓的"孤、贫、夭"三结局,无论如何，都很难逃脱。

作为一个母亲，她自然不愿意自己的孩子会有任何一件这样的事情发生。

两人唠叨一阵，我小婶劝我母亲，说小左也算是个有本事的孩子了，听小婧说他在东官洪山那边，蛮能够赚钱的，儿孙自有儿孙福，你不要太操心了。你和二哥两个人累了一辈子，也该享享清福了，小左不是在新街那边买了套房子吗？反正他又不住，照我说你不要开那个小卖铺了，搬到城里头来，我们也好有个照应。

自从我帮小婧安排了工作，小婶对我的评价越来越好了。不过母亲一听就来气，说是买了套房子，准备跟公安局的那个妹崽结婚用的，结果哪晓得怎么回事，我听杨警官说那妹崽调到省里头去了，陆左又没再说起，八成是要黄了。唉，小婧她妈，你是不知道那个妹崽长得有几多好看哟，我长这么大，除了电视里头演的，还真的没见过这么乖巧巴适的姑娘家，想一想，可惜得不得了。

我母亲说着说着，伸出手使劲儿拍打床，以显示她的难过。

我心中苦笑，感情我母亲也是觉得黄菲好看，舍不得啊。老辈人挑媳妇，不是都看贤惠不贤惠吗？不过一想到黄菲，我心中就痛，一年多的感情就这般莫名其妙地结束了，我母亲舍不得，难道我又好过几分？

只是"情"字，讲的是两情相悦，而且也讲究"责任"二字，前几天在洞子里那仿佛隔世一般的遭遇，让我明白了，一个随时都有可能丧命的家伙，哪里敢奢望给那个天使一般美丽纯洁的女孩子，所谓的永远、所谓的幸福呢？

只是，为什么平静下来，心仍旧是这么痛？

我装睡了半天，过了好久，房门敲响，传来了马海波的声音。他跟我母亲寒暄了一会儿，我母亲便跟着我小婶出了房去。他走到我床头坐下，推搡着我，说，别装了，赶紧醒过来。

我睁开眼睛，笑了，说，我妈没在了？

马海波也是全身包扎得严实，脸上只露出了一小块儿，还拄着一副拐杖，模样凄惨。他望了门外一下，说走了。我这才放心地坐直起身来，伸了一下懒腰，感觉浑身乏力，胳膊和大腿处酸得要命。

我问其他人还好吧？他点了点头，说萧道长发高烧，刚才问医生说开始退了，杨操乏力，到现在还没醒过来，倒是小周那家伙活蹦乱跳，正在跟今天早上赶过来的洪安国他们汇报情况；胡文飞腿伤了，吴刚撞到了头，不过都没有生命危险……

虽然知道，但是我仍旧迟疑地问，就这几个人？

马海波脸色黯淡下来，说，就这几个人。

是呵，进洞之前，大家信心满满，结果最后逃出生天者，也就这七个人，而且还个个身负重伤。

这样的结局，着实让人难过。

我们沉默了一会儿，我问马海波伤得怎么样？他笑了笑，说没有断骨头，都是些外伤，再加上流血过多，身体虚弱而已。他本来也是起不来的，不过担心大家的情况，于是就四处看一看，求个心安罢了。

所谓心安，我见到马海波那黯淡的眼神，知道他心里也并不好受：他手下的胖子刘警官和罗福安，皆已死去。罗福安好歹也被我们葬了，而刘警官的尸体，至今仍留在洞穴中，说不定已经被那尸䮼给啃食干净了。

死无葬身之地，在中国人的传统观念里，那是一件很忌讳的事情。

可是，都没有办法啊。

我们聊了一阵子，因为刚刚醒过来，并不知道后续的事情，仅仅知道洪安国已经带了人到医院来。马海波身上也有伤，便没有再多谈，返回了病房。

我在县人民医院停留了一天，后来洪安国安排车辆，将我们转入了州人民医院。在第二天下午，我跟洪安国进行了第一次正式的谈话。我并没有太多的隐瞒，将我们进洞之后的情形，向他做了翔实的介绍，关于朵朵和金蚕蛊的存在，我也不作隐瞒——这些家伙都是精明之辈，既然它们已经进入了杨操和胡文飞的视野，我并不奢望这两个人会给我保守秘密。

在那幽闭的洞穴中，大家是生死与共、并肩作战的战友；但出来之后，那肯定是另一番情况。

毕竟，每一个人都有着自己的苦衷和难处。

这便是所谓的立场不同吧。

因为同属一个系统，洪安国并没有怎么为难我，只是谈话式的访问，他问我，我也问他。通过谈话，我得知我们进去之后，很久都没有消息传出来，无线电里面也没有声音，他和吴临一、省军区的老叶研究了很久，最终没有达成一致意见。结果过了很久，洞中轰然作响，那口子居然塌方了。

前路被堵，他们也是着急了很久，用炸药炸了几次，进不去，于是他领着一部分人返回来，准备联系富有经验的施工队进山挖掘，正好碰见了我们求助；而吴临一和老叶则在山里面守着呢。

我有些奇怪，问他回来多少天了？

洪安国告诉我这是我们进山的第四天。啊？听到这话，我毛骨悚然，才想起这两天我并没有关注时间的问题：我们在那地底峡谷中，似乎过了一周的时间，日出日落，虽然我那时候发高烧迷迷糊糊，但是这点时间概念还是有的，可是怎么在洪安国的口中，我们竟然是进洞的当天夜里，出现在茂坪镇的清水江边？

那么，我们在一线天里过的那几天，到底是真是假？

我在第一时间，就感觉到时间轴的不对等，再联想到我们凭空横穿几十公里，出现在县城东南的农村河滩上，心里面不由得一阵紧过一阵，后背心冒汗发凉。

见我这样子，洪安国笑了，他说，之前也听其他人谈起，说你们在那峡谷中呆了七天，这里面有很多值得讨论的地方。当然，我也不是否认你们所说的话，只是这个世界上有太多神秘的未知，是我们所不了解的。我们已经打报告上去了，过几天，会从省林业厅抽调直升机，对整个青山界进行绘测，看看到底有没有你们所经历的那个峡谷。

我连声说好，最好还是组织人手看一下，要万一真的有深渊生物存在，我觉得国家还是要介入一下，要不然整个青山界、晋平以及附近这一大片地区，都可能要遭殃的。

洪安国说好，这肯定的。

谈话的最后，他犹豫了一下说，贾微的死，你最好不要跟别人说出去。

我一愣，瞬间就想起了杨操和胡文飞跟我讲的关于贾微的背景，以及那一对难缠的尼姑与和尚的故事，心中明白了洪安国的好意，点了点头，表示知道了。洪安国阻止了旁边那个戴眼镜的助手往卷宗上做记录，站起来跟病床上的我握手，说这次的事情，辛苦你了，我代表组织，向你表示衷心的感谢。

看着两人离开，我心里突然有一种不安感。

第二章　闹腾的追悼会

洪安国这一次仅仅只是礼节性的慰问，之后的几天里，我又被进行了三次查询，审查人员有省市的有关部门和军区特派员以及公安局的相关领导，事无巨细，对一些细节问题反复询问。他们的态度虽然依旧和蔼可亲，但是这严阵以待的架势，却还是让我感觉到了事态的严重。

更重要的是，为了防止串供，这期间我并没有见到杂毛小道和虎皮猫大人，这让我尤为担心。

不过所有的一切，都在第三天的傍晚结束了。

洪安国再一次过来找我，他的助手给我带了一份保密合同，让我在上面签名。完成之后，他告诉我审查结束了，大家可以自由活动了，并且让我明天早上九点，参加在这一次行动中因公殉职人员的追悼会，务必准时。

洪安国还告诉了我一个消息，这几天他们到省林业厅借调了两架用于森林防火的直升机，对整个青山界进行了空中绘测，特别是对于后亭崖子的相关区域进行了重点排查，甚至还派遣了大量相关专业人员，进行落地搜寻。但是，并没有发现我们所说的峡谷，也没有所谓的一线天、地缝。

他看着难以置信的我，说如果有兴趣，出院之后，可以到特勤局参加相关的听证会。

我除了说不可能，还能够说什么呢？

在后亭崖子和一线天峡谷发生的所有事情，我闭上眼睛，至今还历历在目。那些矮骡子、害鸪、抱脸蜘蛛、双头恶犬和毛鬃短吻鳄，以及遍地蠕动的蛇群，还有那些千年守护的大脑袋穴居人、充满威严和狂躁气势的黑影子，时时出现在我的噩梦中，让我每每惊醒，都是一身的盗汗，怎么能说没就没有了呢？

而且，这些不单单是我一个人经历，逃脱生天的杂毛小道、马海波、吴刚、小周还有他们特勤局的杨操和胡文飞，都是这些事件的亲身经历者。

洪安国盯着我看了一会儿，说，陆左，你也是我们的同志了，跟你说实话，不是我们不相信你，不相信小杨和小胡他们，我们就是搞这一行的，怎么会不知道呢？现在青山界已经开始着手封林，我们也从上面申请到了款项，将几个靠近青山界的自然村，都给搬迁到山外面来；也会有更加专业的部门进驻青山界，对这里进行观察和监控。所以你不要太担心，要相信国家，相信组织。

说完这些，洪安国跟我握手，起身离开。

我望着他的背影,思绪有些乱。

那时的我已经知道,这个世界上有很多事情,都会归纳入档,进行封存,权限达不到一定级别,是不能够知晓的。这种做法全世界通用。因为如果很多事实被普通民众知道了,会引起恐慌,不利于和谐发展的大好局面。比如美国著名的X档案,便是每过五十年才解密一次,而且更深层次的东西,即使过了解密期限,也只是在精英阶层的小范围内流传。

想来此次青山界事件,也会记录在案,供上面参考。

不过,既然洪安国说已经有更加专业的相关部门接手了,想来有了上面的重视,应该是不会再出什么幺蛾子了。只是我们这青山界一行,死了这么多人,到底值不值得呢?

我想了很多,却始终没有得到答案。

当天晚上杂毛小道就叫人用轮椅推着过来与我闲聊扯淡。相比拥有金蚕蛊的我,受伤更重的他有些可怜,先是由伤口感染引发了一系列的并发症,高烧了两天才醒过来,浑身被包裹得如同木乃伊,洒脱不羁的发髻也因为要动手术给剪了,下面居然也给备皮了,惨不忍睹。

对此杂毛小道怨气冲天,骂了好久的娘。

惟有虎皮猫大人这只脏话鹦鹉还是精神十足,有事没事调戏调戏病房里面的护士妹妹,说着不堪入耳的荤段子,惹得人家一阵面红耳赤,想听又不好意思,而且还很奇怪:记得住这么多荤段子的鹦鹉,它的主人,该是怎样的一个色狼加鸟人呢?

结果我和杂毛小道相互推托肥母鸡的喂养权,均不承认跟它有半毛钱关系。

第二天,我们起了个大早,在市公安局的会场里,参加了死亡人员的追悼会。

那次追悼会虽然气氛沉重,出席的人员级别也高,但是范围其实很小,除了相关部门的领导、行动的相关人员和死者家属,并没有太多旁人参加。出于保密的需要,统一的宣传口径,死者都是因为科学考察而殉职,至于公众信不信,这另当别论。而尸体无着落的问题,相关部门也跟死者家属做过沟通,有公职在身的均被追认为烈士,而老金等人,家属则得到了丰厚的丧葬费。

这做法比起某些死于秘密战线上的同志来说,实在是厚待太多了。

然而所有物质上的补偿,都比不过失去亲人的痛苦。很多死者家属悲痛欲绝,在追悼会现场痛哭失声,有的甚至哭得晕厥过去。当得知我们是属于同行但是得以逃生的那部分人,死者家属纷纷朝我们投来了疑惑乃至憎恨的目光。

这里面,也包括罗福安的妻子和女儿丫丫。

陷入悲伤绝境中的人往往是不理智的,很容易走入死胡同,比如一个三十多岁的络腮胡男人就冲到我们这边来,朝着我大喊:你们怎么就能逃出来了,而我弟弟却死了呢?头都被砍断了,收敛尸体都足足缝了几十针啊!你们这些杀人凶手……

因为金蚕蛊的关系,我恢复得最快,虽然双手还是紧紧包裹着绷带,但是却比杂毛小道、吴刚和胡文飞这些坐在轮椅上的人，卖相上要好得多——至于杨操，因为一直没有恢复过来，根本就没有参加——所以，我就成了被死者家属喷得最多的一个人。好多死者家属冲到我这边来，各种难听的话语，都朝着我泼洒而出，场面几乎一度失控。

我没有说话，我听过工作人员介绍，这个络腮胡子的弟弟是小张，就是之前和我在军营招待所一起住的那个年轻人。那是一个年轻而富有朝气的大男孩儿，但是却死于双刀人脚獾的暴起袭击。不过比起那些在溶洞子和峡谷中牺牲人员的家属，他还算是幸运的。

毕竟他弟弟的尸体，终究还是带了回来。

我沉默不语，因为看到了罗福安的女儿瞧向我的质疑和询问的目光，让我的心中充满了酸涩。

我们不能够将他们的亲人安全带回来，有个毛的话好说？

好在立刻有人过来解围了，有工作人员上来把小张的哥哥拉了回去，又来了好些个人维持秩序，总算将场面恢复了。

一个穿着制服的男子不住地朝我道歉，说他们工作没有做好，引起误会了。我点了点头，说没事的。工作人员退下，杂毛小道捅了捅我的肚子，说看看，咱们成了背黑锅的了，死去活来地闯荡，结果不但没有得到英雄的待遇，反而成了死者家属的出气筒，这宣传舆论的引导，真心让人诟病。

听杂毛小道这么说，我似乎懂得了一些更深层次的含义。

出了这档子事情，本来沉重庄严的追悼会就显得有些像闹剧了，不到两个小时，追悼会匆匆结束。会上并没有提及贾微的名字，但是我见到了一个浓眉大眼的老者和一个鹤发童颜的妇人，在角落里待了一会儿，中途就离开了。虽然我们没有说话，但是直觉告诉我，他们就是贾微的父母，而那个浓眉大眼的老者，就是传说中的慧明和尚。

我被他盯了一会儿，感觉他目光犹如实质，刺得我后背生疼，而当我转头瞧向他的时候，他却在瞬间收转了目光。他是个高手，至少比我要高好几层楼。

结束了追悼会，我们继续在市人民医院养伤，也相互探望，谈起在青山界的经历，都感觉恍如一梦，不堪回首。小周告诉我，他现在每次睡着，都会做噩梦，有的时候会梦到死去的战友，有的时候会梦到那些恐怖的怪物，有的时候一点记忆都没有，但是感觉仿佛死亡即将来临一般。

他很惶恐，日夜不安，几乎要崩溃了。

为此，杂毛小道还给小周做了一场法事，并且送给他一张平安符，静气凝神，祛邪避祸。

追悼会后的第三天，杨操和胡文飞转院去了省城，临走的时候跟我留了联系方式，说以后多联系，都是生死相交的战友，即使没事，一起喝顿酒，也是十分惬意的事情。我自然说好，上次说的苞谷酒，找机会一起去喝，老金故去了，但是我们这些活下来的人，总是要吃这顿的。

又过了一个多星期，吴刚和小周都相继转院离开，只剩下了我、杂毛小道和马海波三人。我们仿佛是被遗忘的人一般，过着悠闲的病养生活，直到有一天杨宇来访，告诉我们经过县局党委决定，马海波被扶正，成为正儿八经的刑警队队长了。

这是我们那些天来，唯一值得庆贺的事情。

第三章　祖宅

我在市人民医院待了二十多天，身子骨儿都差点酥软，要不是朵朵每天能够去停尸房吸点儿天魂，聊以慰藉，我估计我都要疯了。就我个人而言，最讨厌的便是医院这种充满了消毒水气味以及本应该纯净但是却处处透着利欲和市侩的场所。

虽然我们的医疗费用，是公费报销的。

不过朵朵这个没心没肺的死孩子却十分喜欢这里，医院里人来人往，小鬼头特别喜欢热闹，经常在深夜和肥虫子结伴去阴气足的地方玩闹。因为其癸水鬼妖之体，自保能力还是有的，而且有肥虫子这鬼机灵的家伙陪伴，所以我还是蛮放心的。

虎皮猫大人也喜欢凑趣前往，但是它肥硕的躯体总是引得旁人驻足观看，最后被朵朵和肥虫子嫌弃了，于是垂头丧气地待在病房里睡懒觉。过几天，便飞出去，自己找快活去了。

这鸟儿，跟杂毛小道一个德性。

我父母最开始几天还在医院照看我，结果我每日都被母亲唠叨，耳朵生茧，头疼得不得了。我爱我的母亲，这毋庸置疑，但实在是忍受不了她老人家没完没了的音波攻击。在我看来，这甚至比那双头恶犬或者王座黑影子，还要可怕——这是幸福的，也是无奈的。而我父亲又是个闷骚子，一辈子都在偏僻小镇里过活，是个不会说话的人，看着他跟护士医生小心翼翼地说着话，有时候蹲在住院楼前的树下面，迎着寒风抽烟，我心疼得厉害，于是便好说歹说，劝他们二老回家。

见我并无大碍，我母亲也挂心家里面的一堆活计，于是对我一番嘱咐之后，与我父亲乘班车离去。

之后的几天里，是我小叔的女儿小婧在照顾我们。

在回家的日子里，小婧跟同学联系，得知有一些同学正在晋平一中的高考补习班里补习，准备来年的高考。她在南方江城打过工，知道了没有文凭和技术，外面的花花世界并不是那么好闯的，碰了一身血，便想着复读，重新考大学——毕竟她还是有一些底子在的。

她有这个想法，她父母自然是十分地支持，我也是。因为小叔他们没有路子，便带着她，求到了我这儿来。

我虽然也是晋中的学生，认识些老师，但是大抵也是不太管用的，正好杨宇来访，便将他给抓住，让他帮我办。杨宇满口答应，说插班补习，只是小事一件，重要的是给我堂妹找到一个好一点的补习班，有名师指导，这样子也好高考发力。这事儿,过两天便给我消息。

小婧便没有回去,而是留在医院里一边照顾我和杂毛小道,一边等消息。

果然,过了几天,杨宇打电话给我,说已经安排好了,文补一班,晋平最好的师资力量,随时可以去报到;至于市一中的补习班也可以,他一个电话的事情。我问了小婧,她想了想,跟我说她想在市一中。市一中是我们州的第一重点中学,师资力量和升学率自然是最好的,但是我想她之所以作这般选择,多少还是有些怕杨杰那个小混子前来报复。

我把小婧的想法告诉杨宇,他在电话那头一阵郁闷,说他二舅就是市一中的领导,怎么不早说?害他还费老鼻子劲儿,去捣鼓县一中的事情。

2008年11月15日,我和杂毛小道出院了,返回我那大敦子镇的老家休养。

其实依我们两个的体质,早就好得差不多了,但是杂毛小道城府深,让我多住一段时间,说这样会有好处。我虽然没有揣摩透他的想法,但是也并不拒绝。出院之后,杨宇特意开车过来,把我从市里,一直送到了我家。

路上六个小时,烟尘滚滚,杂毛小道不断吐嘈我们那儿的路简直就是烂透了,盘山公路绕得人头晕。我笑了笑,说习惯就好,要没有这群山堆簇,也不会有这神奇的苗疆巫蛊——虽然它终究还是没落了。

回家之后,我母亲摆了三桌酒,请一些亲戚和附近相熟的邻居吃饭,洗一洗我身上的晦气。

杂毛小道的发髻一剃,便是一个普通的青年,并没有什么出众的地方,连猥琐的气质也减轻了几分,跟个中学教师一样。远在洪山的阿东听说我出了事,还特意乘飞机赶过来看我,正好一起吃饭。其余的朋友也有很多,杨宇和先出院的马海波,还有我在镇中学开复印店的发小,还有好些个邻居家的玩伴,不过这些家伙都是早早结了婚,有的小孩儿都满地乱窜了。

看到这个情景,我母亲又忍不住说起我来,我惟有苦笑点头。

吃完饭,我去前门街送走了马海波和杨宇,跟杂毛小道回来的路上,他忍不住哈哈地笑。

我问笑什么,他说:"以前瞧你这个鸟人儿,向来都是一幅万事沉着在胸的样子,给旁人很成熟的感觉,结果在你老娘面前,却跟普通的小屁孩子没什么区别,哈哈……"我有些奇怪,说:"我有给人这种感觉吗?我怎么不觉得呢?"杂毛小道摇摇头,说:"人最大的弱点,就是不能够看清楚自己。你小子人不错,这也是老萧我把你当朋友的原因,虽然对待感情方面,总是放不开,这一点,我鄙视你。"

切!我免费奉送给他一个中指,外加一双白眼。

接下来的日子,我开始享受起好久没有拥有过的悠闲,除了偶尔跟阿根、顾老板这些朋友通电话之外,几乎都不再跟外界联络。小镇山清水秀,除了过镇中心有一条县道之外,几乎没有什么正经公路,居民也不多,东边是一大片的亮江水,冲积出肥沃的大墩子河坝,小镇外面是农田,附近是起伏的山丘,遍地皆是绿色。在这样的环境里,我跟杂毛小道每日除了吃饭睡觉外,便是相互切磋。

要说我们两个待在一起的时间也不算少,以前也经常交流,我所会的弹腿和国术,都是学自杂毛小道,还有些细枝末节的东西,也都有相互交流过,只是并无这般翔实,而我所传的《镇压山峦十二法门》,也并没有给他过目过,只是谈及蛊事,随意聊天而已。

经过了青山界的那一场离奇遭遇之后,我们两个开始探讨互补起来。

杂毛小道学道,我学巫蛊,两者看似并不关联,但其实内在还是有所联系的:在原始社会,民智未开,混沌蒙昧,对自然界的打雷、闪电、下雨、火山喷发、地震等现象皆不理解,以为是上苍神灵发怒,便产生了"图腾崇拜"。通过某些仪式,古人向神表达自己的虔诚之心以及生子、长寿、风调雨顺等祈愿,而这时候就出现了一些能够沟通上苍的人,这些人被称为巫师。

随着时间的推移,这些巫师通过沟通上苍,开始逐渐了解到自然的秘密,权力越来越大,并且开始逐渐影响当权统治者的地位,于是自秦汉起,历任统治者都重惩巫蛊之术。所谓的梁巫、晋巫、秦巫、荆巫、楚巫、越巫以及胡巫,皆由明转暗,或潜藏下来单脉相传,或附和于被统治者所接受的道、佛两教,被吸收化解,形成了两个系统里新的内容。

先有巫,后有道。我们虽然系统不一样,但是相互借鉴一番,却也颇有所得。

闲暇之余,我带着杂毛小道在附近的山林中游玩,登山攀顶。撇开交通不便的因素不谈,我们家乡的景色还是很漂亮的,有一种未开发的原始之美。每当这个时候,肥虫子和虎皮猫大人都颇为兴奋,到处乱窜,倘若去得早,太阳还没有出来,朵朵也会出来,和它们一起玩闹。

时节虽然入冬,但是山林并没有萧瑟,依然满目翠绿,每次看到这些,便想起了某个小狐媚子,倘若她在,人生果真是圆满了。

我们便这般闲着,有次我问杂毛小道,他三叔怎么样了。他摇头,说就那样,不得动怒,道力封存,他大伯寻遍高人而不得,至于那龙涎水,可遇而不可求,难寻。

说这些的时候,杂毛小道脸上流露出的,更多的是无奈。

十一月下旬,我有亲戚家里接新姑娘(也就是讨媳妇儿),我母亲带着我去吃酒,杂毛小道也跟着去凑热闹。

农村的酒席并没有什么值得说道的地方,大鱼大肉,肥腻得很,倒是配菜的青叶子,吃得叫人舒爽。在乡民的眼中,我多少也算是一个有本事的人,所以被围着灌了许多烧酒,虽不醉,但是头也有些晕。

之后的闹洞房我并没有参加,跟杂毛小道在寨子里的鼓楼边蹲着吹凉风,说些话。旁边有几个年轻一辈的学生伢子,想出去打工,问我外面的事情。我向来都主张求学的，不然很难跟大山外的人竞争。但实在是读不下书，我也只有跟他们如实地说了些外面打工的事情，以及一些要注意的东西。

聊到傍晚八点钟，我不经意间瞥见了我外婆的房子，心中突然生起了一股很强烈的想法，想要去祖屋的神龛前，拜祭一下敦寨苗蛊的历代祖师。

第四章 老江

　　这个念头一起来,我便顾不得与旁边这几个学生伢子说话,霍然起身,朝寨西的祖屋走去。

　　我走得很快,脚步疾得似跑,连后面传来的招呼也充耳不闻。

　　在我的意识中,那一刹那,只有一个目的,就是进到祖屋里去,来到以前的那个神龛前面,对着上面的灵牌磕头,将自己的身心放松。祖屋的黑影,在附近人家窗前透出的昏暗灯光照耀下,显得格外深邃。我走了一会儿,离祖屋还有二十几米远的时候,突然被一只手拉住。我挣扎,那手拉得更紧,我回过头来,看到杂毛小道大声地冲我叫嚷着什么,仔细听又听不清楚。

　　我使劲儿一甩手,扔下杂毛小道,往前方跑去,结果没走两步又被抓着衣襟。

　　接着杂毛小道朝着我的脑门使劲儿一敲,剑指我眉间,嘀嘀咕咕念着经文。我大怒,说你干嘛呢?杂毛小道也十分气愤,说,小毒物你脑袋抽筋了,跟你说了这里阴气太重,晚上容易出事,你还往这里跑?

　　我说,那里是我家祖屋,我外婆以前就住在这个地方,有个毛的阴气啊?

　　杂毛小道靠近我,冲我耳边,猛地大吼一声:"咄!"

　　他胸中的一口气沉闷如雷,在我耳边炸响,让我心中一惊,感觉双耳嗡嗡,头昏脑涨,气闷得很,挨了半天,终于吐出一口浓痰来。我愤愤地看他,说,干嘛呢?杂毛小道却也不怒,笑嘻嘻地看着我,说,怎么样,脑袋清醒一点儿没有?

　　经他这么说,我突然感觉浑身轻松许多,回转身来,看着几个跑来的学生伢子,说怎么了?

　　我家亲戚的一个小孩指着我,说左哥,你刚才一双眼睛直愣愣的,就朝着那房子走过去,谁叫也不理,吓死人了。我一听,朝着外婆的那个院落看去,只见它隐在黑暗中,旁边都没有人家,孤零零的,外形如同一个坟冢,有一股凉澈人心的煞气,翻滚着从幽暗的角落传来,让人不寒而栗。

　　我突然想起了外婆给我托梦的时候,曾经说过,让我磕头认祖之后,再也不要回来,也不要拿走宅子里的物件。

　　当时还没有觉得,这个时候一看,一股又一股的凉意,从心头泛了出来。

　　几个学生伢子纷纷上来拉我,说左哥,我们回去吧,回去吧,这里头好冷。我跟着他们往回走,问亲戚家的那个孩子,这老宅怎么看着这么阴森啊?他说,可不,村头王瞎子家的老二,有一次跟人躲猫猫,翻进了你外婆家里去,结果说见到鬼了,吓得半死,发烧好些天,直说胡话,后来村子里的人见到这宅子,都绕着路走呢。

杂毛小道眯着眼睛瞧了好久,搭着我的肩膀,说回去吧。

当天晚上我们坐车回去,我问我母亲,那老宅小舅卖出去了没有?

母亲说,没,村子里人都说老宅闹鬼,搞得你小舅脱不了手,再低都卖不出去。不过你小舅最近倒也不是很缺钱,也就留在那里,没有再管,只是留着它荒废了。不知道是不是酒喝多了,我有些头晕,问杂毛小道怎么看?他说,那里阴气确实重,不过既然是金蚕蛊的埋藏之地,你外婆又是个内行,自然不会有什么邪物能够跑进去的,说不定,是因为之前埋葬了太多的蛇虫尸体,怨气聚集所致。

不管怎么样,既然我外婆有重交待,我照做便是。

第二天杂毛小道嫌在我家待得烦闷,便提出要去我们县城玩玩。我不想走动,便把新街的房门钥匙给他,让他只管去住便是。他收好钥匙,带着虎皮猫大人离开。

又过了几天,一日中午,我在屋子里睡午觉,听到房门敲动,有人叫我。是镇中学开影印店的发小,他叫江德富,我向来都叫他老江。老江不肯进屋,拉着我到屋边,问我是不是懂一些风水阴阳的事情。我说略懂一点,怎么了,出了什么事?

他欲言又止,左右看了一下,说阿左你要是懂呢,就帮我个忙,陪我去我那堂叔家里走一趟。我问到底怎么回事?他有些犹豫,我把他拉进了我的卧室,给他沏上一壶茶,让他先稳一下心神,再好好跟我讲。

老江喝了一口热茶,然后开始跟我讲起他堂叔的事情。

老江的堂叔五十多岁,是县监狱的老狱警。他做这份差事已经有三十多个年头了,这玩意儿说着不好听,但是却是个不错的工作,不但是公家的人,旱涝保收,而且还能够有外水捞,吃些犯人家属的孝敬,日子倒也这么一年又一年地平淡过了下来。可是自从六月间的时候,他就开始倒霉了,夜间值班的时候,老是容易疑心,不是觉得走廊上有人走动,就是窗户外面有人影闪过,走过去一瞧呢,又没有。

他堂叔一辈子都在监狱系统里面待着,文化不高,但也是个不信邪的人,不过这种事情多了之后,自然疑神疑鬼,整日不得安宁,失眠多梦。

而且还有一件更古怪的事情:他堂叔的大儿子去年结婚,今年就有了孙子。那大胖小子肥得可爱,圆滚滚的看着就让人疼,也乖巧得很,爱笑,这本应该是一件让人高兴的事情,但是也不知道怎么了,他堂叔自从变得心神不安以来,每次一抱,这孩子就哭闹不止,不是饿,也没有尿尿,就是哭,整宿整宿的,怎么哄都哄不了。

刚开始还没有人注意,只是按照家里风俗,拿黄纸写上"天皇皇地皇皇,我家有个夜哭郎……"这样的符咒,贴在路上让过往的行人念。然而后来他堂叔的媳妇儿发现孩子他爷爷每次抱宝宝,宝宝便哭得昏天黑地,哪怕不是抱,靠得近一些都不行,于是便闹着要分家,买房单过。

老江他堂叔有两子,老大结婚了,老小还在读大学,他虽说攒了些钱,但是花销也很大,哪里拿得出钱给老大买房?于是便不肯,媳妇便跟老公天天吵闹,结果后来

老大实在受不了这劲儿,就搬了出去,在县城的东北角租了套房子先住着。

老江他堂叔这辈子当惯了狱警,跟人说话都是横得不行的,唯一心软下来的时候就是逗那肉乎乎的小孙子,这回孙子被老大和老大媳妇给带走了,想得不行。每次想到自家那肉乎乎的大胖孙子,他就抓心挠肝地直难受,翻来覆去睡不着,再加上他总是感觉不对劲,精神就更加萎靡。

一直到了这个月上旬,他堂叔终于熬不住病倒了,一发不可收拾,躺在床上起不来。去医院看病,医生只是说精神衰弱,疲劳过度,给他开了几副调养的中药之后,便让他在家休息。他堂叔在家里躺着,总是做噩梦,盗汗,每次醒过来就如同从水里面捞出来一般,感觉自己快要死去,而他唯一的心愿,就是抱一下自家的那个大胖孙子。

老大知道了自家老爹的病情,回去劝了媳妇半天,好说歹说,终于同意了,于是带着儿子回家了。

结果终于出事了。

说到这里,老江没有继续讲了,看着我说,阿左,他们都说你是懂好多东西,能知晓阴阳,你猜后来出什么事情了?我手指扣在桌面上,说,莫非是小孩子惊厥昏过去了?

他拍掌,说,你怎么知道的?

我说,按照你的描述,你堂叔应该是遇到了污秽不洁的东西,缠住了身,结果总是疑神疑鬼。这邪性旁人自然是看不出来的,但是婴儿因为刚刚出生不久,对这种东西最敏感不过,所以每次一抱,就哭泣,害怕得很。这本没什么,那东西就只是一个印子而已,分开住便是,可是后来经过你堂叔这么久的精气温养,那东西自然越发强横。你堂叔是成人,血精气旺,不好纠缠,但是婴儿却不一样,一被缠住,便很容易夭折,被那东西索了命去。你别卖关子,现在你堂兄的孩子还活着吗?

老江紧紧握着我的手,神情激动,说,阿左,你讲的这些,就跟亲眼见过的一样,头头是道,真的神了。我那大侄子还活着咧,就前两天发生的事。现在我堂叔家乱成了一片,哭的哭,闹的闹,上吊的上吊,慌得要死,我妈昨天去了县上,说这一家人可不能够这么毁了,让我过来问你,看看你有没有什么法子——要不是我妈告诉我,兄弟我还不知道你有这本事呢。

此乃区区小事,我想了一下,一来我和老江是一块儿玩尿泥长大的伙伴儿,感情深;二来好歹也是两条人命,既然求到我这里来了,也不能不管。于是我起身,带上了一些家伙什,跟在店子里忙碌的母亲招呼一声,然后在她老人家的叮嘱下离开家,前往县里。

第五章　臭屁和红色印记

老江的堂叔家在县城的东边坡上，跟我小叔家离得不远，都是自建房，也是木质结构——即使是2013年的今天，在晋平县城里木质结构的自建房依然还是有很多。其原因，一是地靠林区，靠山吃山，造价便宜；二是风气如此，而且县城有很多山，建木房子方便。

沿着石板路走上半山坡，我跟着老江来到他堂叔家中。

叩门而入，是老房子，地板踩着吱吱呀呀地响，楼上传来一声又一声压抑的哭声。因为之前打过了电话，老江他堂婶和他妈都在堂屋等待着，旁边还有几个关心的亲戚好友。我和老江从小一起玩到大，他妈自然认识我，热情地招呼我，各种好话一齐递过来，填到我的耳朵窝里。

相较于老江妈妈的热情，老江他堂婶就显得有些木然了，不知道是因为我太年轻了，还是家里面出了太多事，导致脑子乱，她只是搓着手，不知道怎么说。

我也不难为她，在堂屋和厨房里走了走，随意看了看这家中的风水布置。

回到堂屋，我问楼上传来的哭声，到底是谁？

老江他堂婶有些懊恼，说还不是那个死老头子？要不是他天天闹着让老大媳妇抱着豆豆回来，哪里会出这档子事？现在可好了，他这个老头子要挂球了不说，搞得我那大孙子也要跟着他去，老大和老大媳妇天天哭嚎……

显然，她被这一系列的事情闹得头晕，心中的烦闷和怨恨一箩筐。

我可没有听她诉苦的闲工夫，看看楼下堂屋这一群闹哄哄的人，神龛上香烛燃烧，将她们脸上猎奇的神情给照得更加真切，心中有些不喜。便叫来老江，让他陪着我上楼，其他人不要跟着来，免得染了脏东西。听我这么一说，好几个婆娘伙儿（东北话叫做：老娘们）都不乐意，嘀嘀咕咕。

老江他妈好是一通说，这些看热闹的酱油党才怏怏离去。我并不管，踩着吱呀作响的木楼梯，来到了二楼的一个大房间里。他堂叔家本来家道也殷实，所以房间里的布置还算齐全，在门后面的挂钩上，还挂着一件黑色的制服。

老江领着我来到了床前，喊了他堂叔几声，被子从里面掀开，露出一张憔悴的脸。

这是一个脸形方正严肃的中老年人，可以看得出平日里保养得还不错，眉目间也有一丝威严，只是眼角处的皱纹有些多，想来是经常上夜班。最吸引我注意的是他的眼睛，里面红通通的，布满了血丝，眼窝子里还糊有满满的眼屎，黄的白的一大坨，

两道泪痕顺着脸颊流下来；头发根上好多白色的痕迹，间隙里也有灰白的头皮屑。

床上的这个男人叫了一下老江的名字，有些疑惑地望着我，说，这位是？

老江给我介绍，说是他朋友，是一个很厉害的风水师傅，专门帮人看相算卦的，知道这里出了事情，便请过来瞧瞧。他堂叔并不信，但是事到临头，也不由得病急乱投医，拉着我的手，说他倒是不要紧，就是去看看他孙子豆豆，千万要救那孩子一命。

我说不要着急，先慢慢了解一番再说别的事情。老江是个极有眼色的人，搬了一把椅子过来，给我坐下，然后自己则出了门，并且把门关上。

随着木门吱呀一声合拢之后，我坐直身子，开始跟老江他堂叔闲聊，问些事情。他稳定了一会儿情绪，有些犹豫地看着我，然后开始讲起，说自从今年六月份监狱里关押的一个老犯人自杀了之后，当晚值班的他就感觉有些不对劲，浑身不自在。大概的经历和老江在我家跟我说的，差不多，只是说到前两天他孙子出事，有一些细节，倒是值得我注意的。

老江他堂叔说他抱过孙子之后，那肥嘟嘟的胖小子像是被人掐住了脖子一样，脸色发青，张开嘴也不哭，只是伸出舌头来，双眼瞪得直勾勾的。后来他媳妇儿把孩子抢过去之后，发现豆豆已经晕厥了，吓得魂飞魄散，赶紧跟他大儿子跑到坡脚下的妇幼医院就诊。人虽然是暂时救过来了，但是呼吸不畅，还伴有发热、抽搐、哭叫打滚、屈体弯腰乃至昏迷等症状，而让人觉得恐怖的是，医生在孩子的屁股上面发现了一个红色的印记，是一个古怪扭曲的符号，有点像书法家的印章。

而他儿子、媳妇以及他们所有人，都清楚地记得，这印记以前是根本没有的。

是什么病？医院根本就没有一个定论，有说是中了病毒，也有说是生了蛔虫，两天过去了，目前依然还在检查中。

在谈话的时间里，我仔细地观察着他的脸，"十二法门"中占卜一节中讲过相面，我从他的眉间，依稀能够看到有一丝黑气在萦绕，很隐约，若有若无的。

聊完这些，我让老江他堂叔放轻松，闭上眼睛，让自己的心神放平静。他依言照做，过了十分多钟，在我和缓的催眠下，他发出了响亮的呼噜声。而我则走过去把窗帘给拉上，在这此起彼伏的呼噜声中，一拍胸口的槐木牌，将朵朵给唤出来。我们是中午两点多钟从大敦子镇出发的，到了江家已是下午五点多，那天的太阳并没有出来，所以朵朵才不会感觉到难受。

我让朵朵帮我观察，看看老江他堂叔身上，是否有什么古怪的地方。

朵朵嗽着粉嫩的嘴巴，围着这个老头转悠了一圈，然后掀开被子，费力地把他给掀翻过来。小家伙将他湿淋淋的睡衣一掀开，露出汗渍潮湿的后背，一股酸臭袭来，她有些嫌恶地搓了一会儿手，想了半天，不过还是决定开始行动：只见她小手已然搓得灼热，然后顶在大肠俞穴上面，手指变换，不断地敲打着这周围的几个穴位，啪啪啪，手法老练而纯熟——这是给我按摩的时候学会的。

习过了《鬼道真解》的朵朵，其实还是有一些本事的。

过了一会儿，老江他堂叔劈里啪啦放了十来个闷屁，把整个房间都熏得臭烘烘的。

门外传来了一阵咳嗽声，接着老江敲门，问，阿左没事吧？

我头也不回地告诫他离远一点儿，他答应了一声，然后楼道里传来了越来越远的脚步声。朵朵捂着鼻子，脸憋得通红，说臭、臭，好臭的屁啊……呃！小丫头飘离得远远的，而这时候肥虫子却从我胸前浮出来，摇头晃脑地飞到老江他堂叔的屁股处，黑豆眼中流露出一种跃跃欲试的想法。

不过它没有得逞，凭空伸出一只手，朵朵揪着肥虫子，跑到了一边儿去。

我并没有移开，屏着呼吸仔细瞧老江他堂叔背上浮现出来的那一个淡红色的图案。

这是一个很隐约的图形，倘若不是朵朵，我还真的很难发现到：它不大，小孩儿巴掌宽，线条勾勒，似乎是一个人在趺坐着；也不是人，好像佛教里面的罗汉或者菩萨，或者别的什么；因为线条模糊，看不清楚什么，但是这罗汉的头颅是重影，相叠而现，我与那线条凝结的眼睛对视了一下，有一种嗜血和邪恶的感情在里面蔓延着。

我仔细地看着这图案，过了十多分钟，它又隐约到了皮肉里，消失不见。

如此模样，看来这并不是寻常的撞邪或者见鬼。凡事皆有因果，找不到其中的因，我是不能够强行将老江他堂叔身上的印记给抹除的——别的大拿或许可以，但是我不行。当然瞧他这番模样，一时半会儿倒也不用着急，现在更加紧要的，是他的孙子，听说情况十分不好，所以我需要去看一看。

我将老江他堂叔给唤醒，然后言明我晚上再过来，现在先要去他孙子那里瞧上一眼。

他自然千肯万肯，唤了他老伴带着我们下坡，去找他大儿子。

老江他堂婶带着我们下了坡，来到了妇幼医院，医院门口碰见了她大儿子蹲在门前抽烟，地上一堆烟蒂。见到自家母亲过来，他闷声闷气地叫了一声，便又不理，自顾自地抽着烟。老江迎了上去，跟他一番交涉，看得出来，老江的这堂哥有些不乐意，两人甚至还吵闹了一番，那个脸色憔悴的汉子抡起拳头大叫道："请什么狗屁阴阳先生？麻辣隔壁，我儿子都要挂球了，你们这些家伙还来消遣我？"

我见他情绪激动，商量半天又要耽误时间，走过去，一把掐住他的手，金蚕蛊一发力，他便浑身一僵，软了下来。露了这一手之后，他也就半信半疑了，请我进了医院。下午七点钟的时候，我终于在妇幼医院的病房里，看到了老江的大侄子江豆豆。

当掀开这孩子身上的薄被时，我不由得大吃了一惊：这么浓郁翻滚的黑气，几乎凝结如实质。

第六章　救童

　　这病房有八个床位，均满，小孩子的啼哭声不绝于耳，但是老江这个大侄子江豆豆，却没有哭泣。他挂着盐水，嘴唇上面还缠着吸氧管，脸色青淤发紫，头颅稍显硕大，一双眼睛紧紧闭着，眉头蹙起，仿佛在承受莫大的苦痛。孩子的母亲在旁边守着，默默地哭泣。这个少妇年纪不大，甚至还不及我年长，黑眼圈很重，显然这几天并没有睡多少好觉。

　　我之前听说过她对老人的态度，多少有些不喜欢，但是见到她这一副模样，心中又不由得一软。

　　可怜天下父母心啊！

　　床上这个未满周岁的小孩，头顶上有很浓郁的黑气，不断地翻滚。常人看不出来，但是我一见，却有些胆战心惊：普通人倒霉，脸上也会有黑气，若有若无，其实也是相由心生，生命磁场而已；但是这孩子身上的黑气却如同实质，将他大脑袋的整一个区域，都给晕染成了墨色。

　　我蹲下身来，将这孩子的裤子褪下，看着他的屁股蛋儿，果然有一个跟老江他堂叔一模一样的红色印记。

　　我沉住心神，观察了一番，发现这孩子头顶上那浓重得如同实质的黑气，翻滚蠕动，最后还是回到了这屁股蛋上的红色印记中，循环往复。也就是说，孩子之所以会变成这番模样，都是这个红色印记造成的。我将右手贴在了印记上，感觉到一股愤恨不平的力量涌出来，似乎要把我的手弹开。而当我把手移到了他的胸腹处时，才发现他的心跳在逐渐地减缓。

　　这意味着，豆豆的生命力正在逐渐地流失，如果不赶快把这古怪的红色印记给抹除，多则一个星期，少则三两天，豆豆很可能就要夭折了。

　　我有些不甘心地重新抚摸着那刻入肌肤的红色印记，看着那里面的人像，人像的眼睛处有一种类似于智慧的光芒在闪烁。这是一种怨咒的力量，我并不能够将其生生抹除，而且即使我有这么强大的力量，也要考虑到这个一岁都不到的婴儿，所具备的承受力。

　　一个不小心，说不定就会玉石俱焚，两败俱伤。

　　我心中有些惊讶，这邪物，倒真的不是寻常所能够遇见的东西，不知道是怎么来的。

　　我叹了一口气，站起身来，来到窗台边缘思索，望着远处的江水东流，久久蠹立。我大概站了五分多钟，孩子的父亲耐不住了，走过来问我，先生，孩子到底怎么样，您倒是说一句话啊？

我转过头来看着他，说，你信我啊？

他支支吾吾半天，说信，自然是信的。他之前被我弄了一下，手腿酸软，联想着，自然知道其中奥妙，非比寻常，而且所谓病急乱投医，他肯定是从医生那里得到了一些不好的消息，所以心急了。

不过我也不怪他，因为这一行好混，这世间有许多乡野俗夫打着神汉神婆的旗号行事，明明狗屁不通，除了忽悠之外一点儿本事都没有，却偏偏拉起了大旗，胡乱应承，借以骗吃骗喝骗财骗色，害得多少人延误了最佳的治疗时机，多少人亲人反目、家毁人亡。有这一伙人孜孜不倦地往我们这个行当里泼脏水，名声哪里能够好得起来？即使略有盛名的，也多是些积年的老人，全凭着多年的信誉和口碑，让人信服。

这也便是杂毛小道常年穿一身道袍，而我总是被人质疑的主要原因。

一粒老鼠屎能够弄脏一锅汤，十斤老鼠屎，这汤便没法看了，闻都闻不得，即使里面果真有燕窝鱼翅，也不由得让人嫌弃。

我沉下心来，严肃地跟他讲明：孩子需要带回他父亲的房子里去，等到夜里子时，我等那邪物自己出来，将其斩了，好将其一网打尽，将他父亲和小孩一起救赎。若信我，我们便立即前往他家里布置；若不信我，便留在此处，等着死亡的来临——我说这话，有根有据，所以你最好信我，不然到时候后悔莫及……

此番话一整串儿讲下来，我突然发现我跟广场上的算命先生一样，口吻都没有什么区别。

这也许就是"近朱者赤，近墨者黑"吧。

经过一番挣扎，孩子的父亲终于还是选择了相信我，不顾妻子的反对，去办了出院手续。为了让孩子的母亲放宽心，我也顾不得黑气的反击，念了一段金光神咒，将其镇压下去。咒文一念完，当我把手指放在小孩儿的额头上时，只见他的脸色很快就恢复了平时的红润光泽，粉嘟嘟的，鼻间的呼吸也和缓了几分。

见到这孩子的变化，孩子母亲也终于开始有几分相信我了，对我的态度明显好了起来。

老江扬扬得意，跟旁人说，我的朋友，那能够有假的？行家一出手，就知有没有。

孩子被他母亲抱着出了院，其间还有一场风波，是院方不让孩子走，说出了问题不好交待，如此一番吵闹。巧不巧，正好碰到了带着女儿来看病的马海波。升职了的马海波春风得意，跟我寒暄半天，邀我明天到家里吃饭，我苦笑，说不知道有没有时间。谈及老江他堂叔的事情，马海波竟然也知道，毕竟公安司法，也算是一个系统的。

马海波跟妇幼医院的值班主任认识，于是跟她说了一番话，给我做了保证，这才

放行。

说句实话,那个慈眉善目的老太太,我至今都觉得她是一个称职的医生。

有马海波出面,大家对我的信服力便更加深了几层,说话也透着一股子小心了。临了,马海波问我有什么可以帮忙的吗?我说暂时没有,过了今晚再说吧,他点头,带着女儿去挂号。我跟着老江他们出了医院,才想起挂一个电话给就在县城的杂毛小道——倒不是说要找他帮忙,只是想问他有没有兴趣来凑这个热闹而已。

只可惜拨过去的时候,这老小子关机了。

见联系不上,我也不去管他,心想着那个红色印记的问题,并不会很大,我行走江湖一载有余,若事事都依靠旁人,自然就形不成自信,于是作罢。让老江他堂兄先带着老婆孩子回家,而我则和老江一起去县里面那家老字号的香烛店,买上一些需要的东西。

晚餐是在老江他堂叔家吃的,别的不论,干蕨菜炒腊肉和那一盆用青蒙酸菜煮的酸汤,勾得我胃口大开,连吃了三大碗。

作法之前,吃斋、沐浴更衣、焚香、凝神祈祷……诸如此类的,都是诚心祷告信仰的神灵或者上苍,以求借助其力量。然而我发现这所有刻板的规矩,其实就是让自己平心静气,使得心神与天神达到某种程度上的契合,如同武士道、跆拳道的诸般讲究一样。不过我乃苗疆巫蛊,与我终年混迹的杂毛小道又属于荤素不忌的正一派道士,自然就没这么多讲究。

当然,也不是说我们不虔诚——此论唯心,而不唯法。

用过饭后,孩子的母亲给豆豆喂了奶,然后递给了我,由我抱到了老江他堂叔的床上,轻轻放下。之后,我屏退了这一大家子和诸多亲戚,让他们不要上二楼来,扰乱我的神念,众人皆允,唯唯诺诺地退下。待人都走远,我将买来的香烛点燃,插在削好的萝卜上面,分放屋角四周,然后将买来的黄符纸铺就在楼板上,将朱砂、公鸡血、糯米汁、茱萸水等物混合研磨,开始画符。

因为没有开坛祭法,请不来南方赤帝或者黑杀大将的神力加持,我所画的这些符箓多是些浅显的玩意儿,最大的作用,或是吸引怨灵现身,或是不让其逃遁,或是延缓其凝聚其身,并没有太强的效果,多以数量取胜。

制符一道,在于心专,至诚则灵,贵精而不贵博,要不然也只是学会些皮毛。如我这般,算是"一瓶子不满,半瓶子晃荡",远远不如杂毛小道来得厉害。当然,我这一辈子也不敢跟这个茅山符王李道子的亲传弟子比肩——就这一点,我很有自知之明。

老江他堂叔躺在床上,跟自家的小孙子逗弄着。这是他小半年以来,很少几次跟这肥嘟嘟的小家伙平静玩耍的机会,安享着天伦之乐的他,竟然将潜在的危机也给忘却了,顾不得时间的流逝。

在爷爷的逗弄下,豆豆也开心极了,咯咯地直笑,一双黑黝黝的明亮大眼睛骨碌骨碌转，可爱极了。有着我那金光神咒的抚慰，他在今天晚上，是暂时舒适无碍的。

我忙碌着，偶尔也会瞧着床上玩耍的豆豆，幻想着，要是我也有这么可爱的孩子，那该多好啊？

至少我母亲会笑得合不拢嘴的。

到了十一点，我停下了手上所有的事情，开始静静地盘坐在地板上，等待时机的来临，在离我不远处的火盆里，已经开始燃烧起我刚刚绘制的符箓。火焰明灭，在关上了电灯的黑暗房间里，显得格外的绚丽。时间不知道过了多久，床上躺着的老江他堂叔突然"嘀嘀"地叫了起来，我抬起头看去，只见那个粉雕玉琢的小婴儿，死死地掐住了他爷爷的脖子，表情狰狞。

它，终于来了。

第七章　所谓立场

　　通常来说，附身于小孩子的邪物会比较多，因为七八岁以下的小孩子，世界观并没有完全形成，无杂念，心思单纯，意志力也不强，而一岁以下的婴儿则更像一张白纸，容易侵蚀。在古代，卫生条件不太好，医疗条件也差，而且那个时候并不是"末法时代"，倘若碰到兵荒马乱的年份，孤魂野鬼遍地游走，怨念丛生，小儿更容易中邪夭折。

　　所幸现如今，文明昌盛，工业发达，诸如此类的事情是越来越少了。

　　但是少，并不能说没有。

　　我见过的娃娃小鬼并不算少，便如朵朵，当初也是一个青面獠牙的倒霉模样，此刻见到床上的豆豆突然力大如牛，将他爷爷给死死掐着，我便知道是那红色印记中的怨力在作祟。不过既然这怨力已经从深层次的潜意识中被激发出来，谋害人性命，那么此刻也便是将其逼出的最好机会。

　　机不可失，时不再来。当下我也不犹豫，将当晚画的这些符纸一下点燃，往天空一撒。

　　那些长条的黄符纸在空中轻轻飘洒，有道力驱使，下落得极慢，如同宫灯浮空，将整个房间照得透亮。我口中念着新学的牵引魔咒，缓步走上前，并不急着去给老江他堂叔解围。果然，老江他堂叔双脚往床上蹬了几下，见不得脱，不由得大声吼叫一番，喉咙里发出如磨刀一般沙哑绝望的叫声，似有脓痰，咳嗽着，突然浑身一震，淡红色光芒透亮。

　　就在这时，我口中的牵引咒诀已经顺着节奏，到达了最后一阙。

　　老江他堂叔身上那淡红色光芒转为实质，化作一滴浓郁的液体，从尽力张开的口中溜出来，朝着豆豆的眉心飘去。在怨灵的世界，也遵守"弱肉强食"的丛林法则，向来是弱小的服从强大的，老江他堂叔的身体虽然一直作为怨灵的主载体，然而自从转移到了豆豆身上之后，残留的这些，哪里能够抵挡新生的、强盛的怨灵——姑且把这一种未知的怨念称之为"灵"吧。

　　它们的最终目的，是通过相互的纠缠和吞噬，重新开启怨念发出者的部分意识。

　　通常，这怨念发出者，皆为死人。

　　所以也有人说，这是另外一种意义上的重生，只是被阴风所玷污感染了而已。

　　豆豆睁目张眉，从他青筋游走的狰狞额头上破开一个口子来，也出现了一丝红线。这红线细腻浓郁而又有光泽，充满了灵物的阴冷气息，如同长长的蚯蚓，去勾连这一滴液体。我浑身一阵激动，双手立刻变得冰火两重天，左手前伸，果断插入了这对爷孙的目光中点。

对于邪物，最大的意识莫过于怨念。

而怨念，最大的主体莫过于仇恨，我的这一双手，简直是堪比"唐僧"级别的仇恨拉怪器，左手上的"毁灭"二字，冰冷寒彻，最遭邪物嫉恨，现在一进入其感知范围，并且加上我那牵引咒诀的加持，那红线立刻状若疯狂，伸出触角，朝着我左手这骷髅头眼睛的符文缠绕而来。

我有意将怨灵引导出床上这爷孙的身体，于是缓慢朝外移动，并且不断地念咒勾引之。

其实倘若平日，我这左手并不会有如此效果，只是我这一晚上的布置，并且加上凌晨子时的阴气袭绕，使得这怨灵的信心膨胀到了一定地步，竟然随着我的牵引，一点儿一点儿地往外游走，先是四五根蚯蚓一般的红线游动缠绕，然后是那主体，也渐渐地从豆豆的脑门上剥离出来。

而老江他堂叔口中吐出的那一滴液体，早就已经附着在我的左手上，疯狂地侵袭着。

就在这关键时刻，房间的木门突然传来了一阵敲门声，紧接着豆豆的母亲在外面大喊道："开门，怎么回事？开门，刚才那一声喊叫是怎么回事……"这声音在几秒钟之后变得急切，她的情绪也有些失控，破口大骂："你这个骗子，快开门！"

这骤然响起的敲门声显然惊到了那怨灵，我苦心孤诣营造出来的那种幽冥暗淡的气氛，也瞬间瓦解。本来就快要剥离出来的那一整坨怨灵，开始果断往回退去。

我心中有一万分愤怒奔腾而过，口中也不敢多言，瞬间出手：左手翻转揪住那缠绕上来的红线，右手则迅速掐住缩回去的怨灵主体，使劲儿运力，一双手掌上的不同属性立刻暴起，一方冰寒，一方灼热，将这怨灵紧紧揪住。

因为怨灵主体的末端还在那孩子体内，我这力量一开始蔓延而去，便使得他难受极了，哇哇地大哭起来，不住地挥舞小手。这声音凄惨，让人听了心窝子都难受，结果敲击木门的声音更加频繁。我只是不理，口中喝念道："尘秽消除，九孔受灵，使我变易，返魂童形——急急如律令，敕！"

此令一出，那怨灵的尾端立刻被拔离了豆豆的额头，全部都掌握在我的手中。

它如同一团果冻，阴寒滑腻，无处不可化为触手，张牙舞爪，欲与我作拼死决斗。我哪里会如它所愿，对于此般怨灵，我正好有一随身法器可以克制。此法器名曰震镜，诨名"震一下（念hà）"，周身篆刻有破地狱咒，内中藏着经数百年历练的人妻镜灵一枚，专破秽物。我右手一放，往怀里掏，一声"无量天尊"出口，立刻金光一道，将我左手上面的怨灵给灼烧。

手上的诅咒之力，加上镜中的咒力，双管齐下，那怨灵立刻扭曲成一团，发出一声凄厉的哀号声。

接着红色消退，怨灵被吸入震镜之中，而后有一声轻轻的哀叹传来。

这个声音苍老而无力，充满了怨毒，当然更主要的是，这声音我似曾相识，在脑海中滴溜转了一圈之后，我脑袋有些发堵，总感觉就到嘴边了，却依然说不出名字。我果断将心神沉入震镜之中，而正在这个时候，只听到"轰"的一声巨响，从我侧边不远处传来。

我不能分神，只用余光看到那木门被人一脚给踹开，接着冲进了好几个人来。

这几个人都是老江他们家的亲戚，为首者便是豆豆的父亲，老江他堂叔的大儿子。既然那怨灵被我用震镜抽取，我也不在意，只是与镜灵沟通，想查询出那苍老声音的来源。然而当我刚刚跟震镜中的人妻镜灵搭上线，就感觉左腰被人猛地一踹，猝不及防之下断然摔倒在地，正想问明缘由，便迎来了劈头盖脸的一阵暴打。

旁边还有一个女人一边挠我，一边疯狂哭泣地喊道："你这畜生，你这骗子，你把我家宝宝怎么了……"

我反应过来的时候，脸上已经被挠出了两三道血痕，背上、腿上均被踹了好多脚，头上也是。

打我的是婴儿豆豆的父母，虽然打架方式并不高明，但是状若疯狂，又喊又叫。我往旁边一滚，一个鲤鱼打挺翻站起来，这时候老江已经冲了上来，把豆豆他爸给紧紧抱住，就剩下他妈妈一脸苦大仇深地朝我纠缠过来。

我凝神一看，这两公婆身上都没有黑气，不像是中邪的表现，怎么会二话不问，就朝着我胡乱攻击呢？

所幸老江他母亲也赶过来，也将豆豆妈给紧紧抱着。

即使抱着，豆豆妈挣脱不开，口中还死命地骂，一大堆土语脏话骂出来，我捂着脸上的抓痕，听这几个人叽叽喳喳说了一阵，才知道他们原来是在外面等得过久，焦躁不安，接着听到房间里这几声诡异的叫声，便顿时崩溃了，砸门进来。他们进来，一见孩子口鼻中皆是鲜血，以为我是个欺世盗名之徒，心中越发恼恨，不由得恶向胆边生，便对我拳脚相加，以泄心头之愤。

我自然是气愤得要死：这真是一对浑人！

要不是这娘们沉不住气，冲上来一通拍门，那怨灵怎么会缩回体内去，害得我手忙脚乱不说，还伤到了孩子精元；更离谱的是这男人，二话不说就出手伤人，身上、背上都不要紧，刚才我那脑袋可是结结实实挨了几拳。

普通人要是被这么打，不就留下了伤痕？

虽说他们对孩子的爱是深刻的、是盲目的，但是也不能够为了没有定论的事情，便暴起伤人啊？

一时间我的心里面除了愤怒，便是灰心丧气，没有一点儿帮助人之后的愉悦感，就如同2006年末那个扶起跌倒老人反遭诬陷的南京市民一般，憋屈得很。不过我这人做事有个原则，便是就事论事，不迁怒于他人。当下也不管这狂躁的夫妻，绕开他们，来到了床前。

只见床上躺着的老江他堂叔闭着眼睛，眉头舒缓，呼吸平稳，整个人都放松了下来，而他的小孙子豆豆被老江他堂婶给抱着，小嘴巴上流着些鲜血，脸上露出难受的表情。我不管老江他堂婶的阻拦，一把将孩子抱了过来，揩干了他嘴唇上面的血，然后使劲儿一掐人中穴，孩子突然睁开了眼睛，瞪着我，两秒钟之后，哇哇地大哭起来。

这哭声洪亮而健康，他那一直挣扎的父母听到，浑身一阵，露出难以置信的面容来。

第八章　左道监狱聚首

老江他堂叔醒转过来，感觉通体舒畅、如释重负，豆豆的父母这才最终确定是我将他家小孩和老爹给治好的，满脸羞愧地跟我道歉。我这个人虽然向来与人为善，但是也并不是一个没有脾气、挨打不还手的老好人，要不然也不可能在南方那地界厮混下去。

只是我终究还是念及跟老江打小的交情，所以强忍下这口怒气，不予追究。

我并不理会这两口子，让所有人都出去，只留老江他堂婶抱着孩子留在旁边。

当人都散开之后，我一脸严肃地看着老江他堂叔，问他是什么时候惹上那东西的？老江他堂叔说不清楚，就今年年中开始感觉有些奇怪的，若真的要讲一个时间，应该就是六月末的时候监狱里有个老犯人自杀，没几天他就有了这感觉。

我皱眉，说什么老犯人？

他说在六月末的时候，也不记得具体是哪一天了，监室里有一个犯人用磨尖的塑料牙刷柄，将自己脖子和大腿的血管割裂，一声不吭地自杀身亡了。老将他堂叔值班，他是在天明接到犯人的报告才知道的，赶到的时候，犯人蜷缩在地上，血流一大摊，汇聚成了一幅很诡异的图案。

当时的场面，非常恐怖。

他应该就是那个时候受到的惊吓，后来几次做梦都梦到那个图案，醒来就是一身湿淋淋的汗水。

我心一动，说，那地上汇聚的图案，是不是像一个趺坐的人像？他回忆了一会儿，猛地点头说，对对对，而且还三头六臂的，在灯光的照射下，红红的，吓人得紧，当时好多同监房的犯人都吓得直哭——要晓得，那里是重监室，关押的都是些穷凶极恶的家伙。

我盯着他的眼睛，一字一句地问，那个老犯人叫什么名字？

老江他堂叔被我严肃的神情给吓倒了，有些犹豫地说："他、他叫罗大成……"当听到这个名字，我的心顿时一阵狂跳，终于想起来了，"罗大成"我或许记忆不深，但是罗聋子，我却是会时常想起的。这个能够将一根铁锈钉子炼化为灵蛊的家伙，我当时并未觉得有多厉害，但是随着我对于巫蛊之术明了得越来越多，便越发觉其中的厉害。

用意念控制死物，怎么说都是很高的一个水平。

在这次进青山界之前，我还特意问了一下马海波关于罗聋子的情况，他告诉我罗聋子早就在监狱里面自杀了,我当时只关心矮骡子的情形,并没有多想,现在回想起来,马海波当时给我描绘罗聋子死时的惨状,怎么看,怎么都像是用自己的死,来作为一段诅咒的开始。

再联系到刚才震镜收服怨灵时的那声惨叫和叹息,不就是罗聋子的声音吗?

他已然通过诡异的死亡仪式,转化成了怨灵,伺机潜伏着,不断强大,一直等到仇人的来临。那么,他报复的对象是谁呢?很显然,这个答案不用想都知道,作为一手将中仰苗蛊断绝的始作俑者,我,陆左,应该是最值得罗聋子憎恨的那个人。

那是一个用生命为代价而发出的诅咒,但是我并没有受到困扰,这只会有两种可能:一、我不是罗聋子的诅咒目标;二、罗聋子诅咒的怨灵还没有成长得足够强大,所以暂时没来找我。

无论是哪一个可能,我感觉我都有去查探一番的必要:将危险掐灭于萌芽状态,这无疑是一件让人期待的事情。我在问了老江他堂叔的一些细节问题后,决定第二天去县监狱的死亡现场查探一番。这边完毕,我宽慰老江他堂叔,说你身上的问题已经处理好了,不用再疑神疑鬼,也不会身虚体弱了;抱孙子,也不会把小孩子惹哭了。

他连声感谢,激动得眼泪都流出来。

我将豆豆的裤子扒开,看着他粉嘟嘟的屁股蛋儿,上面已经没有了那诡异的红色印记,但是依旧有一些青色的痕迹。

我轻声叹了一下,这孩子在解怨的最紧要关头,被他那多疑的母亲好心办错事,结果差一点功亏一篑,让我手中的热力伤到了他稚嫩的身体。倘若是成人,顶多也就是一会儿不舒服,但对于他,却是莫大的伤害——"风、寒、暑、湿、燥、火",病灶已成,各种病邪均会乘虚而入,使得这个可爱的婴儿免疫力低下,这一生只怕都逃不过"体弱多病"的怪圈。

我用黄符纸将"十二法门"中巫医里一副养精固气的方子抄录下来,又将事情的首尾,与老江他堂叔、堂婶言明清楚,没有再作停留,下楼出门,朝着坡脚走去。

老江追着我出门,送我下坡,走了一路,灯光明明暗暗,我们并没有说话。一直走到坡脚,老江才吭吭嗤嗤地为他那个昏了头的堂兄,跟我道歉。莫名其妙被打一顿,我心中自然有气,但倘若把这气撒在老江头上,又显得我实在太没有是非观念了。

我笑了笑,摆手说不用,小事而已,无须挂齿,这错自然是错了,但并不是你的错;况且,他是你堂兄,我们是二十多年的兄弟,容人之过,这点度量我还是有的。

老江感慨万千,抓着我的手臂久久不说话。

辞别老江,我抬手看了一下时间,才凌晨零点过几分,想了想,给马海波挂了一个电话。电话过了一会儿才接通,不过声音倒是很清醒。我告诉马海波我的推论,并且提出明天想去县监狱查探一番。马海波满口答应,说要得,明天早上上班的时候直接到他的办公室来,相关的手续,由他来帮我办理。

打完这通电话后,我缓步沿着街道走。十一月的天气有些寒冷,风刮在脸上刺痛,地上有白色的废纸条被吹着,来回地打旋。我踏着这风来到位于新街的家里,杂毛小道不在,客厅里的电视柜上,卧着一只懒洋洋的肥鸟儿,我进来的时候瞥了我一眼,又翻身睡去。

我听杂毛小道说过,冬季的虎皮猫大人向来困倦,有的时候能够睡上好几天,不知道是虎皮鹦鹉的特性,还是大人转生时落下的毛病。

我也不管它,将朵朵和肥虫子放出来,然后去浴室泡了一个热水澡,接着回到主卧,放着舒缓的轻音乐,静静地躺在床上。床头的柜子旁还有半瓶红酒,我不由得想起了在无数个寂静的夜里,某个孤独的女人,端着残留酒液的高脚杯,凝视着波光潋滟的红色液体,如同遥望着远方那个心头的恋人。

我又想起了某个疯狂的夜里,一对相爱的人,在这张大床上的抵死缠绵。

我靠着这美好的回忆入眠,一夜无梦。

次日醒来,洗漱完毕,依然不见杂毛小道回来,走到客房去看,行李仍在,电话却不通。

我将修炼一晚的朵朵纳入胸前的槐木牌,然后把打呼噜睡觉的虎皮猫大人拎起来,问杂毛小道的去处。被扰了清梦,大人自然是破口大骂,不过最后还是告知我老萧的去处:帮人捉鬼去了。

这个解释让我惊奇,这个被剃了头的假道士是个舌绽莲花的家伙,凭着那三寸不烂之舌,在我们这地界开辟出市场来,端的厉害。

见虎皮猫大人有些恼恨,我也不敢太得罪它老人家,连忙好生安抚,留它看家,自己则出了门。

新街离公安局不远,步行十分钟即到。我这人嘴馋,没有直接去,顺着河边街走,去一家老有名的早餐店吃了两碗米豆腐,辣得汗淋淋,之后才来到了马海波的办公室。马海波新官上任,事务繁忙,自然没时间带我去。喝了一杯茶,我将昨天遇到的事情,跟他详细说明。他脸色凝重,招呼了一个新来的小伙子,叫做小李,让他陪着我前往,监狱方面也已经打好了招呼,直接去便是。

马海波给小李安排了车,出了门便直接朝着位于城郊的监狱驶去。没一会儿,我就远远地看到了高墙和铁丝网。

小李是新分配到局子里的警校生,不过办事倒也干练,将车停好,跟门卫办理手续,我在旁边等待。没承想后面有人在叫我,我回头,只见杂毛小道在马路的对面朝我挥手。

他走过来,问我怎么会到这里来?

我反问,说,你这家伙夜不归宿,是不是又去守护失足妇女了?杂毛小道看着朝这边走过来的小李,说,屁啊,条子在呢,你好歹也要维护一下我的形象。谈笑一番,杂毛小道才说起他过来的原因:他这几日闲来无聊,便在县城扯起招牌算命,结果正好碰到一档子事,主顾家中闹鬼,然后他昨天前往查探,最后顺着蛛丝马迹,一路便来到了这监狱外面,正愁着如何进去呢。

我眉毛一挑说,你的那主顾,莫非是背上生了一个红色的人像印记?

杂毛小道大惊失色,说,你这个家伙是咋知道的?

我大笑,说,老子掐指一算,便全然知晓了。杂毛小道撇嘴说,乱蒙的吧,不过不在背上,而是在腹股沟里。

这时小李走过来招呼我进去,我让他把杂毛小道的手续也一同办了,小李说没问题。我拉着杂毛小道的袖子就往里走,说走,我们边走边谈。

第九章　双蛊相斗，金蚕为王

　　有了马海波的招呼，我们一路畅通无阻，小李在前面领着，而我则跟杂毛小道在后面交流。他简短地介绍了一下他那边的情况，说那主顾是个刑满释放的劳改人员，就住在离县城不远的大垌乡，状况和老江他堂叔差不多，也是中了邪。

　　杂毛小道三言两语便套出由来，感觉有些邪门，便给那人一符，安定心神，然后追至此处。

　　小李领着我们来到一个办公室，里面坐着一个沉稳的中年人，是这儿的领导。

　　小李给我们做了介绍，知道这位领导姓周。马海波之前跟周领导通过电话，他很热情地欢迎了我们，没说一会儿，便跟我们诉苦，说自从六月出事之后，早就想找人看看了：出事的那个监房，总是感觉阴气森森的，好些个犯人整宿整宿地做噩梦，哭闹得不行，而且值班的狱警也时有反映，说总能够听到奇怪的动静。

　　更加让人不安的是，有两个转监的狱霸在前段时间猝死了。

　　如此这般，我们便是一拍即合，当下由周领导带我们前往监房。

　　作为一个向来遵纪守法的公民，我这辈子也没有进监狱这种机构的机会。跟电影小说里描述的不一样，除了门窗皆是铁的、防卫森严外，竟然和我读书时候的宿舍，有些类似。通道里有一股陈腐的气味，灯光虽然明亮，但是却给人阴森之感，不知道本就如此，还是因为进入监狱心理作怪。

　　过了几道铁门，穿着制服的狱警敲了敲右边最里间的门，叫嚷了几声，接着带我们推门进去。

　　走进去，先看到的是一排蹲在墙脚的人头，全部都青愣瓦亮，狱警跟为首的那个大胖子训了几句话，然后回过头来，问我们要怎么搞？杂毛小道问能不能把这些人先请出去，我们好仔细查勘？狱警回头看领导，姓周的领导点头说好。于是像赶羊一般，那一群穿着囚服的犯人在呵斥声中，挨个儿走出去。

　　我看着这些人，全部都朝看守露出讨好的笑容，如同幼儿园的小朋友——他们在外面或许是穷凶极恶的恶人，或许是油奸手滑的偷儿，或许仅仅是热血冲动的普通人，但是在这个小小的空间里，却都失去了自由，有的甚至抛开了尊严，只为了一点点好的待遇。

　　这个地方，人性扭曲得厉害，历来都是不祥之地，能不进来，最好还是不要进来。

　　待人走空，杂毛小道将灯关上，点燃一根红色的蜡烛，然后蹲下来，借着这跳跃的烛火瞧手中的罗盘。罗盘轻微抖动，指针不住地旋转着，杂毛小道口中不住地念着"开经玄蕴咒"，而我则四处打量着这监房：大通铺，很普通的样子，在最角落里有一个蹲坑厕所，散发出一股尿骚味；当杂毛小道将灯关掉的时候，我左边的眉头不由得一阵跳动，有一种奇怪的感觉。

仿佛被人盯上了。

四下黑暗，杂毛小道念念叨叨，声音模糊，在房间里回荡，周领导、小李这几个本来在旁边看热闹的人感觉不对劲，悄悄退出门去，整个监房里就只剩下了我和杂毛小道两个人。

上午九点半，外面天气阴沉，而这里面，莫名地寒彻透骨。

借着朵朵的鬼眼，我仔细地扫描着，打量每一处角落，空气都变得有些沉重了，每呼吸一次，都感觉心中气闷。杂毛小道已经站了起来，端着罗盘慢慢朝我走来。他面色凝重，一眼也不眨地看着我。我想笑，却笑不出来，探头过去看他的罗盘，只见天池里的黑色指针，正死死地指向了我。

我往左边移动一步，指针便往左边偏移一分；我望右边移动一步，指针便往右边偏移一分。

我的心突然提到了半空，感觉身后有一物在动，猛地往后一瞧——什么都没有！悬空的心终于落下来，我一掌拍在杂毛小道的肩膀上，笑着说，你没事吓我干吗？杂毛小道没有说话，用下巴努了努地上，我奇怪，往地下一瞧，吓得魂飞魄散——我刚才站立的几个地方，出现了好几个清晰的血脚印。

这血脚印的纹路和我所穿的大头皮鞋一般模样，显然是我刚刚踩出来的。

当我注视地上的时候，杂毛小道刚刚点燃的那一根红烛，也开始激烈地跳动起来，灯影飘忽；而我们所站立的地板，开始湿润起来，我感觉我的鞋子黏嗒嗒的，像是被什么东西给胶住了一般。

水泥地上，渗出了好多血水。

我和杂毛小道一步一步退，而那地上血水跟着我们蔓延，在蜡烛的照耀下，呈现出一种妖异的红色。终于退到角落，旁边的那个蹲坑厕所没有冲，显得十分的臭，而那血水则顺着我们脚下流过，流向了黑黄色的陶瓷坑中去，嘀嗒嘀嗒，竟然有清晰的响声，出现在我的耳朵边。

杂毛小道端着红铜罗盘，在我耳边喃喃说道："小毒物，这股怨气看来是冲着你来的啊？老萧我还没怎么作法，它就连底裤都掀开来了，不对劲儿啊？"

我说，罗盘怎么显示的？

他说，阴灵之气最足的，应该就是在这里，想来几个月前那个罗老爹自杀，血水应该就是从这里冲洗出去的。我听过这种死祭之法，死的时候越是痛苦，产生的执念便越大。但是你要知道，人类骨子里其实很怕死，恐惧痛苦，所以能够在自杀的时候忍受这种莫大的痛苦，死后必然会产生极强的怨念，化身为鬼魂怨物，拥有莫大法

力。而它能够潜伏这么久，说明……

我接着说："说明它是一个极厉害、极聪明的怨灵，想要引导我至此！"

"正是！"杂毛小道的目光已经瞧向了大通铺最靠近蹲坑的位置。

我走过去，掀开被子，在那一刹那，有一道影子朝我面门射来。早有准备的我往后一仰，这东西从我的鼻尖险险擦过。视线之外，在我的感应中那黑影并未直飞而去，而是如同拥有生命一般，转弯回来，又朝我的后脑勺射来。我往旁边跳开一步，发现杂毛小道已经拔出木剑，挡住了那东西。

我稳住身形，定睛一看：居然是一根一指长、浑身生锈的铁钉子。

它钉在了杂毛小道那把劣质木剑上面，不断地发颤，似乎要脱离出木剑，然而杂毛小道岂是易与之辈，他竟然模仿着这钉子的震动频率，与之协同，将这蠢蠢欲动的钉子给稳定在木剑上。

我的脑海中立刻蹦出了一个词——"钉子蛊"！

此蛊我后来还专门翻阅过《镇压山峦十二法门》的相关记载，它和周林炼制的夺命追魂银针一样，都属于利用怨念驱动的死物，是很古老的巫术炼器。至今几乎绝迹。

既然是蛊，自然少不了金蚕蛊出马，我口中大喝"有请金蚕蛊大人现身"，肥虫子应声透胸而出，飞临到了杂毛小道的木剑上，它小心翼翼地碰触了一下那犹如装上了电动小马达的钉子帽，来回几次之后，突然用肥肥的躯体将这生锈的钉子给缠住，使劲儿一吸，那东西便失去了活力，不再动弹。

我拍着手，给这小家伙助威加油，心中高兴，突然杂毛小道伸出左手，把我往旁边猛地一拉。

我猝不及防之下，一屁股跌坐在地上，正好坐在那湿漉漉的蹲坑旁。血润湿了我的裤子，我有些生气，正想骂他，突然感觉一道阴凉至极的气息从我的身边吹过去，浑身的鸡皮疙瘩立刻蹿起来。杂毛小道一张火符燃起，朝着蹲坑扔去，只见这坑中的洞里刷的一声，冒出一只由黏稠液体组成的手，一把抓住了我撑在地上的左手。

啊——

这东西触感滑腻，里面似乎还有好多疙瘩和秽物，阴寒恐怖，力道还大得出奇。

我被这一拉，整个人往坑中平移过去。它的力量十分大，且源源不断，似乎想把我整个人都给拉扯到里边去。我的脸瞬间涨得通红，费力地往回拔，然而却无奈地一点一点，滑落过去。

一剑划过，杂毛小道的木剑斩过那只血手，犹如挥刀断水，不伤分毫。

力道在持续，我感觉自己的整个膀子都要给拽下来了，一想到我有可能被拉扯进这下水管道中，整个人化为肉糜，我就惊恐万分，使劲地往回扯，然后运足了气力，将左手上那可克制邪物的力量激发出来。就在这时，一道金光划过，金蚕蛊射进了这血手之中，金光闪耀，接着那犹如实质的血手一阵黑烟冒出来，力道弱了几分。

我憋足了精神，奋力往上一拽，拉出一条血带上来，一时怨念游聚，红光四射。

我的双手一合拢，将其往墙上一扔，使劲高喊了一声"裂"，手结智拳印，死死抵在了墙上，杂毛小道也与我一同出手，符纸燃烧，剑点墙壁。整个阴冷的气息顿时收敛，而在那墙上，则出现了一个如同刻画上去的红色人影。

第十章　群体事件

之前印在老江他堂叔和他大侄子身上的印记并不是很明显，我也只能够隐约瞧个大概，这一回倒是看清楚了：这是一个三头六臂的人像，青面獠牙，凶神恶煞，极尽狰狞之能事，每个手上皆持有法器，或镜或简，或棍或瓶，最醒目的是一个佛塔状的东西；它双腿盘坐，姿势左倾三十度，身下有一燃烧的黑莲，盛开着冉冉的火焰……

我的心在那一刻咯噔一下。

这玩意儿……便是罗聋子用性命祭奠的神灵吗？我怎么看，都跟邪灵教供奉的那个神像，有着千丝万缕的联系啊？

杂毛小道也觉得奇怪，刚才那怨灵凶狠非常，差一点我们就着了道，哪知金蚕蛊的这一番介入，竟然如春阳融雪，将其戾气给一举抵消，最终给我们赢得了宝贵的时间，凝神聚气，将其倒印在了这水泥墙上——鬼魂怨灵之物，本来无质无量亦无形，然而却能够借助于属性为阴的媒介伤人性命，也正是金蚕蛊定住其身形，才有了这一番成功。

莫非是金蚕蛊天生克制它？

我一边紧张地瞧着墙上的图像，一边摸了摸飘飞于空的金蚕蛊，以示表扬。

当杂毛小道桃木剑剑尖的那一张符箓燃烧殆尽，整个房间的阴霾之气都一扫而空。我朝着门外喊去，立刻有人走进来，把灯开了。瞧见我和杂毛小道这一身狼狈，周领导惊讶万分，隔得远远，问怎么回事？

我指了指地上，看到这渗血的水泥地，他惊得一头的汗，连连退后。

我悄无声息地将金蚕蛊收回体内，朝那墙上的神像图案连续结了九种手印，然后按照原路，退至门口。

杂毛小道燃符的桃木剑，剑尖已烧成炭，用这黑色，在那墙上画了一个正儿八经的"龟蛇七截阵"，卦象斐然，接着又书了几个潦草天书，来到我身边，对着周领导朗声说道："这位领导，这房间已成怨气集聚之地，活人浸染则性情古怪，死人浸染则生魂不消，化为厉鬼。我与陆左已找出源头，将其封印在了墙上，但毕竟为妖邪之物，怨气难消，倘若有所遗漏，自然不美。所以，如有可能，还请狱方延请道家、佛门修士至此，以诚心念经持咒。超度三天，方可解脱。"

周领导看着监室地上的鲜血和墙上的倒影，吓得浑身直哆嗦，又见我和杂毛小道浑身污秽，知道我们所言不假，便提出由我们来将这东西净化。我不说话，杂毛小道则充分发挥了他忽悠人的本事，硬生生地敲了满满一竹杠。

谈妥这些，暂时将这监室给封锁，杂毛小道往门上贴了两张符纸，口中念经，态度积极很多。

我们在监狱的浴室里好好洗了一个澡，又托小李帮我们去县城里买来一整套换洗的衣物，然后将换下来的这些沾了污秽的衣物，亲自拎到了锅炉房，将其给悉数烧成灰烬。完成这些，我们回到办公室与周领导详谈后续事宜。罗聋子留在这监狱中的诅咒，已然被我们封印，只需请人日夜念经超度怨气即可，但是有一点，便是那罗聋子死后，尸体是怎么处理的？

周领导告诉我们，罗大成并没有什么亲戚，在公安局验尸、证明自杀之后，尸体便交由其生前所在的中仰村村委会处理。据他所知，中仰村的村支书将罗大成的田地收回，老屋变卖了之后，筹得了一些钱款，将其草草安葬了。

至于葬在哪里，那就不得而知了。

斩草除根，追本溯源，我和杂毛小道商量了一番，决定跑一趟中仰村，去查询罗聋子的下落。

事不宜迟，我立刻打电话给马海波，征得他的同意之后，由小李送我们前往中仰村。

离开监狱，我们马不停蹄地朝西赶去，到了位居深山的那小村子，已是中午时分。小李带着我们前往村长家，在得知了我们的来意后，那个须发皆白的老村长（其实是村支书）背着烟袋锅儿，带着我们走了三里地的蜿蜒山路，来到一个山岗子旁，指着眼前那一片乱坟岗子，跟我们说那个新的坟冢，便是罗聋子的。

他们房族人少，到他这一脉就断绝了，村民们不忍心让他抛尸野外，就筹集了些钱财，给他买了一口薄皮棺材，葬在了那里。

我们上山下坡，终于来到了这新坟前，竖起的青石碑窄窄的，占地也不大。坟石垒得也凌乱，敷衍了事的，让人瞧着就有些不自在。墓碑上面写着罗大成的名字，落款是几个远房的亲戚。我注意到这坟的旁边，还葬有一个我的熟人，便是我获得金蚕蛊之后的第一个对手：罗二妹。

原来，罗二妹也葬在这里，两人的坟冢竟然比邻而居。

说到底，我与罗聋子本无仇怨，最开始的原因，是他认为自家堂妹是被我害的，死于公门，魂魄不得安宁，于是便向我寻仇。罗聋子与罗二妹一般，潜藏多年，几乎没人知道其养蛊之事，却为了争得胸腹间的那一口气，发生了这么多变故。我不知道这对堂兄妹之间，有着怎样的故事，但是回想起来，却总感觉造化弄人，不胜唏嘘。

我围着罗聋子的坟冢绕了一圈，总是感觉有什么蹊跷似的，迎上杂毛小道的目光，他点头，轻声说，要开棺验尸。

我把小李拉到一边去，问这事情该怎么搞？

小李有些发愣，说这事情麻烦，死者为大，贸然将他的坟墓给掀了，似乎总有一些不妥。旁边的老村长听到我们的谈话，也连说不可，老辈人的说法，挖坟不详，会

遭灾的，也容易连累旁人。

　　见两人都反对，我反而更加坚定了开棺的心思——反正又没有苦主来寻。

　　我们没再说话，跟着这老头儿一起回去，在他家里吃了午饭。我打电话给马海波，商量此事，一开始他嫌麻烦，不肯答应，我便吓唬他，说那坟里头有古怪，倘若不理，那也无妨，我自离去，只是以后这边出现啥子离奇的命案，千万莫要来找我，找我我也不管。

　　见我说得吓人，马海波无奈，答应帮我找人。

　　吃过午饭，他打过电话来，说原则上同意了，但是说服不了中仰村的人，人手方面还是要我们自己找，经费局里面来出。

　　我们无奈，还好小李认识这个村的民兵队长，招呼了四个壮劳力，偷偷瞒过老村长，再次前往那乱坟岗子。我们七个人，每人一把锄头，开始刨起坟来。都是庄稼汉子，挖得也快，没多久就挖了一大半，刚刚露出那黑色薄皮棺材盖子的时候，远处就传来了一声声的铜铃声。接着，坡脚下的田洼子尽头凭空涌出一大群村民来，哇啦哇啦地叫喊着，领头的正是那个老村长。

　　小李看到这情形，腿吓得发软，连道完了完了，被他们发现了。

　　做他们这一行的，最怕的就是这种群体性事件。闹事的屁事没有，反而是他们这些引发群体事件的警察，事后总是会被追究责任，一撸到底。一想到回去坐冷板凳的凄惨情景，小李脸色苍白，忍不住埋怨我和杂毛小道，怪我们给他和马队长捅了大娄子。

　　我的脸色也不好看，本以为罗聋子并无直系亲戚，没有苦主来找寻，却没想到这村子里的人如此团结，老村长一声招呼，呼啦一下就来了四十多号人。中仰早年间就是个生苗寨子，闭塞偏远，这里面的人也是出了名的霸蛮，没想到改革开放了这么多年，还是这般模样。

　　倘若势态得不到控制，大家的脸上可都不好看。

　　老村长很快就在众人的簇拥之下，来到了我们的近前，那个民兵队长和招来的四个汉子都是他的孙子辈，一人头上挨了一巴掌，这些膘肥体壮的老爷们屁都不敢放一个，乖乖地蹲在了一旁。老村长逞够了威风，指着我们便大骂，说好吃好喝招待你们，吃饱了一抹嘴上的油，便跑来俺们村刨人家的坟地，这是什么道理？

　　旁边的村民看到这挖到了一半的坟堆，纷纷怒骂。

　　有说青蒙土话的、有说苗语的、有说侗话的，越说越激动，一时间口沫飞扬，群情激愤，扛着的耙子锄头，恨不得往我们头上招呼过来，场面一时失控。

　　我、小李和杂毛小道一边往后退，一边跟他们解释，可是这场面，哪有人听我们说话？个别缺德的小屁孩捡起地上的土坷垃，就朝着我们的脸上扔过来，然后立刻有人效仿，纷纷准备扔土块。见到这情况，杂毛小道气沉于胸，使劲大吼一声："别吵了！"他是靠嘴皮子吃饭的人，一声出口，便如平地惊雷，旁人皆停住了口。

乘着这气势，杂毛小道跟为首的老村长解释起来，无奈他依旧不听，只是让我们赶紧滚蛋。

也就在这时候，天那边飘来一朵云，本来就阴沉的天气突然就黑了，而我们后边的坟里，传来了一声声沉闷的敲击声。

第十一章　中仰白僵事件

　　坟前有些混乱，刚开始的时候，大家都还不是很在意这声音，然而这声音却十分执着，扣扣、扣扣……

　　人群中的声音开始逐渐低落下来，大家都四处张望，想找出是哪里发出来的响声。这乱坟岗子里，怎么会有这种骨节敲击木头的声音呢？于是都探着头过来，瞧向那挖出来的坑。

　　那口装着罗聋子尸体的薄皮棺材旁边没有人，但是却传来了轻微的摇晃，接着那声音又执着地响起来。

　　下午三点，天色昏暗，有风从对面的山头刮过来，呜呜地吹着，黑压压的云层低垂下来，仿佛下一刻就要下雨了一般，整个坡上的气氛都十分凝重。刚才还大声叫骂的村民脸上都露出了恐惧的表情，相互推搡着，不断地往后退。老村长到底是个拿惯主意的人，走上前来，一直来到了坟边，听着这诡异的响声从棺材中传出，强作镇定，伸出一双粗糙的老手拉我的衣袖，说，后生崽，真有问题啊？

　　我耸了耸肩膀，说，要没有问题，我们没事跑到这山窝窝里面，来挖啥子坟哟？这个罗聋子又不是有钱人！

　　其实不止我们那儿，整个苗疆一带，特别是乡下，老一辈人都很迷信，逢初一十五，香烛不断，就是怕有个灾祸缠身，相关的传言也多得很。村民们陆续聚拢在一起，刚才还如同狼一般凶猛，此刻却又跟那小绵羊一样，忐忑地看着我们，每个人都惴惴不安。

　　那棺材开始摇晃起来，声音越发地大了。

　　老村长咽了咽口水，换了一副口吻，说两位大师，这下可该怎么办才好哟？

　　我走上前来，盯着那棺材看了一下，跟杂毛小道交换意见，说，莫不是变成了僵尸？杂毛小道有些疑惑，说，这个地方的风水固然差劲，但也不像是养尸地啊，怎么可能这么容易尸变？不可能吧……

　　正说着，那口薄皮棺材的黑色盖子突然间就裂开了，从里面直直地跳出一个黑衣黑裤的男人来。

　　只见他身体僵直，脸上的肌肉萎缩，眼睛呈现出一种死鱼一般的白色，瞧这脸，不是罗聋子还有谁？

　　从棺材中跳出的罗聋子浑身但凡裸露出来的肌肤，上面都是一层细密的绒毛，如同家里面做霉豆腐发酵时候的那层白毛。他眼睛直勾勾的，鼻子像狗儿一样耸动，张开嘴，一口黑色獠牙，发出吓人的嘶吼声，接着奋力朝着人群蹦去。

村民们哪里见过这档子阵势，全部都将手上的家伙往前一扔，撒丫子就往坡下跑去。

就连地上蹲着的民兵队长和那几个汉子，也一溜烟跑得不见踪影。

而我旁边的老村长，他则吓得"啊"的一声大叫，竟然直愣愣地栽倒在地上。那场面混乱极了，然而见到这一身白毛的僵尸，我的第一感觉竟然不是害怕，反而有一种熟悉感。

不过是最差一级的白僵而已，行动迟缓，不灵活，又怕阳光又怕鸡狗，晚上偷偷摸摸出来吓人还好，现在嘛？

"呵呵！"

好吧，不得不承认，一个人见过了太多的恐怖，本身便很恐怖；见了太多的变态，本身就很变态。

这句话用文雅一点儿的句子来表达，便是"曾经沧海难为水，除却巫山不是云"。

见过了顶级飞尸，我和杂毛小道表情轻松，然而围在坟地前的那一大群人，却吓得不轻。他们都是在山路上飞奔的山里人，撵兔子的时候能把自家的狗都累趴下，没一会儿，已然跑到了坡脚下，留下了一堆破鞋子。我入特勤局不久，知道类似于这种容易引起恐慌的事件，是需要隐藏的——这是水面下的潜规则。

我也不敢把事情闹大，掏出震镜，冲着朝我跟跄奔来的罗聋子当头就是一照。

无量天尊！

它被定住之后，杂毛小道断然出手，廉价桃木剑刺出，剑尖挑动着一张黄色符纸，瞬间便黏在了它的额头上。

然而被贴中了符纸，但那家伙却并不停止奔走，依然跟跟跄跄地朝我过来。

我心中一跳，这家伙，并不是普通的白僵那么简单，似乎还有一些料子在。不过我心情也不紧张，抄起地上的锄头，便朝着这家伙的腿关节擂一棍子。一棍即敲实，我仿佛敲在了石柱子上面一样，回馈的力道很大，完全不像是白僵的身体。

我暗道不好，这罗聋子定然是修有秘法，使得自己在短暂的五个多月，就已然养成了铜甲尸的雏形。

果然不愧是资深的养蛊人，巫蛊一道，确实有很多精妙独到之处。

一番交手之后，我们立刻明白了罗聋子的实力。与这僵尸拼力气，显然不是一件聪明的事，于是我们放弃了力斗，开始与之周旋起来。破此邪物，最好的莫过于将黑狗血、黑驴血或少女的下宫血等物淋在其头上，最是立竿见影。这荒郊野岭，很难找寻，不过正好我袋中有些剩余的糯米，便朝它噼里啪啦一撒，将其烫得嗷嗷直叫。

杂毛小道也发了狠，虚晃了几招之后，将那把廉价桃木剑直接捅进了僵尸的嘴中。

木剑入嘴，自然被一口咬断，杂毛小道并不介意，将这断碴也塞了进去，口中一

声怒吼，曰："呔！"

那罗聋子化身的白僵竟然往后直直倒跌而去。

我大步向前，给这个家伙当胸就是一个"外狮子印"，口中的"金刚萨埵法身咒"急速念出，感觉这僵尸身上的怨力消散，开始变得没那么浓郁了。杂毛小道往这家伙的脑门上轻轻一扣，这家伙便不再动弹。我歇息了一会儿，招呼旁边吓得不敢动弹的小李，让他把地上的老爷子给扶起来，别这边没事，老爷子倒又心脏病了。

小李哆哆嗦嗦地走过去，掐住老村长的人中，不放心地问，这死人还会再动弹不？

杂毛小道自信地回答，说，放心，吃了我这一记桃木剑，又经我和陆左两人的道力震散，它的怨灵已经消散，不会再凝聚了。不过，这东西尸变之后，浑身均是毒，倘若让什么野狗狸猫或者老鼠吃了，又是一场祸害。

说话间，老村长幽幽醒了过来，所幸没有受到精神上的创伤。

我们跟他说明了缘由之后，让他召集村民，把这地上躺着的僵尸给火化了，并且让他给村民们统一思想，不要将这件事情说出去，不然整个村子都会遭灾的。老村长唯唯诺诺，点头答应；小李打了个电话给马海波，讲明缘由，然后扶着老村长一同下山，去找山民。

小李路过我这里的时候，裤裆里一股子尿骚味，显然刚才吓得不轻。

我和杂毛小道蹲在坟头，笑说小李这家伙，刚开始看着一点儿事都没有，以为是个胆子雄壮的人，却没想到尿了一裤子，哈哈。说着话，我体内的金蚕蛊一阵骚动，有一种不安的感觉传递到我的心头。我站起来，看着天际那低沉的云，仿佛要下大雨一般。

顺着金蚕蛊的指引，我来到了罗聋子的薄皮棺材前。

只见那黑色棺材盖被破翻开去之后，里面并没有什么陪葬物件，只是一些寻常的白色布匹，在下面，有一层油腻的液体。

而那液体里，密密麻麻的有好多红色蠕动的虫子，在翻滚爬行着。

我眼皮一跳，这些东西可不是正常的蛆虫，如蚂蟥般身形扁长，口器古怪。杂毛小道凝神看了一会儿，皱着眉头说，这东西，莫非又是什么蛊毒？

我点头，接着又摇头，说不知道。罗聋子的死本身就透着一股子诡异：因为没有充足的证据，所以他的判刑只是劳教几年而已，没多久就能够出来了，然而他却在所有人都未曾防范的情况下，选择了自杀，而且还是充满了宗教神秘仪式的怨灵祭祀，显然是不怀好意，蓄谋已久的。

不过说这么多，也无用，过了半个小时左右，退散去的村民又重新返回来，而且还带了火化用的柴火和燃料。

一同来的还有两个眼神明亮的中年人，方脸剑眉，走路的姿势像军人。

经介绍，原来他们便是洪安国给我讲过的，监管这青山界的专业部门人员，正好在这村子附近，闻讯就赶来了。我们握了手，相互寒暄几句，然后点燃了熊熊火焰，将罗聋子和棺材里的怪虫，付诸一炬。

白僵足足烧了两个多钟头，浓烟滚滚，味臭之极，弥漫了整个山头。

好些个小孩子受不了，纷纷呕吐，我于是招呼体质弱的人先暂时离开。火焰燃烧完毕，留下了一包黑色灰烬。我挑了些无伤大雅的骨灰，让人收敛，置于坟中，其余之物也不放心别人，便与杂毛小道在向阳的山头选了一颗老松树，挖坑埋下。

松树历寒不衰，四季常青，庄重肃穆、傲骨峥嵘，乃镇压邪物的不错选择。

完成这些后，我们与老村长握手告别，剩下的工作，向上级汇报之类，则由那两个中年人来做。乘车离开中仰的时候，我意外地在寨门口附近看见了贾微的父亲慧明和尚，我们相互对望，并没有交流，错肩而过。

说实话，我真不知道隔离青山界的负责人，居然是他。

他是想把自家女儿的尸体，给找回来吗？

第十二章　病变

　　回到县城已是下午六点，我们直接来到了马海波家里，小李向他领导汇报完后离开，而我则和杂毛小道留在马海波家里吃晚饭。聊来聊去，都是今天发生的那些破事，马海波忧心忡忡，但是在我们看来，并不是什么大的事情，反正有关部门已经介入了。

　　饭前洗手的时候，我看着手上那若有若无的蓝色骷髅头，发现自从被那茅坑里伸出来的血手给抓了一把之后，便有些火辣辣的痛，难受得紧。

　　马海波升职之后，压力越发的大了，应酬也多，今天也是专门推辞了宴请，等着我们的到来。他老婆谈及此事，十分不满，笑着说老马升职之后，工资没见涨几分，肚子倒是鼓起来不少，让人以为他有多腐败呢。

　　我们都笑了，马海波家中的摆设略显陈旧，家具都是十几年前的老款式，相比其他人来说，他算得上是一个相当克己的领导。这一点难能可贵，也是我一直待他为朋友的原因。

　　毕竟这样的人，真的不多了。

　　我们在马海波家里待到了晚上八点多钟，告辞离去。

　　接下来的几天里，杂毛小道便去监狱里帮人做法事，念经消磨那监室里的怨气，一番布置，不知道又捞了多少油水。不过这也是他得该之物，我并不去管。连老江这边，也在第三天的时候找到我，将此事的酬金给我——豆豆的父母并没有出面，不知道是羞愧，没脸见我，还是因为没有利用价值了。

　　不过我也无所谓：我接这份活儿，冲的是跟老江的交情，旁人的看法，并不能影响我分毫。

　　如此过了数日，我晚上在家中照顾吉祥三宝，白天便无所事事地在县里面逛——飞山庙、大凉亭、十里长滩、隆里古城……享受这闲暇时间的简单快乐。有的时候会在风雨桥上看别人下象棋，一蹲就是一下午，也会去找一些同学玩。只是自毕业后，大家山南海北，天各一方，聚不齐拢。

　　在县里面的同学也忙碌，各自都有一摊子事情，没有时间陪我这闲人。聚了几次，无外乎吃喝唱K，并没有多少意思，于是就停歇了。

　　有一天晚上，朵朵在我睡觉的时候偷偷溜了出去，回来的时候，眼睛哭得通红，问她话，也不答。

　　我想了想，莫非是想家了，返回自家亲生父母那里，瞧了一下？

只是她拼死不肯说，我也不好强问，摸了摸她的头，好言宽慰了一番，她的情绪才好了起来，露出了可爱的笑容。我心中有些难过，这小丫头，终于开始有心事了，不再像一块晶莹剔透的水晶，也不会什么事情，都跟我讲了。

这是好事，说明小丫头成长了，但是我心里却有些发酸，好像失去了什么。

这……也许是每一个父母需要面对的烦恼吧？

我在洪山的合伙人阿东在老家待了一段时间，终究放心不下餐房的事情，于是到县里来跟我告辞，准备离开晋平了。我借了车，送他去栗平的飞机场，回来路过大敦子镇时，撺掇我父母搬家，到县里面去住。我母亲不肯，她舍不得自家住了大半辈子的小镇，舍不得这左右相熟的邻居、老屋和青山绿水，以及每年三月那坝子上遍地开放的灿烂油菜花儿。

那是她熟悉的生活，梦里面都是这场景，怎么会舍得离开？

我无奈，找人给家里面换了些家具、增添了些布置，让父母的生活更加舒适一点。

期间的杂事颇多，不再一一详叙，平淡的日子虽然见之于文章，并不能够勾起人太多的阅读兴趣，但是我们所有的拼搏和奋斗，最终的目的，也不过就是为了安享这无忧无虑的生活而已。杂毛小道在帮县监狱超度完怨念之后，又在风雨桥头摆了几天摊，因为靠近几所学校，总是有好多学生妹子，找他算姻缘。

难得的是他不但紫微斗数、易经八卦了然于胸，对西方的星座、塔罗牌也是颇有研究，再加上那一张可以将死人说活过来的嘴，生意倒是蛮好，也摸了不少学生妹子的小手儿，每天都开心得要死。

不过，他历来喜欢刺激冒险，终究不是一个闲得住的人，没几天便在我面前唉声叹气，说闲得身上发霉长毛了。

我与他相反，恰恰是个没什么追求的人，唯一的想法，就是让朵朵能够自由出入于阳光之下，像一个正常的小孩子一般，拥有幸福而平淡的生活。比起杂毛小道来，我更喜欢安稳的日子。

世事难料，总是有一些事情，会激发着人朝着命运的轨迹靠近。

随着时间的推移，我左手上的疼痛开始越来越频繁、越来越严重了。

症状如同风湿一般，肌肉瘦削，关节不利，口鼻干燥，时不时有深入骨髓的疼痛从左手上的骨节处传来，有的时候右手也交相呼应。一开始的时候三两天，后来一天发作一次。

所谓十指连心，它让我疼痛不已，有时候甚至疼得直想撞墙。

一开始我还以为是被邪气侵袭，风湿入体了，有金蚕蛊在，调养一段时间便没事。然而随着疼痛的加深、发病的频率越来越高，我也开始重视起来，才发觉左右手上面的经脉已经开始变异，正朝着一个不可控的方向走去。所有的源头，都是来自于手掌上的那几个符文。

而真正的导火索,却是监狱中罗聋子的怨力。

杂毛小道与我一同分析了一下,他认为这手掌因为积聚了太多的邪气,以及邪灵的怨力,所以开始病变了——其实也不能说是病变,它对邪物的威力越来越大,也能够起到震慑邪物的效果,但是这些东西是不可控的,很可能会伤及我的身体。

这事也找了见多识广的"及时雨"虎皮猫大人,结果它只瞄了一眼,便说这东西属于苗疆巫蛊一脉,它虽然早年间认识几个养蛊人,但是却并不熟悉这手掌的诅咒原理。不过,既然能够让我感到痛苦,想来后续应该会有麻烦,有损健康,最好还是找寻一个解决的法子才好。

十一月下旬,我与杂毛小道前往市人民医院去检查身体,请骨科专家来帮忙会诊,看看能不能够用医学手段来将其控制,并且治疗。但终究不是科学领域的范畴,医生给我做了全身检查,得出的结论是健康无比,比牛犊子还要壮实。至于我时常感受到的灼热和疼痛,他犹疑了一会儿说,莫非是心理作用?

要不帮你介绍一个专业的精神科医生?

他说这话的时候,我正好发作,把青筋浮现的双手伸出来,递给他看。

望着这双不断颤抖的手,医生咽了咽口水,没有说话,而当我把手心翻开来时,变得幽蓝的皮肤上面鬼影浮出,吓得他一声大叫。

瞧他这状态,倒是比我更需要一个精神科医生了。

从市里面返回,杂毛小道打电话给家里,将我的情况说明,问有没有办法控制?回答是没有,从来没有听说过这种奇怪的印记,不过老爷子有好几个老朋友,可以帮忙去打听。杂毛小道再三叮嘱,说务必要快一些,这边有些急。

挂了电话之后的杂毛小道忍不住叹气,说今年莫不是犯了太岁,怎么诸事都不顺,各种各样的麻烦事,都找上门来了?

又两日,远在东官的赵中华打来电话,问我近况如何?

他在局里面看到一份西南局发过来的文件,已经知晓了我在家乡所做的事情,对我好是一阵夸奖,还跟我说处长准备把我的工资给提一级呢!虽说依然没有多少,但是作为一个刚来不久的新人,这也算得上一个莫大的荣誉了。

我苦笑,此刻性命危急,双手不保,加那几百块钱的工资,能有什么好值得高兴的?

聊了几句,赵中华听出了我话语中兴致不高,犹豫了一会儿,问我怎么回事?我说我的手发生了病变,现在开始逐渐地疼了起来,平时还好,一发作起来,酥酥麻麻的,骨髓里都疼得不行。

赵中华问,其他地方有事吗?我说,没事才怪,牵一发而动全身,哪里都不自在了。

他突然问我,上次跟我提起他恩师的事情,我还记得不?

我一时半会想不起来,问怎么了?

赵中华说他的授业恩师万窑是个很厉害的民间奇人,擅施红绳束鬼之技法,早年间独自一人走南闯北,司职捉鬼一事,超度的亡灵不计其数,因家中排行第三,江湖人尊称万三爷。万三爷是土家族人,对于苗疆诅咒封印之术,颇有研究,所以上次见我这断掌十字纹,便曾经邀我去见他的恩师,求得化解。现在既然病情加重,不如由他来牵线搭桥,去找他恩师瞧上一瞧?

我自然是大喜过望,连忙问他恩师万三爷现在所居何处?

赵中华说他恩师六十岁之后就封山收手了,目前隐居于素有"华中屋脊"之称的恩施巴东。

我立刻与赵中华约好,然后回家与父母告别。他们并不知道我手上的事情,只是对我好一阵埋怨,说没两个月就要过年了,怎么又要跑到外面去?

我好不容易把这老太太给安抚了,然后与杂毛小道到怀化转车,北上与赵中华汇合。

第十九卷　巴东叙事

第一章　野三关，小屁股

　　时近十二月初，鄂西寒峭，冷风南吹，一路上皆是萧瑟之意，再加上手上的毛病，让我心情郁闷不已。

　　因为走得匆忙，而且晋平与鄂西又离得很近，我和杂毛小道两人提前到达了位于神农架南麓的巴东县，在这个历史悠久的小城里足足待了两天，才等来了赵中华。见到一脸焦急的我们，这个收破烂的掌柜有些不好意思，跟我们握手寒暄，说他那边的事情最近也比较多，于是就来得晚了。

　　求人办事，自然不能挑人不是，我们自然说无妨，此地风光秀美，权当是"读万卷书，行万里路"，增长见识了。赵中华呵呵地笑，然后有些诧异地看着杂毛小道，说萧道长咋把头给剃了，就留了个短寸，看着怪不适应的，仿佛变了一个人。

　　提及此事，杂毛小道也是满腹怨言。

　　他在后亭崖子以及一线天中，伤得凌乱，哪里都有伤口，可怜他烧得昏昏沉沉，结果不但被人剪了头发，而且还把下面也备了皮。醒来的时候，他头上那飘逸的长发已然成了过往的历史，想想便是一包心酸的眼泪。还好，他的伤势有了金蚕蛊吸毒，脸上没留下什么疤痕，倒也不算是破相。

　　道爷不像我，长得本来就猥琐，再多几道疤，真是没法看了。

　　备皮这事儿，杂毛小道被我笑话了无数回，也就没脸再提，说了几句牢骚话，然后开始问他师父的事情。赵中华说他师父万三爷讲究一个道家的淡泊无为，并不太刻意地联络，假模假式的，所以他自从1999年大事件后，退居了二线，便跟师父少有联系，算起来也有近十年的光景了，这次也是找了个由头来看他。

　　不过无妨，他师父如今居于野三关镇的一处林子中，他知晓地方。

　　我有些诧异，说师徒之间，十年没见，连个电话都不通？

　　杂毛小道点头，说道家某些派别确实是这样，道祖老子曾于《道德经》中所言"邻国相望，鸡犬之声相闻，民至老死不相往来"。提倡的便是这样一种境界，也有很多人刻意遵循，比如欧阳指间老先生，他自从出师之后，便再也没有与其师张延年老先生见过面。

我点头，表示知晓，赵中华沉吟了一会儿，紧接着又给我们打预防针，说他这次来，也只是想让老爷子给瞧上一瞧，至于能不能完全治好，还需要看情况再说，不要寄予太大的希望，免得到时候反倒失落。

我苦笑，说晓得，这手疼虽是疼，但还是要不了老命的，发作的时候念念佛经真言，便当作是磨砺心志，只是最近心中有一种阴影，感觉自己成了《西游记》中那香饽饽的御弟哥哥，特别倒霉，莫非要经历九九八十一难不成，于是便想法子除掉，也就是图一个清静。

赵中华哈哈大笑，说："陆左啊陆左，你倒是想得开，脑袋掉了碗大个疤，确实有一股子豪气。"

我们会面的时候是中午，赵中华风尘仆仆，也饥肠辘辘，于是找了一家饭店草草用过饭，然后乘车前往野三关。

路况不错，从县城到镇里差不多花了一个小时。一路上，我们都在听赵中华跟我们侃他师父万三爷的光辉事迹，那架势滔滔不绝，口沫飞溅，颇有一股百家讲坛的气势。

赵中华跟我们说，他自幼生长于民风彪悍的北河沧州，武术世家出身，自幼习得一身好武艺。然而在十一岁那一年，却因为与儿时的伙伴打赌，孤身一人跑到村外的坟地上蹲守，锻炼胆魄。哪知那里正好有一个蒙了冤屈的孤魂野鬼，心中愤愤不平，不肯归于幽府，结果心智被那阴风洗涤，失了本性，附于他身上。从此体弱多病，缠绵于病榻之上。

万三爷扛着招魂幡，游历到他们村子的时候，见他家宅院黑气腾绕，便摇幡进来，将那恶鬼给勾了去。

赵中华好了之后，便觉得这东西，比他痴迷不已的武术，不知道要厉害多少倍，于是便苦苦地哀求万三爷，收他为徒。

我之前说过，走上修行之路，师父是最为重要的，讲究的便是"缘分"二字。

但是赵中华跟万三爷并没有多少缘分，仅仅只是救人与被救人的关系。然而拜师这东西要看人的，有的人意志坚定，绝对不收无缘之人，比如我（因为也没有什么可教的）；也有的不是，赵中华用死缠烂打这种谈恋爱的招式跟着万三爷，结果这老人家心肠一软，便答应了。

之后赵中华辞别了家中父母老人，与万三爷一同闯荡南北，学得一身本事，后来又加入了有关部门。

赵中华十分敬重万三爷这个领路人，向来都是称呼"恩师"的。

所谓师长，传道授业解惑也，如同再造。

赵中华叹息，说他跟随万三爷十年光景，然而只学到了一些皮毛的东西，本事不及他师父的十分之一,这里面虽然有些门第之见,但是他也已经很满足了。他告诉我们,万三爷有三个徒弟,一个是他小儿子,一个是他侄儿,赵中华是第三个也是唯一的一个旁姓弟子,他的幸运也由此可见一斑。

我心中却在感叹:我们这些手艺儿之所以一代不如一代,除了因为末法时代的缘故,更多的,还是因为传承的问题。很多人总是留一手,非血缘不可传,导致很多老东西丢失了,只剩下些传说,供人悼念。

而又有许多乡野俗夫捡了些陈芝麻烂谷子,招摇撞骗,处处败坏名声,最后至如今,相信的人越来越少。

没落了,没落了。

真正的大工业时代即将来临,而我们将要被历史车轮给碾压,远远地抛到后面去了。

与大敦子镇那样闭塞狭小、人迹寥寥的山中小镇相比,野三关镇简直可以算得上是一个小城。因为铁路、高速、国道、省道纵横交错,四通八达,枢纽地位突出,主镇区商铺林立、高楼也有许多,只是街道上车水马龙,略显得拥挤了一些。

三轮麻木车、拖拉机、双排座、轿车、越野车、面的……各种各样的车辆挤在一起,堵得厉害。

我们下了中巴车,并没有在镇区停留,而是直接找了一辆面包车,赵中华说了一个地址,继续前进。

车子启动,驶出了拥挤的镇区,变得豁然开朗起来,被之前车辆喇叭的鸣笛声弄得头昏脑涨的我们眼前一亮,白云红叶,霜染层林,入目处多有苍翠的绿色。离镇南二十几分钟的车程处,还有风景迷人的高山湖泊,一湖碧水,如同月亮一般,颇为迷人。

车子往南又行了十几分钟,转入另外一条乡道,最后在路边的一农家大院前停了下来。

这农家大院前方有一条水流湍急的大河,背后则是郁郁葱葱的山林子,群山起伏连绵,看不到边。

就风水而言,这里是一个活水生财的绝佳去处。

这农家大院左右并没有人家,是一座单独的建筑,十分具有地方特色。上面挂着农家乐的牌子,有鱼塘,有很大的院落,院子里立着些水泥柱子,上面攀附着好多干枯的葡萄藤子。

只可惜现在不是季节,不然一串又一串的青色、紫色葡萄,定然十分诱人。

与面包车司机结了账,赵中华带我们走进了农家乐的院落里,朝着里面喊了几声,走出一个四五十岁的妇人来。赵中华手中提着提前备好的礼品,见她就叫嫂子。那妇人先是一愣,转念就想起来了,热情地招呼我们在院里的石凳上落座,然后与赵中华寒暄。

通过交谈我得知这妇人是万三爷的大儿媳妇,平日里照顾店子里的生意,是个地道的普通人。

至于老爷子,则住在山林后面的一个木屋子里,很少会出来。

得知了我们的来意,万三爷的大儿媳妇摆摆手,说:"你们来得真不巧啊,老爷子平日里是不出门的,在这山林中隐居,过着与世隔绝的日子。可是就今天早上,我男人的堂兄过来找他,说小孩子出事了,让老爷子帮忙去看一下。于是早上就去邻村了,现在还没有回来呢。你们急不急?不急的话在这里钓钓鱼,晚上就能够回来了。"

赵中华问是什么事儿?

她回答说不晓得,老爷子跟那大伯从林中小屋出来后,也没有多说,匆匆忙忙地就赶去了,连回来不回来也说不得准。赵中华问有电话吗?她答没有,老爷子最讨厌电子产品了,哪里会用那东西?

赵中华沉吟了一番,回过头来跟我们商量,说要不然我们也过去找一找?

我们点头说好。万三爷的大儿媳往屋子里叫小屁股、小屁股……跑出了一个小屁孩儿,是她的外孙女,叫做魏梅梅,让她带着我们去邻村她大伯家。

村子离这里不远,也就几里路,我们跟着这个被唤作小屁股的女孩儿一起走去。

没多久便见到了村子,村前有一大片竹林子,里面有好几个人在那里,我们正愣着,结果那个女孩儿高叫一声"高昂",便朝竹林子里跑去。

第二章　竹林东，现蛇蛊

我们不明白发生了什么事情，但是见小屁股跑到竹林子里，怕会有什么闪失，于是也都跟了进去。

林子里有四个人，两个十岁左右的小男孩，一个坐着一个站着，一个背着竹篓子的老人家，还有一个正直芳龄的大姑娘。三人正围着那个跌坐在地上哭泣的小男孩说着什么，小屁股闷着头就跑到那小男孩旁边，大声叫嚷："高昂，高昂，你怎么了？小虎，怎么回事儿？"

那个站着的男孩儿小虎也哇哇大哭起来，说梅梅姐，高昂哥被一条绿油油的小蛇给咬了——那小蛇就是从那里蹿出来的，然后一口噬咬在了高昂的大腿上面，不松口，我吓坏了，从路边叫来孟爷爷和燕子姐的时候，高昂他已经变成这样子了，怎么办啊？

我们走到近前，只见那个坐在竹叶上的小孩子满脸青紫，也不说话，眼睛直愣愣的，瞳孔扩散，往下飘移。那个孟爷爷和燕子显然也是刚刚赶到这里，他们用本地话商量了一下，准备把孩子给送到村里去。当他们开始准备抬起那个叫做高昂的小孩时，我心中一动，伸手过去阻拦，说且慢。

大家齐刷刷地看着我，问怎么了？

我蹲下身来，卷起小孩的裤脚，只见这隔着两层秋裤的肌肤上面，并没有见到明显的咬痕，按在小虎给我指的位置上，轻轻一触碰，如同呆子一般的高昂便开始哇哇大叫，鼻涕口水一齐流了下来。我神情凝重地站了起来，那个被小孩唤作孟爷爷的老汉凑过头来问："后生仔，你懂医？"

我说："懂一点儿，你们这村子，有没有人平日里深居简出，也不和人交往，独门独户地住着，去家里面一瞧，房梁屋顶、犄角旮旯里都很干净？"

孟老汉紧了一紧肩上的背篓，盯着我瞧了一会儿，说："后生仔，你是想问我们这里，有谁养蛊吗？"

我一愣，这老汉倒是个明白人，一点儿也不糊涂，于是便也不隐瞒，点了点头，说是的。据我观察，这小孩子腿无明伤，如虫蜇而无形，内有阴气浊动，遍身游走，应该是被谁家放养的蛇蛊给咬了。而且，这蛇蛊已成气候，此时他不可由旁人来搬动，若让蛊毒顺着气血上涌，数日之后蛊化为形，或为蛇，或为肉鳖，在体内各处乱咬，若无解，活不过七日。

孟老汉朝我抱拳鞠躬，说："小哥倒有一双厉害的招子，不错，巴东汉朝立郡，本村便一直有此术流传，乃荆巫一脉。不过时至如今，弄此事的人已经少之又少了，许多人并不知晓，便是我这一辈的，要是没有个渊源，也是不晓得的。这件事情太大了，要跟村中老人商量才是。"

我点点头，此村以前应该是巫风盛行的地方，不然也不可能出得万三爷这么一位奇人。

孟老汉托旁边的燕子姑娘回村子里去告知万家老太爷，请他老人家来作统筹，又叫了小虎回去通报高昂的父母，使得他们知晓。两人应声而去，而他则跟我们攀谈起来。我们这才知晓万家老太爷，即是万三爷的大哥，也是这村中旺族万家的话事人，而他，则是万家的女婿，故而知晓一些内中的详情。

在得知了我们的来意后，孟老汉跟我们说万三爷跟着万家老大进山了，不知道啥时候才能回来呢。

将高昂的身体放平，头抬高一些，由小屁股帮忙照看，而孟老汉则握着一杆旱烟枪，跟我们说起缘由来。原来，这村子后山前行十里地，有一道沟子，名曰黑竹沟，山势雄奇，林深草密，是个了不得的去处，平时很少有人涉足，本地人把它的进口称为鬼门关，连猎人都不敢进入，如进入则必死无疑。

为什么会这么说呢？

孟老汉说在1950年，胡宗南残部有小半个连三十多人，进入而不见踪影；解放军三个侦察兵从清太坪方向进入黑竹沟，仅排长一人生还；而1995年解放军某测绘部队在黑竹沟箭杆山派出两名战士购粮，途经黑竹沟失踪，后来只发现两人的武器；1976年恩施森林勘测一大队三名队员失踪于黑竹沟，发动全县人民寻找，三个月后只发现三具无肉骨架……

诸如此类的传说，在本地还有好多，是故这附近的人都不敢靠近那里，把黑竹沟称为神农架的百慕大，死亡之谷。

就是这么一个凶险地方，村人别说进去了，就连谈起来都色变。

然而万朝安那牛犊子，偏偏不信这个邪，昨个儿说是撵山羊进去了，急得他老娘直跺脚，他老爹在城里头帮国家办事，一个妇道人家能有什么主意，摸黑求了他大伯，然后央求到了万三爷那里，两人早晨九点多进的山……

这关系有些复杂，我听了大半天，才捋清楚：万三爷的大哥万老爷子有两个儿子，小儿子便是万三爷的徒弟，也就是出事的万朝安的父亲，而大儿子则是清早来找万三爷的那个"大伯"。

两人进山找寻万朝安，至今未归。

我这才明白，这真的是事儿赶事儿，到头来我们竟然又扑了一个空。

当孟老爹提到了黑竹沟的时候，我发现赵中华脸色有些凝重，待孟老爹说完事情缘由，我便问他怎么了？赵中华跟我们说，他曾听自家师父说过黑竹沟的事情，那里古时候发生过一场战争，死了无数人，不过那已经是很久远的事情了。几百上千年过去,后人虽然不知晓,但是却变成了凶地。有人曾经在那里刨出骨头来,白骨相叠,一堆一堆的,尸气凝重。"

听到这话,我们的心思都开始沉重起来。虽说我跟万三爷素不相识,但是听闻了他的事迹,多少都是敬服的;而且万一他老人家要回不来了,那我们这一趟可就算是白跑了。没等一会儿,村口跑来了一群人,最前面的是一个衣服朴素的中年妇人,口中大声痛哭着嚷叫:"我儿、我儿",便直奔过来。

这妇人是高昂的母亲,冲过来就想把地上的孩子给抱起来,我们纷纷阻止,言明利弊。

她听闻之后,一屁股坐在地上,两手拍地,放声地大哭道:"我家娃怎么就这样了咧,这是咋地了?他可是俺们老高家三代单传,要死了,我和我家男人可怎么活啊?"我看到旁边走过来一个留着一缕山羊胡须的干瘦老头,鹤发童颜,他拄着一根降龙木拐棍,轻轻地碰了一下地上哭泣的妇人,不满地说了一句:"别哭了……"

那妇人便如同被捏住了嗓子眼,不再发出声音。

小屁股看到这老人,立刻开心地大喊:老太、老太……

我这才明白,此人便是万三爷的大哥万老爷子。小屁股是小孩子,讲不清楚,旁边的孟老爹迎上来,把情况一一说清,当他说到我一眼就能看出这症状为蛇蛊,并且不让人动小孩子时,老爷子定睛看了我一会儿,然后拱手为礼,说代地上这妇人多谢我了。

我摆手,说举手之劳,无妨。

赵中华走上前来,与万老爷子见礼。他是万三爷的徒弟,这万老爷子自然就是他的师伯。

万老爷子不曾见过赵中华,但是却知道自家三弟有这么一个徒弟,对上了号,便寒暄几句,都感觉亲切了几分。说完话叙完旧,万老爷子转过头来,看着地上躺着的这个小孩子。他对巫蛊之事一概不知,但是对这十里八乡的事情却了然于胸,也不检查了,直接回头问一个面相黝黑的中年人,说村西头的王麻子,可曾在家?

那中年人想了想,说:"应该是在的,昨日王麻子他老娘还在村头大槐树下跟人唠嗑,说他这儿子自打工回来后,整日在家窝着,也不做事,不知道该如何是好?怎么,会是那家伙?"

万老爷子眉毛一竖,说:"村里面这些人里,个个都听我老头子招呼,乡里乡亲的,若真出了这等事,自然也会出来解决的。可是就这家伙,整日里不学好,就想着如何一夜暴富,挣大钱,偷偷养蛊也是正常的事情。找到他,自然知晓了。"

讲到这里,一直躺在泥地上的高昂突然直愣愣地坐起身子来,然后看着我们。

高昂他娘自然开心得要死,冲过来搂住自家的孩儿,号啕大哭,说:"孩子你可算是醒了。"哭完一阵,这熊孩子竟然能够走动了,旁边的汉子皆说唉,可真的是虚惊一场啊。

高昂他母亲便要背着自家娃娃返回家里,我又伸手拦住了她。

高昂他娘奇怪,问为什么拦她?

我说:"你孩子中蛊了,莫看现在活蹦乱跳没事了,到了深夜子时,那蛊毒就化作蛇虫鼠蚁,全身乱窜,疼痛万分。若不能解,不出七日即亡,你还敢走吗?"她有些怀疑地看了看旁边的万老爷子,老爷子颔首说:"是,这陆小哥的话,说得不假,我们还是前往王麻子家去吧。"

我不知道我的金蚕蛊是否可以吸收此蛊毒,但即使真能吸,也要等追到凶手再说,于是便跟着众人,沿着村道往村西头走过去。

第三章　王麻子，碧油蛇

村子不大，没一会儿就来到了西头的一处房子前。

这房子跟村中其他人家的相比，格外破败。墙体剥离，地基偏移，房顶上都没有瓦，而是用那松树皮晒干之后铺就的。这样子的房子，夏天闷热潮湿，冬天阴冷；一到了下雨、下雪天，里面的人就不得安生。但凡有些钱财的人家都不会是这般模样的，想来这个王麻子家，是真的很穷。

小屁股在路上跟我说了这王麻子的情况，他有三十多岁了，早年间也是个勤快小伙儿，后来跟一姑娘处对象，结果人家嫌他家里穷没有嫁给他。普通人遭受到这种挫折，要么是发奋图强，发誓也要拼出一个未来；要么就一蹶不振，从此得过且过。

显然他是属于后者。小屁股告诉我们，王麻子在外边的工地上打工，后来嫌累，四处漂泊，还捡过破烂讨过饭，三年前回家后就不再出去，平日里做些零工，但是也少，主要是靠他老娘过活着。

我心中默然，说起来，王麻子的遭遇我也曾经有过一些，但是跟他不同的是，我站起来了。

人若无自强、自尊之心，便是一摊烂泥，连路过的人都会唾弃。

我们这一群人足足有十好几个，除了小虎他们叫来的人外，还有些村里看热闹的，乱哄哄。来到房前，万老爷子一抬头，之前回话的那个中年人立刻去敲门。扣扣扣……敲了半天，房里面也没动静。中年人有些疑惑，回过头来询问。万老爷子是个何等精明之人，挥了挥手，那中年人表示知晓，返回去，使劲儿敲那破门，擂得震天响。瞧那动静，我都担心这摇摇欲坠的危房要倒塌下来。

终于，里面的人坐不住了，嚷嚷了两声。过了好几分钟，门开了，走出一个头发凌乱的男人来。

这个男人身形高瘦，长得尖嘴猴腮，不像是个好人。

他穿着一件黢黑的老棉袄，几十年前的老款式，脚下蹬着一双拖鞋，睡意未消，头上的乱发跟一年后火遍网络的犀利哥有得一拼。他抱着胸口走出来，看见门口围着这么一大圈人，眉头蹙起，不耐烦嚷："干什么咧？一堆人围在这里，是要给咱们家送温暖不成？"

这时分都是下午三点多了，还在睡觉，果真是个懒汉子。我看他的脸上，确实有一些细碎的白麻子。难怪会被人叫做王麻子。

他刚睡醒，并没有洗漱，说话时嘴里面臭烘烘的。中年人一脸嫌弃，低声说：

"王麻子,整天睡睡睡,要么就是喝酒,真不让你老娘省心,你惹祸了你还不晓得?"王麻子揉了揉眼窝子里的眼屎,长长地打了一个呵欠,然后环顾了周围这一伙人,哈哈大笑,说:"马二贵,老子在家里面闭门睡大觉,整日里不出门,还闯个球的祸事儿?难道这国家,还规定我不能够睡觉?有事儿说事儿,没事儿老子还要睡觉呢。"

说完话,他也不招呼众人,返身回去要关门。

也不用人招呼,立即有两个年轻汉子走上前来,把这门给拦着,不让他关。见着王麻子如此嚣张,高昂他娘一肚子邪火没地方发,见左右也没人拦着,便冲上前去,破口大骂,都是些本地骂人的土话,然后伸出手,往王麻子的脸上挠去。

这妇人骂起街来颇为厉害,但是颠来倒去,拢共都是几句粗俗不堪的话语,远不及肥母鸡骂得丰富多彩。我忍不住回头,看站在杂毛小道肩头上的虎皮猫大人,只见它脑袋一栽一栽地,好似拜神磕头,见我望它,撇了撇嘴,骂一声"傻瓜……",它尾音拖得老长,然后转过头去,继续睡觉。

高昂他娘常年在地头劳作,一双扳老玉米棒子的手粗糙极了,气力也大,像头母老虎似地扑上前去;而那王麻子虽是个男人,但是身体却虚弱,没两下竟然被挠出了一脸的血痕。

我不知道万老爷子为何如此肯定王麻子就是放蛊咬伤高昂的人,反正瞧他这还不如娘们儿的渣渣战斗力,我是真心瞧不上;若是,则简直丢尽了养蛊人的脸面。其实,普通的养蛊人因为常年受毒素的影响,身体其实很差,若无调养之法,也有可能如同罗二妹这般常年患病、瘫痪在床,跟身怀金蚕蛊的我是没法比的。

我们袖手旁观,两人厮打了一会儿,那王麻子被抓得哇哇大叫,直骂泼妇,而脸上的白麻子倒是被抓脱了好多。正在这时,从远处跑来一个老妇人,口中发出杀猪一样的大喊,然后冲到近前,跟高昂他娘拉扯成了一团。

这老妇人有五六十岁,一脸的皱纹,头发灰白,双手枯瘦如鹰爪,一边跟高昂他娘拉扯,一边大声哭泣着,说:"莫打我崽,莫打我崽……"样子十分可怜。旁人见了,纷纷上前劝阻,而高昂他娘虽然恼恨王麻子的蛇蛊把自家孩子咬伤,但却也不是一个能对老人下手的婆娘,在最初的惊诧过后,便往后面退去。

老妇人像保护小鸡的老母鸡,搂着王麻子,警惕地看着我们这一群人,悲伤地哭泣着,说:"你们这是做啥子?你们这是要欺负我们孤儿寡母是吧?是要欺负我们老王家穷是吧?"

说实话,看着这老妇人憔悴的面容和粗糙得可怕的双手,我心中不由得一软,又见她哭得极为伤心,更是心有戚戚然。而那王麻子则一脸戾气地瞧着我们,微眯的小眼里发出闪亮的光,如同细碎的刀子,狠狠地扎在每一个在场的人的脸上,这怒火要能够实体化,足以把我们给焚烧殆尽。

中年人跟这老妇人解释,说:"老婶子,你误会了,不是这样子的。"他停顿了一下,指着被人搀扶的高昂,将之前发生的事情跟她一一道来。

我注意到，当听到这件事情的时候，老妇人虽然断然否认，但是却很奇怪地瞧了她儿子一眼。

这种下意识的反应，让我知道她显然知道这事情跟自家儿子是有关系的。而左右也都有精明之辈，自然也瞧得出来。只是王麻子脸色如古井，波澜不惊，仿佛跟他一点儿关系都没有。

高昂母亲头脑的热度消退之后，清醒了许多，她竟然扑通一下，跪在了地上，拉着老妇人的裤脚哭泣，说："老婶子，我家高昂才十岁，他可是老高家三代单传的独苗苗，要是就这样死去了，我可活不成了，他爹要回家来，还不得把我给打死啊……"

她哭得悲伤，老妇人脸上有不忍之色，然而看到自家儿子那狼狈模样的时候，又咬了咬牙，说："你们都说是咱家柱子害了高昂这孩子，那有啥子证据不？若没有，这没凭没据地往咱老王家泼脏水，是哪个道理？"

见王柱子抵死不认，而老妇人又说得如此坚决，人类的天性向来都同情弱者，旁边凑热闹的人纷纷说些讨巧的话，言下之意，倒是有些怨我们责怪错了人。万老爷子脸色转冷，死死地盯着王麻子，也不说话。他之所以在村中威望甚高，除了是万三爷的大哥，万家房族的长房外；本身处事也是极为公正，不偏不倚，才使得人人敬重，倘若没有证据便胡乱指责无辜，确实是会让他的名声受污。像他这种一辈子自重威名的人，最忌讳的就是这种事情。

周围的人议论纷纷，越说越偏向了王麻子娘儿俩——王麻子这个人虽然懒得出奇，但是毕竟在村子里也没有什么恶事，旁人只觉得他是个不孝顺的懒汉子，但跟自己却没有半点关系。这场面闹哄哄的，我瞧着那万老爷子脸色难看，想着毕竟是万三爷的大哥，两家人也亲近，不如卖他一个好，我来出这个头，也好让万三爷高看我一眼，尽心帮我治手。

如此寻思了一番之后，我隔着木门往房间里瞅，仔细地瞧着，甚至还上前两步，准备走进屋子里去。

我一动，一直捂着脸的王麻子立刻走过来拦住我，说干吗呢？怎么就往里面闯啊？

王麻子这竹竿儿一般的身材哪里能够拦住我，我直接把他的手甩开，大步踏进房内。蛊毒一道，自然是金蚕蛊最为擅长，寻找同类的事情，它简直是驾轻就熟。我走进房门之后，也不停留，直接往里间走，一直来到了昏暗的厨房里，举头瞧着房梁上吊着的一个竹篮子，看着它在一根绳子上面晃悠。

我从门后找来一根扫帚，准备将那竹篮给挑落下来，紧跟进来的王麻子脸色大变，伸手过来要拦我，我哪里会让他得手，用扫帚一挑，那竹篮就跌落下来。

竹篮一跌落，立刻从里面游出一根碧绿的细蛇，长度仅仅如同一根2B铅笔，一下子就朝我蹿来。

我不愿在这些人的面前将金蚕蛊给亮出来，转身朝外面跑去。王麻子伸手将那条细小的绿蛇给拾起，他实在恼恨揭穿了秘密的我，朝着我追来。跑出房子，没走几步，便看到王麻子僵直在门口没有动弹。我有些奇怪，顺着他的目光往外瞧去，只见两个男人从路的对面慢慢地走过来，为首的那个，气势如山。

第四章　万三爷，粉红肉块四处蹦

　　面前的这个老人家身量并不高，体格看着还算硬朗，斑白的头发挽成一个道髻，自然盘在头顶，脸色红润，双眼中有如同婴儿一般明亮的光芒，我仅仅只是看了一下，便觉得在这黝黑清亮的眸子里，藏着浩瀚如海的大智慧。他缓步走过来，在我旁边的赵中华面色激动地往前走几步，浑身发抖，轻轻叫了一声师父……

　　这人便是我们要找寻的万三爷？我暗自点了点头，如此人物，不愧是赵中华口中一直念念叨叨的奇人。

　　万三爷见到自家多年不见的爱徒，甚是欣喜，不过现在不是叙旧的时机，几句话后，径直走到了王麻子的面前来。旁人纷纷热情地朝他打招呼，他微笑，点头应承着。刚才那个还在追逐我的王麻子，此刻身体僵直，仿佛像见到了鬼一般，直愣愣地待在门口，也不敢动弹。

　　万三爷不说话，眯着眼睛瞧了他一会儿，然后回转过身来，朝着周围这些闲人挥手，说都散了吧，不要在这里停留了。

　　奇怪得很，刚才还闹哄哄的人群竟然一句话也没有说，纷纷朝着万三爷点头拱手过后，转身离开。

　　看来万三爷在这村子中颇有人望，一呼百应。

　　一两分钟后，房子门口只剩下我们这几个当事人，连那中年人和小虎等人也不见了。

　　万三爷俯下身来，摸了一下高昂的脊梁骨。他的手法很独特，用左手的拇指、食指和尾指掐弄，然后眯着眼睛想了一下，抬头看着惴惴不安的王麻子，说："王柱子，你为什么要养这蛇蛊？"王麻子瞧着面前这个并不高大的老人，脑袋低到了胸口，没有说话，但是沮丧之情却溢于言表。

　　和万三爷一同过来的那个男人冷哼了一声，说："王柱子，三爷问你话呢，还不赶快答？"

　　王麻子浑身一哆嗦，抬起头来看向眯着眼睛瞧他的万三爷，张了张嘴，却依旧还是没有说出口。

　　气氛就如此地僵持着，王麻子的老娘见此情景，忍不住上前一步，说："他三爷爷，这事怪不得柱子，都是我这个死老太婆人穷志短，想着养个青蛇蛊，好去山里面捉些毒蛇来卖钱，填补些家用的亏空。千错万错，都是老婆子我一个人的错，您大人有大量，就不要怪这孩子了。高昂小娃娃的毒，我们解了就是。"

逼问王麻子说话的那男人是万老爷子的大儿子，唤作万勇，年岁也约摸有五十多了，却是个火爆脾气，见这老妇人有意给她家儿子开脱，冷笑着说："鬼才信咧，这蛇蛊还能够捉蛇来卖？你敢卖，哪个不要命的家伙敢买这东西呢？"

王麻子他老娘一时被问住了，不知道说什么才好，只是在嘴里嘟囔，说不关她孩子的事情。

我看着这个语无伦次的老妇人，心中不由得有些悲凉。这世间好多疼爱儿女的父母，恨不得拿刀子把自己心窝子的肉给割下来，摆在孩子的面前，然而他们却从来没有想过，自己的孩子到底需要什么？王麻子已经三十多岁了，而立之年，却依靠着老母亲的终日劳碌过活，甚至一点儿心理负担都没有。

他最需要的，不是老妇人不论是非的偏袒而是当头棒喝。

在我看来，王麻子这样不孝的儿子，简直就是畜生不如，而导致他这般模样的，其实就是他老娘那种没有原则的溺爱和包容。

万三爷玩弄着手心里两颗圆润透亮的铁核桃，终于说了一句话："王柱子，你说实话吧！"

这轻轻一声，王麻子绷直的身子突然松软了下来，他一屁股坐在地上，号啕大哭起来，说："是我，是我养的蛊……不过，我养这蛊，还不是想过得好一些？"

有了这开头，王麻子仿佛放松下来，断断续续地述说了他养蛊的经历。

原来他并不会养蛊，这技艺是他从老爹箱子里翻出来的，后来问了他老娘，才知道自家父亲原来竟然是个养蛊人，只可惜这命中犯了"夭"字，早早地就故去了。当得知了蛊毒之威，一直在家闲着的王麻子便起了这门心思，于是根据老爹留下来的只言片语，开始养起蛊来。他原本的计划，是用养好的蛇蛊去外面害人，然后再解救，从中获取不菲的酬劳。只可惜这青蛇蛊并不易养，几年过去了，都还不能够完全掌握，收放自如。

他每日在五毒瘟神像前参拜，只求那青蛇蛊能够沟通心意，然后出去敲诈一番，完成华丽的逆袭。

王麻子再三解释，说他养这青蛇蛊并没有祸害乡民的意思，对于竹林子误伤高昂的事情，也完全是一个意外，他愿意将高昂的蛊毒解除。我眯着眼睛瞧着这个在万三爷面前变得服服帖帖的男人，又想到刚才在厨房那里，他刹那之间露出的凶狠，心中就有些发毛。

一个能将阴暗的情绪压抑了这么久的男人，我实在无法把握他的心理，究竟会变态到什么程度。

不过显而易见，倘若不是我果断地揭穿他，我想他应该不会有觉悟主动给高昂解毒的。

一个对自己母亲都没有一丁点儿孝顺之心的男人，我很难相信他对别人会有什么责任心。

从王麻子这一身邋遢的装束中，我只能够读出四个字：麻木不仁。

然而万三爷居然点头答应了，指着被人搀扶着的高昂，说来吧，你先把昂伢子身上的蛊毒给解开。见万三爷点了头，王麻子请人进了堂屋，叫他娘找来一个凉床，把高昂放在了破棉絮铺就的床上，又给神龛上面上了三炷香，然后一声呼哨，那条碧油油的小蛇就从他的衣袖中钻了出来。

这世间的蛊毒最常见的大致分为十一种，而不常见的则不计其数，很多东西连我听起来都觉得匪夷所思。不过王麻子的这个青蛇蛊倒还算是正常，大体也是按照金蚕蛊的方法炮制的，不过毒物的收集偏向于蛇类，智慧不高，而且惯于独自行动，比我的本命金蚕蛊相比，差了整整一条街。

这条蛇细小，跟蚯蚓一般，游到了王麻子的左手手掌心上，他拿出早已准备的银针，在这青蛇蛊身上轻刺了一下，青蛇蛊发出一声如同刮玻璃一般的奇怪叫声，然后流出了一滴碧绿混浊的鲜血来。

见到自家的青蛇蛊难受地扭动身体，王麻子的眉头蹙起，腮帮子直抽冷气，显然是一阵肉疼。不过他也是心硬如铁之辈，将那青蛇蛊轻轻搁在旁边的茶几上，然后把这滴鲜血看若至宝，小心翼翼地点在了高昂发烫的额头上。这一步骤完成之后，王麻子双手合十，开始养蛊人常用的祷告和跳大神。

这是一种沟通神灵的方法，他做得虽然不标准，但是却很纯熟。

祷告用的是土家族自家的语言，这个曾经被称为"武陵蛮"或"五溪蛮"的少数民族，属于荆巫流派，在三国两晋的时候颇为盛行，相传武侯诸葛先生虽为道术大家，传得有半本《金篆玉函》，但是却也曾在年幼之时，向武陵荆巫大能学习过种种手段，此为秘史，无从考证，暂且不表。

王麻子施术至了末尾，突然往空气中拍出一掌，口中喝念一声"脱——"，接着口中竟然吐出了些许已凝结的黑色血块来。

与此同时，那个在床上安歇的小男孩高昂眼睛圆睁，眼窝子中流出一行血泪，而口中则吐出了许多翻滚的粉红色肉块，大的尾指粗，小的如同芝麻，彼此间都是些清亮的黏液，有一股酸臭的味道在堂屋中飘荡，像变质的腐肉。小屁股拿着一个大瓷碗在旁边接着，足足接了小半碗，然后又吐出了许多黄胆水，这才罢休。

那接在碗中的粉红色肉块如同有生命一般，扭曲蠕动，个别稍大的还会跳动，如同出水的鱼儿。

小屁股被其中一坨肉块弹到了脸，尖叫一声，碗就跌落在地上，洒落了一地。

地上这密密麻麻跳动的粉红色肉块，倘若将其配制，灼烧成灰，便是绝顶的毒药。这便是青蛇蛊的阴毒之处，看着茶几上那无意识动弹的小绿蛇，我猜想解蛊的过程对于它来说，其实伤害巨大，不到万不得已，王麻子是不愿意解开的。

吐完黄胆水，床上躺着的高昂浑身颤抖，但是脸色却好了许多。王麻子讨好地看着万三爷和旁边的人，说这蛊毒已经解完了，这昂伢子不出十天半个月，定能够光着脚丫子到处乱窜，一口气爬上村口老槐树……嘿嘿，嘿嘿！

一直闭目作假寐状的万三爷翻了翻眼皮，说解完了？

王麻子说解完了。

万三爷说："那把你这青蛇蛊焚烧掉吧！"王麻子立刻露出难以置信的面容，说："你不是答应放过我吗？"万三爷十分奇怪，说："什么时候说的？我只是叫你先给昂伢子解蛊，却没说要饶过这害人的玩意儿；你心术不正，倘若继续留在你手中，必定会祸害他人，所以这青蛇蛊，不得不除。"

赵中华早就在等待老爷子的命令，一闻令下，立刻出手，用布袋将那茶几上的青蛇蛊给兜了起来。

我突然笑了，这万三爷，果真是一个极有趣的人。

第五章　同镇压，恶魔巫手显渊源

　　万三爷对王麻子最后的处理，是将他那条炼制了三年的青蛇蛊给没收，并且将其好好地教训了一通，至于其他的东西，他也没有再做评判，毕竟除了这次高昂被咬伤之外，王麻子并没有做出什么伤害别人的事情。万三爷久走江湖，自然知道"做人留一线，日后好相见"的道理，并没有太过为难他。

　　对于万三爷的决定，王麻子自然是愤愤不平的——在他的想法里，他将凉床上这小孩子给救活了，便没有什么罪过了，为何还要将他的心血给收走？只是他老娘似乎十分敬畏万三爷，并不敢质疑，拉着他的手，不让他说话。

　　赵中华做足了弟子的派头，用那布袋收走小青蛇后，又将地上那些粉红肉块给拾起，一个不漏。

　　万三爷没有说话了，扭头离开，而万老爷子则留在屋内，对着屋子里的娘儿俩苦口婆心地劝说。

　　走出房子，高昂他母亲对着万三爷和我们这些人千恩万谢，然后带着自家的孩子离开，而小屁股则高兴地拉着万三爷的手，说："太姥爷，你们怎么过来了？"万三爷笑而不答，反问说："小屁股你怎么过来了？"小屁股指着我们，说："带他们过来的，姥姥说这个伯伯是你的弟子，是不是跟小叔公一样啊？"

　　她的话语一出，我们都笑了：这孩子，说话间就差了辈分。

　　万三爷跟小屁股魏梅梅聊着天，在前面的土路上等了一会儿，万老爷子才背着手，和自家大儿子一起走了过来。两位老人对王麻子的事情交换了一下看法，都有些担忧：这个家伙已经入了魔道，整日不思进取，只怕还会闹事儿，以后可得要小心提防才是。

　　万老爷子回过头来，看着那破房子，叹气，说柱子他娘也是个苦命人，男人早年养蛊，也做的是这营生，结果给人查到了，直接就给打死在了黑竹沟里。没承想上梁不正下梁歪，辛辛苦苦把两岁大的孩子拉扯成人，到了她儿子这里，又出这档子事儿，真不让人省心啊。

　　万三爷说养蛊一道，本来就有伤天和，受人唾弃，这又怪得了谁呢？

　　他说这话的时候，颇有深意地看了我一眼。

　　我心无愧意地迎上去，与他对视。

　　赵中华举着手上的布袋子，问他师父怎么处理？万三爷说回去之后挖个火窑坑子，将这东西烧了，一直烧成灰烬之后，埋到坟地里。我摆了摆手，说不用这么麻烦，我来处理吧。说完我接过赵中华手上的布袋子，一拍胸口，金蚕蛊立刻出现，饿鬼投胎一般直接钻了进去。

它属于半灵体，透布而过，然后里面传来了那小青蛇惊悸的叫声，以及那些粉红色肉块的猛烈跳动。

同属为蛊，那青蛇蛊显然是金蚕蛊的菜。

瞧它那狼狈的吃相，我心中感叹："本是同根生，相煎何太急。"

当看到了金蚕蛊的出现，万三爷那波澜不惊的脸上露出了动容的神情，说小哥，你这可是金蚕蛊？我说然也。他又问，你这可是本命金蚕蛊？我点头说是。他这才想起问我叫什么。赵中华立刻凑过来，给我们双方作了介绍，并且将此次过来的目的也作了说明。

万三爷摸了摸颔下的白色胡须，点头说好，回去谈。

万老爷子家在村子正中，好大的一排房子，进到里面堂屋坐下。我事先不谈，万老爷子忙着问他孙子万朝安的情况。万三爷摇头叹息，而万勇则跟他父亲说明缘由，讲朝安那小子就是个傻大胆，他们一路追寻，足迹一直到了黑竹沟的边缘，就没有再见到，应该是进沟子里了。他们这趟没准备，见一时半会是没有结果的，于是便回来取些东西，然后明天直接进沟去。

万老爷子那匆匆赶过来的小儿媳妇一听这消息，两眼就有些发晕，说她孩子昨天就丢了，再耽搁一天，那找到的希望不是更加渺茫了？

万老爷子听这话，便气得吹胡子瞪眼，大发脾气，说："你现在担心你家儿子啦？那黑竹沟一到晚上浓雾翻滚，鬼嚎声声，你儿子危险，你三叔就不危险？你大哥就不危险？早知道这么危险，怎么不把自家儿子给管住了，大家都得安生了！"

他老人家发起脾气来，颇为吓人，这小儿媳妇四五十岁的人，在他面前也是不敢大喘一口气，不再说话。

我们来得并不是时候，于是便等待着这家子人在此商谈营救那个撵羊进山的小子。足足半个小时过后，万三爷才有空招呼在一旁等待的我们，问我这手是怎么回事儿？病不讳医，既然要找人瞧问题，我自然也不敢有所隐瞒，于是便将这手上符文鬼脸的来历，给万三爷一一讲清。这过程各种诡异，峰回路转，光怪陆离，便是赵中华也没有听过，居然如同听故事一般，一群人皆听得津津有味。

当我把被罗聋子的诅咒激发出来的病情讲完，万三爷摸着胡子，眉头皱起，然后让我把手伸给他看。

看着这古怪的手，他沉默了良久，五分钟、十分钟……

我的心情越来越低落，心想着莫非万三爷也不曾知晓？不过想来也是，这东西诡异之极，莫说杂毛小道以及萧家，便是在我心中无所不能的百事通及时雨虎皮猫大人，也表示了爱莫能助，这万三爷不知道也在常理。哪知他过了很久，居然问起了我们在青山界的详细过程。

我自然知无不言，言无不尽，他侧耳听了一会儿，一只温热的手搭在了我的左手手腕上，三指轻点。

这劲道奇怪，如同蜻蜓点水，却有一股子暖流进了我的手上去。

十息之后，他放开了我的手，笑了，说："陆左，你这病情若问别人，自然不知晓，但是你找到我，算是找对人了。我祖上曾有一本残卷，名曰《镇压巫山七字诀》，正好有讲解。此术并非病症，而是古代巫术的一种：古人曾经借用灵界来客的鲜血祭酿手掌，以获取制服鬼怪妖物的能力，名曰恶魔巫手；然而此术既能使得普通人获取力量，也容易招惹仇恨，过早夭折；更有甚者，杀伐太多，爆体而亡。到了汉晋之后，那血引子也越发稀少，于是便逐渐没落了。

我祖上流传下来一个配方，即是将其中的怨力化解中和，不让其冲撞本体修为，而成为一种纯粹的外力。"

我听得心中欢喜，拱手为礼，说既是如此，那小子斗胆请求老前辈，若能够将这配方告知在下，但凡有事，万死不辞。他摆摆手，说："这方子也不是什么紧要的东西，你既然是中华我徒儿的好友，告知你也无妨……只是里面的药材皆是些稀奇之物，有的甚至闻所未闻，很难找寻，所以即使说予你知晓，只怕你也很难将其凑全啊。"

我说这配方中莫非有什么天材地宝不成？

他笑了笑，说："兜铃、麻黄、麻仁、落葵、栗壳、硫磺、雄黄这等东西，巴东县城的中药房里便有得卖，我自然不提，但是那靛蓝僵蚕、蒿荻雪胆和龙蕨草之类的，只怕你是未曾听闻的。"我苦笑，说前两者我在家传著作中也有听闻，而后者，我却是实打实地见到过。

那戴在矮骡子头上的草帽，以及最初制服我体内金蚕蛊的那一碗小功德汤的主要原料，皆是龙蕨草。

这事情闹得，原来说来说去，最终又绕了回来。

只是现在风声鹤唳的，矮骡子早就没了踪影，哪里去找寻那龙蕨草呢？我肠子都悔青了，在一线天洞穴的时候，到处都是矮骡子的尸体，随便拿一顶，我现在也不用为此发愁啊。

龙蕨草如此，那个什么靛蓝僵蚕和蒿荻雪胆，想来也是十分难以找寻的。

我心中正沮丧呢，旁边的杂毛小道却看出了问题，拱手为礼，说："三爷您老人家既然有配方，方才又言之凿凿，想来自然是有法子的，还请赐教。"万三爷惊讶地瞧了杂毛小道一眼，说："呀！你这个后生仔倒是个明白人，确实，这靛蓝僵蚕老汉倒是有些存货，但是那蒿荻雪胆和龙蕨草，却实在没有，不过我这里没有，大山里面，却多的是。"

杂毛小道眉头一挑，说可是在那神秘的黑竹沟中？

万三爷脸上浮现出了笑容，说："是的，那黑竹沟乃神农架神奇之地，气候跟这山外远远不同，许多绝迹的草药，那里皆有生长，只是进去的人少，所以不识而已。老汉我年轻之时曾经数次进入其中，记下了不少，只是这五十多年过去了，不知道还在不在……"

我明白了万三爷的意思，若想治手，还得跟他一同进沟中采药，要不然也是没辙。

孟老汉之前在竹林中跟我们说过黑竹沟的恐怖之处，我心中还在犹豫，而杂毛小道却是哈哈一笑，说如此说来，明日进山一事，算上我兄弟二人即是。赵中华也在旁边说道："师有事，弟子服其劳。我赵中华蒙师父恩情，哪里能够让您老人家去冒险，此行自然是要算上我一个的。"

万三爷哈哈大笑，拍了拍赵中华的肩膀，说："中华，你的朋友和你一样，皆是悟性不错、行为果敢的人，为师确实需要人手，那就不再矫情了。"

第六章　腌酸菜，一行七人进群山

　　确定好进山的事情，万三爷自然也没有瞒着我们，将明天进山的一些注意事项，一一告知。

　　黑竹沟确实是一个古战场，不过这已经是两千多年前的事情了。千年岁月变迁，至如今的影响已经微乎其微，要幻想着在里面捡到个啥子文物宝藏的，基本没有希望；那是个奇怪而神秘的地方，大概也是其地势使然：黑竹沟北有大巴山余脉盘踞，主脉沿着与神农架林区的交界由西向东延伸，中有巫山、南有武陵，诸般山脉汇聚，龙走蛇行，使得其两侧山体雄伟、崇山峻岭、高峰林立、沟深林密、溶洞伏流，地形复杂之极。

　　更加古怪的是，这黑竹沟中常年雾霭弥漫，人迹罕至，内里落叶累积，有许多"桃花瘴"之类的有毒气体，使得某些地方成了动物绝迹的无人区，贸然闯入的话，只会无端送了小命——1991年6月24日黄昏，鄂南林业局设计工程小队的七名队员、十七名民工集体失踪于黑竹沟，事后仅有半数逃生，便是误入此区域。

　　所以在入沟之前，务必将准备工作做足了，而且要将最坏的情况都预计到，这样子，才不会人没救着，反而枉自送去了小命——类似的事情，其实我经历得不少，自然会更加注意。

　　所有的一切，都是以自己能够活下来为前提。

　　万三爷年轻的时候曾经去过黑竹沟，但是没有深入，行至一半就知难而退了，当下便将所知晓的一部分地形图画出来，供我们参详。之后便是准备行囊，商议人员构成，这般忙碌到了傍晚，万老爷子的大媳妇到堂屋里来喊我们吃饭，这才暂歇。

　　晚餐很丰盛，颇具土家族的特点，腊肉、豆皮、腌酸菜……跟我们那里的饮食习惯很相似，特别是那一碗酸辣子炒折耳根，几乎被我一个人给包圆儿了。野三关的白酒很有特点，而且惯例是要客人不醉不归的，但是因为明天要进山，便没有拿出来，而是弄了些用糯米酿制的甜酒，度数不高，味道纯正，刚开始喝着跟饮料一样，过一会儿，便有些酒意涌上来了。

　　小屁股十分喜欢喝这甜酒，但是大人却不让，死缠烂打要了半碗，飞快地喝完了，然后眼巴巴地瞧着我们大口地饮，小小的眼珠子里面流露出了满满的可怜。

　　万三爷拗不过这小丫头的可怜劲儿，又饶了她半碗。

　　她兴奋极了，一边小心翼翼地抿了一口，一边乖巧地喊："太姥爷，你真好，梅梅爱死你了……"我们都笑了，万三爷此刻脸上也露出了一丝惬意的笑容。我有些奇怪,这好端端的一个小女孩子,为何大家都叫她"小屁股"呢?不知道这里面有着怎样的故事?小屁股喝了两口甜酒,凑过来问我,说:"大哥哥,你家的那条小肥虫子在哪里,它要不要吃饭啊?叫出来一起吃呗?"

我还没怎么说话,这个小女孩便一大堆问题抛了出来,我苦着脸,装作不知道,说:"哪有什么肥虫子?小屁股,你是不是看错了?"

见着我一副确定、一定以及肯定的严肃样儿,她又迷糊了,挠了挠脑袋,左右找人打听确认,又惹得旁人一阵笑话。杂毛小道问她为什么叫做小屁股啊?有人便说这是万三爷给取的——这小孩儿当初生下来的时候,三爷瞧了一眼,觉得颇为喜爱,认为是个根骨绝佳的苗子,但是三爷当时却说了另外一句话:"咦,这孩子的屁股怎么嘟个小呢?"于是魏梅梅的这个小名儿,就这般流传下来了。

见着活泼可爱的小屁股,我心想能够得到万三爷"根骨绝佳"这四个字的评价,想来不出二十年,这个如同开心果的小家伙,必然也是一方人物了吧?

虽然人们的愿望是生而平等,但是因为家庭、体制、天赋、教育以及其他的原因,这个愿望就如同乌托邦一样虚幻。这原则引申到修行也是如此,比如我,若不是出生于阴历七月十五,自然镇不住那金蚕蛊;比如万三爷,上面的万老爷子和死去的二哥,皆是平凡之人;反倒是萧家这一门中如此多的杰出之士,实属难得——即是如此,杂毛小道的老爹也就是个普通的农民。

这种话说来丧气,但却是现实,不过,命运并非掌握在别人手中,我们只有不断奋斗,才可弥补。

太阳落山,大地陷入了一片黑暗中,我们与万三爷、小屁股往村口走——他回自己独居的林中小屋,而我们则暂居于小屁股外婆所开的农家乐客房里。到了半路,突然从山那边刮来一阵大风,接着滴滴答答的雨点就从天上落了下来,而且雨势在顷刻间就变得很大,我们急忙朝着农家乐跑去,到的时候,几乎个个都成了湿淋淋的落汤鸡。农家乐开门做生意,条件自然不差,一番热水洗浴温姜汤之后,我们出来,没看到赵中华和万三爷,一问才知晓万三爷执意要回林中小屋,而掌柜的则送他师父回去了,未必会回来。

我和杂毛小道蹲在门槛前,屋檐上落下的水连成了一条直线,珠帘一般,望向远处,雨势颇大,而且好像没有停歇的迹象,在黑竹沟的那个方向,时不时地闪过一道闪电,将那黝黑的山体给照得透亮。我心情有些沉闷,跟杂毛小道说瞧这样子,那个脑袋缺根筋的小子要真进了黑竹沟,只怕是熬不过今日了?

杂毛小道四处张望了一番,见左右无人,然后低声说道:"说起来,你倒是要感谢那个叫做万朝安的小子,若没有他,鬼才愿意陪你进山采药呢。不过话说回来了,万三爷今天的话语里,好似有些细节的东西给隐瞒了,只怕明日一行,又是凶险万分呢!"

我奇怪,说:"既然凶险,你怎么还一副跃跃欲试的表情?亏你还笑得出来?"

杂毛小道哈哈地笑，说："这你就不知道了吧？人若在顺境当中，修为只会止步不前，再过十年也就是个碌碌无为的命，只有一直游走于生死的边缘，才会锻炼出我的强者之心。红尘炼心，磨的是心境耐性；而生死打熬，却是提升修为的不二法门。我老萧若想强大，这种事情，自然是要多凑热闹才是。"

他说得决绝，但是我知道，他之所以肯出沟，大半还是因为我的缘故。

所谓朋友兄弟，授人以恩，却从来不求回报，而且不去刻意提及，这样子，才会让人感觉相处得舒服、自然和纯粹。

虎皮猫大人站在屋檐下的木梁上，看着外面的雨幕，显得格外惆怅，低声骂了一声"傻瓜"，振翅飞回屋子里去，继续睡懒觉。我和杂毛小道聊了一会儿天，闻着这有着山里泥土味儿的清新空气，心情反倒是舒畅不少，在这样的雨夜里，拥被而眠，倒也是惬意。

次日清晨，我们早早起来，天上的雨小了一些，如细腻的丝绸，朦朦胧胧的让人不想动弹，见到院子外的土路一片泥泞，让人对今天的进山一事，心中多少也产生了一些担忧。

赵中华和万三爷过来后，小屁股的外婆给我们做了早餐，并且张罗了一些干粮和肉干，以作备用。村里有车过来接我们，在与万老爷子的大儿子万勇、两个房族里的汉子万朝新、万朝东汇合后，我们一行七人，开始徒步进山。

我穿着一件宽大厚实的黑色雨衣，脚蹬雨靴，身上的背包让油布给紧紧包裹着。走在村后的山路上，在这烟雨朦胧的冬季清晨中，缓慢前行着。一夜的雨水，将之前的一切痕迹都给冲刷干净了，这使得我们的目标更加扑朔迷离，泥泞的道路使得我们行动迟缓，而且充满了危险。

进山不一会儿，几乎每个人的脸上都露出了凝重的表情。

这场雨，下得实在是太不巧了，仿佛老天爷故意跟我们作对似的。不过我们再自大，也不会认为老天爷是围着我们转的。山路走了六七里，雨丝开始收敛，天空阴沉沉的，仿佛领导的脸，不过我终于喘过一口气来，将雨衣上面宽大的帽子给撩到后面去，这才有心思观察周围的环境来：倘若抛开道路难行的种种因素，这林木参差、绿意盎然的美丽景象，那绿叶间残留的清亮雨珠，倒是颇有唐诗人王维《山居秋暝》中的清新淡雅。

人若在逆境中挣扎，多少也要找一些让人开怀的事情去关注，要不然就要郁闷得产生各种悲观之情，没有一点儿拼搏奋斗之意了。

一看到这些美丽景色，我的心不知道怎么的，就豁然开朗起来，走路也更加带劲儿了。

我不认识路，便拄着路边砍来的小树做拐杖，跟着前面的人走，与这泥泞得让人发疯的山路作拼搏。埋头苦走了不知道多久，突然前面的人停了下来，杂毛小道捅了捅我，说到了。抬头望去，只见一道薄雾迷蒙的山路峡道，出现在我们的眼前。

第七章 掉深坑，骨头骷髅一面墙

我们一直顺着山路走，起起伏伏，都是山民用脚底板踩出来的土路，一开始还有些田地，后来便没有了，都是茂密起伏的山林。走到这黑竹沟前面的时候，感觉地势陡然低了很多，一路向下，形成一个宽广的大峡谷，约有数百米。透过那薄薄的雾纱望进去，绿草如茵，林木茂密，偶有些红的、黄的、白的小花儿点缀其间，竟然没有几分冬天的寒意，显得绿意盎然，如同春日一般。

下黑竹沟的道路，是一大片倾斜四十度角的滑板岩，曲曲折折，并不好走，昨日万三爷他们便是止步于此。下了一夜的雨，这岩石显得更加的滑腻，一个不小心，只怕就会摔落沟中，粉身碎骨而亡。

一行人驻足于这滑板岩的坡头上，看着下面的薄雾沟子，均感觉有些前途叵测。

万三爷七十多岁了，一路行来，脸不红气不喘，显露出了强健的体魄，反倒是他那大侄子万勇气喘吁吁，被这一路的泥泞折磨得够呛，万勇年岁五十多；但是万三爷的两个房孙万朝新、万朝东，一个三十多，一个二十来岁，皆是盛年，却也累得不行，蹲在地上起不来。

他们都是在这大山里跑惯的汉子，由此可见这滂沱大雨之后的山路，是有多么的难行。

要在这种情况下找寻失踪的万朝安，简直是困难之极，除非那小子自己跑出来。

万三爷挂着一根木棍儿，刨了刨这附近草丛，又盯着那地面，试图找出一些残留的痕迹来，然而并没有，这使得他有些疑惑。蹲在地上的万朝东朝着万三爷，指着斜侧里的山道说："三爷爷，这几天湿气重，山羊也怕滑蹄，肯定不会往这黑竹沟里溜的，只怕小安子追到了凉伞坡那边去喽？"

万三爷并不理会他，捻着胡须思考了一会儿，然后蹲下来，解开雨衣，从怀里面掏出两个铜钱板儿来，双手合拢之后，默默祈祷一番，往地上一掷，没待旁人看清楚，他便将铜钱收起来，起身说走吧，我们下去。

说完，带头往下走，赵中华和他的几个后辈都沿着"之"字形石道，小心翼翼地跟了下去。

我们正想跟着，在天空上游弋的虎皮猫大人飞落下来，站在杂毛小道手臂上面，抖了一下身子，射得我们一脸水珠子，我正想骂一骂这该死的肥母鸡，却听它用比往日要低沉一些的声音告诉我们，这沟子里有古怪。

我哂然一笑，说这沟子自然是有古怪的，要不然之前那些或失踪、或死亡的人，

不是白牺牲了吗？

　　虎皮猫大人指着坡脚那沟子，说："那里面不但阴气浓重，而且似乎还有法阵的影子，只怕以前很多人之所以在黑竹沟死亡，就是被迷在了阵中，不得出来……不过嘛，有大人我在，你们若要进去的话，自然是不用担心的。"我和杂毛小道连忙拍它马屁，说是啊是啊，全靠大人照应。

　　这厮一听夸赞，立刻飘飘然起来，说："小毒物，若你把你家乖女儿许配给我，我定会保你来去自如，怎么样？"

　　坡下传来了掌柜的喊声，我呸了这想吃天鹅肉的癞蛤蟆一口，拄着木棍走下坡去，后面传来虎皮猫大人气急败坏的声音："你个混蛋，就是困死你，大人我也不出手救！"

　　我哈哈大笑："那朵朵岂不是也出不来了？"

　　虎皮猫大人："你……"

　　顺着滑板岩下到了沟底，发现昨天下的暴雨将远处的小溪灌注，结果溪水暴涨，漫过了周围滩石，一片汪洋。不过沟底宽阔，小半里地，我们自然挑那地势高一些的地方行走。沟里的白色雾霭，从上面看着似乎有些浓郁，但下到了谷底却并不算什么，举目望去，几十米内的景色，尽收眼底。

　　万三爷的眼睛毒辣得很，不一会儿就在一窝草丛前找到了万朝安曾经来过此地的证据。

　　看着老爷子手上的那颗黑色纽扣，万勇也确认，说应该是朝安那兔崽子夹克衣上面的扣子。

　　既然有了线索，我们自然就在沟口旁搜索。不过旁人都是搜寻人的踪迹，而我大部分的注意力却都朝着四周那些花花草草上寻摸着——出发前，万三爷把蒿荻雪胆的模样说与我知晓，让我进山的时候多留些心。事关生命，我自然费心四处找寻。

　　拉渔网一般地搜索一阵子，并没有瞧见更多的线索，于是我们朝峡谷深处走去。

　　不知道是不是幻觉，我眼角余光里似乎发现滑板岩坡顶上有一个黑影子，但是认真打量的时候，却又不见踪影。我拉了拉身边的万朝东，问他今天进山，就我们这些人，没其他人跟着吧？万朝东下来时摔了好几跤，双手尽是泥巴，一脸的不乐意，听我问这，就笑，说这大雨天，谁没事跑到这山里面来？有病啊！

　　我不再说话，疑惑地回望了几眼坡顶，继续往里行去。

　　山沟底部有很多岩石地，虽然也有积水，但是却比我们来时的山路要好走许多。没有泥泞，我们小心前行着，感觉脚步也轻快了许多。我和杂毛小道位于队伍的尾部，与众人轮流不断地呼喊着"万朝安"的名字，以期那个冒失鬼能够听到赶紧现身。

　　走了大概几里路，前方突然分出了几条岔路来，有往密林前行的野兽小径，有直走的石道，也有沿溪而行的烂泥路。

这山谷宽阔，而我们就区区七个人，自然不可能兵分好几路。万三爷蹲在地上，又用铜钱问路，最后选择了左边那条野兽踏出的小路前行。我们此行带了两把三管猎枪（三连发），分别由万勇和万朝新带着，以防野兽，万朝新是村中的民兵队长，平日里也经常溜山打猎，自然由他领头，往前一路走。

我依然走在最后。走了一段路，我突然看到在不远处的荆棘草丛中，有数株墨绿色广阔叶片的植物，茎枝长而粗壮，绒毛疏短，藤蔓边缘和中央密布乳头状突起，背面较稀疏，其间点缀着些倒卵型的白色果子，瞧这形状，莫不就是我所要找寻的蒿荻雪胆？

我心中大喜，连忙走过去，想要就近观察一二，哪知没走几步，前面貌似草丛的地面上没有传来受力感，脚下一空，便往下跌落。

在身体失去平衡的一刹那，我全身的肌肉立刻绷得紧紧，腰一扭，伸手就抓住了几株野草。

啊——

那野草哪里能够承受得住我的体重，立刻脱离土壤，随着我一同跌落下去。我心中慌乱，然而还没有反应过来，脚就着了地。我半蹲着，将下落的势能缓冲，借助上面投下来的光线打量四周，发现我跌进了一个狭长的深坑中，因为上面的草丛斜密生长，又有一层浮土，结果导致我以为是平地，跌落其中。

"小毒物、小毒物……"

头顶传来了杂毛小道焦急的呼叫，然后光线一暗，上面的空间被一个人影给挡住了。

这坑高三四米，我怕他掉下来，连忙说没事，老子属铁疙瘩的，踩不烂摔不坏。他没好气地怒骂，说："你个屌毛，没事往这边跑个毛啊，赶紧上来。"坑里有些黑，我摸出了手电筒，准备找一个受力的地方爬上去，结果刚一打开电筒，照在那坑壁上的时候，吓得我心头一阵加速颤动。

这一整面泥墙上面，密密麻麻地镶嵌着好多白花花的死人骨头，这骨头有大腿骨、肋骨和细碎得不成模样的骨头，更让人触目惊心的是间杂在其中的骷髅头，有黑色的、白色的以及灰色的，上面布满了湿滑的青苔。骤然看见，让我舌头发麻、浑身僵直，手电四处照射，只见长坑四面皆是尸骨，脚下也是。

上头有绳子垂下来，我立即拽着，手脚并用地爬了上去，杂毛小道见我一脸惊恐，问咋了？我说靠，下面尽是些死人骨头，之前掌柜的说这里是古战场，果然不假。

杂毛小道嗤之以鼻，说都两千年过去了，哪里还有啥子骨头哟，眼睛花了吧？

我见他不相信，便怂恿他下去一瞧，他却不愿，抬腿便要走，说前面发现有情况，大家都过去了，赶紧着。我说等等，绕过这道坑，将那荆棘丛中疑似蒿荻雪胆的东西给采摘下来。看着我手上这纺锤状的白果子，杂毛小道疑惑地说："莫非这东西，就是蒿荻雪胆？"

我说是，不过还是要找万三爷亲自确认一下才行……咦，他们人呢？——我四处张望，视线里都已经不见人影了。

杂毛小道说："万朝新在前面拐角处发现了一个防雨帐篷，大家都跑过去了，要不是老萧我看着你，你就待在那坑里面等死吧。"说完带着我往前跑，我们转过一片野生桃树林，只见前方的草甸子上面有一个蓝色的大帐篷，周围还有好些炉子、板凳和绳索之类的东西，万三爷和掌柜的他们则在旁边翻检着，但是却没有见到其他人。

当我们走近草甸子的时候，突然从林子里跑出一个黑影，手上紧紧握着一把枪，朝我们大声呵斥。

第八章 李汤成，荒郊野岭遇故人

这个贸然从树林里闯出来的家伙身后不远处，还紧跟着一个年轻人，也持着枪。

他们手上握着的，是黑道上享誉盛名的"大黑星"，也就是五四式手枪，它的弹匣容量是八发，有效射程五十米，特点是穿透力极强，威力巨大，可贯穿两个人的身体。当年大圈帮挺进香岛的时候，凶名赫赫。尽管不知道是正版的，还是中国四大作坊的山寨货，都比我们这三连发，要厉害许多。

正当这个家伙狂喝着不要动的时候，我不由得笑了，而杂毛小道的脸上也露出了笑意。

当然，这个家伙的行为并不可笑，他和后面那个小兄弟手中的枪，也确实能够威胁到我们的安全，被重点关照的万朝新和万勇两人更是怕他们激动，误伤了自己，不由得将手中的三连发给丢在地上，举起了双手——我们之所以笑，是因为万万没有想到，在这个荒郊野岭的地方，会碰到这么一个熟人。

是的，领头这个秃顶吊眉毛的中年人，我们确实认识……

咦，他叫什么名字来着？

我记忆力差劲，只知道年初我和杂毛小道坐火车去金陵的时候，曾在火车上遇到一个胡侃大山的家伙，当初自称是博物馆的副研究员，玄学道术历史文物皆略懂一二，然而却被杂毛小道一句话给镇住，灰溜溜地离开。后来杂毛小道告诉我，说这个家伙油嘴滑舌的，插根大尾巴装波伊，但是他身上那土腥子味，却深深地出卖了他作为土夫子的身份。

什么是土夫子？这是文雅一点儿的说法，讲白了就是个挖坑撬坟的盗墓贼。

杂毛小道家学渊源，对死者素来敬重，所以对这等人物厌恶不喜。不过当我们被他用枪给指着的时候，这点儿心理障碍却不妨碍他攀这门子交情。于是走前两步，拱手为礼，高声唱喏道："李汤成李兄，多日不见，想念得紧，怎么今日见面，却是兵戈相见呢？如此可是大不妥啊！"

那秃头李汤成正在紧张地指着围着帐篷的那几个人，听到招呼，扭头过来瞧，十分疑惑。

杂毛小道剃了个短寸头，远不复他之前在火车上那仙风道骨、道貌岸人的飘逸形象，使得李汤成半天也没有认出来，杂毛小道不得不友情提示："李兄是忘记了贫道，还是忘记了那半部《金篆玉函》？"

听到这《金篆玉函》之名，李汤成眼睛一转，立刻想了起来，脸上的神色不由得放松了一些，枪口朝下，说："哦，原来是茅道长和陆左小兄弟，多日未见，你们怎么会出现在这里？"

杂毛小道眉头一挑，不答反问："李兄你又为何在此呢？"

李汤成哈哈地笑，说："老兄我是来这里做科学考察的，怕有坏人，所以才如此这般。"杂毛小道很不客气指着他和他同伴手中的黑色手枪，说："李兄，你这可不是朋友之道，都是自己人，撤了吧？误伤了可不好……你是应该知晓我这本事的。"李汤成脸色数变，居然被杂毛小道的话给唬住了，指挥着旁边的那个年轻人，收起枪来，然后拱手告一声得罪，说道长来此，所为何事？

杂毛小道指着万三爷等人，说："这是我的长辈，他们也是这附近的村民，因为家中小孩丢失了，于是一路追踪至此。"李汤成释然了，呵呵地笑着，然后跟发生冲突的各位赔礼道歉，话说得很圆，十分油滑。

万勇心急侄子的安全，出声问有没有见到一个二十一二岁的年轻人，浓眉大眼，学生打扮，从这里经过？

李汤成摇头说没有，他们这两天都在这里，但是没有见到过任何人。

我瞧李汤成身上湿淋淋的，衣服上蹭了好多黑黄色的泥土，心想着莫非这些家伙在这里盗墓，所以才会如此警戒？不过想来也是，黑竹沟这里并不是什么好地方，没有什么好出产的，也就是古战场的传说让人心动些。李汤成他们扎营在此，自然是想摸些明器，好出去倒卖，不然正如万朝东所说，这大雨天，神经病才会来这里。

只是他的回答似乎有些敷衍，赵中华一眼便瞧出来，沉声问道："请您再仔细地想一想……"

见我们都张望过来，李汤成回忆了一会儿，说："真没有，不过……昨天我们在这里扎营的时候，从桃花林中传来一声野兽的嚎叫声，值夜的小俊跟我们说看到一个高大的黑影从那里一晃而过，不知道是不是你们的朋友。在旁边用警惕眼神盯着我们的一字眉年轻人点了点头，说他当时冲这边嚷叫扑来，我看着害怕，就开了一枪，结果就再没出现，早上的时候，林子里也没有发现什么踪迹。"

万勇心中焦急，连忙问小伙子，你看清楚那个黑影了吗？他有多高？

小俊眼睛往上翻，回忆了一番，说怕不得有两米高吧？要不然，就是一米八九的样子。万家人都松了一口气，万朝新说朝安那小子才一米七不到，哈哈，应该不是他的。万勇还不放心，说那黑影子昨天出现在哪里？小俊指了指远处桃花林，说就在那边，林子的边缘，黑咕隆咚的，也看不清，早上就不见了。

万三爷眉头一皱，赵中华立刻跟着万朝东一起跑过去瞧。

过了一会儿，两人折返回来，赵中华手上拿着一撮青草，递到我们面前，说下了一整夜的雨，什么痕迹都冲刷干净了，只是这草丛附近，有好几个大大的脚印子，这草上面，还有毛发。万三爷伸手，从这草中挑出一根棕黑色的卷曲毛发来，看了一会儿，也没有说话，沉吟了一番后，喃喃说莫非这里也通向大巴山树坪？

万勇也皱起了眉头，说在沟口倒还见到了那兔崽子的扣子，怎么就不见人影了呢？

李汤成见我们都在疑虑，举手发誓，说："我们来这里三天了，真的没有见到你们要找的人。"正在这个时候，万朝东这个家伙说话一点儿没过脑子，见到李汤成他们这副模样，竟然直接问道："你们在这里，莫不是要盗这沟子里面的墓吧？"

此言一出，整个场面的气氛都变得僵直了。

这其实是心照不宣的事情，我们都没有纠结这东西，毕竟我们又不是警察，而是进山找人的山民，李汤成盗墓便盗墓，既然他愿意卖我和杂毛小道的面子，放下武器，我们就只当没看见便是。瞧他们黑星手枪都用上了，必然是一伙亡命之徒，然而万朝东这个白痴，居然将这层窗户纸给捅穿了，让我们都不由得冷场，不知道该说什么是好。

双方都没有说话，李汤成脸上的横肉一跳一跳，眼睛眯成了一条缝，而那个叫小俊的年轻人，手已经叉在了腰间，随时准备拔枪相见。

我估计无论是我们这边，还是李汤成两人，心中应该都有一万句脏话想要喷涌而出。

万朝东见这阵势，终于意识到自己的错误了，小心翼翼地解释道："都说这里面有神农墓，可是这沟子我们村的人都摸过好几遍了，哪里会有啥子古墓哦，假的啦，哈哈，哈哈……"李汤成皮笑肉不笑地看着他，说："哪里，我们就是听说这里有以前古夜郎和汉朝交战的遗迹，所以过来考察的，这事情，你们县里面应该是知道的。"

万朝东恍然大悟，说："是吗？那真的是失敬了，我阿东长这么大，还没有见过专家呢，原来您就是。"

双方寒暄几句，万三爷提出来，说我们要继续往前去找人，就不耽误两位了。

那个叫小俊的男子有些犹豫，不过他并不是做主的，李汤成拱手为礼，说："我们这里还有事，就不送诸位了。"万勇和万朝新没有敢去捡地上的那两把三连发，挂着木棍儿跟着老爷子朝远处走去，赵中华也离开，而我与杂毛小道则走上前来，由杂毛小道跟李汤成挑明，说："李兄，你老兄虽然做的是土夫子的行当，但是兄弟们也都不是什么好营生，只想着找到家人，并没有多管闲事的心思，多谢你给了个面子，青山不在绿水长流，我们有缘再会。"

李汤成依然彬彬有礼地拱手，说："客气了，道长既然通晓《金篆玉函》，那么必然是天机莫测的高人，人在江湖飘荡，靠的就是'朋友'二字，日后老兄我有难处，说不得还要求二位帮忙。"

我们皆说这事好说，江湖朋友一句话，自然是要拔刀相助的。

说完，我们也转身离开，准备去追逐远处的几人。

突然在这个时候，从李汤成他们两个人出现的坡上又跑出了一个长发青年，朝这边大喊："汤哥，豆子爷他们几个出事了，你赶紧过来看看？"李汤成眉头一跳，回头过去喝骂道:"杨津你个混小子,慌慌张张个啥子?火烧到屁股了?"

那个被唤作杨津的长发青年哭丧着脸说:"火倒没烧到屁股,不过豆子爷估计要死了……"

李汤成闻言色变,也不管我们,撒腿就往林坡处跑去。

第九章　神逻辑，救人不成反被咬

见两人不再理会我们，而是匆匆忙忙地往那林坡上跑去，我忍不住大声喊李汤成，说要不要帮忙？

没有回答，两人很快就翻过林坡，不见踪影。这动静使得走出十几米远的万三爷、赵中华一行人皆停下了脚步，回头望来。我和杂毛小道互视一眼，觉得在这沟子里，要是发生了什么变故，我们只怕也脱不了干系，连忙抬脚跟去。

翻过前面一道小坡，发现在桃花林的间隙，有两个对称生长的小山包，最高不过四米，上面也没有树木荆棘，尽是些如茵的绿草，乍一看，感觉这对小山包如同女人的乳房，高耸挺立。

而后一想到李汤成的身份，立刻感觉那就是两个垒起的坟丘。

李汤成三个人蹲在两个山包的夹缝处，不知道在干什么。当我和杂毛小道走过去的时候，那个长发男人猛然扭过头来，厉声喝道："你们是谁？别过来！"我一瞧，这个家伙手中也握着一把五四式手枪——这个团伙果真是厉害，穿透力强劲的大黑星居然是他们的标准配备？

这个长发男人似乎叫杨津，此刻的他正处于精神极度焦躁的状态，保不齐就滑枪走火了。我和杂毛小道连忙举起双手，高声叫道别误会，我们是过来帮忙的。杨津六神无主，回头看了一下李汤成，后者似乎咕哝了一句，杨津这才把手枪收起来，目光继续瞧向地下。

我和杂毛小道这才跑了过去，只见在这坡脚下有一个仅能容一人爬行的窟窿洞子，旁边有堆得老高的泥巴，旁边还有排水的沟渠。

我曾听杂毛小道跟我讲过许多江湖典故，再看旁边这些专业的挖掘工具，便知道这就是盗墓贼惯用的所谓盗洞。能够勘测地形、挖掘盗洞的家伙，都是经年的老贼，有技术、有经验、有胆量，我有些不明白为何这几人会如此惶恐，我探头看进黑窟窿里面去，黑黢黢的，啥也没有看到，但是却有一股刺鼻的酸味，直冲到鼻子里来，再看这洞口，竟有缕缕的白色烟雾，飘散而出。

这气味，怎么跟我读书时在实验室制取氢气的时候，闻到的那强酸一个味儿？

小俊趴在草地上，也顾不得这白色烟雾的侵蚀，朝里面大声地喊着："豆子爷，三步钉，狐狸……拜托你们给回个话啊？"我有些奇怪，这盗洞不是就一个人可进吗？怎么这哥们一下子就喊了三个人了呢？然而那里面依然还是没有回应，小俊有些激动，整理了一下身上的零碎东西，准备下洞，李汤成一把拉住了他，说："朱俊，

你个驴日的，你不要命了啊？"

小俊就是个不到二十的小年轻，竟然哇的一下子哭了起来，抽噎着说那豆子爷他们可该怎么办啊？不管了啊？

李汤成额头上青筋直跳，并没有回答他的话，眉头锁得紧紧的。

杂毛小道拿出乾坤袋里的红铜罗盘，平放在手心之上，口中默默念着"开经玄蕴咒"，声音一开始低沉，而后越来越响亮。李汤成犹如抓到救命稻草一般，抓着杂毛小道的胳膊，说萧道长，你帮忙救救我几个兄弟吧？他们可不能就葬送在这个鸟地方啊……

杂毛小道观察着红铜罗盘上面的磁针变化，回头瞧我，说："小毒物，你什么感觉？"

我抬头看着天空中飘过来的一大团黑云，感觉大地阴沉，似乎又有下雨的迹象，叹了一口气，说这个口子，莫非真的通向古墓之中？我怎么感觉到有阴气逼人，让人不自在，有不寒而栗的感觉？

说话间，我感觉那阴气更甚了，身子不由自主地往后退两步，瞧见杂毛小道红铜罗盘那天池里的黑色磁针，一阵乱颤，想来那负能量的阴灵之气已经蔓延上来了。

对于危机的预感，每一个生命体都会或多或少地感应到，大家都不由得往后退去。

这个斜倾四十五度角向下延伸的盗洞传来了声音，一点一点地，接着还有哀叹呻吟的声音，三个盗墓贼全部都将"大黑星"握在手里，瞄准了洞口。这时，万三爷等人也赶了过来，见状都小心翼翼地防备着。那爬行的声音越来越近，越来越清晰，终于……有一只血淋淋的手，探出了洞口来。

这陡然出现的手将围观的所有人都吓了一跳，纷纷朝后面退去。

那手继续爬，探出一个人形的上半身来——这是一个男人，脑袋血肉模糊，头发一撮一撮地散落在脸上，浑身散发出一股腥臭刺鼻的气味，似乎还有一股肉香，衣服破烂，似乎和身体黏在了一起，许多地方一片焦黑。李汤成一见这人的模样，顿时慌了手脚，大叫老大，你这是怎么了？

我们这才知晓，这个浑身重度烧伤的男人，正是他们这一伙儿盗墓贼的头领——豆子爷。

见老大已然无力，一旁的小俊连忙收起手上的枪，跑过去想要将他给搀扶起来，然而他的手刚一接触豆子爷那鲜血淋漓的手，立刻触电一样弹回来，左手抓住右手的手腕，疼痛地大叫着。我一看，只见他的手上立刻变得一片焦黑，然后白沫子吱吱作响——是沾到强腐蚀剂了。

万三爷果断走过来，不知道哪里弄了一把灰，撒在了小俊的右手上，然后解开腰间的水壶，将他的手淋了个通透。朱俊的哀号这才轻了许多，老爷子的水壶很快就淋完了，赵中华和万朝新立刻将自己的水壶解下递过来，给朱俊继续冲洗，并且好声安慰着。

　　这一番动作，使得这几个人对我们的防范心，立刻降低了许多。

　　豆子爷本来还有一些气息，却被小俊这么一推拉，趴在地上，动作越发迟缓。李汤成跪在潮湿的泥泞洞口，急切地问："老大你怎么了？发生了什么事情？"

　　豆子爷抬头看了一眼李汤成，似乎还瞧见了我们，他左颊的肉都少了一块，露出红色的咀嚼肌腱和白色的牙床，眼睛倒是完整，但是红通通的，脸上尽是痛苦狰狞的表情，想说话，但口中只是发出"嗬嗬"的呼气声，断断续续几个字眼，形不成一个完整的短语。李汤成把头凑过去听，没想到这豆子爷头一歪，居然就咽了气，不再动弹。

　　李汤成等了半天，没听到动静，扭头一看，不由得悲从心来，伤心地大喊一声"老大……"，跪地不起，落下了滚滚的男儿泪来。旁边的杨津和小俊也伤心得不成样子，跪在地上，号啕大哭着。

　　听他们的口音，应该都是小美家乡那一带的人。同乡同党，做的又是这脑袋别在裤腰带上的活计，感情自然深厚，死了人，都有些伤心欲绝。我们矗立在一旁，都不知道如何安慰才好，只是默默地看着地上这具陌生的血尸，没有说话。

　　然而悲痛过后，便是怨恨，那个叫做杨津的长发男子突然拔出了腰间的手枪，竟然对准了最靠近他的杂毛小道的脑门，顶了上去。

　　这一举动让我们大吃一惊，万勇和万朝新都已经将地上扔着的三筒猎枪给拾了起来，见此变故，立刻将枪口平端，指向了杨津，让他不要乱来。李汤成和小俊到底是刀尖上玩命的汉子，虽然不明白状况，但是立刻将手枪拔出来，对准了万勇和万朝新，以及若有若无地扫视了我们这些惊诧莫名的人。

　　我们皆被这突然的变故弄得紧张兮兮，剑拔弩张，虽然没有枪，但是我们其他人手上的开山刀、猎刀都已经紧握在手上。

　　我这把开山刀十分沉重，刀背厚实，而刀刃处则由小屁股她外婆磨了大半个晚上，雪亮透寒。

　　我有自信，倘若一出现动静，就能够把最近一个盗墓贼的手，齐腕剁下来。

　　只是我再快，也快不过枪，要是这小子想不开，把扳机一扣，杂毛小道可就成了孤魂野鬼了。到时候，我是把他小子炼成鬼魂呢，还是将其亡灵超度入幽府？

　　我们急，李汤成也急，一边枪指着我们这边，一边急速地问杨津发什么疯？杨津眼睛通红，直勾勾地看着仿佛置身事外的杂毛小道，说："都是这帮人害的老大，要不是他们过来，你们两个也就能够在这里照应，豆子爷、三步钉和狐狸也就不会死了……我要杀了他们，给豆子爷陪葬。"

　　我的脸色铁青乌黑，这、这……这真是神逻辑。

　　万三爷见此状况，并不惊慌，而是淡淡地指着地上这具血尸，说："小兄弟，你看看清楚，你们老大是死于王水泼身，一定是他们在下面误触到了什么机关，导致骨肉销蚀，跟我们并无半点联系。"李汤成也用手肘碰他，说："杨津，你冷静点，豆子爷是你堂叔，但他也是我大表弟，他死了我们都伤心，但是你别拿自己的性命开玩笑，知道吗？"

　　两人劝了几句，头脑发昏的杨津将手枪垂了下来，然而就在此刻，万三爷突然大吼一声不好，只见在地上那已然死去的豆子爷，猛地抓住了杨津的大腿，一口咬去。

第十章　封洞口，三爷确认系雪胆

万三爷一生的大部分时间里，都在跟鬼物打交道，对于阴灵之气，最是敏感不过，然而他也只是在豆子爷爆发的片刻，才发觉知晓。这一声提醒并没有起到效果，杨津那穿着帆布登山裤的大腿被一口咬开，一大块肉被撕扯脱落，被生生咬下来，迸射出许多鲜血，杨津栽倒在地，全身抽搐，手上的枪"砰砰"响，子弹朝着前方的草地上打去。

在撕扯掉一大块肉之后，那豆子爷并没有继续作恶，而是反身朝着山包的后面跑去。

我看他褴褛衣衫间露出的身体，有好几处地方皮开肉绽，露出了黑红色的血肉和白色的骨头来。关键的地方在于，在那一瞬间，从我的"炁之场域"中感应出来的，是浓黑如墨的森森鬼气。

是被附体了？

我的眉头刚皱起，旁边的万三爷手中飞出了一根红色布索，将四米之外的豆子爷脖颈死死缠住。

这红色布索十分有特点，是用庙里面求香的那种功德红布做的，四五股布条缠成一根两指宽的绳索，上面吊着九个纯金铃铛，这一绷紧，立刻"丁零当啷"地响。这响声似乎有魔力一般，能够催人睡眠，扰乱人的心志，让人只想闭上眼睛，好好睡上一觉。

赵中华曾在浩湾广场给我们展现了他的驱鬼绳术，看到万三爷这里，方知道其中的老辣厉害。

只见从他袖口冒出的红色布索，如同一条有生命的灵蛇，将那豆子爷各种缠绕，三摆两荡，便将这个嘴里面还在咀嚼着人肉的豆子爷给制住，不让其奔走。在杨津杀猪一般的哭嚎声中，我、杂毛小道和赵中华都果断抢上前方。最先出手的是掌柜的，他双手一拉，一根用桐油炼制的红线立刻出现，红线锁阴，他怕这里面的东西逃散，难以找寻，立刻用红线将豆子爷身上的几个要害部位，给封了起来。

我的真言一掌，印在干燥的后心；杂毛小道的袖里脚，蹬在了豆子爷的左胯。

一瞬间，我们各自出手，将那尸变的豆子爷给打倒在地。

万三爷绳索一卷，将那个家伙拖到自己面前，双手结出一个简约印记，然后缓身顿地，重重地印在了这个豆子爷的脑门上方。因为豆子爷头上、身上有强腐蚀性的液体，万三爷并没有与他接触，但是一股沉闷的爆响猛然出现，接着那股缩成一团的黑

气被一印逼出。

这黑气被逼出来之后，本想逃散，然而赵中华结的那红绳锁灵并不是吃素的，于是便走脱不得，疯狂颤动着。万三爷眼疾手快，从腰间掏出一个碧绿色的竹筒，将上面蒙着的油伞布给解开一个口子，那团黑气便如同乳燕投林，钻进了这竹筒之中。老爷子快速念了一段经文，然后把油伞布给重新封上。

赵中华念着与万三爷同样的经文，然后用一种复杂的方法，弹草地上的这具血尸。

刚才还凶猛得如同恶煞一般的血尸，在片刻间，伏地不起，竟然被我们给联手摆平了——说"联手"这话还真的不好意思，其实就是赵中华师徒俩的功劳，主要是万老爷子实在太厉害了，办这事情驾轻就熟，如同流水线一般，搞得我和杂毛小道沦落为打酱油的了。

一切完毕，我们这才关心起被咬了一大口的杨津来。这个家伙的大腿被咬破了血管，咕嘟咕嘟地冒血。我们刚才在制服豆子爷的时候，万勇他们立刻对他的伤口做了紧急处理，然而血流得止不住，不一会儿就将那外面包裹的层层白布，给润湿成了暗红色，并且还有继续蔓延的趋势。

救人要紧，尽管几分钟前他还拿手枪指着我们。

我一拍胸口，金蚕蛊出现，它与我心意相通，没有半分耽搁，直接就飞进了那浸血的纱布里面去。

乍一看到这金灿灿的肥虫子隐入其中，好多人吓了一跳，眼皮不住地抖动着。

不过肥虫子的止血效果是极好的，没一会儿，这个家伙的鲜血终于是止住了，面若金箔，嘴唇都苍白了，本来健康阳光的肌肤也变得越来越黯淡，如同水注多了的猪肉，没有血色。李汤成见杨津的眼睛终于有了一点儿神采，连忙问他，说："你感觉好一点儿没有？"

杨津张了张嘴，浑身发抖，说好冷啊！

万三爷将那碧绿色的竹筒给收起来，说无妨，他这是失血过多的正常表现，去生一堆火，然后给他弄一点开水，冲糖水喝，应该就没事了。他看向我，我点了点头，将金蚕蛊给收回来。李汤成指着老爷子腰间的竹筒，说："刚才到底发生了什么事情，我好像看到一股黑气，给收了进去。"

万三爷含笑着说："你想到了什么东西，它就是什么东西。"

旁边的小俊赶忙从随身衣兜里掏出了一个黑色的角质状硬块儿，塞进了地上躺着不动弹的豆子爷嘴中。我瞧一眼，笑了，这东西不就是盗墓贼用来防僵尸用的黑驴蹄子吗？杂毛小道也笑了，跟他解释，说："你们这老大并没有变成僵尸粽子，而是被一丝恶念给附了身，然后才会暴起伤人的。"

李汤成有些疑惑，他指着自己脖子处用红线吊着的一块玉符，说不可能啊？我们这玉符可是从龙虎山青虚道长那里求来的，可驱避一切阴邪鬼怪啊！我听到"一切"

二字,就忍不住笑了,眯着眼睛看那玉符,却发现果然有一些意思,上面似乎篆刻了一个类似于"净心神咒"之类的法阵,可以驱避外邪入体。

他们常年在幽暗的坟墓中出入,天天跟死人打交道,正所谓"常在河边走,哪能不湿鞋",所以格外注重驱邪之物,这玉符想必也是高价求得的——通常来说,制符者若知道买符的是这帮盗墓贼,因为害怕沾了因果,自然是不肯的,所以这里面还要扣除转手倒卖的钱。

不过既然这玉符是真的,那豆子爷怎么还中了邪呢?

我低下身子来瞧那具血尸,发现他的脖子上面,并没有红线穿着的玉符,想来是在刚才盗洞里的时候,就已经掉了,才导致邪魔入体。

见到杨津浑身发抖,李汤成张罗着要背着他回营地去生火,万三爷指着那个黑气萦绕、白雾蒸腾的盗洞,问他这个洞子可还要留着?李汤成凝视了那洞口几秒钟,跺脚长叹,说:"想我豫北堂十七罗汉出山,意气风发,至如今已经折了七人,现在连老大都葬身于此洞中,命都没有了,还谈什么发财?今日我们便洗手上岸,不再过这刀口舔血的日子,好生过活得了——填了吧!"

他神情萧索,在万朝东的帮助下,把地上虚脱的杨津给抬到他们的营地。

小俊也耷拉着头,眼中噙着泪水,深深地看了一眼那个黑黢黢的盗洞——那里面还有他的两个兄弟——然后把身上的衣服脱下来,包裹着豆子爷的双手,拖向下面的营地处。在那一刻,我忘记了他们在刚才展现出来的穷凶极恶,莫名地有一种英雄末路的伤感来。

这盗洞不知道通往什么地方,或许是古墓,或许是死亡之地,不过瞧着黑雾缭绕的阴森气息,即使下面有黄金百两,也激不起我们探索的欲望。万三爷从怀里又掏出一个晶亮透明的小铃铛,在这洞口处晃了一晃,那水晶铃铛无风自响,清脆不绝。他老人家的眉头蹙起,说这里面的阴气浓重,想来是他们这些人将地下沉眠的鬼灵给惊醒了,我们还是将这出口给封印住吧,免得又费一番周折。

我之前曾谈过鬼物的种类,共计三十七种,形形色色,各种各样,它们经常会与我们错肩而过,有时候会交集,但是大部分时间里,如果不是恶灵怨咒,一般都是在不同维度的空间里,相安无事。这地下的阴气,一般都是盘旋附着于地脉之间,并无害人之意,只是若受侵犯,自然报复强烈。

万勇、万朝新跟着小俊离开,而我、杂毛小道、赵中华和万三爷四人便用旁边的泥土,将这盗洞给填满,然后各自念起自家的法门经诀,将这怨气给消磨去。

念经唱和,不比寻常念咒那般讲究快速有效,而是需要将每一字咬清,上下阕皆要来回盘念,其效果便如同市场上所录制的那些佛乐禅音一般。不过那磁带所录制的声音,因为经受了电子元件的干扰,几乎没有什么效用了,至多也只是跟人的心境共鸣,让人心情舒缓宁静而已。

这一番动作,足足唱了大半个小时,余音袅袅,方才罢休。

平静的两个山丘之间清爽明朗，没有一丝怨念。

我将刚刚采摘下来的白色果实递给万三爷瞧，他一眼就认出了确实是蒿荻雪胆，直夸我好运气，他年轻的时候，记忆中好像要过谷中的不毛之地，才有那么几株，却没承想在路边就碰见了。我哈哈笑，跟着他们往那营地走。没走几步，杂毛小道突然停住了脚，神情激动地朝着桃花林大步走去。

咦！瞧他这神经病的傻瓜模样，我才放下的心不由得又提了起来。

第十一章　雷击木，掌柜的河中捞尸

"你干啥去？"

在这风声鹤唳的情况下，我可不敢让这小子发神经病。他也知道自己的行为有些突兀，回过头来，朝我挥手，脸上露出了鬼鬼祟祟的笑容，显得十分猥琐。他走得急，三步并作两步，我回头跟万三爷招呼，说过去瞧上一瞧，一会儿过来，万三爷点头，说快去快回。

我走进桃花林中，现在已经是十二月寒冬，树林中枝丫孤寂倾斜，没有叶子和花儿，显得十分萧瑟。林间都是些落叶和腐烂的果子，踩在上面软塌塌的，让我有一种不安全感，生怕自己又跌落到那无数尸骨的坑中去。

在更远的地方，我看见了有几个活动的黑影，在树头跳跃，看那灵活的模样，兴许是山里的猴子。

杂毛小道在一株树干粗壮的桃树前站立着，等待我的到来。

这株桃树与它的邻居相比，显得格外的粗壮，树龄看起来也长，方圆六七米皆无植株。当然，这并不是它最大的特征，在我面前的，是一株通体漆黑，树冠从上掉落、露出暗红色断茬来的桃树，瞧这般狼狈的模样，莫非是……遭雷劈了？

我想起了昨天晚上夜宿农家乐的时候，瞧见黑竹沟方向有数道闪电划过，闪耀夜空的情形。

因为小妖朵朵的关系，我多少也知道一些草木成精的秘闻：通常来说，雷电作为天空中至刚至阳的能量形式，是不会随意降临到大地之上的，除非是地上有东西在引导。是什么东西呢？大楼矗立，自然有铁制的避雷针，而这大树遭雷劈又是为何呢？因为灵气。草木餐风饮露，望着月亮潮汐，偶有灵觉者，便能够产生些许意识，这些或许仅仅只是生物电上的反应，但是当累积到一定程度，便能够学会思考，并且依据这生物"趋利避害"的本性，开始自我修行。

这便是"精怪"，超脱植物本体的另一种生命形式。

然而天道昭昭，自有其运转的法则，这种生命形式并没有如同人类野兽一般，遵循着基因遗传和突变这种缓慢到以千年、万年为时间单位的规律，所以并不受上天的喜欢，那么如何将这种并不属于人间的生命形式给铲除呢？那便需天雷之罚。每当雷雨天气，雷电便如同天神巡逻的马车，当感应到些许灵气，便降下一道雷电来，将其意识毁灭。

所以，通常来说，被雷电击中的树木，都是已经开始有觉醒迹象的精怪。

这类树木虽然被雷给劈得神识消散，但是身上总是会留下一些好东西，可以让懂行的人利用，而且更加巧合的是，被劈的这株，居然是桃树！《太平御览》曾言："桃者，五木之精也，古压伏邪气者，此仙木也。桃木之精气在鬼门，制百鬼，故今做桃木剑以压邪，此仙术也。"相传上古大能，就是射日的那个后羿，便是被桃木棒所击杀，此物历来都有祛邪之神效，也是茅山道士的标准配备。

然而管用的桃木剑，哪里有那么好找寻的？最有功效的山鲁肥城桃木，上了年岁的好材料都已经被人预定空了。普通的则没有什么好效果。

雷击桃木，若能够以此来制作一把桃木剑，必定是一把上好的法器。

难怪杂毛小道激动，他以前从家中带来的桃木剑在青山界丢了，后来草草制成的廉价桃木剑，在中仰村又折在了罗聋子的僵尸之口，后边便没有再弄，一直没有趁手的武器。如今，怎么叫他不欣喜若狂？

我不由得想起了三叔的那把雷击枣木剑，他那把虽说是六转雷击，坚硬如铁，但是那雷击乃人工绑定铁针，引雷导致，并非天然而成，是故也许还要差上一筹。更何况枣木坚硬，可用来降妖；桃木辟邪，可用来驱鬼，两者各有千秋——只是，不知道这桃树遭了几次雷劈？

这桃木有壮汉的腰身一般粗大，表皮皆是黑色如炭，杂毛小道搓着手，仿佛前面是赤身裸体的勾人大美女，脸上露出了难以抑制的笑容，招呼我，说小毒物，咱们看一看，能不能够弄出里面残留的树芯来。

虎皮猫大人从空中降落在那漆黑的树枝上，然而它鸟爪刚一落下，立刻如同触电一般，栽倒在地上。

我们赶紧过去抱起它，它口中一阵大骂，然后犹有后怕地说还真烫，亏得大人我神魂坚固，要不然就刚才那一电，估计要嗝屁了。瞧这模样，似乎昨个儿遭了七道雷击呀！

七道雷击啊？我们脸上的笑容，灿烂无比。

我们手上各有厚背开山刀一把，用来伐木似乎有一些勉强，然而却挡不住我俩的热情，杂毛小道更是如同吃了万艾可一般，牛劲勃发，从那断茬入手，朝着这碳化的树木就一阵猛砍。我们捣鼓了好一会儿，赵中华找了过来，瞧着我们修理出来的两米长的桃木躯干，惊讶得很，说："你们两个是不是出门踩狗屎了，一个在路边就找到了珍稀药材，一个居然瞧见了这难得一见的雷击桃木……啧啧！"

他表示十分羡慕，而杂毛小道一脸的小气，说："这一株雷击桃木，雷力只会残留在巴掌大的树芯中，别指望我会分你。"赵中华笑岔了气，骂说："你要是神仙藤，老子还要跟你磨叽一下，这桃木，我拿来何用？"

掌柜的用的是红绳，给他一把剑，倒真的耍不开来。

他说完这些，然后看着我们两个还准备把这一截木头裁出胚子来，也不打扰我们，说："大家已经开始在那边落脚，然后四处找寻那个叫做万朝安的冒失鬼，你们搞完赶紧过去,不然要是给老爷子留下出工不出力的印象,小心老爷子给你们下绊子。"

我难以置信地说不能吧?老爷子心胸有这么狭隘?

赵中华不敢说自家师父的坏话,摇了摇头离开。我心忧手上的病情,想跟着过去,被杂毛小道一把抓住,说那破烂掌柜的话你也相信,万三爷是得道高人,心里面跟明镜儿似的敞亮,哪里会记这些?我看多半是赵中华那厮假传圣旨,过来抓劳力的。不过这么多人,地方也只有这么大,多俩人少俩人,一个样儿!

杂毛小道说得有道理,我便安心跟他把砍下来的这截木头给削去焦炭外皮,顺着树木的脉络,将里面的树芯给小心取出来。如此又过了四十分钟,这一整株桃树最后被我们给剥离出五尺三寸长、直径两寸的暗红色木棍来,正中心的地方有个眼睛一般的图形,呈现出鲜血一般的颜色,手摸上去,有麻酥酥的电流传来。杂毛小道从乾坤袋中翻出一个白色布袋来,将其正中包裹住。

当我们从山丘桃树林中走到草甸子时,发现帐篷前面生起了熊熊的篝火,那个被咬伤大腿的杨津被安置在篝火旁边,小俊一边烧着开水,一边照顾他,而李汤成则在翻看什么东西,老成持重的万勇往篝火里添柴,给大家做午餐。

那把三筒猎枪就在他手边不远处,想来他留在这里,多少也有监视三人的意思。

见我们抱着木棍走下来,万勇朝我们打招呼,我走到篝火旁,蹲下来看,只见锅子里咕嘟咕嘟地冒着白色的泡泡,肉香四溢。杂毛小道把木棍放在一旁,问里面煮着什么,万勇说:"都是些肉干和糍粑坨坨,还有些刚才去林子里扯来的蘑菇和野葱,本来没打算弄这些的,不过既然生了火,又有锅,弄点儿肉汤喝,吃干粮的时候就没这么噎,也暖胃。"

我问人找得如何?万勇长叹气,说分两组去找了,刚才回来一趟,说没找着,可能还要翻过那个梁子去……唉,朝安这个兔崽子打小就不让人省心,累得他三爷爷七十多岁了,还要为他操心。我站起来,说您也五六十了,身子骨也吃不消,我去那边找一找。

他拦住了我,说不急,马上就开饭了,他们也要回来了,吃完饭再去。

我见他说得认真,便坐下来陪着聊天。说了一会儿,杂毛小道便问李汤成怎么想到来这边发财?有了刚才的生死经历,李汤成也不隐瞒,说他们在黑市上买到一本古籍,上面记载巴东黑竹沟这一带有个大墓,就过来看一看。结果他们一伙专看阴宅风水的狐狸一下子就瞧到了其中玄机,找了几天终于确定了地方,昨天挖了好久,结果下雨了,早上又挖了盗洞,准备进去瞧一瞧,哪知出了这档子事儿……

李汤成不住哀叹,说要不是他负责古董鉴定的活计,说不定也死在洞中了。

正说着话,赵中华和万朝新从靠溪流那边的方向走了过来,两人合力抬着一具尸体,走路有些艰难。万勇见到,锅里搅动的勺子都不由得跌落下来,站起来望过去,身体颤抖。我们都站了起来,莫非这具尸体,就是万家那个走脱了的孩子?

第十二章　似故人，河面浮现第二尸

我哪里忍得住这好奇心，赶紧借着帮忙的名义，跑过去看。

这尸体全身湿淋淋的，仿佛刚从水里捞出来，他应该死于重度烧伤，脸简直就是一团糨糊，根本就瞧不清楚模样，身上有好多地方都露出了白色的骨头，许是被水浸泡了很久，焦黑肌肉的边缘是发白肿胀的皮肉，有一种奇怪的剥离感。赵中华和万朝新一个人抬手，一个人抬脚，看他们的神情，好像并没有太多的悲伤。我想这具尸体，或许并不是老万家那个年轻人的。

而瞧这衣着……我不由得朝李汤成他们瞧去。

果然，走到了近前七八米，李汤成站了起来，脸上露出了难以抑制的悲伤，而小俊直接跑了过来，扑到了这具尸体上面，大叫钉子哥……赵中华勉强把他给拉开了，劝他，说："这尸体虽然浸泡了溪水，但是身上还有一些酸液的残留，你要是还想好好活着，最好离远一点儿。"

由于已经做好洞中两人已死的心理准备，所以小俊多少也能够控制住自己的感情，再说有尸体，总比尸骨无存好得多，他深呼吸了几次，然后让开了道路。

李汤成问他们两个是在哪里找到三步钉的？

赵中华指着林子尽头的溪流，说他们沿溪找寻，在一个水弯处发现了这具沉浮飘动的尸体，看这新鲜程度，以为是要找寻的那个人，于是打捞过来一瞧，认出来不是，但是想着说不定跟李汤成等人有关，就费劲带了过来。

李汤成握着赵中华的手，千恩万谢，感谢他们把自家兄弟给带了回来。

赵中华说不用，只是这事情奇怪得很：你们不是说人在那盗洞之中吗？我们已经把那洞口给封住了，怎么尸体却漂浮到溪流里去了？万朝新二话不说，到之前那个山丘跑了一圈，回来说洞口的封堆完好无损，没有任何情况。

我们便猜测，那山包子下面的古墓，说不定还暗通一条水道，所以尸体就漂流到了溪边去了。

李汤成想要再去溪边，看看能不能找到另外一个成员"狐狸"的尸体，带回去，也好给留在家中的兄弟做个交待。赵中华拦住了他，说都找遍了，撒网一样排了三回，没有再见到任何情况。

我们把豆子爷和三步钉的尸体放在下风口，过了十分钟，万三爷和万朝东两个人从密林小径处，慢腾腾走来。

瞧他们脸上的神情，便知道并没有任何发现。

望着远处躺着的两具尸体,大家并没有什么吃饭的兴致,不过为了充饥,各自舀了勺热汤,和着干粮吃了起来。说实话,万勇老伯的手艺还不错,小半锅汤都进了我的肚子。谈到接下来的打算,李汤成仍然不死心,说杨津这伤势,一时半会走动不得,他一会儿再去溪流边转悠一下,看看能不能够找到狐狸的尸体,若能,便将这三个一齐带出这黑竹沟,不再回来。

　　他问我们,说:"找了好几里了,那小伙子依然找不到,你们是不是要打道回府?"

　　他仍有些不放心,担心我们谁将他给举报了,人没死,却要进局子里蹲着。万三爷摇了摇头,说:"自然不是,我们这次来是有准备的,不找到人,绝不出去。吃过饭,我们就越过那边岭子,穿到对面的山头去看看。"说完这些,万三爷抬头看了一下窝在帐篷顶的虎皮猫大人,对我们说:"你们这鹦鹉来头不小,看着不像是一般宠物啊?"

　　我们连忙摆手,说这肥母鸡,谁敢拿它当宠物啊?心都操碎了。

　　虎皮猫大人看了看我们,捏着屁眼娇滴滴地说话:"主人、主人,伦家饿死了,怎么办?"

　　万三爷瞧了瞧一脸冷汗的我和杂毛小道,笑了,说:"你这鸟儿来历神秘,依老夫看,好像并非普通鸟类那么简单。它若能展翅高飞,帮我们从高空看看朝安那孩子的踪迹,也好过我们这般胡乱寻找啊?"他常年与鬼物打交道,什么样的东西没见过,自然能够瞧得出蹊跷。虎皮猫大人被他瞧得发毛,说:"好了,你这个老不死的家伙,算大人我怕了你了,帮你跑跑腿便是。"

　　话音刚落,虎皮猫大人振翅高飞,不一会儿就没了踪影。

　　饭后,李汤成等人找来了之前准备的裹尸布,将自家同伙给包裹起来,放置在一边。他让小俊在营地照看大腿受伤的杨津,打算独自一人去溪流边查看。赵中华不放心,便和万朝新一组,与他一同顺溪流往下搜寻;我、杂毛小道、万三爷和万朝东四人,沿着密林小径,继续往前,翻过那道山梁子,到对面的坡地去;而万勇则留在营地,随时照应。

　　分配完任务之后,我起身,跟着万老爷子往前走去。杂毛小道这个家伙放心不下自己刚刚弄来的桃木胚子,便跟孙猴子一样,扛着这根木棍儿一起走。

　　黑竹沟并不仅仅只是一道狭长的沟子,它是一大片起伏不平的峡谷,有山有水,还有好多茂密的丛林,它的面积大得让人绝望。想要在这么个地方找寻一个人,实在是一件困难的事情。想当初,在这沟子里失踪三个人,发动了全县人民来找寻,才能够找到……而且还是尸体。

　　我不知道万三爷他们为何要这般执着,在我想来,或许那个家伙已经死在哪个沟子里了?

　　当然,我这种恶意的揣测,也就自己想一想而已,倘若说出来,只会被人痛扁一顿。

好在进入这密林后,地上的草和蕨类植物开始多了起来,也没有进沟之前那么泥泞了,行走也顺畅了许多。有了缅甸那段在山林中整日奔波的经历,这个地方对于我和杂毛小道来说,简直轻松得要死,一路寻来,如同度假休闲一般。

跟之前一样,我一路走来,大部分的精力还是集中在寻找龙蕨草这件事情上面。

万三爷年轻的时候来过黑竹沟,但是还没有探索到中部,就因为前面的瘴气浓郁,知难而退了,当我们来到一处茂密的丛林之时,他拦住我们,说不要再前进了。

这是一片茂密得让人难以挤入其中的树林,各色植株相互往上生长、攀延,争夺着有限的生存空间,地面上,尽是些落叶和腐烂的果实,以及死去的动物的尸体,在经过发酵之后,散发出淡薄如雾的白烟来。

倘若万朝安真的进入其中,自然不会活着出来了。我们没有继续前行,而是顺着旁边的一条小道,来到了右边半里处的溪流下游。看着混浊东流的溪水,我们恍然若失,不知道此行是不是找对了地方。那个冒失鬼除了在沟前留下一粒黑纽扣之外,便如同插了翅膀一样消失不见,果真是遇见鬼了。

我们在溪前站了一会儿,从西面突然刮来一阵风,贴地卷来,习习如猎。

过了一会儿,这风越发地大了,将附近的树木吹得左右摇晃,稍微小些的竟然有拔地而起的迹象,随之而来的是暴雨,如同瓢泼一样毫无预兆地浇下来。我们纷纷将雨帽戴上,然后开始撤离,走了十几步,这雨太大,我们寸步难行,感觉脑袋上好像被不断敲打着。万三爷朝我们这边大声地喊着,让我们跟他走,又走了一段路,我们终于来到了溪边的一处岩石断壁旁。

这里有一道两米深的内凹,可以容我们暂时避雨。

头顶上没有雨水砸落,我浑身湿漉漉的,将雨帽摘下来,看着奔涌混浊的溪水,还有外面的白色雨幕,说不知道老赵他们那边怎么样了?

万三爷抿着嘴巴,没有说话,而杂毛小道则挂着木棍儿,说没事的,李汤成他们的那个帐篷质量好得很,再大的雨,往里面一躲就没事的。万朝东咂着嘴巴,说今年到底怎么了,雨水这么足?

这暴雨足足下了三十多分钟,我看到万三爷的脸色越来越凝重,期间还蹲在地上,用七个铜钱不断地排卦,口中念念有词,不知道在算万朝安的踪迹,还是算我们此行的安危。

暴雨开始逐渐变小,那溪水漫过了岸边的鹅卵石滩和草地,最深的地方只怕足有一人深。我们着急回营地,便准备冒雨出发。正准备收拾东西返回时,突然听到万朝东指着左边的溪水喊道:"那是什么?"

我转过头去,只见溪流中,有一个人形尸体在水里面沉沉浮浮。

看到这具身形魁梧的浮尸,我们纷纷跑到了溪边,看到从上游一路飘下的东西,露出水面的地方全部都是红色的绒毛。杂毛小道走到一块凸出的岩石前,伸长那桃木棍儿，准备着去扒那东西。大概两分钟，浮尸冲了下来，杂毛小道用棍子死死抵住水流的冲击，我们纷纷伸出手中的拐杖，终于将那巨大的尸体拖到了岸边。

看着这浅水区中巨大的尸体，我不由得心中一跳：这东西，怎么会出现在这个地方？

第十三章　母枭阳，手中紧握红布条

是的，这具庞大的尸体，竟然是我们在保康西面耶朗祭殿外所遇到的那神农架野人，也就是古书中传说的枭阳、赣巨人。它的模样跟我记忆中的那几个几乎一模一样，同样魁梧的身材，木瓜一样的胸吊在前面，跟人有五分相似的面孔和毛茸茸的身体，拳头紧紧握着。

不同的是，它已经死了，身体浮肿积水，眼睛是一种混浊的白色。

我们费了好大力气，把这个好几百斤的大家伙给拉上岸，冒着雨给它的身体做检查：这个野人全身被浸泡得湿淋淋的，毛发一撮一撮的，腹部高高鼓起，在左边侧面有一个拳头大的贯通伤，里面有黑色的肠子流出来。看着伤口是新伤，这个野人死得应该不太久，万三爷把手放在了它的肚子上面，眉头皱了起来，语气凝重地说："这具尸体肚子里，有一个胎儿，看样子好像很大了……"

他这一句话让我们都变得沉重起来：说实话，我并不喜欢枭阳，因为我的生命曾经遭到过它们的威胁，并且亲眼看到过它们将我一个朋友的脑壳砸碎。但是说到底，它们也只是守护自己的家园不被侵害，而且它们杀人，便如同我们打猎一样正常，物竞天择，并没有什么好说的。

不过见到一个母亲的死亡，不管它是什么物种，都让我们心伤。

瞧这伤口，它就是小俊口中那个在桃花林边出现的巨大黑影，而小俊开的那几枪，正好打中了这枭阳的腹部，以它的体质本来可以撑一段时间的，但是因为正好怀着孕，所以才会死去。我们沉默了一会儿，杂毛小道突发奇想：说不定这里面的胎儿还没死？要不然我们把这枭阳给剖腹，将孩子给取出来？

虽然我知道这母体一旦死亡，发育未完成的胎儿是不可能存活的，但是几乎没有一个人提出反对意见，怀着对生命的敬畏，我们把那枭阳抬到了刚才避雨的石缝中。万三爷将这枭阳紧绷的肚皮给擦干净，然后掏出一把锋利的小刀来，顺着它的伤口开始解剖，将这个肚皮剖开，露出腹腔薄膜包裹的子宫。

然而万三爷这手术动到一半就停住了。

那子弹，正好打进了它的子宫内，将里面孕育的生命给终结了。

万三爷摇了摇头，叹了一口气，说作孽啊！他收起了那把小刀，望着外面开始稀疏的小雨，回头看向我们，说走吧？我发现老爷子的眉头，又多了一些皱纹。他行走江湖大半辈子，生死也见得多，开始整理放在地上的东西。我回头瞧了一下躺在地上的枭阳，发现它左手上面似乎有些异常。

我蹲下身子，看见它左手紧紧地攥着，里面好像有东西，使劲去掰，但是手指已经僵直了，难以弄开。

大家都起身离开，杂毛小道用棍子敲了下我，说走吧，这尸体就放在这里，找人要紧。我没有理会他，抽出一把小刀，将这只手给一点儿一点儿地撬开。随着关节的松动，那手心中握着的东西出现在我的面前：这是一块红色的布条，皱巴巴的，上面还有白色的污渍斑痕，瞧这模样，似乎是从一条内裤上面撕扯下来的，瞧这质量并不是很高档，在路边摊卖的话，估计十块钱两条。

便宜是便宜，但是作为一个呼啸山林的枭阳，它去哪里抓来的内裤？

很明显，这块布条来自于一个人的身上，很可能来自于那个失踪的万朝安。当大家看到我手上的布条时，都有一种绝境中看见希望的感觉。不过虽然亲近，但是没有人能够认定这红色布条就是万朝安的。这沟里面也没有手机信号，不能联系万朝安他母亲，看看这小子离开的时候到底是不是穿着红色内裤。

况且，倘若真是，内裤都落在了枭阳手里，只怕那人活着的希望就真的不大了。

我这才明白，我的这个发现，与其说是希望，不如说是噩耗。

头顶上依旧下着迷蒙小雨，我们沿着道路缓慢往回走，心情却比来的时候还要沉重。万三爷没有说话，山路颇滑，拄着拐杖小心前行着，而我则要留心前面的万朝东，这小子是个摔跤专业户，走了不到半里地，就摔了四跤，即使身着雨衣，浑身也湿透了，冷得直哆嗦。今天若一直下雨，没有篝火烤，只怕他会冻感冒——中午生火的干柴是李汤成等人放置在帐篷里的，并不多了，再这样持续下雨，只怕再也燃不起来。

翻过一个山头，我们顺着林子间隙小心往下走，突然万三爷抬起头，轻声说有情况。

说话间，他已经躲到了旁边的一棵小树后面去。我低头一看，在我们下坡的路上，出现了两头灰色犬类，身形跟大狼狗一般，在转弯的荆棘丛中徘徊。我赶忙蹲在万老爷子的旁边，问这是什么？狼，还是野狗？他压低声音，说黑竹沟里经常能够听到狼嚎的声音，说不定这里真有一个狼群。

我并不是没有见过狼，我曾经和某个女孩子一起去南方市动物园里玩过，当时感觉跟条蔫了吧唧的狼狗一般，毛发脱得厉害，露出癞子来，真心不觉得有什么威胁。然而看到坡脚那两条矫健的灰狼，一种不祥的预感就浮上了心头。

万朝东在旁边恨恨地骂。他来的时候，想借他堂哥万朝新的三筒猎枪来耍一耍，可是被拒绝了，现在我们凭着手上的刀子，对付这灰狼的难度，要大上许多。

杂毛小道却并不在意，问万三爷，说这狼打死没事吧？这里面有没有什么忌讳？

万三爷摇摇头，说："你还真以为我是个老古董啊？它要吃我们，我们自然是要反抗的；不过，要是路过，能不杀就不杀，杀孽造得太多，是会沾惹因果的。年轻人，手最好还是不要太毒辣……"他的话刚刚说完，那头相对比较高大雄壮的灰狼便已经看向了我们这边,眯着眼睛瞧了一会儿,突然"嗷"地长嚎一声,然后朝着这林间坡地上奋力扑来。

它四脚飞扬,地下的泥水飞溅。

被发现了。

区区两匹灰狼,在"身经百战"的我和杂毛小道眼中并不算是什么,我们站了出来,我持刀,杂毛小道拿着棍子,小心防备着。然而那灰狼跑到我们面前十米处的时候,在前面转角的那边,竟然又窜出了六七头灰色、黑色的野狼,撒腿朝着这边奔跑而来。为首的那头灰狼已经跑到我的跟前三米处,见到我们小心防备,竟然十分狡猾地没有扑将上来,反而回身过去,在我们周围游弋,等待着同伴来临。

我看着它那黑色的眼珠子,感觉到了智慧的光芒。

真是狡猾啊,跟动物园里面的完全不一样。在我的思维中,狼这种生物要么在草原或者大兴安岭那样的雪原,要么在青藏线上,而人群聚集的地方,应该是绝迹了,没想到在这沟子里竟然还有这十几头的狼群,想来是足够狡猾,才不至于被剿灭。

我们背靠着背,防备着这些陆续围将上来的狼群,它们在外围游弋,然后小心翼翼地试探了几次,皆被我们给果断逼开。不过也就是在这个时候,我们被包围了,在这林子里,四五头野狼绕到了我们的后面,随着为首的那个头狼一声嘶嚎,它们居高临下地朝着我们这边扑了过来。

四个人,九头狼。

群狼的爪子和牙齿尖锐,普通人也许早已葬身狼腹,但是我们岂怕这些?杂毛小道那根桃木棍子并没有脱水,湿滑柔韧,绷直了甩出去,抽在一头灰狼身上,立刻如同雷声炸响,大枪挑滑轮一般,将其给远远弹开去。我手中的开山刀握得紧紧,在第一时间,就斩下了一个狼头,腥臭的血扑了我一身。

冲突一旦产生,场面就变得十分混乱。我并不贪图杀戮,只是尽力护住年老体衰的万三爷和初生牛犊万朝东,击退狼群的责任,便大部分交由杂毛小道来解决。

一片混乱之中,我的眼角余光处,突然飞射出一道矮小的黑影,朝着我旁边的万朝东扑去。

来不及抵挡,我伸手推了他一把,就见到一道雪亮的刀光,从万朝东的头顶飞过,接着几簇黑色头发往天空飘飞而去。见那黑影子的刀锋朝我席卷而来,我伸出开山刀,将其断然挡住,哧溜一声,竟然擦出许多火花来。那黑影子一落地,立刻又弹射而起,与我对拼两记,又快又狠。

一想到枭阳,我心中立刻想起这个黑影子的来历。

年初的时候,杂毛小道的小叔萧应武左手齐肘而断,这个家伙不就是那个罪魁祸首吗?原来就是这条毒蛇,潜伏在暗处,驱使着狼群朝我们攻击。我奋力将其荡开,定睛看这家伙,不由得吓了一大跳。

第十四章　猴孩儿，三爷也有一个鬼

我看到了一个人类的少年。

这个少年约有十四五岁，外貌跟人类几乎没有差别，五官端正，甚至可以说有一些清秀。眼珠子是琥珀色的，额头看起来比常人要宽阔许多，长发披肩，浑身都是黑白色的泥浆，自腰以下，缠着一圈黑色的草裙。他的左手上，用白布包裹着一把两尺长的尖刀，锋寒铿亮。

他的动作矫健而富有律动感，力量非常大，而且快，出人意料地快，跟他交手时，我甚至不能跟上他的节奏，总是慢上一拍。唰、唰、唰，他每砍出一刀，快、准、狠，天然而富有激情，让人不由自主地产生恐惧感。

我突然想明白了一句话，叫做"灵活的小个子"。

不过他跟人类似乎有着很大的不同，站姿、进攻、跳跃，反而更像是一个猴子。我与他交锋几个回合，闪避脚下恶狼的时候，一不留意左臂被刀锋划拉出一道口子，鲜血立即迸射出来。

就在这时，一根粗粗的木棍果断地捅在了少年的腰间。

杂毛小道终于将这狼群给棒打得胆怯，抽身回来支援。相比于我，从小习艺在身的他向来是个打架的好手，一棍在手，如风门泼扇，棍影翻转，那少年的刀技再厉害，都不是老萧对手。没一会儿，他就吃了几棍，特别是最后一下，兜头一棍，敲得他脑瓜子上面鲜血飙射，口中痛呼。

他的叫声居然如同猴子猩猩一般。

就在他一失神的时候，我手上的刀子斜侧砍出，将他左手的两个指头给剁了下来。他惨号一声，张着嘴如同猛虎，往后一纵，攀爬到树上，三下两下，隐没在林间。也在这个时候，围攻我们的群狼，残留的几个也夹着尾巴悻悻消失在丛林尽头。

它们一边跑一边回头，发出受伤的嚎叫。

在我们脚下有四具狼尸，一头是被我斩了首级，一头是被杂毛小道敲碎了脑袋，还有两头，却是被万三爷用雪亮的尖刀将其击杀。不愧是赵中华的师傅，以古稀高龄竟然在这混乱的场景中，击毙两个，而且是一击毙命，端的厉害。

一番剧烈的搏斗之后，老爷子也是气喘吁吁，他望着林间远处的影子，说想不到，这个东西居然在这里？

我奇怪，说："老爷子你认识这东西？"

他将尖刀在地下的狼尸上抹了抹血，然后跟我们说，这个家伙应该是神农架传闻已久的猴孩儿：相传他的母亲是个鄂西农村的妇人，被神农架野人掳走后，几个月又被送了回来，结果后来就生出了他。一开始并没有发现什么异常，就是不怎么会说话，性格也孤僻，后来渐渐长大到了七岁，突然将妇人的丈夫给一刀捅死，然后遁入了山林。这是 2002 年的事情了，在神农架林区附近，流传甚广。经常有地方听到这个家伙的传说，因为他打扮行为像猴子一般，所以别人都叫他"猴孩儿"，说是猴子生的孩子——我之所以知道，是因为他的母亲三年前还来我这里请求过帮助……

我捡起地上的那两节断了的手指，粗大，上面全是厚厚的老茧子。

这个杂种倒是跑得够远的，居然横跨大半个林区，从北边跑到南麓来，他到底是什么目的呢？不过，不管怎么样，小叔的断臂之仇，都是要报的。

我不是圣人，还学不了如来"以身饲虎"的境界，有仇怨，那必然是要报复，不然心中不爽利，憋屈得很。

说完这猴孩儿的来历，万三爷眉头皱起，说赶紧回营地去看看，万勇他们虽然有枪，但是说不定应付不了这些。想到营地里那些老弱病残，我们心里就着急，李汤成这些萍水相逢的家伙也就算了，倘若万勇、赵中华他们几个出了事，可是万万了不得的。

我们把地上四具狼尸给扎起来，然后拖着往回赶去。

回去的时候，天上终于没有再下雨，我们顾不得地上泥泞，奋力往回跑。我鞋子里溅进了些泥浆，走路的时候滑腻得很，让人难受。不过一路上除了几个缩头缩脑的松鼠外，倒也没有再见到任何有威胁的生物，这种诡异的安静反倒让我们更加不放心。匆匆忙忙赶到营地，远见那草甸子上的帐篷依旧在，然而我们走近的时候，发现外面的东西一片狼藉，而帐篷里面则不见人影。

连堆放在下坡处的两具尸体，都没有瞧见。

我们在营地周围看到了野狼的脚印，凌乱杂多，显然狼群袭击我们之前，是来过这片地界的。不过我们没有看到鲜血，不知道是被雨水冲刷了，还是这里没有发生搏斗。万朝东有些急了，朝四处大喊，喊他哥、喊他伯、喊掌柜的他们，可是空荡荡的草甸子上面，哪里有回音？

我用尖刀挑动着被大雨浇灭的火堆，旁边有一个小锅，还有其他的一些餐具，凌乱散放着，看得出万勇他们走得非常急，都来不及收拾。帐篷里也有好多东西没有带走，只是，不知道他们是不是和赵中华等人一同走的。

我们都愁眉不展，心中有些沉闷：难不成万朝安没找到，这会儿又丢了三人，我们还要继续找寻不成？

万三爷抬头瞧了一眼阴沉沉的天，走到了帐篷的背面，将腰间别着的那碧绿色竹筒解开来，口中念念有词。过了一会儿，阴风一阵，冒出一个浓黑如墨的身影来。这个影子是一个壮汉的侧面，跟加藤原二的剪纸人一般模样。我心中一跳，万三爷他捉了一辈子鬼，没承想，自己也养了一个鬼。

我不知道万三爷这个是什么品种的鬼，只看它仿佛一团墨色的截面，跟地翻天那五鬼搬运术的形象，跟我这小鬼朵朵的模样，截然不同。它一出现，鼻子似乎耸动了一下，然后俯身到了万三爷的体内，老爷子浑身一震，然后指着桃林的方向，口中低喝一声"走"，并不管我们，抬腿行去。

我们虽然不明就里，但是也跟在他后边走着。

疾行奔走，我们穿过了桃花林，走过了那个小山包，又路过了几株高高的橡木树，转过了一大片低矮的荆棘林，最后来到一个藤蔓攀附的山壁前。远远地瞧着那口子处有一个黑影闪过，万朝东兴奋地高喊："哥，哥，我是朝东啊！"那个黑影子听到，跑了过来，我们一看，正是披着雨衣的万朝新。

见到我们，万朝新十分高兴，连忙拉着我们来到上面洞子里，在那里面，李汤成他们几个，都在。

万三爷松了一口气，双手拍掌，结了一个手印，身上萦绕的那黑气就钻进了碧绿色竹筒里去。他小心把油伞纸给封住，然后问迎上来的赵中华怎么回事儿？

老爷子显然是有些生气，语气不善。

赵中华擦了擦头上的汗，解释说他们本来在溪边找寻尸体，但是突然看到下游有一个瘦小个儿在追逐溪中的一具野人尸体，被瞧了一眼，浑身冰凉，于是想赶紧回来，通知他们。结果到营地的时候，闻到空气中有一股子腥味，赶紧叫着这些人往坡上跑，结果搀人的搀人，背尸的背尸，走到一半就遇到狼来袭击，他们五支枪，一齐发射，那些狼就给吓走了。落脚山洞里后，赵中华回了营地一趟，没见到我们，又折返回来，正商量着去找寻我们呢……

万三爷把死去枭阳手中的那红布条拿出来，并把我们遇到的事情作了说明。

万朝新拿着这布条，很肯定地说是朝安那家伙的，在他们家院子里见过，当时他还笑朝安不是本命年，穿啥子红内裤，丢死人了。我们都沉默了：朝安要是落在了那枭阳和猴孩儿手里，只怕性命难保啊。

我们在洞中待了很久，万朝东的心里有些忐忑，恳恳着几个人回去，既然找不到了，那也别把大家的性命给搭在这里——黑竹沟，实在是太危险了。他的提议，说实话好几个人都心动了，包括我——虽然治手的几位主料，龙蕨草并没有找到，但是我在青山界也一样可以找，这黑竹沟实在邪门，不如早些回去。

然而万三爷没有开口，万勇也没有附和，万朝东一个人自唱自和，觉得没意思，于是闭嘴。

李汤成他们几个的意思，还是想找一找狐狸的尸体，他们甚至想把那洞口解开，进去瞧上一瞧：这很明显是好了伤疤忘记疼的表现。外面的雨时大时小，我们便没有再出去，杂毛小道是个洒脱之人，伸了一下懒腰，说困了，找了个干燥的地方就窝着睡了起来。大家便决定暂时在这不到十平方米的凹口山洞里休息过夜，傍晚的时候我们几个跑到营地里去将东西搬了过来，又弄了些吃的，在山洞里暂休。

依然是轮流守夜，我被排在下半夜，于是早早就睡了。不知道过了多久，迷迷糊糊地被人推醒，我睁开眼睛，往洞口望去，只见下面人影憧憧，竟然有几百上千个。

第十五章　鬼影密，阴兵借道遭唆使

我趴在洞口往外瞧，只见斜坡之下，不远处的一条兽径之中，影影绰绰，出现了好多黑色人影。天空中正好露出半弦月牙，透过微微的月光，能够看清近前好几个身影的模样。

这一瞧，让我浑身的鸡皮疙瘩火箭一般地蹿了上来，布满全身。

天啊！这是什么鬼东西？

通过朵朵的鬼眼，我看到了一大群身穿着古代盔甲的士兵，手持长戈，在缓慢地行走着。

他们的衣着并不齐整，除了为首者身披铁甲，其余的都是破烂的皮甲，衣服是脏乱的黑红色，仿佛十分疲惫，为首者骑乘着矮脚马，那马儿累得直喘，有人扛着旗子，在风中猎猎飞扬，旗子完整，是黑色的，上面印着一个大大的繁体字——"漢"。

没有一点儿声音，没有交谈，没有脚步声，没有兵器的碰撞声，连战马打喷嚏，都没有一点儿声响，一切诡异得如同一部无声电影。然而在我们眼前却是如此真实地存在，我甚至能够看到士兵的手臂上，那流着血的伤口，以及他们麻木的脸。

这脸上没有一丝属于人类的表情，仿佛一张麻将牌一样，目不斜视，凝视着前方士兵的后脑勺。

那眼珠子，白得吓人，如同牛奶一般，没有一点儿生命的迹象。

漆黑的夜里，行走的士兵，大军在静寂无声的环境中缓缓移动。如此真实，让人不由得心生恐惧，甚至忘却了思考——在这地处深山的黑竹沟中，是哪里来的这千百号人？源源不断地向西行进而去。我的肩膀一重，是杂毛小道。他也醒了过来，蹲在我的旁边，静静地看着。

我想说话，却被眼前这幅诡异的场面给吓住了，大气不敢喘，喉咙干涩，好久才问这是什么？

"阴兵借道！"

回答我的是万三爷老爷子，这时候大部分人都已经醒了过来，他蹲在我的左手边，瞧着下面路过的那些黑影子，低声给大家解释道："怎么讲？所谓鬼呢，其实也就是逝去的灵魂。它们死后，或有怨念，或有留念，或者根本就不知道自己死去，魂不归地府，于是就停留人间；这阴兵也是，军队是最能够积聚集体意志的地方，它往往能够凝聚成一股改变环境的能量和气场，倘若死得冤屈，而环境又适合，那么就会出现'阴兵借道'的现象，往复地行军。不过不要紧，它们的目的地在前方，如果不

发生意外,并不会关注到我们的……"

我发现,万三爷这个人说话,很符合一个职业捉鬼人的口吻,简洁明了,而不像一般的神棍道士,胡扯一些旁人不懂的道家典籍、玄学奥妙,让人听得头晕,不知其所以然。

大道至简。

阴兵借道的事情,我也曾听杂毛小道提及,在故宫、太湖以及好多地方,他甚至亲眼见过——虽然没有这种规模。此类原理也听他说过不少,其实也就是不同维度(共同居住的空间,但时间却不一致)的灵魂,寻常是没有交集的,即使看到,也不会作用于我们本身,顶多只是会让人受到惊吓,失魂罢了。所谓失魂,喊回来便是。

我的心情恢复了平静,也听到身后有人长呼了一口气,似乎解脱了。

在确定没有危险之后,放松下来的我开始以看热闹的心态,瞧那支行进的队伍。读万卷书、行万里路,没有亲眼见过这种规模的军队夜行,是很难通过影视剧特效或者自己的臆想,在脑海中描绘出那一幅场景。我不知道有多少阴兵打我面前经过,仿佛没有完结。

那凝重的气势,盯久了,让我喘不过气,心脏都快要迸裂出来。

我们静静地看着路上的阴兵行走着,感觉穿越了千年的历史,重回古代,回到某一个血肉飞溅的冷兵器战场上。而当我们都以为这奇异的景象很快就要结束的时候,突然在远处的密林边缘,传来了一声凄厉的鬼叫。

是的,是鬼叫,那种能够深入灵魂的凄惨和毛骨悚然。

我之前说过,鬼因为是灵体,没有声带,所以发不出声响。但是有道行的鬼魂,却能够通过操控空气粒子的震动,模拟出自己的声音来。比如朵朵,召回地魂之后便能够说话;而有些厉鬼,逆天道行,阴风洗涤,心性大变,嚎叫出来的声音,跟人所能听闻的频率区间,截然不同。骤然听之,瘆得慌,让人不寒而栗,恐惧得很。

这一声嚎叫,让正在行进中的阴兵突然停止下来,所有阴兵都扭过头,瞧向了桃花林。

这静止大概持续了三秒钟,我看到有一大团黑雾,从桃花林中席卷而来,然后在视线的尽头,一个隐约的人影出现。那人影口中发出阵阵鬼叫。令人奇怪的是,我目力所及的阴兵,居然没有看他,而是扭动着僵直的脖子,齐刷刷地朝着我们这边看来。

尽管知道这些都是灵体,都是不存在的东西,然而这鬼影憧憧的阴兵一起瞧过来的时候,我也不由得吓了一跳。

在那一刻,我有些恨自己为何能够看得如此清楚。

更加出乎我们意料的是,在我身后的万朝东被吓得突然背脊挺直,大叫了一声:"啊……"这声音在寂静的夜里,格外响亮,让我们措手不及。而让人毛骨悚然的事情也发生了,那些离我们近一些的阴兵突然启动了,朝着我们这边冲过来,一时间凶光乍现,黑雾大盛。

那些黑影子如同真实存在的人,表情凶悍,杀气凛然。万三爷陡然站起来,手中突然多了一道短小的招魂幡,口中高念着祛鬼的咒法,让人热血沸腾。我们也来不及责怪万朝东的冒失,纷纷烧符的烧符,结线的结线,一时间各种忙碌,而万勇等普通人则连连往后退却,不敢上前。

最先冲到近前的是一个骑马的将军,它手持长戈,朝着我们迎面刺来。

一道黑影挡住它的去路,出手的是万三爷腰间的那道鬼影,那鬼影凭着一双手掌,硬生生接住了这呼啸而来的长戈。嚓——这一下竟然有破空声响起来。看着如潮水般涌上来的阴兵,我因为没有经验,不知道该如何是好,于是快速默念一遍九字真言,将紧张的心情平复,然后大喝一声"统",配合着手印,感觉浑身与空间中的能量相契合,一种勇猛果敢、绝境求生的感觉油然而起。

我的双掌左手阴寒,右手炽热,两种属性不同的能量交流,狂躁的力量贯通全身。

也就在这个时候,那黑潮已然淹没到了堵在洞口的我们面前。一个表情僵硬麻木的士兵持戈前刺,直抵我的胸口,我捉住戈身,感觉并非实质,而是灵体的那种触感。当下也不犹豫,欺身上前,左手挥出一掌,径直打在了它的头颅之上。

砰——

空气中一阵反震,我面前的这阴兵如同散落的樱花碎末,飘零落地,不再出现。

这一掌让我信心倍增,接连又与四五个阴兵交战,皆没有扛过我两掌。我兴奋异常,双手或冷或烫,两极分化明显,十分厉害。我打得凶猛,势如破竹,身边这三位却也不差,万三爷出手老辣,招魂幡无鬼敢碰,赵中华一根藤鞭,上坠金铃,颇具女王风范,每抽中一阴兵,皆如沙雕溃散。

然而这一切,皆不能与杂毛小道的战绩相比。

舞弄着雷击桃木棍的杂毛小道,如电视上大闹天宫的孙悟空一般,虎虎生威。那被狂雷轰击不知几次的桃树,外边焦黑成炭,被我们剖开树芯,取得这一根棍子,略显沉重,虽然并未雕琢附上符箓咒诀,却天生自带桃木的驱邪与雷电的爆裂,每每击中一名阴兵,便几乎没有半分停顿,直接溃散当场,不复存在。

那棍子时不时在潮湿的空气中爆裂出一丝电火花,十分妖艳,让我忍不住狂喝:"壮哉,猴哥……"

然而攀附上来的阴兵并非十几二十个,一大群如同蚂蚁一般,我坚持不过十分钟,便感觉双手有失控的迹象,寒冷和灼热让我的气息都变得混乱,稍不留意,被一刀划过左肩。

本来为灵体的刀锋,在那一瞬间冰寒刺骨,犹如实质,我的肩头先是一冷,接着又热,感觉破开了一道小口子,有鲜血流了出来。

直到此刻,我才终于确定,这阴兵,可杀人啊!

我捂着肩头往后疾退，看着扑压上来的阴兵黑潮弥漫视野，心中有些绝望，也不明白为什么万三爷口中无害的阴兵，会变得如此疯狂并袭击我们？突然，我看向了远处那个鬼叫的黑影，定是他弄的鬼。杂毛小道一挥棍子，靠着我的背喊："小毒物，你没事吧？"

我说没，他说："擒贼先擒王，不想累死，我们只有把那家伙给解决掉。我去，你来不来？"

听到杂毛小道说这话，我豪气顿生，大喝道："人死鸟朝天，不死万万年。上！"

第十六章　好兄弟，携手同闯阴兵阵

我和杂毛小道准备反击，万三爷自然支持，他将手中那黑色金边绣麒麟的招魂幡往身前泥地上一插，又射出几道巴掌大的杏黄色令旗，压住阵脚，然后大喊一声："中华吾徒，助我布那斗母玄灵秘阵！"

赵中华一听师令，便大声应诺道："徒儿遵令！"

话音一落，他便双手舞动，状若疯狂，不断有红线黄符飞出，与那地下的令旗叠加累积。万三爷双手合拢，朝我们大声喊，说这阴兵定是被那黑影所驱使，此处洞口由我师徒二人暂守，二位贤侄速去取其首级，这一洞子的普通人，还有老汉与中华，可都指望二位了。

杂毛小道哈哈大笑，说自当如此，何必说这话。他长棍一荡，将洞口的阴兵给打散开，一马当先，前冲而去。

杂毛小道棍扫一片，而我则在后面紧紧相随。此时的我已经将自己的法器震镜给取了出来，老萧在前面开路；我碰见漏网之鱼，当头就是一照，金光一闪，便将其阴灵摄入其间，杀得舒畅。

我们不是赵子龙，在这千军万马里突围，倘若对手是人，自然早就化为肉块，任人践踏如泥；不过在我们面前的，是一堆堆的阴兵。所谓阴兵，皆是些阴灵之物，并不能够形成太大的阻力，寻常人自然千难万难，但是对于我等，却都只是疥癣之疾。一路冲撞过去，尽管也有些刀剑长戈，能伤人体，但是却也并不会费多少事。

关键在于，杂毛小道手中的这根雷击桃木棍，属性实在太克制那些阴兵了。

握着雷击桃木棍的杂毛小道双手旋转如飞，像无敌风车轮一般，但凡撞上来的阴兵，皆被击飞，或者倒地不起，或者灰飞烟灭，于是成就了我们冲阵的神话。不过当我猫着腰一路冲刺，足足跑了四十多米的时候，身边的阴兵开始变得拥挤，感觉仿佛不要命一般，挥刀的挥刀，刺枪的刺枪，吓人得紧，饶是杂毛小道神勇，我们也是被这蚁多咬死象的架势，给硬生生地拖慢了许多。

阴兵虽弱，但是力道却是实打实的，并非虚无的存在。

密林边缘的那道黑影，从我们一开始的势如破竹，到后面的一步步挪动，它都没有移动，抱着胳膊，静静地看着我们。它很淡定，身高和我一般，并不是白天见到的那个猴孩儿。不过不管是谁，能够驱使阴兵攻击我们的家伙，想必是一个相当厉害的角色，一想到这儿，我开始放缓了震镜的使用频率，更多用双手拍鬼。

在我们的后面，红光闪耀，那是万三爷的斗母玄灵秘阵在发动，威势滔天。

情况十分诡异，明明是冷兵器搏击，但是除了我和杂毛小道沉重的呼吸和脚步声，其余的一丝声响都没有。

我们冲到了离那黑影只有十米的坡地处，白日的大雨滂沱使地下十分泥泞，阴兵乃灵体，自然不受影响，而我和杂毛小道则连走路都有些困难。杂毛小道一身牛力，然而拼搏时久，气力有些衰弱。在绝对的寂静之中，周围的阴兵突然纷纷躲闪，我不明就里，抬头望去，只见从西面窜出一列骑兵，手持着长戈，四蹄踏空而来。

周围挤满了阴兵，躲闪不得，杂毛小道沉下腰身，连劈了两个骑兵，然后运棍似枪，将那迎面而来的骑兵给挑下马来。然而没承想那骑兵虽飞，阴马却前冲不止，骤然间，大力撞上了力道用竭的杂毛小道身上。

砰……

杂毛小道被这奔马给重重撞击，腾空而起，朝着阴兵群中跌去。眼见着那些骑兵又朝我冲击而来，我胸前的槐木牌突然白光一闪，朵朵鼓着腮帮子出现。小丫头恨恨地看着周围这一群阴兵，双手画了一个奇妙无比的圆弧，大声喊道："坏人，不许你们欺负陆左哥哥……哼！"

她的双手之间，竟然出现了一道冰蓝色的光芒，朝那一列十几个骑兵甩去。这光芒很柔和，如霓虹灯光般的氤氲，并不耀眼，然而一经甩出，竟然能够吸收地下的积水，凝重得犹如实质一般，很快便像一把刀子，倏地切过这列奔涌而来的骑兵小队。

让我惊讶的事情发生了，这些阴灵之物竟然被这道光芒所冻结，如同冰雕一般，不再动弹。

它们甚至还保持着冲击的姿势，马蹄高高扬起。

这就是经过鱼癸水精华滋养过的鬼妖之体吗？我实在没有想过朵朵竟会有如此厉害，是因为她的鬼道真解有所精进，还是她体质的原因呢？

还是说，其实作为阴灵之体的这些阴兵，并不是很厉害！

不过朵朵既然能够帮上忙，我片刻也不停留，狂喝一声，朝着杂毛小道落下的地方奔去。

被摔在地上的杂毛小道头昏脑涨，不过他毕竟是灵敏之辈，避开了几处要紧的攻击，在我的接应下，重新站了起来。

我看到他口鼻处皆是血水，却哈哈地大笑着，高呼痛快。我被这个疯子的情绪所感染，奋力抓住前面一个持刀的阴兵，双手发力，竟然将其断然分开，飘出许多寒气来。

山谷里刮着呼呼的寒风，然而我的后背心却热得发烫。

习过鬼道真解的朵朵对付阴兵似乎颇有心得，她不断地喊着幼稚的口号（参考《海贼王》和《火影忍者》），然后将靠近我们的阴兵给一一驱散。虽然并没有一开始那道威力巨大的冰蓝光芒，但是却给我们减轻了许多压力。有了朵朵的加入，我们终于冲到了矗立在密林边缘的那个黑影子面前来。

借着清冷的月光，我终于看清了这个黑影子的模样。

这是一个浑身被血色浓雾包裹着的男人，身穿着厚厚的山寨迷彩服，脚蹬着高帮皮鞋，个子偏瘦，如同一根麻秆儿，露在外面的皮肉上全是寸长的黑色绒毛。他的脸仿佛是被溶解的橡皮泥重新铸造，虽然鼻子、嘴巴和眼睛的方位是正常的，但是却如同一个平面，没有凹凸感，也乱七八糟的，给人感觉就是个"无面人"。

瞧这副模样，我想起了午间的时候，李汤成似乎给我们看过一张照片，里面就有这个人的轮廓——丧身盗洞底下的"狐狸"。

李汤成一直不肯走的原因，就是想找到狐狸的尸体，好一起带回家乡安葬，并且给没有来这里的其他兄弟一个交待。然而我们万万没有想到，这个狐狸居然变成了这副模样，并且拥有了指挥阴兵攻击我们的能力。

很显然，他是被附身了。

我甚至在一瞬间猜想到了事情的经过，定是豆子爷三人深入那盗洞尽头的古墓，或者其他地方，导致里面的鬼魂惊醒，也使得他们被腐蚀液给浇死。最后，豆子爷被邪气所染，勉强爬出洞口，被我们超度，然后封住了洞口，而留在里面的两人，一个因为溪水暴涨，尸体被暗道冲了出来，还有一个，便被墓中的那邪灵鬼魂所侵蚀。

我曾言鬼魂附体，如非十分契合，很少有附着于活人身上，那是因为活人本身阳寿未尽，自有一股天然的抵抗之力，难以控制。但是附身于尸体之上，却能够将其异变，在尸体未曾腐烂之前，可以做许多事情。

我不知道这副躯体里面的鬼魂，到底有多厉害，但见它出场的阵势，就知道十分难缠。

而且我发现自朵朵一出现，狐狸的眼睛顿时亮出了一道寒光。

难不成，它看上了朵朵的鬼妖之体？

这个猜想让我不寒而栗。

狐狸的前方，有层层叠叠的刀盾阴兵严阵以待，这些身形缥缈的家伙足足有三四十个，将狐狸如同元帅一般围在中央。而在我们的周围，至少有数百个阴兵朝我们疾奔而来。

在这些阴气十足、黑雾缭绕的鬼物中间，就只有杂毛小道和我两个人……以及朵朵这一个小鬼妖。

敌众，我寡。

那又如何！

杂毛小道口中高诵着茅山道士千年传诵的驱鬼歌诀，提棍冲上；我则与体内金蚕蛊沟通神力，浑身不由得冒出灼热的光华来，九字真言配合的咒法里最强大的"大日如来咒"已经念至了下半阕；朵朵并不喜欢杂毛小道刚刚得来的制剑材料，离得远，口中如同唱儿歌一般，一板一眼地念着鬼道真解的内容。

我们与那几十个严阵以待的刀盾阴兵轰然撞上,有一种如同实质的冲撞感反馈而来。这些阴兵似乎深谙某种阵法,如同一个矫健的士兵走动,盾挡刀击,竟然联结成一个整体,连杂毛小道的雷击桃木棍,都击破不得。

　　在冲击的时候,我的脑子里一直在飞速搜寻着一个东西,在《镇压山峦十二法门》中,对于这种繁密而实力不济的阴兵,似乎有一种方法,可以破解。然而我越着急,却越是记不起来。

　　狐狸口中不断地发出超频率的叫声,而那些阴兵居然也懂得了进退合击,章法有度,我们再一次陷入了重围,举步维艰。杂毛小道开始着急了,挥舞着棍棒,懊悔地说要是这棒子被他制成桃木剑,威力必然成倍增长,而不会像这样,仅仅依靠自身的属性制敌。

　　就在此刻,茅塞顿开,《镇压山峦十二法门》中的一段记载浮上了我的心头。

第十七章 万三爷，太阳正生灭阴灵

《十二法门》那本破书曾言：阴兵乃属过客，轻易不与人起争执，常现于伸手不见五指的夜里，最怕阳光，没有听觉，但是对一种叫声最是敏感不过——一想到这里，我也顾不上自我形象，夹着屁眼使劲儿高声叫唤："喔、喔喔喔……"我打小五音不全，然而模仿个鸡叫、驴叫、猪哼哼的，却最是擅长，惟妙惟肖的。

我突然间的叫唤，把闷头厮杀的杂毛小道吓了一跳，一边抵挡阴兵的刀劈，一边想回头笑我。

恰在此时，奇迹发生了。这如同玩笑一般的鸡叫声，竟然将阴兵天生的恐惧给诱发出来，这些刚刚还一往无前、凶猛卓绝的家伙在我学鸡叫两遍之后，竟然如同解放战争后期的国民党士兵一般，所有的勇气都丧失了，纷纷朝着四周散去，将正中被附身的狐狸，给空了出来。

杂毛小道在这个时候，表现出了无与伦比的战斗素养，他并没有纠结于阴兵的奇特表现，手掐剑诀，朝着木然瞧向我们的狐狸冲去。

在此需要提一点：杂毛小道自小学习武艺，这一番行来，使的是五郎八卦棍法。此棍法由太极生两仪，两仪生四象，四象生八卦，演变出六十四路，圈、点、刺、割、抽、挑、拨、弹、掣、标、扫、压、敲、击，提撩舞花，变化多端，非寻常小孩抡棍而为，是故极耗精力。在他接近狐狸的一刹那间，雷击桃木棍扬空而起，举至头顶，由上而下，迅猛有力，劲达棍梢，呼啦一声炸响。

啪——

这力劈华山的一击，重重砸在了狐狸的头顶。

在我想象中头骨碎裂的情况并没有发生，狐狸张开嘴，硬生生地扛住了这一棍子。杂毛小道手中的棍子韧劲很大，一棍劈下之后反弹而起，这时，他的对手睁开了眼，出手如电，探到了杂毛小道的胸口。杂毛小道中招，如断线的风筝，跌飞出去。也就在此刻，狐狸抬起头，看向了在空中的朵朵。

我能够从这张五官如同平板的脸上，看到贪婪的神情。

他并没有管跌倒在远处的杂毛小道，而是足尖轻点，居然一跃三米多高，伸手去抓有些愣神的朵朵。然而他实在没有想到，那个看着呆呆笨笨的朵朵会立刻察觉到他的企图，向上飘飞半米，硬是避开这家伙的捉拿，然后气愤地大喝一声"坏人"，手中又出现了一道冰蓝色的光芒。

被附身的狐狸反应极快，刚一落地便遁走四五米，在他原本站立的地方，一片白

色霜结的冰面。

好厉害的老家伙!

我本来以为这个被附体的狐狸不过尔尔,却没有想到他中了杂毛小道那雷击桃木棍的敲击,竟然能生生扛住,而且还反击伤人。虽然那雷击桃木棍没有经过加工,但是树芯中蕴含的雷电,连虎皮猫大人都被击倒过(呃,好吧,拿一只虎皮鹦鹉来作对比,确实有些奇怪),这个家伙,居然如斯厉害?

不过我这时顾不得这许多,见他竟然想伤害朵朵,这可是我最不能够容忍的,立即欺身上前,与其缠斗起来。

即使拥有王冠金蚕蛊在身体里,我依旧觉得我的这个对手实在太难缠了。

他的力道如同蛮牛,而矫健则如猎豹,动手从来不按套路,手脚并用不说,而且还用嘴咬,状若疯狂。而且在他身上,还有尸毒的痕迹,幸好有金蚕蛊,要不然,估计坚持不了几秒钟,我便毒发身亡了。在那一刻,我无比期盼虎皮猫大人快快出现,这个能够用嘴巴吸鬼魂的家伙,想来对付这个铁核桃,应该是有办法的。

我与狐狸斗了半分钟,感到周围越来越拥挤,一瞧,那些被我吓走的阴兵,居然又有聚集的趋势。

杂毛小道终于缓了过来,他撑着雷击桃木棍站起来,我看到他似乎有些站不稳。

在短时间里连受了两次伤,杂毛小道一脸痛苦。

还好有朵朵在空中给我们做策应,多少也分担了我的压力。

我们现在有些后悔了,真不知道李汤成这些家伙到底挖到了什么样的墓,惹到了什么样的鬼魂,竟然厉害如斯。一开始的豪情万丈,在经历了这几次挫折之后,我们开始思考着后撤,想把这个家伙引到洞口去,布阵将其困住。我和杂毛小道心意相通,两人边打,边往山洞那边移去。

因为对手厉害,时间变得缓慢无比,每一秒钟都让我头疼。

与狐狸交手,是我出道以来最艰难的一战:之所以这么说,是因为有的对手,实力太逊,分分钟搞定;而有的对手却是太强大,能够将我果断秒杀;被附身的狐狸则属于我刚好能够抵挡,但是必须花上每一分精力来反抗的那种,若不然,自然就唯有死亡。

终于返回了山洞附近的小道,只听到上面传来了赵中华的高喊声:"陆左,收起你的鬼娃娃!"

我眉头一跳,便知道他们应该是有法子将这繁多如蚁的阴兵给赶走,口中大叫朵朵,正在空中压制阴兵的朵朵立刻表示知晓,化作一道白线,钻入我胸前的槐木牌中。狐狸一见到这情况,立刻不管不顾,伸手过来抢夺。杂毛小道伸过桃木棍,将这指甲寸长的毛爪勉力拨开去。

我们周围皆是阴兵,而这个被鬼附身的狐狸则与我们贴身纠缠,他不动则已,一动便如马蜂般缠人。

我的身上已经伤痕累累了,好几处刀伤,内伤无数,要不是金蚕蛊在体内强撑着,只怕我已经倒地不起了。突然,头顶传来万三爷的喊声:"陆左,小萧,扑地……"我几乎没有一点儿反应时间,前扑在草地上,突然天空一阵炸响,轰隆隆,如同雷鸣一般,与此同时,我的视网膜上出现一片令人绝望的白色。

我在地上翻滚着,感觉空中好像有一种能量在翻滚吞吐,瞬间绽放。

那能量如同正午的太阳,让人感觉后背心都灼烫发热。

我听到了一声凄厉的惨叫,这音频与刚才那瘆人的鬼叫声如出一辙,想来万老爷子刚刚的那一道法术,使得狐狸身上的这头凶鬼受了损伤。我翻滚了四五秒钟之后,流着泪,挣扎着站起身来,视网膜上依旧是一片白色,只是没有刚才那么刺眼了。我十分担心碰到手持利刃的阴兵,就怕哪儿挥来一把刀子,将我脑袋给砍下来,所以双手一直保持着胡乱挥舞的防卫姿势。

然而我并没有碰到任何东西,双手捞来,皆是空气。

视线终于开始逐渐明朗起来,依旧是白色,但是所有的景物都开始露出了隐约的轮廓,我使劲甩头,然后瞧这左右,那些密密麻麻、恐怖的阴兵,一个也没有瞧到,全无影踪。

它们……竟然是给万三爷一招暴毙了吗?

正当我努力四处找寻的时候,左肩突然被一只毛茸茸的手给搭上,一股腥风从我的耳朵边吹来。

呼——

我不敢往后瞧,下蹲,感觉一大坨冰凉僵硬的肉体贴在我的脖子上,滴滴答答的汁液就落在了我的脸上。那种死人的腐臭气息一下子就贯通在我的脑门上,吓得我猛地缩着脖子,然后往地上滚去,不让他咬我。好在这个时候,一道绳索横空飞来,将朝我咬来的狐狸给拉扯住。

我们紧紧相连,狐狸拉扯着我,绳索则拉扯着狐狸,双双僵持在一起。

终于,我感到世界恢复了清明。

寂寥的苍穹下,无边的黑暗中,一个僵直恐怖的死人将我紧紧抓着,他手上的指甲足足有一寸长,又黑又硬,手指上全是粗粗的绒毛,跟电视上的狼人一般。我将距离拉开一些,扭过头来的时候,他喉咙里发出了沉闷的叫声,不知道是刚才那耀如白日的光亮,还是现在的这系铃红绳,让他难受。

我弓着背,像煮熟了的河虾,猛地一弹,终于挣脱出他的搂抱。

当他再想扑将上来的时候,一根棍子拦住了他。

杂毛小道喘着粗气,使劲儿一弹,将这个家伙的前冲之力给骤然挡住,然后伸手将我扶起来。我看到他的脸上也满是泪水,合着泥浆滑落,接着我笑了,因为万三爷和赵中华终于赶到了。系铃红绳的另一端,紧紧握在万三爷的手上,我不知道他刚才那一招,到底是个什么情况,但是也不妨碍我心中油然生起敬佩感。

到底是和鬼魂打了大半辈子交道的老辣之辈，即使已经过了古稀之年，万三爷也是如此厉害。

　　终于，我们四人对中间的这狐狸，形成了合围之势。

　　从千军万马到孤身一人，时间仅仅过了十几分钟，形势陡然转变。狐狸依旧凶猛如初，然而万三爷却没有再给他逞凶的机会，手中一抖，那红绳便如同秋千一般晃荡。他口中高喊"鬼灵"的名字，一道黑影闪出，将失去抵抗力的狐狸由腋下往上斜斩一刀，分作两截，漫天的血雾喷溅四射。

第十八章　乖朵朵，好东西想好姐妹

我一屁股坐在地上，感觉浑身乏力，筋骨酥软得不行。

这一晚上的经历，实在是太让人心惊胆战了，特别是那个来历不明的恶鬼。它的出现，让我对鬼魂之物，额外地产生了一些敬畏：以前有虎皮猫大人在身侧，又有金蚕蛊与朵朵护身，我便对这些聚散无常的能量化产物，视若土鸡瓦狗，有些瞧不上它们。

然而这个恶鬼却让我数次在生死边缘徘徊，倘若一个不小心，必然魂归幽府。

杂毛小道没有趴下，他拄着自家的雷击桃木棍，摆了一个帅气的姿势，不断地念叨着，说要不是他这桃木剑没有炼制成功，杀这跳梁小丑，何需费这多般劲？我躺在草地上哈哈大笑，却没有力气跟他斗嘴。往日杂毛小道可没有这么啰嗦，他之所以说出这一番话，无外乎是觉得万三爷"抢怪"了，让这位道长在往后吹嘘的时候，又少了些许底气十足的谈资。

万三爷并不在意，毕竟从一开始最艰难的时候，把那家伙给拖住的就是我们。他是个实用主义者，故而并不在意这些，哈哈大笑，双手并没停歇，不断像揉面一样在空中晃动，最后平摊双手，右掌上面有三滴滚圆不相容的银色水珠，滴溜溜转动，里面蕴含的冰寒之气，让人动容。

万三爷把这银色水珠递到我的面前，笑吟吟地说："此乃鬼魂在与阴风洗涤的斗争过程中，凝结出来的清灵之气，对于同性属阴的灵体来说，是大补的材料。我见你养了一只可爱的小鬼，便给你吧？"

既然是对朵朵有利之物，我自然不会拒绝，一边说这怎么好意思呢，一边赶紧将朵朵呼唤出来，让她吸收，生怕万三爷后悔。

朵朵出来之后，先是规规矩矩地叫了一声"爷爷好"，然后用肥嘟嘟的小手接过那银色水珠，伸出粉嫩的舌头舔了舔，仿佛尝到了莫大的美味，眼睛都眯成了月牙儿。她小心翼翼地将一滴喝掉，整个灵体都散发出一种淡白色的氤氲光泽。望着手心处剩余的两粒银色水滴，朵朵突然抬起头，问我可不可以帮她收起来？

我说可以，不过为什么呢？

朵朵笑靥如花，脸上流露出一种幸福的满足感，眼睛璀璨若星辰。她说这水滴太好吃了，剩下的，一滴留给小肥肥，一滴留给小妖姐姐……

我的心中一酸，这小家伙——小妖朵朵已经离开了我们，然而在朵朵小小的心灵世界里，却从未离开过，但凡有什么好东西，都会想念。突然间，我莫名地怀念起了那个倔犟但是又心地善良的小狐媚子,想到她的笑容,不屑一顾、意气风发以及怀带有醋意的横眼一瞪……

小妖朵朵,你在哪里?

我心中苦涩,从怀中把上次蛊丽妹送的粗瓷瓶掏出,然后将朵朵手心上的银色水滴给收起来,脸上挤出了些笑容,说好的,到时候给他们一起吃。

当我收起银色水滴的时候,李汤成等人已经从山洞里跑了过来,见到地上分成两半的狐狸,都感觉到极度意外。李汤成老成持重,倒还好些,只是浑身颤抖;小俊瞧见了,不由得悲从中来,跪在地上大声哭泣着,喊着叔,你怎么就这样死了……

这是一个以亲情为纽带的家族式盗墓团伙,成员皆是同乡的亲戚好友,故而感情十分深厚,并没有我们所想象的那么淡薄——坏人也是人,是活生生、真实的人,而不是电视剧里的脸谱人物,冷血无情,只以利益为重。除了平日的盗墓行为外,他们有着自己的欢乐、自己的痛苦、自己的小心思。

两人悲恸一会儿,我们却早已收拾妥当。在刚才的争斗过程中,作为主力的四人,或多或少都受了一些伤,特别是我和杂毛小道,更是伤痕累累,杂毛小道随身携带的百宝囊中有些备用的膏药,万三爷本身也懂医道,自然随身也带了一些,于是彼此交换,开始给对方上药。

我之前被那猴孩儿划拉的一刀,草草处理,后来又被阴兵阴气凝聚的兵刃割裂四道口子,分别在左胳膊、左大腿、背部两处,胸口还中了好几拳,内伤倒是有金蚕蛊帮我抵御,外伤因肥虫子到处流窜一时间也照顾不来。那阴气侵蚀的刀伤十分险恶,竟然还有阻止伤口凝结的古怪功效,让人郁闷。

要不是有肥虫子在体内做救火队,估计我早就流血而亡了。

万三爷、赵中华和杂毛小道都盘腿坐着,用意念将阴气给逼出体内。敷好药,但是效果并不佳,万三爷说他过来的时候,曾经在不远的路上见到几味药草,对治疗这种阴气侵蚀的伤口十分有效,他去采摘一些过来,给大家煮碗药汤喝。

我们劝说不用了,差不多可以了,用不着那么麻烦。万三爷不肯,执意要去,说大家伙都受了伤,他心里过意不去,再说那几味药是特效药,服用之后,伤口很快就会愈合的。

赵中华想站起来陪着去,但是他的大腿处也有两道伤,反倒是万三爷仅仅胳膊受了一道小伤,于是在万朝新的护卫下,朝着山路那边去,而我们则返回山洞,将积留的干柴生起,点燃篝火。

不知出于什么考量,李汤成他们居然还有备用的裹尸袋,他和小俊两人将断成两截的狐狸塞进袋子中,然后把袋子拉到了山洞的最深处,将狐狸和豆子爷、三步钉的尸体放置在一起。忙完这些,一身血污的两人跑到生好的篝火前烤火,然后又给大腿受伤的杨津弄了些吃的。

逐渐旺盛起来的熊熊火焰,将刚才那一场杀戮带来的阴森和寒冷全部都驱走,蜷缩着身子坐在火堆旁边,热气将我身上的露水和汗液蒸腾起来,有淡淡的薄雾生成。忙完的李汤成用尊敬的目光注视我们这几个伤员,对着累成了土狗一样的杂毛小道说:"原来萧道长竟然是如同龙虎山青虚道长那般的神仙中人,失敬了,失敬了!"

杂毛小道摆摆手,说什么神仙中人,不过就是个红尘中碌碌无为的过客而已。

他说得十分装波伊,旁边的李汤成、小俊和杨津又是一阵惊叹声,接着开始庆幸起昨日没有与我们刀兵相见的决定来。杂毛小道是个洒脱的性子,最喜欢逗弄旁人,见三人心生敬仰,便开始跟他们普及起所谓阴兵借道的事情,并且将之前的故事随手拈来,与之佐证,使得三人赞叹连连,顿时觉得面前这个短寸头男子的形象,无比高大。

烤了一会儿火,身上潮气渐消,赵中华突然脸色变得凝重,朝着在外面放哨的万朝东喊,问他恩师回来没有?万朝东说没得,外面黑漆漆、雾蒙蒙的,并没有看见人影。

见赵中华捂着伤口霍然站起来,一直蹲坐着的万勇抬头问有问题吗?

赵中华说有些奇怪,他知道师父说的草药那地儿,就是在那几棵高大橡木树下的次生林中,离这里不到十分钟的距离,而现在都已经过了二十来分钟,却连一点儿回音都没有,只怕是出事了。

万三爷出去的时候,还跟李汤成借了一把黑星手枪,万朝新也有一把三筒猎枪,但是沟子里并没有枪响传过来,而且万三爷所养的那鬼十分厉害,自然能够照应他们,所以我们并没有太多的担心。然而见掌柜的如此说,我就想到白天遇到的那个猴孩儿,也有些慌神了——倘若那家伙潜伏在丛林中,暴起袭击,一击必杀的话,很有可能得手。

不过即使再惊慌,经历过了一场生死大战的我们,并没有立即出去寻找。

这一方面是因为相信万三爷,另一方面也是在做准备,刚刚趁着这篝火,万勇给我们熬了一锅黏稠的糊糊,腹中空空的我们喝了一些,然后燃起火把,让受伤有些重的杂毛小道在此留守,而由我和赵中华、万朝东三人,前去寻找万三爷。

我们才刚刚走到刚才阴兵出现的小径,便见到淡薄如纱的道路尽头,出现了两个缓慢的黑影。上前一瞧,正是万三爷和他的侄孙万朝新。

我们赶紧上前,赵中华跑过去搀扶住他师父,先是问候一番,然后问怎么回事?

万三爷脸色铁青,手上抓着一些药材,指着山洞那暖黄色火光,说回去再说吧。于是我们将冻得僵直的两人搀扶回了山洞,万三爷把采来的草药递给万勇,嘱咐他熬成药汤,然后坐在了篝火旁边,看着一脸焦急的我们,沉声说道:"诸位,告诉你们一个不好的消息,我们迷路了……"

切……

我们都松了一口气,说无妨,能够回来就好了。不过,多走一段路,倒是累着您老人家了。杂毛小道面色凝重,盯着万三爷的眼睛,缓慢地问道:"三爷,您的意思,

是不是这沟子里有古怪,说不定,我们就出不去了?"

　　万三爷沉默了一下,然后点头,说:"是,我们刚才出去了一趟,发现不远处的桃花林已经不见了。据我推测,有人在这里做了手脚,想要将我们困死在黑竹沟里。"

第十九章　施绝技，燃阳问神查踪迹

万三爷带回来的消息，让我们的心情一下子就跌落到了冰点。

凌晨三点，在那薄雾连绵的夜里，我们商谈了一番，也没有什么好主意，苦守在这篝火旁边，疲惫便如同潮水，慢慢爬上了心头。我有些困，就没有再参与讨论，喝了那苦得想吐的药汁后，昏昏沉沉睡去。次日醒来，发现洞口外面一片白茫茫，可视距离不到十米，再远一些，就变成了一片混沌。

杂毛小道在洞口坐着，一直在给他那柄血虎红翡玉刀打磨，一夜如是。

我问他望着远方干吗呢？他说在等虎皮猫大人过来救驾。

我这才想起来，那只肥母鸡自从昨天中午说去找万朝安之后，就再也没有露面了。

大家陆续都醒了过来，看着外面那大雾弥漫的天气，不由得叹息。李汤成等人在整理行李，然后还尝试用无线电通话机，联络外面的同伴。我问李汤成这是要干吗？他回答我，说他们要离开了，出了这道沟子，汇合同伴。回到家乡去，种种地，做点儿小生意，不再干这种营生了。

我指着外面的景象，说："你们能够走出去吗？"小俊插话，说没问题，他记忆好得很，不会走错的。

我有些奇怪，昨天我们在讨论迷阵的事情，他们三人是听到了的，怎么一夜过去，竟然会下决定，独自离去？

杂毛小道问他们为何不和我们一起，李汤成反问，说："你们现在要出谷不？是的话，我们一起走，找人的话，还是算了，这里太邪门，我们都是普通人，不敢再在这里凑趣了。"

我们齐刷刷地望向万三爷，老爷子白色的须发上面还挂着晨露，他沉默了一会儿，说："朝安他父亲是我徒弟，是我一手带上道的，现在在外面帮国家办事，他家里，自然由我来帮忙照看。他的儿子，我一定要帮他找到的，不然，我这把老骨头又有什么脸，去面对他呢？你们谁要离开，自便，我不留。"

他说得斩钉截铁，我听着，被他话语中那浓浓的师徒之情所感动。认识万三爷这几天，老爷子话并不算多，也不怎么跟我闲聊，但是言必有物，看得出来，他是一个极重情谊的人。

所以，万三爷十分受人尊敬。

我们都没有说话，李汤成淡淡地笑了笑，说果然如此。

他没有再说其他话，但是这种态度，让我们心中有些不爽，仿佛我们想把他们硬绑上自己的战车一样，也不想一想昨天是谁救了他们。万三爷没有说话，双手静静地结绳，编着红线，显然已经默认了他们的离去。李汤成跟杂毛小道和我说起，那三具裹尸袋中的同伴，先暂时搁置在这里，他们会在今天或者明天，找人回来抬走的，请我们帮忙照看；同样，有什么口信或者物资需要带的，尽管开口。

万勇便让他们去村子里报个平安，其他的倒没什么。

李汤成点头说："好，抱着拳头，说诸位，天下没有不散的宴席，承蒙关照，我们这兄弟有伤，需要治疗，就先行离开，祝各位早日找到你们的家人。如果没有意外，我们下午或者明天再见。"

说完这场面话，李汤成、小俊搀扶着杨津，缓慢走出洞口，往坡脚下走去。

杨津昨日早晨，大腿被咬下一大块肉，虽然经过金蚕蛊神奇地止血，后来杂毛小道和万三爷又给他进行了治疗，但是并没有太多好转，行走时都是瘸瘸拐拐的，撑着拐杖都勉强。看着三人的身影渐渐隐于薄雾之中，万勇略有担忧，说他们只怕是走不出这黑竹沟了，我们要不要叫住他们？

赵中华摇摇头，说这世界上莫名其妙的关心，在别人看来，反倒是别有用心，特别是他们这种高度紧张的职业。萍水相逢好处，若想再进一些，就是很难的了。他们三个人身上皆有枪，倘若不让他们走，到时候万一冲突了，反倒是一件坏事，且由他们吧。

我没有说话，依然在思考李汤成为何着急要离开。

杂毛小道见我纳闷的表情，说："你太想当然了吧？有几个正常人见了昨天那阴兵横行的场景，会不惊慌的？在李汤成他们眼里，这里离沟口不过一个小时的路程，大白天的，随时折返离去，况且我们并没有什么交情，他们凭什么相信我们的话？"

我点头，说也是啊，李汤成他们觉得能够离开，自然没有留下来陪我们的道理。这个时候拦他们，倒显得我们别有用心，等他们迷路折返回来，才会心服口服地相信。

只是，这大雾迷茫，我们怎么去找寻万朝安那个小子呢？

这个问题被赵中华问出来后，万三爷嘴角抽动，哂然一笑，说原本是没有线索的，但是陆左既然帮我们找到了这条内裤，那么一切就好办了。赵中华眉头一跳，说："师父，你的意思，莫不是……"万三爷点了点头，说："是的，我不能够让大家陪着老头子我一个人，在这个诡异的黑竹沟里面耗时间，所以，一会儿我要尝试一下'燃阳问神'"。

赵中华对万三爷历来尊崇有加，言听计从，然而这一次却罕有地反对了，摇头说："不行，这东西实在太危险了，一个不小心，您老人家就……实在不行，让我来吧？"

万三爷摆摆手，很坚决地说自己来。

两人争执一阵，老爷子用长辈的身份来压赵中华，说如果他再唧唧歪歪，以后便不要说是他徒弟了。这句话说得很重，赵中华的脸在那一刹那间就变得通红，几乎要滴血下来了。最后，他长叹了一口气，双手合十，说愿为恩师护法，万三爷这才摸着胡须笑了。

接着两人开始了做法的准备工作，我看不明白，问杂毛小道知不知道。

他压低声音，说少时曾听家中老人言，道门灵宝道曾有这一门道术，主要的用处，是请得那传说中的山神、土地公公这般司职地界的神灵，以某种契物作引子，问知发生的事情。宋仁宗时期著名的包拯包青天，即是擅长此术，相传他有一法器，名曰"阴阳枕"，经常以此物沟通土地神灵，查情断案，极为厉害。

然而此术虽然厉害，但是却有一个弊端——人存一世，皆有阳寿一说，佛家讲因果，道家说福源，总之这阳气乃是不断消耗之物，每过一天少一点儿。然而此术的实行，却需要阳气的供养，也就是所谓的燃阳；而且，道力不足、意志不够坚定的话，很可能被那土地公公的灵识所侵蚀，变成白痴，危险性极大。

是故流传得越来越少，后来就没有听闻了，没承想万三爷却能够懂。

万三爷来到山洞深处，点燃香烛，就在裹尸袋的旁边盘腿坐下，青烟袅袅，他闭上了眼睛，双手合十，那根红色布条挂于指间，开始入定。

赵中华把我们都轰出洞口，不让我们瞧见，说怕我们影响万三爷入阴请神。

我们在洞口下面的坡地等待。我百无聊赖地看着远处的朦胧迷雾，沿着昨夜阴兵行走的兽道前行，走了没一会儿，从草丛中踢出一个骷髅头来。这骷髅头巨大，并非人类，而像是牛或者鹿类的头骨。

我蹲在地上研究这头骨，过了差不多二十分钟，看见万三爷出现在坡顶上，他面无血色，看了我们一眼，然后抬腿朝着左边的一条小路走去，而掌柜的则紧紧跟随其后。

我瞧万三爷虽然气色不好，但是眼神清明，显然没有请神上身。

但是他走得很坚定，胸中似乎已有了答案。

我们也赶紧进洞，背上行囊紧跟着走。顺着山壁边缘一路行，转过了好多茂密的林子，万三爷尽挑些没有道路的丛林走。薄雾弥漫，视野不广，但是我们却走得飞快，突然山壁一空，转过去便有一个豁口，如同一道石缝，万三爷突然停住了，脚步缓慢地靠近。

这石缝边缘尽是些附着的藤蔓和苔藓，旁边还有一大片野柑橘树，上面挂着橘黄色的果子，颤颤巍巍的。到了这里，林子里的生机就多了起来，地上也有好多白色、黄色的粪便，偶尔还传来了"嗷嗷"的叫声，远处有黑影摇动。

是黑竹沟的猴子，在林间跳跃奔行。

我们摸着山壁缓慢前行，发现十米远的前方，有一个如同我们之前躲雨的山洞一样的凹口，前面铺着好多松软的树枝，还有一种腥臊的气味飘过来。在洞口不远处的树枝上,居然还挂着半扇山羊肉,以及其他内脏肠子;有一个猫儿一般大小的小猴子蹲在树梢上面,警惕地四处张望,似乎在看守这些食物。

为了不打草惊蛇,万三爷打开腰间那碧绿色的竹筒,将他养的那只猛鬼,给请了出来。

猛鬼一出竹筒,立即沿着山壁藤蔓,悄无声息地摸了过去。

我们一齐蹲在草丛后面,静静地看着洞口,等待着猛鬼的消息。大约过了二十秒钟,里面突然传出奇怪的笑声,哈哈哈……如同夜枭;接着,有一个袒胸露乳的高壮枭阳奔进了我们的视线。

第二十章　人救出，迷雾森林迷失路

这个骤然跑出来的枭阳仰天长笑着，声音极其古怪，脸上还露着惊恐的表情。

除了垂到腰间的两个大木瓜外，枭阳的胯前还有些许白色的东西，浑身毛茸茸的，手上紧紧拽着一件黑色的夹克衣。而在它的身后，那头被万三爷叫做"鬼灵"的猛鬼正大踏步追赶过来。当枭阳距离我们只有四米左右的时候，赵中华骤然甩出长长的藤鞭，将那个疾奔中枭阳的大脚丫子给缠住，使劲儿一拉。

这缺德招式，让枭阳的身体骤然失去平衡，吧唧一下，摔在了腐烂的落叶层中。

而那鬼灵已然冲到了枭阳的身后，伸出左手，运掌如刀，斜斜地朝着那枭阳的脑门上劈去。

若劈中，只怕这枭阳便魂归幽府了。

万三爷突然低喝一声："鬼灵，住手！"鬼灵的去势未止，眼看就要将这毛茸茸的天灵盖给切出脑浆子来的时候，万三爷手中的黄金铃铛一摇，鬼灵终于僵住了。他开始神情严肃地念了一段法咒，那鬼灵身形一淡，隐入了那碧绿竹筒之中。

我心中有些疑惑，难道万三爷有些压制不住自家的鬼吗？

那鬼可没有我家朵朵听话，小家伙虽然总是迷糊，但是关键时刻，我说一，她不会说二。

肥虫子也是。

这是我最得意的地方，小东西们虽然平日里调皮捣蛋，但是一到紧要时刻，从来没有给我掉链子。

在制止住鬼灵的杀戮之后，万三爷对跌倒在地的枭阳却也并没有姑息之意。他从怀中掏出一个小罐子，兜头就是一洒，许多栗黄色的粉末，洋洋洒洒，全数扑在了枭阳的脸上，将它给整个都染了色彩。趴在地上的枭阳忍不住连着打了好几个喷嚏，接着它猛然爬起来，张嘴就是一阵咆哮，熏臭的口味，连两米之外的我都能够闻到，只想呕吐。

咆哮之后的枭阳用一触即燃的仇恨眼神，盯着让它跌倒的罪魁祸首赵中华，然后迈出了左脚。

接着，它轰然栽倒在地，抽搐了一番之后，翻白眼，蹬腿，昏迷了过去。

万三爷洒落的栗黄色粉末竟然在顷刻间，就有了效果。

远处看守山羊肉的那只小猴子见到我们，叫了两声，头也不回地往着林中窜去，万朝东追了几步，被叫了回来。我们蹲下身，瞧着地上这头枭阳，只见它浑身都是湿汗,有一股子腥臊的臭味,但是这脸,倒是有六七分像人类……我们之前见过枭阳,并不在意,万朝东也知道,然而赵中华、万勇和万朝新都没见过,觉得稀奇。

不过现在并不是探秘的时候,我们望向了凹口山窝里,那个洞子里,会不会有我们此行的目标呢?

有了鬼灵先前的探路,万三爷没有再提防埋伏,吩咐万朝新和万朝东两兄弟在此看守枭阳后,领头第一个走进了不远处的山洞里。我在最后一个,跟着人群走进去,发现这里并不是很大,是山体的一个凹陷部分,呈倒三角形。山洞大概有二十多个平方,正中间有些野兽的皮毛,还有好多干草和植物的根茎,乱七八糟一大堆,随意摆放,一股子骚臭味,最里面黑乎乎的,什么也看不到。

我们小心翼翼地搜寻了一番,没有找到目标,万三爷提着手电,径直朝着那黑乎乎的角落走去。

当电筒照亮里面的黑暗时,我看到了一具白花花的人体,在角落蹲着,瑟瑟发抖。

万三爷走了过去,轻轻地叫了一声:"朝安?"那人浑身一颤,抬起头来,紧张的情绪变成了激动,突然跳起来,顾不得身无一物,紧紧搂住了年老体衰的万三爷,大声哭叫:"三爷爷,真的是你啊……天啊,你终于来了,我就知道你们不会抛弃我的,哇哇……"

这人喜极而泣,悲伤中含有激动,激动中又有着好几分惆怅和委屈。

总之,这情绪复杂之极,容不得我表述。

不过,我看到一个老头子和这么一个光溜溜的大小伙子搂抱在一块儿,怎么都觉得与这环境十分违和。

好吧,是我这个人太古板,接受不了新鲜事物。不过找到万朝安,让我们充满阴霾的心中,不由得多了几分色彩,心情也舒畅了许多。我们在洞里找到了万朝安的裤子、鞋子,再加上洞外那枭阳手中破烂的黑色夹克,终于把万朝安从一个裸男,变成了一个新锐的潮流乞丐。

万三爷颇有耐心地安慰吓得六神无主、魂飞魄散的万朝安,只怕这小子精神失常。

万朝安在经历了最开始的惊喜和疯狂之后,终于变得稍微正常了一点儿,问他话,也答,虽然有气无力,但是思路还是蛮清晰的。万勇忍不住地抱怨他胡乱走窜,让大伙儿担心死了,他娘都哭晕好几次。他在哭泣之余,保证以后再也不会这样犯浑了。

当问及这两天的经过时,万朝安说得并不多,寥寥几句,便不再多言。

关于在这洞中的生活,他更是讳莫如深,怎么问都不肯讲。人都是有秘密的,我们便没有再提及。

想来定是一件让男儿心酸的故事,其中缘由,我们不知,便让它消失于风尘中吧。

万勇掏出些干粮和一壶水,万朝安狼吞虎咽,吃得那叫一个畅快。火速解决后,他拉着万三爷的衣袖,说:"三爷爷,我们赶紧离开吧?"万三爷点了点头,脸上却有些担忧,说这黑竹沟好进不好出啊,只怕我们出去,要费一番功夫了。赵中华问他师父,此话怎讲?

万三爷环顾四周,瞧着我们这些人,说他刚才在与此地的土地神灵沟通的时候,除了得知朝安的居所之外,还意外得到了一个消息:这地方有个上古留下来的天然大阵,是在两千多年前的一场战争中布置并且毁坏的。这么些年过去,部分余阵却留了下来,并且一直在发挥作用——当然这也是有时效性的,偶尔发动。

昨天夜里,有人走入了阵眼,将这大阵给发动了,使得整个空间方位,都发生了变化。我们想要走出这片黑竹沟,只怕是很难了。

我听万三爷这么讲,心中疑惑,说怎么这么巧?我们一进来就有人进入了阵眼,莫不是那猴孩儿?

万三爷摇摇头,说应该是一个人类。杂毛小道提出疑问,说那猴孩儿,也是一个人类啊!

"他不是纯种的人类,马和驴杂交出来的,那叫骡子……"

碰运气吧——这是我们最后得出来的结论。

本来我以为万三爷耗尽了精力问神,而且一路行来,丝毫不做停留,定是知晓那归去的路,然而他却表示不知道,于是我们按着印象,准备原路折回去。万朝安身体虚弱,由万家小字辈的两兄弟给搀扶着,而我们则在前方探路,保持距离,不至于跟丢了。

至于那头母枭阳,万三爷说要过几个时辰才会醒,既然人已救出,就让它自生自灭吧。

毕竟,那也是一条生命,一个人如果对生命都不敬畏,定然死得很快。

回去的路上,雾越发地浓了,近前的景物也变得恍惚起来。三爷怕我们走散,用自己的系铃红绳和赵中华的藤鞭做纽带,将我们一行八人给牵连在一起。

奇怪的事情终于发生了,在我们走回那原居山洞的过程中,我发现我们居然走岔路了。

我们竟然出现在了昨天午后避雨的溪水山涧处,只是那凹口处怀孕枭阳的尸体已然不见,唯有地上残留的血迹,证明那一切皆非幻觉。我突然想起了我在香岛和合石坟场的侧山上,经过那墓中老鬼的布置时,遇到的那折叠诡异的山路。

所谓折纸效应,就是把无数同区间的场景,通过折纸一般的手段,将其胡乱拼凑到一起来,最终形成"鬼打墙"的效果。

这样的阵法,便是那迷惑阵,也只有在这样的地方,才会如此古怪。

难怪此处经常会有人迷路,最后致死。

我们再次停歇，杂毛小道也开始使用"大六壬"的特殊技法，来对这里的路途进行推算，然而却并没有很好的收获。我们继续在这一片薄雾中穿行，突然，万三爷拦住我们，说不行，好像有情况。我们纷纷走上前来，问怎么了？他说你们闻一闻，有没有闻到一股香甜陈腐的气息？

　　我闻了一下，发现了腐尸的气味。

　　万三爷掏出昨夜使弄的那杆招魂幡，朝着前面的雾气鼓动了一番，口中念念有词。随着这摇晃，前面的景物变得清晰了一些，我看到不远处的林子里，趴着一个人的身影，瞧着有些眼熟。转念间我就想起来了，是杨津，那个腿上有伤的盗墓贼。

　　而这个地方，我也有印象，是万三爷昨个儿给我们指出的瘴气林子。

　　明了了这些，大家纷纷后退不前。

　　我因为有金蚕蛊在身，并不怵这有毒的瘴气，便自告奋勇地上前去，查看那杨津到底怎么样了。走了二十几米，我踩着松软的腐质层，来到林中，只见杨津是趴在地上的，脸嵌入了腐烂的叶子里。我走过去，蹲在地上将他翻转过来，发现其口中流出的鲜血，已经凝固，而脸色青肿，鼻间已无气息。

　　我不放心，摸了一下脉，死了。

　　叹了一口气，我心中莫名有些沉重，仿佛他的死与我有关一样。回过头，我朝着白雾那头喊，说杨津死了，估计是中毒了。然而，对面并没有声音传来，我皱着眉头，往回走去，然而足足走了二十几米，却连一个鬼影子都没有瞧到。

　　我心中一惊，啊！我不会也……迷路了吧？

第二十一章　正能量，人逢困境需希望

在那一瞬间，我突然有一种被全世界给抛弃了的感觉。

陌生而又熟悉的林间小道里，空谷寂静，青草在泥土里茁壮生长，探出倔强的身子，不时有鸟儿的叫声从远处传到耳朵里，然而，一分钟前还在我身边的同伴们，却已然全部消失不见。

是幻觉，还是真实存在的？我返身回去，发现林中杨津的那具尸体，也消失了。

我驻足在林子边缘，一时间竟有些恍惚，除了大声喊叫同伴的名字外，心中只有一阵又一阵的慌张和惶恐，如潮水一般蔓延上来。然而我到底不是十七八岁的毛头小伙子，在经过短暂的惊慌之后，我终于认清楚了自己所面临的状况，不得不认真地面对起这样的绝境来。

一个人的战争，一个人的孤独。

我将横放在背包上面的开山刀紧紧握在右手上，然后小心地朝着来的地方行去。自出道以来，我很少有遇到过这么诡异的场景。当我按着原路返回，周围的景物都十分合理地衔接，没有一点儿突兀，然而我总会发现，它跟我记忆中的，完全不是一个模样，仿佛我的记忆不断刷新，脑子变得一片混乱。这种恐怖的体验是让人绝望的，因为你不知道该如何找到正确的道路，逃脱生天。

我突然在想，村头竹林里孟老爹跟我说起的黑竹沟那些失踪的人，生前是不是和我有一样的心情？

他们最后都化作了白骨或者死尸，而我呢，能够坚持到被人找到，或者自己摸出去的那一天吗？

一时间，我的心情颓丧无比。

朵朵从我胸前的槐木牌中跳了出来，小丫头伸了一个懒腰，说呃，好大的雾啊！

现在的时辰应该是早上八点钟的光景，因为大雾弥漫，所以整个空间都是一种潮湿昏暗的情形，朵朵能够不受影响地自由出入。一看到这粉嫩可爱的小萝莉，还有她如娇艳花儿一般绽放的笑容，我所有的灰心丧气全都抛到了脑后，拉着空中的她，说朵朵，你看到了什么？

"气……"

朵朵告诉我："好多气在流动着，一团又一团，旋转的，然后像刀子一样把前面的地方切割成碎块……"她憋红了脸，瞪着眼睛看了一会儿，说眼睛好酸啊，头也痛，看不懂。

我心中一动，这些所谓的气，应该就是阵中的能量流动，它似乎在营造出一个不断运转的乱流，在这个黑竹沟中开辟出一个又一个的折纸空间，形成一个大大的迷宫，让我们在无数个场景中盲目乱转，直至——死亡！

所谓的空间分割，应该不会作用于生物体吧，要不然，我们说不定早就被分成了碎块了。

只是，该如何破解这种困境，逃脱出去呢？或者，我该要怎么做，才能跟杂毛小道他们汇合呢？

身处阵中，内中的牵连千丝万缕，错综复杂，即使朵朵能够看得到其中"气"的流动，但是以她这小脑袋瓜儿，却把握不住其中的变化，我唯有一步一步地小心前行。我不敢让朵朵离我太远了，生怕小女娃儿调皮，超出了我的视线去，丢了，于是右手紧紧拉着她，不敢放松。

朵朵的手很软，冰凉中有一丝温热，这是鬼妖体质的特点，不像是普通小鬼，虚无缥缈，而且还阴寒透骨，让人畏惧。

这两天的雨水断断续续，所以地上总是有些泥泞，我穿得厚实，裹着雨衣，在山林中行走着，大声叫喊着杂毛小道他们的名字。

山林的路途并不好走，因为根本就没有多少道路存在。我走得累，又要小心跌倒，感觉精神十分疲惫。

走了不知道有多久，我的双腿发酸肿胀，感觉又累又渴，整个人都沉重得很。绕过一片低矮的荆棘林，几株挂着累累果实的小树出现在我的面前。这些树差不多有三四米高，树枝密集，叶子宽大厚实，边缘呈锯齿状，果实稀疏簇生，呈黄色圆球形，大小模样跟枇杷差不多。

我走到近前，那饱满的果实伸手可及，着实诱人得紧。

虽然背包中仍有些干粮，但是饥渴难耐的我忍不住诱惑，顾不得去思考为何十二月间还有这累累的果实，采摘了一粒剥开，金黄色的果肉散发着迷人的芳香，果肉厚嫩，汁多味美，十分爽口，使得我忍不住连吃了十几粒，感觉肚中馋虫稍解，又将这树上可以采摘得到的果实弄了几颗，放在背包中。正当我蹲在地上整理背包的时候，心中警兆突发，我来不及思考，往旁边扑去。

"唰……"

刀子破空的声音在我耳边炸响，我刚才蹲立的地方出现了一把急速挥动的尖刀，刀花挽动，朝我席卷而来。我趴在地上，来不及躲避，将手中的背包朝来者扔去，那黑色的登山包顿时被旋转的刀锋斩开，散落四周。而我，则已经站了起来。

来人是昨天林子中袭击我们的猴孩儿，他显得十分愤怒，龇牙咧嘴，并不跟我言语，只是冲上前来砍人。我与他对拼两记，感觉力量他不及我，但是速度和对于刀的理解和熟练，却远远在我之上，倘若真的相较起来，只怕我会饮恨于他的利刃之下。

不过我这人，向来都不是靠刀剑和拳头来吃饭的。

正在猴孩儿蹿上树枝,想要凌空下扑的时候,朵朵已经攀在了他的肩头。被朵朵缠上的猴孩儿立刻觉得有异常,回头望去,却什么也瞧不见。一不注意,便感觉身上重如千钧,失去平衡,重重跌落在地上。我十分娴熟地冲过去,左脚狠狠地踩在他右手的尖刀上,然后反转开山刀背,朝他脑后重重一击。

呀……

不知道我是个新手,还是这家伙的脑袋太过坚硬,我这一击并没有达到预想的效果。猴孩儿不但没有晕过去,反而四肢乱蹬,张开嘴巴朝我左腿咬来。他的牙齿发黄,里面全部都是积年的牙垢,可能是吃生食的缘故,所以十分腥臭。我跪下来,用右腿膝盖重重地顶住他的胸口,而朵朵则帮我抓住了猴孩儿的左手。

她甚至伸出手,揪住了猴孩儿不断晃动的鼻子。

也许是感觉到了空气的稀薄,猴孩儿漆黑的脸变得铁青,继而苍白,一双眼睛充血而突出,表情狰狞,恐怖得很。过了一会儿,他开始窒息了,浑身抽搐,嘴巴大大张开。趁着这最虚弱的时候,我再次抬起刀背,重重地砍在了他的后脑勺上,终于将他打晕了过去。

我让朵朵松开他的鼻子和嘴巴,仔细看着这个少年模样的猴孩儿。

他的皮肤粗糙,面相有些凶恶,双手上有厚厚的老茧,身上到处都是结痂的伤痕,脑门有钝器击中的印记,应该是昨天被杂毛小道所伤。看着陷入昏迷的他,我不知怎的,就想到了以前在南方街头看到的流浪儿,看着那同样乱糟糟的头发和尽是泥垢的身体,恍然中有种错觉。

然而,他终究不是正常的人类,他的思维跟枭阳是一样的,无法沟通,视我们为敌人,可以毫不犹豫地夺取我们的性命。而且最重要的是,杂毛小道他小叔断掉的左臂,就是拜这个猴孩儿所赐。

我至今仍然无法忘记小叔在耶朗祭殿中,颓丧、悲伤、寂寥的表情。

看着猴孩儿,我想了一会儿,将破烂的背包拾起,从里面掏出了一卷备用的登山绳来,用杂毛小道教给我的方法,将这个家伙双手反捆,扎结实了之后,我将他拍醒过来。猴孩儿一清醒,立即奋力挣扎,然而杂毛小道教给我的绳技,越挣扎越紧缩,最后他停止了挣扎,看着我,眼中流露出害怕的神情。

我知道他并不是害怕我,而是怕看不见的朵朵。

他自信能够将我击杀,但是却莫名其妙失败了,那神秘的力量,便是让他害怕的东西。

我问了他几句话,但他并没有回应,当我用刀背拍打他的时候,却又发出了类似于猴子的叫声。我终于放弃了与他的交流,用绳子拉着他站起来,然后勉力将背包捆扎起来,让他带着我走——能够在这沟子里来去自如,说不定他能够瞧得出这迷阵的蹊跷。

在经过我刀背不断的教育之后,猴孩儿终于明白了我的意思,他十分不情愿地在林子间走着,而我则像遛狗的主人一样,在后面跟随。刚开始猴孩儿走得很慢,有些不适应双手反捆的姿势,然而在树林中穿行了一段时间后,他越走越快,奔疾如飞,我需要使劲儿跑,才能够刚刚跟上。

　　一路穿山过林,白雾时而浓时而淡,如此走了二十分钟,我们来到一个小山坡的顶上,突然间他停住了脚步,回过头来望我。我走上前去,透过茂密的林子,只见山坡下面的一片河滩前,有栋破旧的木屋孤单矗立着。

第二十二章　倒吊男，恐怖木屋脚步声

　　一直充斥在我视野中的白雾骤然不见，从我站立的这个小坡顶往下看，出现的不仅仅只是一栋破旧的木屋，还有大大小小八架木轮水车，在木屋不远处的溪中矗立。除此之外，那木屋的周边，有一大片人为开垦出来的田垄，上面种着绿油油的冬白菜和大葱，许多瓜果树木围绕在那木屋旁边，间杂着些许枯黄的稻草垛子。
　　在不远的草地上，还有几头黄牛在悠闲地啃草，远远望去，尽显田园之美。
　　这样的场景，让我十分诧异。想不到在这黑竹沟中，竟然会有这样的地方存在。
　　我穿过树林，驱使猴孩儿往前走，然而他却止步，怎么也不肯前行，我把刀子比在他的脖子上，他竟然闭上眼睛，宁愿引颈受死，也不愿走。猴孩儿在这山林中纵横奔走，自然不是胆怯之人，然而他此刻却害怕成这副模样，想来那木屋中，定有着什么让他恐惧的人或可怕的事物。
　　我在这山林子里转悠了小半天，早已烦闷无比，见这木屋出现，感觉里面有蹊跷等待我去探询。压抑不住心中的好奇，我将他的嘴堵上，然后用登山绳把不肯前行的猴孩儿给吊在身后大树的树枝上，离地三米，既不让他能够受力逃脱，也不让他被勒死。
　　这可由不得我不小心，猴孩儿现在看着柔弱，然而他却是杀害自己养父的杀人凶手，而且他手上那把尖刀不知道要了多少人的性命，是个冷血无情的异类，稍有放松，我定然会吃大亏的。
　　将这祸患处置妥当，我开始拨开前面的草丛，从西面的坡林缓慢靠近。
　　在此之前，我对那房子以及周围的一切，都已经观察了好久。毕竟一个让敏捷度和爆发力都十分出色的猴孩儿如此恐惧的地方，必定有其厉害之处。我右手紧紧握着开山大砍刀，猫着腰，脚步轻盈，左手放在胸前，随时准备掏出震镜来解围。
　　我前进的路线斜对着那木屋，走下坡林，路过一片菜园子的时候，我的注意力被菜园子旁边的杂草给吸引住了。
　　我看到了什么？
　　在田垄边缘那一丛丛枯黄的杂草中，我看到了好几株黑褐色、针形边缘有毛鳞片的阔叶草，而我在这两天里对这种草简直是魂牵梦萦。
　　踏破铁鞋无觅处，得来全不费功夫——龙蕨草！
　　这是货真价实的龙蕨草，竟然在此地，如同路边杂草一般平凡。我甚至看到田垄旁边的排水渠中，被扔置了许多发黄的龙蕨草。心中狂喜，我顾不得疲惫，连忙蹲下

身来,薅了好几把,然后颤抖地塞进我那破烂的登山包中。

当我再次站起身来的时候,心情无比愉悦,好似捡到了金子的乡民一般。

多年以前,王宝松是不是也有跟我一样的好心情?

脚步轻快的我越过菜地和果林,来到了这间木屋的门前。这木屋跟湘黔鄂等地少数民族山区的那种木屋一般模样,板壁呈黑色,屋顶上铺着松树皮,看着摇摇欲坠,显然已经有很多个年头了。

踩着腐朽的木屋梯,我来到屋子的大门前,敲了敲门,我问有人吗?

喊话的时候,我浑身绷得紧紧的,做好了战斗准备,然而没有一点儿声响。等了十几秒,我轻轻推开木门,门没锁,一推即开。里面十分简陋,木桌竹椅,还有一张款式老旧的床,上面的被褥是几十年前的老款式,十分老旧,许是这里的空气太潮湿了,散发出一股子霉味。

很快,我的注意力被床对面神龛上面的一尊雕像,给死死地吸引住了。

在我人生近二十三个年头里,很少有像这两年这般劳累,身心俱疲。

有时候我在想,是不是因为我拥有了金蚕蛊,所谓"天将降大任于斯人也,必将……"这一套理论,应验在了我的身上?总之,我从去年七月开始,几乎没有闲过,各种稀奇古怪的事情接踵而来,应接不暇,而我也是多次死里逃生,与往日平淡的生活基本绝缘。

这些事件我本来以为都是独立的个体,然而我却发现其实并非如此。

这样三头六臂、张牙舞爪跌坐于莲台上的神像,我第一次是在阿根的新居见过,是阿根的前女友王姗情所供奉的。此后我便在各处见到:在镇宁蝎子蛊传人老歪的家中,在鹏市炼制小鬼闹闹的邪教徒家里,在缅甸的萨库朗基地,在青山界溶洞子的壁画上,甚至连罗聋子自杀死亡时的那图案,也隐隐与这幅神像有着莫大的联系。

所有的事件都被这一条线,给串联在了一起。

这神像是什么东西?

我从杂毛小道大伯口中得到过答案。那个常年在边疆维持稳定的老人告诉我,这是邪灵教所供奉的神之分身,名曰"大黑天"——他们信仰的神,也是唯一的神,有三个分身,分别代表了"创造"、"毁灭"和"法则",而"大黑天"便是"毁灭"的承载体,因为司职毁灭,最有力量,所以受到了广泛的追捧——这种以"世界末日"为噱头的邪教,全世界皆是如此。

让我没有想到的是,在这神秘的黑竹沟中,在这空无一人的木屋里,我居然又见到了它。

看着凶恶狰狞的神像脸容,感觉它那漆黑的眸子里仿佛露出了邪恶的诡异,我感到自己的脚底板有些发麻,一种莫名其妙的恐惧感油然而生,然后在我的身体里蔓延开来。所有的事件,都转化成了一张巨大的网,将我给勒住,连呼吸都变得困难。

我静静地在这神像前面站立良久,思绪飘忽,不知道自己要干什么,脑子空空的,完全处于无意识状态。

十分钟后,我听到房间右边的侧门传来了晃晃荡荡的声响,好像房梁上有什么东西在动。

是老鼠吗?我侧耳听了一下,感觉不像。于是我开始缓慢地移动脚步,小心翼翼地走了过去。在木门的旁边有一个褐色的粗瓷米缸,里面有半坛子大米,看着还算新鲜。我推开门,进入眼帘的是农村很普通的那种灶房,并没有什么稀奇的,门槛有些高,我抬脚进去,突然闻到一股很浓郁的血腥味。这味道本来被灶房的烟火味所掩盖,但是一进入其中,就直往我鼻子里钻。

接着我看到土灶旁边湿漉漉的,是暗红色的鲜血。

滴滴答答的声响,从门背后传了过来。

我感到了一种发自内心的恐惧在身体中蔓延。我缓慢地将那门给关闭,然后猛地抬头,朝门背后看去——

我看到了两个倒吊着的人。

其中的一个早已死去,他被一根巨大的黑铁钩子勾住了腹腔,肚子上的皮肉外翻成白色,里面的内脏已经被完全掏空了,生锈的铁索将其紧紧缠绕,而那残余的血液,还顺着他下垂的脑袋和双手,一滴一滴地流落到下面的木盆中;旁边还有一个,倒吊在房梁上的,嘴被黑色的布团给塞住,用同样的铁索绑着,倒垂的脑袋不断地晃动着。

我在见到这两个人的一刹那,心被猛地揪住,浑身颤抖。

之前在瘴气林中看到了杨津,转眼消失,我一直以为是幻觉,一路行来的时候还在想,盗墓三人组说不定已经逃出了黑竹沟,离开了此处,然而面前的现实却将我的幻想给打破了:这个死去的男人,便是秃头李汤成,而在虚弱挣扎的男子,则是小俊。

我真的没有想到,会在这里,见到如此这般模样的他们。

小俊显然看到了我,之前的他瞳孔有些扩散,整个人都处于极度的惊恐当中,直到看见门口的我,他眼睛里突然爆发出一丝亮光来,并不断地挣扎晃荡,让我很担心那房梁会不会断下来。我的第一反应并不是上前解救他,而是紧握着刀子,将这厨房搜了一圈,然后走到倒吊着的小俊面前,将他口中的黑布给拿出来。小俊口中全部都是血,然而却十分激动,说陆哥,快放我下来,快……

我见他情绪激动,语无伦次,连忙拍着他的胸口,说不要着急,先说说怎么回事?屋子里还有人吗?

小俊告诉我,那个魔鬼出去了,你赶紧放我下来吧,不然我就要死了。

我仔细看了一下,发现小俊的腰间有一个铁勾扣子将其锁死,便把他的身体托住,然后将那扣子给解开。铁扣一开,那铁链便哗啦一阵响动,人也掉落下来。我将他接住，平放在厨房的地上，见他口中尽是血，便解开水壶，给他喝了两口，问他好一点没有？

他来回地说了几声谢谢，然后看着死去的李汤成哭泣，说他们在出沟的路上迷路了，结果与杨津走散，摸到这里的时候，脑袋后面一黑，就晕过去了。等他醒过来的时候，发现自己被倒吊在这里，而李叔已经死了。那边的房间里有人在自言自语，后来楼板响动，人就出去了。再后来，就是我过来了……

小俊还想说些什么，突然在屋子的门口处，传来了一阵脚步声。

第二十三章　斗黄牛，西坡乍现老熟人

　　当这脚步声从屋子门口响起的一刹那，我看见小俊的脸因为惊恐和对生命的眷恋，扭曲成了一种奇怪的模样，我突然感觉跟神龛上神像三头其中一面的表情，简直神似。

　　因为害怕叫出声来，小俊捂着嘴，背靠灶台颤抖着，而我则紧紧握着开山刀，然后缓缓地弓着腰，盯着被我关上的木门，等待这个人从门中进来，然后一刀挥出。

　　我浑身不停颤抖，尽力调整出一个最简洁有力的姿势。

　　能够将手持黑星的两个人毫无防备地击晕，这个人，至少从格斗方面来说，是一个很厉害的角色；而依据灶房里倒吊着的李汤成和小俊这诡异的场景，不排除他还是一个身具邪术的家伙。所以，我不得不打起一万分的精神来防备。

　　为了防潮，这木屋堂屋的地下是隔空的地板，因为时间太久了，所以不牢固，人走在上面，就会发出"吱呀吱呀"的响声。其实我家也是这样的房子，如此这般的声音我听了二十余年，却从来没有像这一刻听着让人毛骨悚然，害怕从心底不断地涌上来——特别是旁边还有一具尸体，在往下滴滴答答地滴着残余的鲜血。

　　李汤成死了有一段时间了，血已流得差不多了，一滴一滴的残血，下落是如此的费力。

　　那突然响起的脚步声很重，没有一点儿收敛，显然，这个人应该是这里的主人。他似乎来到了神龛前，跪拜了一番，接着又到床边的柜子里取了一点儿东西，然后朝着厨房这边直接走了过来。就要来了吗？我紧紧握着这刀子，感觉刀柄湿漉漉的，好像是被我手心的汗水给润湿了。

　　我发现没有杂毛小道在，一个人面对这如山的压力之时，我竟然也忍不住地紧张。

　　木门"吱呀"一下被推开了一点儿，我们站在门口，静静等着门开。

　　然而推门的这人口中发出一声"咦"，似乎有一些疑问，接着堂屋的木板声响起，他居然转身往门口走去，没有一丝停留。这声音我听着，有一种似曾相识的感觉，那感觉一直在脑子里晃荡，可就是没有想起来。当脚步声在木屋的大门口消失了好一会儿后，我忍不住来到灶房旁边的小窗，向外面望去。

　　只见一个高大的身影沿着我刚才来的路，朝西面那个山坡上走去。

　　这背影，给我的感觉真的是熟悉无比。

　　然而我却依然认不出到底是谁。只不过，他既然往那坡林中走去，就必然会碰到

我绑在树上的猴孩儿,不管他与猴孩儿是敌是友,也一定会知道我已经来到了这个迷雾中唯一清晰的所在,来到了他的老巢。我有一种直觉,这个地方,说不定就有整个黑竹沟中所隐藏的最大的秘密。

我不敢久久地盯着他的背影看,因为一般像我们这种人,第六感,也就是所谓的"灵觉",基本上都是很强大的,一旦被人盯久了就会有不安感,稍强一些的甚至能够立刻判断出方位来。所以我收回目光,回过头来。我旁边是一个大木桶,里面是满满的红黑色内脏,各种各样的脏器,被完好无损地剥离下来,我想它们应该是来自于李汤成的肚子,不知道它们的主人在生前,遇到了什么样的苦痛?

看着李汤成那张扭曲和绝望的脸,我心中戚戚然,不知道说什么好。

人一般遇到这样的情况,总是会有一种不由自主的代入感,觉得自己也被掏心挖肺了一般,所以我格外地厌恶起这个破旧的灶房来。我低下身去,看着抱膝而坐、背靠着土灶的小俊,拍了拍他的脸,见他眼神发愣,便使劲儿地一抽。啪的一声轻响,小俊终于从恐怖的心境中摆脱出来,六神无主地看着我,说:"陆哥,咋办啊?我们能够逃出去吗?太可怕了!"

我的脑子也有些乱,但是也知道,此刻最要紧的,还是离开这个木屋,不要给这里的主人发现的好。

我拉他起来,说能走吗?

小俊说能。他并没有受到什么明显的外伤,只是腰间被锁,身子倒吊,导致血液流通不畅,全身麻木而已。生死关头,自然要咬着牙拼命逃生才是,他使劲揉了揉自己全身各处,然后跟着我慢慢退出。我们走的是灶房旁边开的后门,穿过一段黑漆漆的长廊,我看到角落里堆得有整整齐齐的一摞人头,全部都是硝制妥当的,我来不及细看,也不知道他们死了多久。墙壁上则挂着许多光溜溜的无头人尸,透过暗淡的光,散发出一种腊肉的油质感。

小俊吓得浑身发抖,隔老远都能够听到他牙齿打颤的声音,我们推开后门,对面是一片青翠的草地。清风将山里草木的气息吹过来,将这里面古怪的气味给吹散了一些,而在斜对面的草地上面,有三头四肢粗壮、皮毛褐黄的成年黄牛在低头吃草,看见我们,发出"哞"的一声叫。

小俊受不了灶房侧廊的恐怖景象,第一个抢出门去,结果因为木质门槛太高,差一点儿摔倒。

我的目光越过田垄,往西面山坡看去,发现那个高大的黑影子已经消失在林子中,便赶紧将小俊扶起来,然后往屋侧前方的密林中跑去。只要越过了那一大片草地,进入了林子,那么我们就应该能够从远处观察这里,而且还将远离危险,可进可退。

这片草地大概有三百多米,我全速奔跑用不了一分钟,但是小俊就有些勉强。当我跑了一百米的时候,发现小俊正身形跟跄地勉力跟上来。既然遇上了,自然要一起走的，我返身过来准备拉小俊，却听到小俊朝我紧张地喊道："陆哥，小心……"

我有些发愣，转头朝旁边看去，只见刚才还在悠闲吃草、显得温顺无害的三头黄牛，居然拔蹄飞奔，朝着我狂冲过来。

在我的家乡，苗疆一带，因为田少，人类耕作不易，所以牛是乡民最好的也是最忠诚的伙伴和朋友，一起劳动，一起回家，几乎很多乡民在小的时候都是放牛娃，对牛这种憨实善良的动物有着十分深厚的感情。牛眼泪可以分辨阴阳的传说，使得它更蒙上了一层神秘色彩。"牛神节"、"敬牛王菩萨节"、"祭牛王节"……它甚至会跟原始宗教联系在一起，与我们的生死嫁娶等民俗，息息相关。

我从未想过自己会被三头发疯的黄牛给攻击——是因为我身上的鲜血吗？

我也从未看到有黄牛，像这三头一般穷凶极恶。因为在一瞬间，这些黄牛脸上的柔软处，居然露出了鳞片一样的硬角质来，而且眼睛变成了血红的颜色，鼻子中白气蒸腾。

离我最近的一头，仅仅只有六米远了。

六米远……这段距离对于一头全速狂奔的黄牛来说，简直就是眨眼之间的事情。

在那一刻，我长期以来坚持的早锻炼和在生死边缘徘徊所锤炼出来的直觉救了我。我几乎是在最后一秒，往左边奔走了两米，然后又朝着另外一个方向冲去。一头黄牛与我擦肩而过，"呼"的一声，声势如同奔腾的火车；第二头、第三头，短短几秒钟，我与三头发疯的黄牛擦肩而过，最后一头，尾巴甚至如同鞭子一般，抽在了我的身上。

"啪……"

我的左胳膊上立刻出现了一道红印。初生牛犊不怕虎，这三头非比寻常的黄牛，果真比之前在山林中的恶狼还要可怕。当然，我在中了一尾鞭的同时，右手上的开山刀也在这头黄牛的后腿上面划拉出一道深深的口子——人终究是万灵之长，我们虽然没有爪牙，但是却有比爪牙更锋利的工具。

这一刀下去，那黄牛立刻栽倒，顺着冲势连翻了几个滚儿，草汁飞溅。

小俊在这一刻展现出了强大的耐力，他不管不顾，朝着草地的尽头狂奔而去，那三头黄牛被我拉住，并没有去追，反而朝着我再次冲来。我一直有着作为一个"养蛊人"的觉悟，凭着力气吃饭的，永远都是粗活儿；能够取巧，自然不要太费力气。于是我双手一拍胸，隐于槐木牌中的朵朵和体内的金蚕蛊立刻出现，朝着那两头凶猛的黄牛飞去。

而我的注意力，已经集中在了地上那头喘着气站起来的黄牛身上。

对付它，应该不要费什么力气了吧？

我连续跑动着，避开疾奔而来的两头黄牛，然后朝着霍然站起的那头黄牛身上扑去。我摸到了温热的皮毛，还有它大汗淋漓的肌肤，上面有好多疤瘌，还有蚂蟥的伤口。开山刀刀头并不尖锐，于是我只有横切——两刀，我用了两刀，在这头黄牛脖颈的左边和右边各拉了一条血口子,大股的鲜血飙射而出,而这黄牛则奋力挣扎,"哞哞"地叫着,这声音,让我动容心软。

就在这个时候,西面的山林中跑下了一个人来,我正好回过头去与他的目光对上。

我心中狂震——怎么是他?

怎么会是他?!

第二十四章　狗东西，忘恩负义化身魔

我看到了谁？我有些不敢相信我的眼睛！

我实在想不到会在这个靠近三峡的神秘谷沟中，碰到这个忘恩负义的狗东西！之前萧家动员了所有力量都没有找寻到的他，居然会在这个荒无人烟的沟子里。没错，他就是周林，曾经跟我们同生共死，又在某一天中午，发了魔怔般在自己的恩师头顶上，种下了恶毒的"银针追魂术"，欲把萧家三叔的魂魄炼成针上的灵魄，驱使伤人。结果因为他，我们还往缅甸走了一遭，经历了各种惊险至极、毕生难忘的事情。

杂毛小道说周林是因为在神农架的耶朗祭殿中，偷拿了一块黑蝠雕老玉佩，所以才会被迷乱了心智，只是我至今都没有明白，周林为何要在萧家大宅做这事？他不知道萧家老爷子和小叔都在旁侧吗？

难道当真是鬼迷心窍了吗？

当我身下这头黄牛流着泪、奄奄一息的时候，旁边的朵朵和肥虫子已然将那暴躁不安的两头黄牛给制服了。两个小家伙的手法可比我强上许多，朵朵摸了摸这黄牛的耳朵背，然后不断地揉搓，使得它竟然在短时间内收敛了狂暴的气息，屈腿趴了下来；而肥虫子直接往牛鼻子里一钻，接着那头黄牛就轰然倒下，不再动弹。

干净、利落、果决。

解决完这些，我才有闲心隔着遥远的距离，打量对面那个健步走来的家伙。

多日未见，周林变得更瘦了，原本还有些小白脸的帅气，此刻却被风尘磨砺得两颊消瘦，头发剃得短短，脸上变得又黑又粗糙，只是那眼珠子晶亮，眼神变得格外地锐利，如同磨快了的刀子。他穿着很简单，普通的磨砂蓝色牛仔裤配白色的圆领T恤，姜宝提过的黑蝠雕老玉佩，用一根黑色的麻绳挂在胸口。

那玉石散发着一股淡淡的黑雾，将周林给笼罩得有些阴森恐怖。

在我的感觉中，倘若以前的周林是一把公园老头老太太练习用的那种太极剑，现在就如同屠夫几十年用惯了的杀猪刀，锐利而又杀气凛然。

我双手一展，朵朵和肥虫子藏回我的体内，然后看着离我不到十米的周林，展颜一笑，跟他打招呼道："嗨，周林，好久不见了……"周林手上提着一捆登山绳，是我用来捆猴孩儿的那一根，然而这周围，却并没有见到猴孩儿的踪影，不知道是被他给杀了，还是别的处理办法。他也微微一笑，像老友一般跟我寒暄："是好久不见了，算起来，差不多一年了吧？哎，怎么样，陆左，最近过得还好吧？"

"还好。"

"你是怎么进到这里来的？是过来找我的吗？"

"不是，"我摇摇头，尽量让自己的声音变得平和缓慢，"不是的，我哪里知道你会在这儿？这黑竹沟外面有个村子，我一个朋友的后辈在这山里面走失了，于是我就跟着人群进山来寻找，虽然找到了，但是我却迷了路，一不小心就走到了这里来。周林，你怎么会住在这里啊？"

"住在这里？"周林缓慢逼近，一字一句地问："陆左，你进那个房子了吗？"

我摇摇头，看着浑身散发出一种骇人气势的周林缓慢靠近，心中的防备不由得一点儿一点儿提高至巅峰，不动声色地后退，说："没有，我也是刚刚到这里的，什么情况？"周林的脸扭曲了，由爽朗的微笑便成了一种僵直的愤怒，他咬着牙走上前来，说："陆左，你当我是白痴吗？以你跟萧克明那个被茅山逐出门墙的弃徒的关系，你以为我会相信你，不知道我对萧应文所做的事情吗？你装得如此虚伪，让我怎么去相信你？"

被周林揭穿了，我并没有太多的沮丧，而是耸了耸肩，说："果然，我真的不是一个会演戏的材料，太耿直了。话说，周林，萧家对你有恩，况且你本身就是萧家的成员，为何会做出这种'亲者痛，仇者快'的蠢事情？"

"对我有恩？哈哈哈……"

周林仰头便是一阵轻蔑的狂笑，低下头来的时候，我看到他的眸子里，尽是血丝，里面闪耀着无数的疯狂和愤恨："有恩！我周林天资聪颖，过目不忘，自七岁开始便跟随在萧应文身边习艺——学生时代开始，寒暑假都是在萧家大宅里度过的，而自从高中毕业之后，便一直跟随着萧应文走南闯北——整整十八年啊！就因为不是萧家的嫡子，他们根本就不把最好的术法和宝贝教给我。我到年初，都一直就是个废材，再看看萧克明，呵呵……"

我摸了摸下巴，看着状若疯狂的周林，有些无语了："老萧似乎是在茅山学到的本事吧？"

周林的面目扭曲，说："错！萧家有一本奇书，叫做《金篆玉函》，这可是上溯远古的典籍，造就了历代王侯将相的奇书，可是我居然没有听到萧应文，跟我提过半句！防我就像防家贼一样，这样的萧家，算是对我有恩吗？有什么可以值得我留恋的地方？"

我简直无语了！《金篆玉函》明明就是虎皮猫大人的绝学，跟萧家有半毛钱关系？大人洒脱随性，全凭好恶度人，若看谁顺眼，便传个一招半式；若不顺眼，自然是不会说出来的。以周林的德性，我这个刚刚接触的人都觉得厌烦，更何况是虎皮猫大人这个老成精的家伙呢？

肥母鸡据称可是从幽府中活着回来的人物，目光如炬，哪里会辨不出人的好坏？

那么，周林又有什么资格，能够学得那《金篆玉函》呢？我跟那肥母鸡好得跟哥们儿一样，历经生死，还不是照样不知道里面的半点内容？我心中在这一瞬间，无数的吐槽想爆发出来：这世间就是有这么多奇葩之人，总以为世界就是围绕着他转动的，根本就不想着付出一点点努力，只知道无尺度地索取，若不能随他意，便是无端由来的仇恨，仿佛杀了他父母一般。

我心中只想说：真是你妈惯的！

见我没有说话，周林扬扬得意地说："现在不会了，我周林不用求人了，迈向强者的路上，我自有导师，根本不需要低三下四地求任何人的施舍。萧家实在厉害，这点我知道，陆左，我周林现在已经是萧家的眼中钉、肉中刺了，你既然是萧克明那混蛋的朋友，又遇到了我，那么，只能够怪你运气不佳了……"

这话刚一说完，周林脸容一肃，一种让人畏惧的气息从他的胸前聚集起来，然后他猛地一个前扑，竟然如同猎豹一般，一跃便有五六米，完全超越了人类的极限。我有些惊讶，但是已经锻炼得如同岩石般强硬的心并不慌张，扭动腰胯，然后狠命地挥刀，朝着奔腾而来的周林，当头斩去。

两者交锋，生死搏斗，心中存怯者必亡；心存善念者，也基本上离死不远了。

这一点我十分明了，故而一刀挥出，毫不留情。

这聚集了我全力的一刀，快如闪电，然而周林在高速冲撞中，却轻而易举地将我的刀尖给捏住，手臂轻轻一颤，我感觉到握刀的右手一阵发麻，如同过电一般。此刻的周林已经跟我撞到了一起，我听到自己身上的骨骼一阵可怜地响动，似乎被货车撞了一般，巨大的力道将我往后面推去。

仅一下，周林就用压倒性的力量和速度，将我直接逼至失败的边缘。

分别一年，他竟然会变得如此厉害，到底是什么法门？

我腾空而起，朝后面跌去，在空中，朵朵骤然出现，将我托起的同时，朝着周林甩出了一道冰蓝色的氤氲光芒；而肥虫子则气势汹汹地冲了出来，像一道流星，朝着我面前这个恐怖的家伙，义无反顾地冲过去。

周林胸前的黑蝠雕老玉佩上突然冒出一股黑雾，形如山鼠，将朵朵射出的这一道光芒给挡住。

这黑雾一接触那冰蓝色光芒，立刻有一种化为冰雕实质的趋势，然而它浑身如猴一般抖动，居然将这股冰寒的趋势给化解，然后张开嘴，与紧随而来的金蚕蛊，斗作一团。

半空中，一道黯淡的金光和浓稠如墨的黑雾，缠绕在一起，分不清楚孰强孰弱，只是一阵眼花缭乱。

周林看着跌落在地又迅速爬起的我，哈哈大笑，说你这区区野路子出家的小子，不过是凭借了一条肥虫和一个小鬼，竟然敢跟我对抗，简直是活腻味了。要是我不把你弄得求生不能、求死不得，也显不出我新得的这一身本事！

说罢，他双手结出了一个古怪的印记，然后望向了我身边的朵朵，脸上露出一丝残忍的笑容。

这笑容过度邪恶,让我一瞬间想到了很多事情。此刻,唯有拼命了,我狂吼一声,九字真言加持,准备与之搏命。就在此刻,我身后出现了一个声音,朝我高声喊道:"小毒物,你个屌毛,还不快快趴下来,让老子我来清理门户?"

我一听,心中狂喜,往旁边就是一个翻滚,天旋地转的,接着听到有沉闷的枪声响起来,如同雷轰。

图书在版编目（CIP）数据

金蚕往事．5 / 南无袈裟理科佛著．— 上海：上海社会科学院出版社，2020
 ISBN 978-7-5520-3016-7

Ⅰ．①金… Ⅱ．①南… Ⅲ．①长篇小说－中国－当代 Ⅳ．① I247.5

中国版本图书馆CIP数据核字(2020)第001231号

金蚕往事．5

著　　者：	南无袈裟理科佛
责任编辑：	王　勤
封面设计：	人马设计
出版发行：	上海社会科学院出版社
	上海市顺昌路 622 号　邮编 200025
	电话总机 021-63315947　销售热线 021-53063735
	http://www.sassp.cn　E-mail:sassp@sassp.cn
印　　刷：	上海盛通时代印刷有限公司
开　　本：	890 毫米 ×1240 毫米　1/32
印　　张：	9.75
字　　数：	367 千字
版　　次：	2020 年 10 月第 1 版　2020 年 10 月第 1 次印刷

ISBN 978-7-5520-3016-7/I·380　　　　　　　定价：49.80 元

版权所有　翻印必究